Der 13. Mord des Jahres

Der Immobilienmogul Charles Durand wird in seinem Penthouse-Büro ermordet aufgefunden, den Schädel zerschmettert von einem seiner Kunstobjekte. Für die Polizei ist der Fall klar. Sie verdächtigt sofort Durands schwulen Sohn William. Doch Williams misstrauische Tante engagiert die unkonventionelle und furchtlose Wirtschaftsjournalistin und Autorin Jane Yeats um herauszufinden, wer den allseits verhassten Tycoon wirklich umgebracht hat...

Liz Brady erwarb ihren Ph.D. an der University of London zu Virginia Woolf und war zwanzig Jahre lang Lektorin. Augenblicklich arbeitet sie an dem nächsten Jane-Yeats-Roman und an einem Sachbuch über weibliche Schriftsteller und Alkohol. Außer der Tatsache, dass beide in Toronto leben, verweigert Liz Brady jede weiteren Auskünfte darüber, welche Eigenschaften sie mit ihrer Detektivin gemeinsam hat.

Unsere Adresse im Internet: www.scherzverlag.de

Liz Brady

Der 13. Mord des Jahres

Roman

Aus dem Kanadischen Englisch
von Philipp Thüring

Scherz

Im Gedenken an meine Mutter, Dorothy Patricia O'Connell Brady
Und für meine Töchter Rachel und Lisa
«May the circle be unbroken ...»

Mein Dank geht an Peter Robinson, der seinen Witz und sein meisterliches Können in eine frühere Version des Manuskripts einbrachte; an Medora Sale und Howard Engel für ihre Ratschläge und Ermutigung; an Mary Adachi, meine gewissenhafte Lektorin, deren mehr asketischer Sinn für Prosa meine Überschwänglichkeit etwas zu bremsen vermochte; und an die Mitarbeiter von Second Story Press, meinem Verlag, für ihre unablässige Großzügigkeit, mit der sie neuen Stimmen immer wieder ein Forum bieten.

Und ich stehe für immer in der Schuld von Bob Brandeis, der als Erster an mich geglaubt hat.

Veröffentlicht im Scherz Taschenbuch,
ein Verlag der S. Fischer Verlag GmbH,
Frankfurt am Main, November 2003

Deutsche Erstausgabe
Die kanadische Originalausgabe erschien 1998
unter dem Titel «Sudden Blow»
im Verlag Second Story Press, Toronto

Gesamtherstellung: Ebner & Spiegel, Ulm
Printed in Germany
ISBN 3-502-51965-X

Ein jäher Stoß: noch schlagen die großen Flügel
Über dem taumelnden Weib. Ihre Schenkel umschmeichelt
Von der dunklen Schwimmhaut, ihren Nacken gepackt im Schnabel
So hilflos hält er sie Brust an Brust.
(....)
So umklammert von dem tierischen Blut in der Luft,
Überkam sie denn mit seiner Gewalt auch sein Wissen,
Ehe der Schnabel sie fahren ließ, gleichgültig?

W.B. Yeats
«Leda und der Schwan»

I

Max mochte die Frau, die uneingeladen auf meiner Türschwelle stand, auf Anhieb, also bat ich sie herein. Mein Hund vertraut Fremden je nachdem, wie sehr sie seiner Herrin ähneln, was sich in einer reflexartigen Zuneigung zu Frauen zeigt, die sich nichts aus Mode machen. Typen in Anzügen haben keine Chance.

»Mein Name ist Simone Goldberg«, sagte sie und streckte die Hand aus. Ich ergriff sie und vergaß dabei völlig, mich vorzustellen. Um das Ding beim Namen zu nennen: Ich hatte einen Hangover.

Sie trat ein und umschiffte behutsam einen schiefen Turm aus leeren Bierkartons. Etwas zittrig zeigte ich auf das Sofa hinten in meinem Studio. Max, der so fest mit seinem struppigen Schwanz wedelte, dass es ihn richtiggehend schüttelte, folgte der attraktiven Besucherin. Ich hoffte inständig, dass er sie nicht ansprang und das ganze peinliche Ausmaß seiner Freude zeigte. Begrüßungen sind auch ohne Hundeerektionen schon peinlich genug.

Ich folgte in ihrem Kielwasser und sah sie mir genauer an. Sie war klein, für meine Begriffe mollig, und gepflegt. Das kurz geschnittene Haar war schwarz, mit etwas Grau durchzogen, ihr Gesicht ungeschminkt. Sie trug ein Tweed-Jackett und darunter einen Norwegerpullover, schwarze Wollhosen und polierte Lederstiefel. Kein Schmuck – wenn man von einem schmalen, goldenen Ehering absieht. Unaufdringlich, aber von dieser gewissen rustikalen Eleganz, die ich trotz eifrigen Blätterns in L.L.-Bean-Katalogen nie zustande bringe. Wahrscheinlich muss man die Klamotten tatsächlich auch kaufen, um so auszusehen.

Der Störenfried setzte sich auf mein erbärmliches Sofa, wobei sie sehr diskret einen Stapel Zeitungen, Magazine, Flugblätter und diverse Notizen beiseite schob. Ihre grünen Augen waren beängstigend wach. Ich hoffte nur, meine Notizen würden dem restlichen Pressemüll, darunter der *National Enquirer*, *Spotlight on Crime*, *The Toronto Sun* und die Noten zu «Three Cigarettes in an Ashtray», eine Aura von intellektueller Respektabilität verleihen.

Ich ging schnurstracks zum Couchtisch und räumte ein paar

leere Bierdosen und einen gefährlich vollen Aschenbecher ab. Dann vollführte ich schnell einen Ausfallschritt, damit sie nicht sah, dass ich Mühe hatte, das Gleichgewicht zu halten, als ich mich aufrichtete. Um das Maß voll zu machen, deponierte ich den ganzen Müll in einem riesigen Blumentopf, der schon lange bar jeglichen lebenden Grünzeugs war.

Sie rutschte auf dem Sofa hin und her und machte eine Grimasse, die mir sagte, dass sie auf einer der überstrapazierten Federn gelandet war. «Macht es Ihnen etwas aus, wenn ich rauche?», fragte sie und nahm eine Schachtel Players aus einer Stofftasche, so, als wäre sie gewohnt, dass man ihr nachgibt; vielleicht scherte sie sich ja auch gar nicht darum. «Ich weiß, es ist nicht korrekt.»

«Lady», gab ich zur Antwort, «dies ist ein Tempel der Inkorrektheit, also rauchen Sie.»

Max ließ sich zu ihren Füßen auf den Boden plumpsen und stöhnte. Ich konnte es ihm nachfühlen.

Die angebotene Zigarette lehnte ich ab. Vor kurzem hatte ich beschlossen, nur noch zu rauchen, wenn ich trinke – womit ich auf einer Schachtel pro Tag unten war und nicht vor Mittag damit anfing.

Ihre Zigarette fraß gierig karzinogenes Leben aus einem silbernen Feuerzeug. Sie sog den Rauch tief ein und entspannte sich ein bisschen. «Tut mir Leid, wenn ich Sie so überfalle, aber ich bin verzweifelt. Ich brauche Ihre Hilfe. Sie sind Jane Yeats?»

Mein bejahendes Nicken gab mir den Rest. Mein Kopf rächte sich mit einem stechenden Schmerz, der sich quer durch meinen Schädel fraß. Also ließ ich dieser Simone Zeit zu erklären, weshalb sie hier war, während ich mich so nebenbei fragte, ob meine Stimmbänder wohl noch funktionierten.

Ich hatte eine schwache Ahnung, dass ich sie am vorigen Abend auf der Bühne des Country-Schuppens meiner Mutter etwas strapaziert hatte, als ich Golden Oldies von Patsy Cline zum Besten gegeben hatte. Ich muss bis an die Kiemen voll gewesen sein. Ich kann noch nicht mal einen Song richtig summen, geschweige denn so singen, dass man ihn auch wieder erkennt. Aber trotzdem, nach vier Bier knall ich durch. Nach sechs bin ich k. d. lang. Nach acht bin ich gnadenlos talentiert und beginne im Publikum nach Talentsuchern aus Nashville Ausschau zu halten.

Es muss eine Acht-Bier-Nacht gewesen sein, aber ich kann mich nicht entsinnen, entdeckt worden zu sein.

Als sie sich über den Couchtisch beugte und die Zigarettenasche in einen Souveniraschenbecher schnippte, fuhr ich mir mit meinen zittrigen Fingern verstohlen durchs Haar und versuchte ein ermutigendes Lächeln. Alles, was ich wollte, war zurück ins Bett gehen, um die Welt für ein paar dunkle Stunden auszublenden. Ihre nächste Bemerkung ließ mich zusammenfahren wie ein Sommergewitter.

«Mein Bruder wurde Freitagnacht ermordet. Susan Birney gab mir Ihren Namen. Ich möchte, dass Sie herausfinden, wer Charles umgebracht hat.» Mit dieser unverblümten Erklärung drückte sie die Zigarette energischer als unbedingt nötig aus.

Ich schauderte und erinnerte mich an etwas, das ich am Radio gehört hatte, als mich Max diesen Morgen aufgeweckt hatte – etwas, das ich nicht richtig registriert hatte. Charles Durand, einer der reichsten Männer Kanadas, war in seinem Penthouse-Büro an der Bay Street tot aufgefunden worden.

Trotz aller Gigantismus-Verliebtheit und Weltklassestatus hat Toronto nur gerade etwa einen Mord pro Woche zu verzeichnen. Vietnamesische Bandenkriege in Chinatown, diverse Scharmützel um Drogenterritorien, ein paar wenige Mafiamorde in den Vororten, vereinzelte Einbrüche und dann und wann eine Kneipenschießerei sind die Bestandteile der bescheidenen Dosis an alltäglicher Gewalt. Menschen sind hier immer noch so sicher wie Häuser – sicherer sogar, solange sie auf der Straße und aus ihren Häusern raus bleiben. Durands Mord musste eine richtige Medienschlacht auslösen. Ich hatte seinen kometenhaften Aufstieg mit mehr als akademischem Interesse verfolgt. In diesem Land, wo Reichtum nicht unbedingt gleichbedeutend mit Macht war, muss es zwangsläufig eine seltsame Grenzlinie im System geben: Rasse, Ethnizität, Geschlecht, sexuelle Orientierung, gesellschaftliche Herkunft. In Durands Fall war es das Letztere gewesen – sein Mangel an sozialer Akzeptanz, seine *nouveau* Lust danach.

«Aber die Polizei führt die Untersuchung doch sicher–»

Die Falschheit in meiner Stimme konnte ihr unmöglich entgangen sein. In letzter Zeit hatte ich mich vermehrt im Lügen geübt. Ich bin der Ansicht, es vereinfacht Beziehungen. Aber es braucht viel Übung, um damit durchzukommen.

Simone Goldberg schnitt mir barsch das Wort ab. «Wenn man diese Untersuchung der Polizei überlässt, besteht nicht die geringste Chance, dass Charles' Mörder jemals gefasst wird. Niemand weiß das besser als Sie. Deshalb will ich, dass Sie herausfinden, wer es war.»

Mehr aus Zufall wurde ich zu einer Expertin in Sachen Wirtschaftseliten, vor allem in jenen Bereichen, wo ihre Tätigkeiten ans Kriminelle grenzen. Das ist ein weites Feld. Aber zum Teufel, ich *schrieb* über tatsächliche Verbrechen – ich versuchte nicht, sie aufzuklären. Selbst lizenzierte Privatdetektive arbeiten nur selten an einem Mordfall, und sie werden erst engagiert, wenn die polizeilichen Ermittlungen sich im Sand verlaufen haben. *Wie war sie auf mich gekommen?* Sie hatte vorhin gesagt, dass Susan Birney, eine alte Freundin aus gemeinsamen Studententagen, sie an mich verwiesen hatte. Das letzte Mal hatten Susan und ich uns vor drei Jahren getroffen, als es galt, ihre dritte Hochzeit zu feiern. Ich musste an den Feierlichkeiten irgendeinen schwerwiegenden sozialen Fauxpas begangen haben, um solche Vergeltungsmaßnahmen zu rechtfertigen.

Die Sache war bereits zu kompliziert für einen typischen Sonntagmorgen à la Yeats geworden. «Kann ich Ihnen etwas zu trinken anbieten?», fragte ich.

Sie sah leicht beunruhigt aus. Wenn sie jetzt mit so etwas wie «O nein, das ist mir noch zu früh!», ablehnte, würde ich sie gleich rauswerfen.

Dieses Hintertürchen wurde zugeschlagen, als sie heiter antwortete: «Gerne einen Kaffee, vielen Dank.»

Simone folgte mir durch mein Studio zu den paar Quadratmetern, die ich als Küche abgetrennt hatte, und setzte sich auf einen Barhocker an der Theke. Zuerst ließ ich eine Lawine Diätfutter in Max' Fressnapf niedergehen. Wenn man Etiketten trauen kann, dann ist die Diät meines Hundes viel ausgeglichener als meine. Sein Kopf auch.

Ich öffnete meinen Vorkriegs-Kelvinator gerade so weit, dass mein Arm durch den Spalt passte und der erbärmliche Inhalt – diverse angejahrte Milchprodukte, ein Kopfsalat, der etwa so verwelkt war wie ich, und eine ordentliche Reihe Bierdosen – verborgen blieb. Als Nächstes toastete ich zwei Waffeln, goss ein bisschen saure Sahne darüber, dekorierte mit ein paar schon recht pelzig aussehenden Blaubeeren, schenkte Simone einen zweiten Kaffee ein, nahm Besteck aus einer rezyklierten Dose Speck und Bohnen und eine Dose warmes Perrier.

Sie war während der ganzen kulinarischen Vorbereitungen still geblieben, vielleicht aus Rücksicht darauf, dass ich all meiner geschwächter Ressourcen bedurfte, wahrscheinlich aber viel eher aus Verärgerung über meine Unverbindlichkeit. Ich setzte mich ihr gegenüber. «Fahren Sie fort», murmelte ich, und stopfte mir die so kreativ wieder aufbereiteten Reste in den Mund, gab aber einen Dreck darauf, womit sie fortfahren wollte.

«Haben Sie gestern die Zeitung gelesen?», fragte sie. «Es würde mir die Sache sehr erleichtern, wenn Sie zuerst den Artikel über den Mord lesen. Er ist auf der Titelseite.»

Ich zog die Post vom Vortag aus dem rezyklierten Gipseimer, der mir als Papierkorb dient. Sie war noch immer zusammengerollt und hatte ein Gummiband darum. Unter einem Studioporträt des Opfers stand der folgende Artikel:

Durand in seinem Büro ermordet

Sam Brewer

Toronto Post

Charles Durand, 55, Vorsitzender der Durand Corporation, wurde am Freitagabend in seinem Penthouse-Büro tot aufgefunden.

Die Leiche wurde in seinem Büro im 43. Stockwerk des Enterprise Towers gefunden, den er vor sechs Jahren als Firmenzentrale gebaut hatte.

Laut Angaben der Metro Toronto Police wurde die Leiche von

einer Putzfrau entdeckte. Sie alarmierte darauf einen Wachmann, der die Polizei informierte.
Es war der 13. Mord dieses Jahr in Toronto.
«Das Opfer saß zusammengesackt an seinem Schreibtisch», sagte Sgt. Norm Cooke von der Mordkommission.
Gemäß Cooke hat Durand, der vollständig bekleidet war, schwere Kopfverletzungen erlitten.
Es gebe keine Anzeichen für einen Raub und eine Tatwaffe habe nicht sichergestellt werden können, sagte er. Die Putzfrau und der Wachmann wurden von der Polizei vernommen, konnten aber keine sachdienlichen Angaben machen.
Zum Zeitpunkt der Tat befanden sich keine weiteren Personen in der Nähe des Büros.
Die Leiche wurde zur Untersuchung ins Gerichtsmedizinische Institut gebracht, wo heute die Autopsie vorgenommen wird. Angaben über die Todesursache wurden keine gemacht.
Angestellte von Durand Corporation und Familienangehörige waren gestern für eine Stellungnahme nicht zu erreichen.
In den vergangenen Monaten hatte der Immobilien- und Medienmogul fieberhaft versucht, sein 40-Milliarden-Imperium vor dem Bankrott zu retten.

Als ich aufsah, begann sie gleich zu sprechen. «Es ist schwierig. Ich weiß gar nicht, wo ich beginnen soll ... in Ihrer Branche wissen Sie wahrscheinlich mehr über Charles als ich. Ich habe ihn seit mindestens siebzehn Jahren nicht mehr gesehen.» Sie schaute in ihre Tasse, als ob sich dort ein Hinweis für ihre große Distanz finden ließe.

Es war nicht schwer zu erraten, weshalb sie schon so lange nicht mehr mit ihrem Bruder verkehrte. Nach allem, was man hörte, war er ein Riesenarschloch. Aber mir war nicht ganz klar, weshalb sie dachte, ich wüsste mehr über ihn als sie. Wenn man den Seelenklempnern auch nur halbwegs Glauben schenken darf (und das ist noch milde ausgedrückt), dann war man als Teil der Familie quasi eingeweiht, auch wenn die Wege sich getrennt haben. Schließlich war man ja von Anfang an und all die malformativen Jahre hindurch dabei gewesen. *Was also erwartete sie von mir?*

»Ich kenne nur die mageren Fakten der Karriere Ihres Bruders – das Geschäftliche.» Ich machte eine passable Imitation von Jack Webb. «Nur die Fakten, Madam.» So zu tun, als mache mich die Nachricht von Durands Tod betroffen, war etwas, das ich nicht zustande brachte.

Die Stille, mit der sie auf meine kleine Stichelei reagierte, machte mir eines klar: Die Lady macht nicht auf Kommando Männchen. Ich räusperte mir eine nikotinursächliche Blockade aus der Kehle und setzte meine Gelehrtenmiene auf. «Ich kenne nur das Material, das ich im Verlauf meiner Recherchen aufgestöbert habe, und das meiste davon ist mittlerweile bekannt.»

Kaum ein Tag war in den letzten fünf Monaten vergangen, in denen die Medien nicht berichtet hatten, wie ihr Bruder unaufhaltsam in den Bankrott geschlittert war. Wenn sich das Schicksal der Reichen und Schönen wendet, kleben die Journalisten daran wie die Fliegen.

«Er war extravagant und verschlagen, klar, aber ich dachte immer, das gehöre zum Spiel, das er mit der Presse spielt. Er hat es jedenfalls geschafft, sein Privatleben aus dem Rampenlicht herauszuhalten.»

Simone zündete sich eine weitere Zigarette an. «Da haben Sie Recht. Charles war fanatisch, wenn es darum ging, sein persönliches Leben unter Verschluss zu halten, aber soviel ich weiß, gab es da auch nicht viel zu berichten. Je näher man ihm kommt, desto weniger versteht man, weshalb er so versessen darauf war, sein Privatleben geheim zu halten.»

Als sie sprach, wurden ihre Augen unstet. *Übte sie sich etwa auch im Lügen?* Irgendetwas passte hier nicht zusammen. «Wie können Sie so etwas mit dieser Bestimmtheit sagen – wenn Sie ihn schon seit Jahren nicht mehr gesehen haben?»

«Ich habe meine Quellen», antwortete sie lächelnd.

Ich ließ nicht locker. «Aber ich müsste mehr über ihn wissen, um mir ein Bild machen zu können, wahrscheinlich viel mehr, als ich jemals alleine herausfinden könnte.» *Um eine Liste mit Verdächtigen zu machen*, meinte ich in Wirklichkeit, aber ich wollte sie nicht merken lassen, wie verlockend ihr Angebot langsam wurde.

Meine niederen Instinkte witterten ein fettes Honorar und wahrscheinlich ein weiteres Buch.

Sie verlor die Contenance. «Sie meinen, um herauszufinden, wer Charles getötet haben könnte ... wer seine Feinde waren.» Sie lachte bitter. «Ich kann Ihnen eine engere Auswahl geben: Jeder, der ihn gekannt hat.»

Ich wollte fragen, *Sie eingeschlossen?*, aber ich wäre nicht imstande gewesen, die Energie aufzubringen, die es gebraucht hätte, um ihren Panzer zu durchbrechen.

Ihre konstante Verbitterung und der offensichtliche Mangel an Trauer, ließen auf einen lange gehegten Groll schließen. Was hatte ihr Bruder getan, um sich den zuzuziehen? Andererseits übertrieb sie auch nicht, was seine Unbeliebtheit anging. Charles Durand war überall verhasst. Wenn man eine Liste der Verdächtigen aufstellen wollte, musste man sich auf diejenigen beschränken, die die Mittel und die Gelegenheit hatten. Motive, ihn zu ermorden, gab es zuhauf.

Ich beendete meinen Brunch. Max weigerte sich, den Rest der vollgesogenen Waffel zu essen, den ich ihm hinwarf.

Ich war verwirrt. «Sie sagten, Sie hätten ihn siebzehn Jahre nicht gesehen – und aus gutem Grund, da bin ich mir sicher. Weshalb sind Sie dann hier? Weshalb kümmert es Sie, wer ihn umgebracht hat? Ich meine, für gewöhnlich will man, dass ein Verbrecher entlarvt wird, damit man ihn für das, was er jemandem angetan hat, bestrafen kann. Wenn Durand ein solcher Dreckskerl war, dass er alle gegen sich aufbrachte, könnte man sagen, dass sein Tod bloß der glückliche Ausgang einer inoffiziellen Sammelklage war.»

«Wollen Sie wirklich sagen, dass das, was Charles widerfahren ist, *Gerechtigkeit* ist? Sicherlich verlangt selbst die rudimentärste Form von Justiz in einer zivilisierten Gesellschaft nach einem Prozess. Scheiße, ich bin noch nicht nicht mal für die Todesstrafe – von Lynchjustiz gar nicht zu reden.»

Jemand hatte vor mir einen Kraftausdruck gebraucht, eine Premiere. Ich beeilte mich, es wieder gutzumachen. «Es tut mir Leid. Sie haben natürlich Recht. Ich muss völlig mitleidlos und unsensibel geklungen haben.» Meine Entschuldigung war so ehrlich, wie ich nur sein kann, wenn ich einen ernsthaften Kater habe.

«Sie denken wahrscheinlich, das Los eines Drittweltkindes sei wichtiger als das, was Charles zugestoßen ist. Habe ich Recht?» Die Lady war hartnäckig.

Ach, zum Teufel damit, ich konnte geradeso gut sagen, was ich dachte. Nach meinen Erfahrungen ist die einfachste Politik im Umgang mit Leuten – Lovers ausgenommen – die Ehrlichkeit, obwohl das kaum Raum für Fantasie lässt. «Ja, wenn Sie's wissen wollen, das tu ich. Charles Durand hat die Voraussetzungen, die zu seinem Untergang führten, selbst geschaffen. Der Mann hatte unwahrscheinlichen Reichtum angehäuft, viel mehr als einem Einzelnen zusteht. Nach allem, was ich weiß, hat er vielleicht sogar die Voraussetzungen, die zu seinem Tod führten, geschaffen. Hungernden Kindern kann man nicht die Schuld für ihre knurrenden Mägen geben.»

«Und ich nehme an, Sie denken, dass Männer wie Charles an der Unterdrückung dieser Kinder schuld sind?», fragte sie weiter.

«Sie haben zumindest einen ansehnlichen Anteil an dem Problem, kein Zweifel. Und nach dem Lebensstil Ihres Bruders zu urteilen, war er sich selbst seine liebste Wohltätigkeitsorganisation.» Ich war auf bestem Wege, mit meiner Offenheit das sprichwörtliche Huhn, das die goldenen Eier legte, zu schlachten, aber das passierte mir ja nicht zum ersten Mal. Die Karten auf den Tisch zu legen, ersparte mir im Allgemeinen späteren Ärger – jedenfalls tröstete ich mich damit im Nachhinein.

Sie entspannte sich auf ihrem Barhocker und lachte. «Susan Birney hat mir versichert, man könne sich darauf verlassen, dass Sie frei von der Leber weg reden würden! Und ich stimme Ihnen zu. Ich führe bewusst ein Leben, das Lichtjahre von dem entfernt ist, das Charles sich aufgebaut hatte. Klar, er war ein Bastard ... aber ich bin der Meinung, dass er bereits die schwerste Strafe kriegte, die er bekommen konnte – Bankrott und öffentliche Demontage.»

Meine Offenheit hatte sie ihre Zurückhaltung vergessen lassen. «Jetzt, da ich weiß, dass Sie in Ordnung sind, kann ich Ihnen auch einen viel zwingenderen Grund nennen, weshalb Sie herausfinden sollen, wer ihn umgebracht hat. Sie haben mich vorhin gefragt, weshalb ich über das Privatleben meines Bruders Bescheid weiß, obwohl ich ihn schon so lange nicht mehr gesehen habe. Die Antwort ist einfach: Ich hatte immer eine enge Beziehung zu seinem Sohn, William. Ich liebe meinen Neffen, wie ich meine Tochter liebe. Und ich habe Angst, dass die Polizei ihn für den Mord an Charles verhaftet. Werden Sie mir also helfen?» In ihrer Stimme lag sowohl etwas inständig Bittendes als auch leidenschaftliche Überzeugung – eine Kombination, der man nur schwer widerstehen kann.

«Ich hätte fast Lust, es zu tun. Aber sagen Sie mir, weshalb sollten die Cops William verhaften? Hat er nicht vor ein paar Monaten einen Prozess gegen seinen Vater verloren?»

«Das ist wohl kaum ein ausreichendes Motiv, ihn zu töten. William hatte vollkommen Recht, als er Charles vor den Kadi zerrte. Alles was er wollte, war die Erlaubnis, seine Anteile am Konzern zu verkaufen, bevor sein Vater das Unternehmen mit seinem Wahnsinn in den Ruin trieb.» Sie beugte sich vor. «Vertrauen Sie auf die Intuition einer Tante – und der Menschenkenntnis einer erfahrenen Sozialarbeiterin: Mein Neffe ist nicht fähig, jemanden zu töten.»

Sie musste mehr wissen, als sie zu erkennen gab. «Weshalb machen Sie sich dann Sorgen, die Polizei könnte ihn verdächtigen?»

«Ich weiß, dass William in der Mordnacht im Büro seines Vaters war – er hat mich am Samstag, gleich nachdem er vom Mord hörte, angerufen.»

Äußerst heikel. Ich musste wieder ein bisschen zurückgehen. «Simone, wieso denken Sie, ich wäre in der Lage, den Job zu erledigen? Ich bin Autorin und keine Privatdetektivin.»

«Sie sind eine Autorin, die bereits eine profunde – und eine der Sache angemessene – Kennerin der Finanzwelt ist. Sie haben eine gute Nase für eine Story, wissen wie man recherchiert und das Wichtige vom Unwichtigen trennt. Das weiß ich bestimmt: Ich habe viele Ihrer Artikel gelesen. Und Susan sagte, Sie seien fair und ließen sich ihr Urteilsvermögen nicht durch persönliche Gefühle trüben; und außerdem seien Sie nicht leicht einzuschüchtern. Sie sagte, Sie hätten deswegen schon einen guten Job verloren, und man habe Ihr Leben bedroht.»

«Man hat nicht mein Leben bedroht, man hat mich nur grün und blau geschlagen.»

Simone fuhr fort: «Das alles ergibt in meinen Augen recht gute Referenzen. Die Tatsache, dass Sie *keine* Privatdetektivin sind, dürfte von unschätzbarem Vorteil sein.» Wie sie mir meine Qualitäten schmackhaft machte, war erste Sahne. Das ist harte Arbeit. Trotzdem wehrte ich mich noch.

«Die meisten Wirtschaftsbosse werden beinahe schon paranoid, wenn jemand in ihrer Privatsphäre rumschnüffelt, seien es jetzt die Medien oder das Gesetz. Letztes Jahr hatte eine Freundin von mir gewagt, über das Gemauschel der Farrah-Familie zu schreiben. Vielleicht haben Sie es gelesen, es stand in *City Lifestyle*. Sie musste vor Gericht, und alle ihre Manuskripte wurden beschlagnahmt! Obwohl die Farrahs einen Ermittler aus New York engagierten, der alle ihre Quellen noch einmal interviewte, schafften sie es trotzdem nicht, ihre Glaubwürdigkeit zu untergraben.» Ich erwähnte nicht, dass das Buch einer anderen guten Wirtschaftsjournalistin fallen gelassen wurde, noch bevor sie das Manuskript abgeliefert hatte. Ihr Verleger hatte einen Brief von einem prominenten Anwalt bekommen. Wenn es um den ersten Preis in der Umweltverschmutzung geht, so können heutzutage nur noch Auspuffgase mit der grassierenden Prozessfreudigkeit mithalten.

Sie hatte aber noch ein weiteres Ass im Ärmel. «Hören Sie, das muss kein gewöhnlicher Mordfall sein. Ich habe so ein Gefühl, dass Charles wahrscheinlich von jemandem aus den Wirtschaftskreisen umgebracht wurde, wahrscheinlich von jemandem, der über *sehr viel* Einfluss verfügt. Von einem Rivalen, der noch rücksichtsloser ist als er es war. Jemand, der so viel Macht, so gute Verbindungen hat, dass die Polizei wahrscheinlich einen großen Bogen um ihn macht. Deshalb glaube ich, dass sie sich auf William stürzen werden, um nicht in der Chefetage ermitteln zu müssen. Jane, Sie wissen verdammt genau, dass es von Ihrer Adresse abhängt, wie – sogar ob – man an Ihre Tür klopft. Und die Leute, die Sie überprüfen müssen, sind viel eher bereit, mit einer Frau zu sprechen, die über den Mann, den sie hassen, ein Buch schreiben will – und nicht herausfinden will, wer ihn ermordet hat.»

Meine Nervenenden vibrierten im Einklang mit ihrer Illusionslosigkeit. In den vergangenen Jahren hatten selbst die leichtgläubigsten Kanadier den Glauben an die Polizei und Justiz verloren. Nach einer sehr öffentlich geführten Untersuchung von einigen Fehlurteilen in Mordprozessen hatten selbst zurückhaltende Bürger zugeben müssen, dass die Justiz mit verschiedenen Ellen maß: Wo man landet, hängt sehr davon ab, von wo man fällt. Man braucht nur irgendeinen jungen, männlichen Schwarzen zu fragen. Und auf dem Weg vom Tatort bis in den Gerichtssaal kann man es mit manchen verhängnisvollen Verzögerungen oder fataler Inkompetenz zu tun kriegen.

Tycoons vom Schlage Durands spielen in einer Liga für sich: Außerhalb des Gesetzes, weil sie sich von keinerlei ethischen Grundsätzen leiten lassen und niemandem Rechenschaft schuldig sind. Selbst Anwälte haben eine eigene Überwachungsinstanz; allerdings scheint diese ihr Mandat vergessen zu haben.

Ich beschloss, noch einen letzten Versuch zu machen, mich zu wehren. Ich hasse es, verführt zu werden. Meine innere Therapeutin sagt, dies komme davon, weil ich das Kind eines Alkoholikers sei: Ich müsse immer das Gefühl haben, dass ich die Zügel in der Hand halte. Doch dieses Mal hatte es mehr damit zu tun, dass ich die kürzliche Publikation meines letzten Buches mit einem ausgedehnten Urlaub in Barbados hatte feiern wollen. Nichts konnte mich davon abhalten – weder Liebe noch Geld, Macht oder Rache. Keine der Grundmotivationen

Was ich nicht berücksichtigt hatte, war Neugier, die in meinem Fall oft gleichbedeutend mit Rache ist.

Simone fragte mich, ob ich ihr nicht vielleicht ein Bier hätte. Ich schaute auf meine Swatch, aber die Zeiger waren zu klein, als dass sie mir etwas über den Stand der Sonne hätten sagen können. Trotzdem ließ ihre Bitte meinen Widerstand etwas bröckeln. Während ich durchs Studio ging, um eine Dose Newcastle Brown Ale zu holen, zündete sie sich eine weitere Zigarette an. Ich goss den mahagonifarbenen Schaum andächtig in ein vorgekühltes Bierglas. Sie nippte mit sichtlichem Genuss daran, bedankte sich und stellte es auf die Theke. Langsam begann mir die Frau zu gefallen.

Max rekelte sich auf seinem Lieblingstepppich, ohne sein Schnarchen zu unterbrechen.

Ihr letztes Argument ließ mich beinahe paranoid werden. Vielleicht hatte sie mit meinem inneren Seelenklempner gesprochen. «Hören Sie», begann sie, und ihre wachen Augen durchbohrten meine Psyche, «wenn die Durand-Familie Sie damit beauftragen würde, die autorisierte Biografie von Charles Durand zu schreiben, dann hätten Sie automatisch einen Freipass für Ihre Ermittlungen.

Ich wusste sofort, dass sie Recht hatte. Mein Widerstand schmolz dahin wie Max, wenn er liebebedürftig war. Aber ich konnte mich noch nicht überwinden, Ja zu sagen.

«Ich weiß nicht, ob es einen Unterschied macht, aber ich würde Sie sehr gut bezahlen. Sagen wir, in der Höhe eines bescheidenen Jahresgehalts, auch wenn Sie nur ein paar Wochen brauchen, um den Mörder zu finden. Vierzigtausend? Und ich gebe Ihnen einen Vorschuss von zweitausend Dollar für die ersten zwei Wochen und für die Spesen.» Sie lachte, als ob sie die monetäre Bedeutung ihres Angebots wegwischen wollte. «Betrachten Sie mein Angebot als Junkbonds – Charles' bevorzugte Finanzierungsmethode für einige seiner verrückteren Übernahmen –, hohes Risiko, aber auch bessere Aussichten auf eine hohe Rendite.»

«Ich würde die Analogie nicht zu weit treiben», erwiderte ich. «Junkbonds führten schließlich auch zu seinem Untergang.»

«Ich kann es mir leisten, Sie gut zu bezahlen», beharrte sie. «Vor Jahren hatte Charles einen Trust-fund auf meinen Namen eingerichtet. Ich brauche wohl nicht zu erwähnen, dass er es nicht aus Menschenfreundlichkeit getan hat, sondern weil er ein Steuerschlupfloch brauchte. Ich habe nie auch nur einen Cent davon angerührt. Ihr Honorar wird der erste Bezug sein.»

«Simone, verzeihen Sie meine Neugier in einer Sache, die gar nichts mit dem Fall zu tun hat, aber ich frage mich, weshalb Sie das Geld behalten haben, wenn Sie es für schmutzig halten.»

«In Anbetracht dessen, was ich als seine Schwester erleiden musste, beschloss ich, es als Kompensation zu betrachten.» Einen Moment lang sah es so aus, als wolle sie sich noch weiter über das

Thema auslassen. Sie schwieg einen Moment und fuhr dann weniger bitter fort. «Ich beschloss, etwas Gutes damit zu tun. Ich habe es für meine Tochter behalten. Robert, mein Mann, und ich haben beide ein bescheidenes Einkommen, also wird sie von uns nicht viel erben. Und außerdem habe ich vor, einen Teil davon einem Frauenhaus zu spenden. Charles hätte das Geld eher verbrannt, als dass er zugelassen hätte, dass es zu so einem Zweck verwendet wird.»

Ich war bereit, einzuschlagen. Vierzigtausend Dollar plus Spesen. Mit so viel Geld könnte ich ein ganzes Jahr lang schreiben und lesen, was ich wollte, ohne mir Sorgen über die Miete und Max' Diätfutter zu machen. Ich könnte für einen Monat nach Barbados gehen – und meine altersschwache Harley gegen ein neues Motorrad eintauschen. Letztes Wochenende war ich an einer Motorradausstellung im Automotive Building im Exhibition Place gewesen. Liebe auf den ersten Blick: Auf einem Podest stand, funkelnd wie ein See bei Sonnenaufgang, eine atemberaubende rote Ducati 851 Sport, treffend der Ferrari der Motoräder genannt. Das letzte in Handarbeit gebaute Motorrad mit computergesteuerter Einspritzung. «Entführe mich», betete ich. Ich würde sie neben meinem Bett haben. Zum Teufel, ich würde sie *in* meinem Bett haben.

Sie stand auf und zog ihr Jackett an. «Ich sehe, Sie brauchen noch etwas Zeit, um es sich zu überlegen. Sie brauchen sich nicht heute zu entscheiden. Aber ich muss jetzt gehen. Ich rufe Sie morgen kurz nach neun an.»

«Ja», sagte ich, nicht weniger leidenschaftlich als Molly Bloom. *Ja,* sagte ich, *ja.* Ich wollte diese schräge Sache machen. Meine Gedanken waren auf und davon wie die sprichwörtlichen Hunde auf der Fährte eines Fuchses.

Sie ging zur Tür. «Für den Fall, dass Sie annehmen, wäre es gut, wenn Sie zur Beerdigung kämen. Ich kann Ihnen morgen genaueres sagen, wenn ich mit Charles' Witwe gesprochen habe.»

«Vielen Dank. Und Simone, falls es von Bedeutung ist, es tut mir Leid, was Sie durchmachen.»

Sie drehte sich nochmals um, und aus ihren sanften Augen sprach Dankbarkeit. «Ich danke Ihnen. Es bedeutet mir sehr viel.

Er war mein Bruder. Ich nehme an, wir alle hoffen, dass sich unsere familiären Beziehungen irgendwann normalisieren – bevor der Tod dazwischenkommt.» Sie hielt inne und grinste. «Und um das Ganze auf einer etwas unbeschwerteren Note ausklingen zu lassen, möchte ich Ihnen sagen, dass ich beeindruckt bin, dass Sie sich nicht für ihre Defizite als Hausfrau entschuldigt haben. Die meisten Frauen würden es tun», meinte sie.

«Die meisten Frauen benutzen einen Staubsauger. Ich miete einen Gabelstapler.»

Sie lachte und ging den Korridor entlang zum Warenaufzug. Ich schloss die Tür. Max schnüffelte an seinem leeren Napf, rannte ein paar Runden seinem Schwanz nach und ließ sich dann geschlagen neben dem Sofa auf den Boden plumpsen. Er war deprimiert.

Ich ging schnurstracks zu meinen Archiv.

2

Auf meinem Planeten gibt es zwei Kategorien von Hangover: diejenigen, die von zu viel Bier herrühren, und die unvermeidlichen, die von einem Zuviel an Informationen stammen. Die Letzteren sind im Allgemeinen produktiver.

Nachdem Simone gegangen war, stürzte ich mich zuerst in ein heißes Bad, dann in den Inhalt meines Aktenschrankes, den ihr Besuch von einem Recherchenlager in eine potenzielle Goldmine verwandelt hatte. Ein vernünftiger Bibliothekar hätte das meiste meines Horts an Notizen unter «Geschäftliches» abgelegt. Bei mir hieß es «Konzerne, Cash, Klasse, Verbrechen und diverse andere Formen von Korruption.» Die zwei oberen, verschlossenen Schubladen enthielten alle für meine publizierten Bücher und Artikel wichtigen Papiere: Zeitungs- und Magazinausschnitte, Notizen, Kassetten mit Interviews, meine Manuskripte und Sicherheitskopien auf Disketten, Notizblöcke voller Ideen, Vermutungen, Annahmen, Verdachtsmomente, Hinweise, Gerüchte – all die undokumentierten Einzelheiten, die meine bescheuerte Tätigkeit anheizten. Das Zeug, das mich an meinen einsamen Computer fesselte, während normale Leute lächelnd in klimatisierten Büros zirkulierten und bei einer Tasse koffeinfreien Kaffees über Liebhaber, Therapien, ihre neue Diät oder ihren Innenarchitekten plauderten, oder sich über ihren Krankenkassenbonus oder ihre Pensionskasse freuten (jedenfalls stelle ich es mir so vor).

Als der Abend anbrach hatte ich bereits eine Überdosis kanadische Powerelite im Allgemeinen und Charles Durand und sein Imperium im Besonderen abbekommen. Bevor ich an der Matratze horchte, führte ich Max noch zu einem Spaziergang aus, um seine Herzkranzgefäße zu trainieren und meinem Gehirn etwas Ruhe zu geben. Er rannte, ich ging. Ich bin depressiv, nicht suizidal.

Ein strammer Wind peitschte unsere Kehrseiten, als wir an der nordwestlichen Ecke in den Park einbogen und einer kurvenreichen Finnenbahn den Hang zum Grenadier Pond folgten. Wolken bedeckten das magersüchtige Antlitz des Halbmonds. Ich konnte nicht weit sehen. Das dichte Unterholz zu beiden Seiten der hügeligen Lichtung schloss mich ein wie dunkle Klammern. Plötzlich bekam ich es mit der Angst zu tun. Ich pfiff nach Max. Er kam nicht zu mir zurück, was nur bestätigte, was ich bereits wusste: Meine bisherigen Anstrengungen in Sachen Wau-wau-Dominanz hatten nichts gefruchtet.

Ich bekam die wachsende Panik wieder unter Kontrolle, indem ich anstatt an die Angst einflößende Mord-im-Park-Szene aus Antonionis *Blow Up* an einen Schnappschuss aus meiner «Karriere» dachte – immer gut für ein befreiendes Lachen. Vielleicht kam mir ja auch noch etwas moralisch Erhebenderes als Geld in den Sinn, um meinen Entschluss, Simones Angebot anzunehmen, zu rechtfertigen.

Vor zwölf Jahren begann ich mein Erwachsenenleben, was mit dem Abschluss der Journalistenschule zusammenfiel, als Chefredaktorin des progressiven Magazins *Up Yours!* «Progressiv» hieß: nonprofit, eine Leserschaft von zweitausend politisch entfremdeten Seelen, von der Royal Canadian Mounted Police wegen linker Tendenz überwacht, und für das System so bedrohlich wie ein zahnloser Chihuahua.

Mein kometenhafter Aufstieg von der Assistentin in der Administration zur Chefredaktorin in nur neun Monaten wurde erheblich begünstigt durch gewisse Umbrüche in der Gruppe, die auf eine glücklich zustande gekommene Schwangerschaft und eine Drogenrazzia zurückzuführen waren. Als ich mich bei einem befreundeten Journalisten beklagte, wie viel der Staat mir von meinem mageren Lohn abzwackte, empfahl er mir, Selbstständigenstatus zu beantragen. Um den zu erlangen, musste ich lediglich ein paar Buchkritiken pro Jahr schreiben. Er warf mir dann freundlicherweise gleich ein paar neue Kriminalromane auf den Tisch. Ich begrüßte seine hingeworfenen Reste, wie wenn ich gestorben und in jene Ecke des Himmels gegangen wäre, in der Nancy Drew immer ihren Vater so stolz macht.

Als zwei Jahre später der Journalist, der in der Samstagsbeilage der *Post* die Krimi-Kolumne schrieb, einem fatalen Leberleiden allseits bekannten Ursprungs erlag, schlug mich der Chefredaktor der Zeitung als Nachfolgerin vor. Ich konnte das Angebot nicht ausschlagen: *Up Yours!* war vor kurzem wegen unheilbarer Auflagenprobleme eingegangen.

Gegen Ende meines ersten Jahres in dieser Verstellung wurde ich zur Polizeireporterin befördert – unter der Bedingung, dass mein erster Auftrag eine Serie über Korruption in der Polizei von Toronto war. Offensichtlich hatten alle erfahrenen Reporter, denen ihre Karriere lieb war, die Herausforderung abgelehnt. Ich konnte mir nicht erlauben, den Job abzulehnen. Ich hatte eben erst für eine restaurierte, original Harley-Davidson FLST Heritage eine Hypothek auf mein Leben aufgenommen.

Ich überlebte den Auftrag lange genug, um eine Serie von neun Artikeln zu publizieren. Meine herkulischen Anstrengungen brachten mir einen nationalen Journalistenpreis ein – und kosteten mich den Job. Offenbar hatte ich meine Recherchen zu gründlich geführt. Eine Welle von Rücktritten in den oberen Etagen der Polizei kündete davon. Und meine Entlassung, die darauf folgte, zeigte, dass unsere Presse alles andere als eine freie ist. Mich überraschte das überhaupt nicht: Wenn kanadische Illusionen zerbrechen, fallen die Scherben immer auf den Nestbeschmutzer. Weil ich nicht genug Fakten zusammentragen konnte, um mit dem Finger auf den Polizeichef, den Polizeiausschuss und das Büro des Bürgermeisters zu zeigen, hatte ich lediglich in die ungefähre Richtung gedeutet und es den Lesern überlassen, ihre eigenen unfeinen Schlussfolgerungen zu ziehen, wie weit das Ganze ging. Der Verleger der Zeitung, der sich regelmäßig mit prominenten Politikern in einem noblen und äußerst diskreten Steakhouse zum Mittagessen traf, beschloss, dass eine Weiterbeschäftigung meiner Person mehr als nur peinlich war. Ich verzieh ihm. Seinen Arsch in Sicherheit zu bringen, ist in Managerkreisen zu einem Muss geworden. Und, hey, jetzt zierte ein Journalistenpreis den Wasserkasten meiner Toilette.

Nun wirklich selbstständig, begann ich an einem Buch über den erst kürzlich verübten Mord an Diana Bancroft, der Frau eines prominenten Richters, zu schreiben. Die Geschichte stank vom ersten Tag an und ich vermutete, dass der Geruch aus der Richtung eines Mannes mit einem Abschluss in Jura von einer guten Universität kam, der der Liebhaber Nummer eins der Verstorbenen gewesen war. Recherchen in und unter den Betten bestätigten meine Vermutung. Als die Polizei die Handschellen zuschnappen ließ, war ich bereit, die Buchläden mit dem Dreck, der ihre Untersuchung umgab, zu füllen. Ich hatte einen Bestseller in den Händen, Schmutz unter den Fingernägeln, Sägemehl am Grund meines Herzens – und einen Anschlag auf mein Leben, den ich meinen Wassertankornamenten hinzufügen konnte.

Zu dickköpfig, um mich einschüchtern zu lassen, ließ ich in den folgenden Jahren mehrere Artikel über tatsächliche Verbrechen folgen; ein Buch über Wertschriftenbetrug und Insidergeschäfte; und ein drittes Buch über die Geschichte und die Fälle der Mordkommission des Toronto Police Departements. Ich schaffte mir ein paar Feinde mehr in führenden Positionen, gewann ein paar Freunde bei der Polizei und ein weiteres Toilettenornament dazu. Uns das Wichtigste: Meine Harley war bezahlt. Eine hartnäckige Agentin handelte lukrative Vorschüsse für die amerikanische und die britische Publikation meines nächsten Buches aus.

Apropos mein nächstes Buch: Das Projekt war schamlos aus der

Luft gegriffen, die zudem so dünn war, dass jeder Kanarienvogel erstickt wäre. Man muss mir allerdings auch zugute halten, dass ich einen Vorschuss meines Verlegers auschlug, der mir für weitere sechs Monate ein Leben an der Armutsgrenze ermöglicht hätte. In meinem Autorinnen-Innersten spürte ich, dass ich das verdammte Buch nie abliefern würde. Das Konzept wäre zu komplex, als dass man es festlegen könne, beschied ich meine Agentin und fragte sie, ob sie sich vorstellen könne, dass man Platon eine Deadline gegeben hatte, als er *Der Staat* geschrieben hatte. Mit dem Rücken zur existenziellen Wand kann ich sehr billig werden.

Max kehrte erst zu mir zurück, als mein innerer Seelenklempner mir zugeflüstert hatte, dass meine plötzliche Panik vor Kobolden im Park wohl von der Angst herrührte, mein stagnierendes Leben zu ändern.

Am Montagmorgen rief ich Ernie Sivcoski, einen Detective bei der Mordkommission, an. Ich war überrascht, dass er auch tatsächlich an seinem Schreibtisch war. Obwohl er meine Anrufe immer beantwortete, hatte ich erwartet, dass er mit dem Durand-Fall beschäftigt war.

Ernie kam gleich zu seinem Punkt. «Du rufst mich an, weil du mit mir ausgehen willst, habe ich Recht, Jane?»

«Falsch, Ernie. Du weißt ja, dass ich mit niemandem ausgehe.» Bevor ich Pete kennen lernte, waren Ernie und ich ein paarmal zusammen ausgegangen, meistens in Jazz-Clubs, aber unsere Beziehung hatte nie abgehoben. Vielleicht passen Cops und Schriftstellerinnen einfach nicht zusammen. Ernie hat ein gutes Herz und er ist ein verdammt guter Detective. Aber er verbringt zu viel von seiner Arbeitszeit mit Frauen, die durch Prostitution und Kokain geschädigt sind, so dass er nicht weiß, wie er in seiner Freizeit mit Frauen umgehen muss, die es nicht sind. In seinem Universum sind alle Frauen einfach zu haben.

Zum ersten Mal begegneten wir uns, als ich für mein Buch über den Bancroft-Mord recherchierte. Ernie hatte den Fall von Beginn an so ausgeklügelt choreographiert wie ein Ballett. Sein Hauptverdächtiger war einer der einflussreichsten Anwälte der Stadt. Ernie wusste, dass seine Karriere Geschichte sein würde, wenn er auch nur einen falschen Schritt machte. Er choreographierte es wie Balanchine. Und er kriegte seine Verurteilung.

Danach gewährte er mir sehr gerne ein Interview. Viele der Insider-Informationen, die mein Buch zu solch einem fundierten, fesselnden Renner machten, hatte ich ihm zu verdanken. Und das tat er, *nachdem* ich ihm gesagt hatte, dass ich nicht mit ihm schlafen würde. Aber damals riskierte er nichts, wenn er sich mir anvertraute. Der Bancroft-Fall war abgeschlossen. Ich fragte mich, wie er wohl auf Fragen über einen laufenden Fall reagieren würde.

Ich begann das Gespräch vorsichtig. «Ich bin überrascht, dich so einfach zu erreichen, Ernie.»

«Du denkst, Sie hätten mir den Durand-Mord übergeben.»

«Danke für die Bestätigung. Und wie läuft's?»

Er holte tief Luft und atmete wieder aus wie ein Gewichtheber. «Nun, wenn du's genau wissen willst, sitze ich im Moment an meinem Schreibtisch, weil der gerichtsmedizinische Befund vor zwanzig Minuten reingekommen ist», sagte er, als ob er lieber segeln gehen würde.

Er hatte mir die Erlaubnis gegeben, einen Schritt weiter zu gehen. «Lass mich raten, Charles Durand starb, weil er zu atmen aufgehört hatte.»

«Weshalb solltest du raten? Weshalb interessierst du dich überhaupt dafür?», fragte er unwirsch.

«Okay, Ernie, ich sag's dir. Die letzten Monate habe ich an Durands offizieller Biografie gearbeitet.» Ich sagte ihm nicht, dass das Projekt erst seit gestern lief, dass ich noch keine Zeile geschrieben hatte und es auch nicht vorhatte. «Folglich habe ich ein besonderes Interesse an den Umständen seines Todes.»

«Und jetzt, da er überall in den Medien ist, brütest du einen weiteren Bestseller aus», kommentierte er säuerlich.

Das ärgerte mich. «Du kennst mich gut genug, um zu wissen, dass ich mit dem Buch nicht rauskomme, bevor ich damit nicht zufrieden bin – auch wenn der Verlag Druck ausübt.» Der beschränkten Erfahrung mit meinem eigenen Charakter zufolge, bringt Verlogenheit immer auch Selbstgerechtigkeit mit sich. «Ja, das weiß ich. Tut mir Leid, dieser Fall macht mich fertig. Oben machen sie mächtig Druck. Die wollen, dass wir möglichst bald jemanden verhaften.»

«Ihr habt also einen Verdächtigen?»

»*Einen* Verdächtigen? Sie laufen mir bereits zu den Ohren raus! Aber nehmen wir bald jemanden fest? Wohl kaum.»

«Wie viel kannst du mir sagen, Ernie?»

«Ich kann doch davon ausgehen, dass du den Mund hältst, nicht?»

Es freute mich, dass er meine Antwort nicht abwartete. Er wusste aus Erfahrung, dass ich eher ins Gefängnis gehen würde, als meine Quelle zu verraten.

«Nun, ich bin genauso enttäuscht wie du. Eigentlich sagt der Bericht des Gerichtsmediziners nur, dass Charles Durand sich nicht selbst umgebracht hat – was nicht unbedingt eine große Überraschung wäre, wenn man bedenkt, was er in den letzten Monaten so alles einstecken musste, nicht?»

«Kürzlich haben drei Senkrechtstarter, die an der Börse in Vancouver Geschäfte gemacht hatten, Selbstmord begangen. Es ist also kein ganz unbekanntes Phänomen. Leute, die vor dem Ruin standen, Prozesse, die Frauen davongelaufen. Aber Charles Durand war nicht der Typ, der Selbstmord begeht, Ernie. Er war kein Opfer, er war ein Preisboxer. Er war schon mehrmals am Boden und jedes Mal kam er wieder auf die Beine, bevor er ausgezählt werden konnte.»

«Du hast Recht. Jedenfalls steht hier: *Das Opfer starb infolge schwerer Kopfverletzungen, verursacht durch wiederholte Schläge auf den Kopf, die stark genug waren, die Schädeldecke zu zertrümmern und große Teile des Gehirns zu zerstören.* Ich war am Tatort und die Experten brauchten uns nicht zu sagen, woran er starb: Die linke Seite seines Kopfes war eingedrückt wie ein verfaulter Kürbis. Der halbe Kopf war zu Brei geschlagen. Kein schöner Anblick. Ich meine, seine Schreibunterlage war völlig mit Blut durchtränkt, und über den Tisch verstreut lagen Teile des Gehirns und der Schädeldecke.»

Als ich spürte, wie mein Frühstück sich der Schwerkraft zu widersetzen begann, war ich versucht, ihm zu sagen, er solle mich mit den Details verschonen. Aber ich wusste, wenn schon Gott nicht im Detail steckt, so doch sicher der Täter.

Ernie redete monoton weiter, als kommentiere er ein Hockeyspiel. Vielleicht half es ihm, das grauslige Szenario auszublenden. «Der Angreifer muss total ausgerastet sein – ich meine, er muss wieder und wieder auf ihn eingeschlagen haben, auch als er bereits tot war. Im Bericht steht: *mindestens sechzehn Schläge*. Der Pathologe vermutet, dass ihn der erste Schlag von vorne getroffen haben muss, als er sich von seinem Stuhl erheben wollte, und ihn bewusstlos gemacht hat, so dass er vornüber auf den Tisch gefallen ist. Verschiede Frakturlinien gehen alle von dieser ersten Penetration aus. Die folgenden Schläge wurden erst verabreicht, als der Kopf auf dem Tisch lag.»

«Weiß man schon etwas über die Tatwaffe?»

«Nein, außer dass es ein nicht ganz so stumpfer Gegenstand war. Der Gerichtsmediziner konnte die Schädelpenetrationen und –frakturen keinem ihm bekannten Gegenstand zuordnen. Er sagte nur, dass er mindestens eine flache Seite haben muss, unregelmäßig große Seiten und Enden, mehrere scharfe Kanten. Was zum Teufel es auch war, der Killer muss es mitgenommen haben – im Büro ist das Ding jedenfalls nicht mehr. Wir suchen den Rest des Gebäudes ab, bis wir sicher sind, dass er es nicht dort irgendwo losgeworden ist. Du kannst dir ja vorstellen, was das bedeutet. Der beschissene Turm hat dreiundvierzig Stockwerke.»

«Wie den Zeitungen zu entnehmen ist, habt ihr bereits einige Leute befragt.»

«Ja. Zuerst die Putzfrau, die die Leiche gefunden hat. Durand trat irgendwann zwischen vier, als er zuletzt gesehen wurde, und acht, als sie ihn fand, zur Ewigen Börse über, also hätte sie zur fraglichen Zeit im selben Stockwerk sein können. Aber sie hat nichts gesehen und gehört. Das arme alte Mädchen ist ein Nervenbündel. Portugiesin. Ich musste einen Dolmetscher holen, um sie zu befragen. Sie fand die Leiche, als sie wie gewöhnlich ihre Runde machte. Sie sagte allerdings, dass Durand normalerweise am Freitagabend nicht im Büro war.»

«Und der Wachmann?»

«Der konnte mir nichts sagen. Vollidiot mit einem ellenlangen Strafregister wegen Körperverletzung. War mal Rausschmeißer im El Mocambo, bis er gefeuert wurde, weil er mehr Schlägereien angefangen als geschlichtet hatte. In der Nacht, in der Durand ermordet wurde, hatte er sich durch ein Sixpack durchgearbeitet und ein Hockeyspiel angeschaut, anstatt in seinem Glaskasten im Erdgeschoss ein Auge auf den Monitor zu haben. Nach den Bürostunden wird der Sicherheitsdienst im Tower sowieso auf ein Minimum reduziert.»

«Das überrascht mich, Ernie. Du weißt doch, wie die Sicherheitsindustrie wegen der allgemeinen Paranoia boomt – und Durand betrachtete selbst Staubmilben als seine persönlichen Feinde. Ich hätte erwartet, dass er sein Gebäude mit einer Hightechausrüstung schützt und von Leuten überwachen lässt, die für ihn in den Tod gehen.»

«Ja, und die Medien haben manchen Leuten eine solche Angst vor Verbrechen eingejagt, dass es alte Ladys gibt, denen man so viel Krempel verkauft hat, dass sogar der Premierminister neidisch würde. Aber ich nehme mal an, Durand dachte, es gäbe da drin sowieso nichts, was sich zu stehlen lohnte, es sei denn, man steht auf tropische Pflanzen und Designer-Büroeinrichtungen. Alle wichtigen Computersysteme waren gesichert. An den Ein- und Ausgängen hatte er ein paar Kameras installiert, und genug Feuermelder, um den Bestimmungen zu genügen. Aber nichts, was darüber hinausging – nicht mal Kameras in der Tiefgarage. Na jedenfalls ist auch das beste System nur so gut, wie der Typ, der es überwacht. Und die Security-Industrie ist auch nicht richtig organisiert – ein Großteil ihres Personals setzt sich aus den Leuten zusammen, wegen denen ihre Kunden überhaupt so viel Geld ausgeben Die Hauptaufgabe des Wachmanns war, das Reinigungspersonal rein- und wieder rauszulassen und die Monitoren zu überwachen. Er war nicht mal in der Lage, so viel Verantwortung zu übernehmen. Wir fanden einen Lieferanteneingang, der offen war. Der Idiot hatte ihn nicht überprüft, als er seinen Dienst antrat. Nach Büroschluss kam jeder einfacher rein oder raus als in der Metro Library.»

«Und der Erkennungsdienst? Haben sie Spuren gefunden … Haare, Fasern? Fremdpartikel in der Wunde? Haut vom Täter unter den Fingernägeln? Fusseln in seinem Bauchnabel?»

Ernie lachte. «Du hast wieder mal *Quincy* geschaut, Jane. Klar, ein paar Fingerabdrücke – aber die meisten stammen von Durand selbst. Der Rest passt wahrscheinlich zu nichts, was wir im Computer haben. Eine Menge Blut – aber bis jetzt nur Durands. Die Kleider des Verdächtigen müssen voller Blut gewesen sein – aber die verräterischen Klamotten sind mittlerweile zweifellos vernichtet worden. Du weißt ja, wie's läuft. Für alles, was du hast, brauchst du was, was dazu passt.»

Ich ließ nicht locker. «Gibt es *irgendwelche* anderen Beweise?»

Stille in der Leitung.

«Ernie, wie zum Teufel willst du zu deiner schnellen Festnahme kommen, die der Polizeichef fordert?»

Er sprach nur zögerlich. «Offenbar fand man ein paar seltsame Splitter und Partikel in seinem Kopf, die noch nicht identifiziert sind. Außerdem lag ein leeres Streichholzbriefchen neben einem Aschenbecher auf dem Couchtisch in Durands Büro. Durand selbst rauchte nicht.»

«Aber er muss viele Besucher gehabt haben, die's taten.»

«Nein, nicht viele konnten bis ins Allerheiligste vordringen. Sein Sekretärin, Ruth Porter, hat dafür gesorgt. Sie hat Durand beschützt wie eine Bärenmutter ihr Junges – und sie sieht auch aus wie eine.»

Männer wie Ernie machten Haarentfernungsmittel zu einem essentiellen Produkt für die Frauen, das heißt, wenn man mit einem Mann wie Ernie in die Koje will.

«Und was kannst du mir über das Streichholzbriefchen sagen? Weißt du, woher es stammt?»

Eine bedeutungsschwangere Pause am anderen Ende. «Ich hab dir das nicht gesagt, okay? Wie wär's mit einer Homo-Bar?»

Ich hielt den Atem an. «Welche Homo-Bar, Ernie? Davon gibt's Dutzende in der ganzen Stadt?»

«Ich kann dir nicht mehr sagen, Jane. Ich hab dir sowieso schon viel zu viel erzählt.»

Ernie klang bestimmt. Es machte keinen Sinn, ihn noch weiter zu drängen.

Dann sagte er noch, als ob es ihm eben noch in den Sinn gekommen wäre: «Wenn ein so Großer wie Durand ermordet wird, wirft das eine Menge Wellen.»

«Es wirft Flutwellen, Ernie. Sieh zu, dass du den Kopf über Wasser hältst, klar? Und vielen Dank. Ich bin dir was schuldig.»

«Bist du sicher, dass du nicht mir ausgehen willst?»

«Ganz sicher. Mein Hund ist eine besitzergreifende Bestie. Bis bald, Ernie.»

Ich öffnete eine Dose Bier und ließ mich in einen Sessel plumpsen. Etwa fünf Minuten lang starrte ich durch das vorhanglose Fenster, das die ganze Breite der Ostmauer einnahm. Helles Wintersonnenlicht warf einen grellen Schein auf das beschämende Ausmaß meiner hausfraulichen Unterlassungssünden. Also legte ich los und griff auf eine alte weibliche Überlebensstrategie zurück: Wenn im Kopf ein Durcheinander herrscht, dann bring dein Umfeld in Ordnung. Ich kippte den Rest des Biers hinunter und pilotierte meinen Staubsauger über das Katastrophengebiet.

Ich bin auf hundertvierzig Quadratmetern einer ehemaligen Hustenbonbonfabrik eingemietet, die jetzt lokale Künstler, Schriftsteller, angehende Rockstars und diverse andere verkannte Genies – so wie mich – beherbergt. An diesem Ort verbarrikadiere ich mich seit Petes Tod. Folglich habe ich eine Menge Arbeit investiert, um es mir hier gemütlich zu machen. Die Aussicht hätte man nur mit einer Landmine ändern können. Die Fenster erlaubten einen Ausblick auf die mit Unrat übersäten Dächer von anderen Fabriken, einen riesigen Hinterhof-Parkplatz, der wie ein Museum von ausgedienten Transportmitteln aussah (Autos, Pick-up-Trucks, Motor- und Fahrräder, Lastwagen und ein einsames Segelboot), gespickt mit weggeworfenen Kochherden, Kühlschränken und flächendeckend übersät mit Zündkerzen, Cola-Dosen, chinesischen Kochwein- und Bierflaschen, dem Inhalt von Autoaschenbechern und gebrauchten Kondomen. Die östliche Seite wurde durch einen Graben und eine Mauer aus Gummireifen abgeschlossen und darüber verkehrten unter ohrenbetäubendem Lärm die Dundas-West-Straßenbahn und der VIA-Zug.

Die Aussicht auf mein Studio, die jedem offen stand, der die Feuerleiter zum dritten Stockwerk hoch kletterte, bot ein anderes Bild.

Kurz nach Petes Tod lenkte ich mich von meinem Kummer ab, indem ich die Wände ausbesserte und strich, den alten Eichenbohlenboden abschliff und lackierte, feuerwehrrote Farbe auf die Stahlträger und Röhren klatschte und einige alte Möbel, die Pete und ich auf dem Land gekauft hatten, restaurierte. Schließlich hatte ich einen riesigen, hellen, offenen Raum, der in funktionell unterschiedliche Partitionen unterteilt war und mit Drucken, Postern und Seidenstoffen, die ich auf drei Urlaubsreisen in die Karibik gesammelt hatte, akzentuiert war. Heiter und fröhlich – und doch leer wie eine Kathedrale um Mitternacht, wenn nicht gerade Heiligabend war. Die ganze Renovation hatte ihn mir auch nicht zurückbringen können.

Ich reagierte darauf, indem ich eine zurückgezogen lebende Autorin wurde, die zwanghaft schrieb, drei, vier Bücher pro Woche las, selten ausging und an den Wochenenden in der Bar ihrer Mutter herumhing. Dort tarnte ich mich, indem ich zu viel trank, manchmal einen Country-Song trällerte und so tat, als führte ich den Laden, wenn Etta mal wieder eine Wochenend-Spritztour nach Nashville machte. Sie buchte jedes Mal eine Busreise mit zwei Übernachtungen in einem billigen Hotel, reservierten Plätzen in der Grand Ole Opry, einer Stadtrundfahrt, Transport, Gepäck und Steuern. Alles für 292 kanadische Dollar. Etta buchte jedes Mal für zwei, weil sie immer einen Lover im Schlepptau hatte.

Während ich in meinem Studio so etwas Ähnliches wie Ordnung herstellte, ließ ich mir ein paar Ungereimtheiten durch den Kopf gehen. Wenn man es genau bedachte, war es immer noch seltsam, dass eine Frau, die die meiste Zeit ihres Erwachsenenlebens nicht mehr mit ihrem Bruder gesprochen hatte, nun eine beträchtliche Summe investierte, um den Mord an ihm aufzuklären. Hatte Simone Goldberg die Wahrheit gesagt, als sie als Grund angab, ihren

Neffen William schützen zu wollen – der wahrscheinlich noch weniger Grund hatte, um Durand zu trauern als sie? Oder wollte sie in Wirklichkeit, dass ich ihn als Hauptverdächtigen präsentiere? Was hatte sie mir verschwiegen?

Ich öffnete eine weitere Dose Bier und setzte mich aufs Sofa. Mein Reinlichkeitsanfall hatte die Depressionen nicht vertreiben können. Wieso nicht Simones Angebot annehmen und die Recherchen benutzen, um meine Unfähigkeit, mit Petes Tod klarzukommen, noch etwas länger auf kleiner Flamme simmern zu lassen? Kein Grund, dachte ich, es sei denn, mein eigenes Leben bedeutete mir genug, dass ich jede mögliche Begegnung mit Durands Mörder vermied.

Mindestens sechzehn Schläge, die ersten paar heftig genug, um das restliche Dutzend überflüssig zu machen. Wut, wie man sie purer nicht findet. Eine wahrscheinlich unbewaffnete Person hatte eine ungewöhnliche Waffe benutzt – was immer sie in die Hände bekam, als sie die Beherrschung verlor –, und dieser Wut freien Lauf gelassen. Was hatte Durand wohl getan, um eine solch irrsinnige Attacke zu provozieren?

Wenn man es von der guten Seite betrachtete, war der Mörder vielleicht ein ganz gewöhnlicher Mensch, der von seinem Opfer so weit getrieben wurde, bis er schließlich ausrastete. Jeder, der aus den Windeln ist, weiß wie es ist, wenn einen die Mordlust packt. Vielleicht haben die meisten von uns einfach Glück gehabt, dass noch nie jemand im falschen Moment den entsprechenden Knopf gedrückt hat. Aber das Überschreiten dieser «Du-sollst-nicht-töten»-Linie muss einen Menschen verändern – zum Beispiel, dass er fähig ist, es wieder zu tun, um zu verhindern, dass er entlarvt wird.

Das Telefon klingelte.

»Hallo Jane? Hier ist Simone Goldberg,»

Zeit, mich zu entscheiden.

In meinem Liebesleben war noch weniger los als im Senat. Mein Schreiberleben lag im Tiefschlaf. Vielleicht suchte ich ja die Gefahr, um mir das Gefühl zu geben, das Atmen lohne sich doch noch.

3

»Hi, Simone«, sagte ich, darauf bedacht, dass ich nicht etwa erwartungsvoll klang. «Wie kommen Sie zurecht.»

»Ich überlebe es bis jetzt noch ohne Beruhigungsmittel. Gott sei Dank konnte ich wenigstens schlafen. Das Bestattungsinstitut war reinster Monty Python. Mussten Sie das schon mal durchmachen.»

«Ja», murmelte ich, nicht bereit, näher darauf einzugehen. «Ein paarmal schon. Ich kann's Ihnen nachfühlen. Ich habe immer das Gefühl, dass Bestatter die Typen sind, die bei der Vergabe von Vincent-Price-Rollen den Kürzeren gezogen haben, oder Zahnarzt hätten werden sollen.»

Sie lachte. «Oder Ex-Finanzminister.»

«Sie haben's erfasst», antwortete ich.

«Seine Frau hat einen Sarg ausgesucht, der einem Prinzen angemessen wäre. Ich konnte einfach nicht anders, aber ich musste denken, was für eine Verschwendung das ist. Schließlich wird Charles kremiert.» Sie klang so kühl, wie er heiß sein würde.

Also antwortete ich gleichfalls sensibel: «Ja, sie sollten die Dinger einfach vermieten. Sie tauschen sie wahrscheinlich sowieso gegen eine Pappschachtel aus, kurz bevor sie in den Ofen geschoben werden.»

«Oh, ich bin mir sicher, dass es der Leiche egal ist. Jane, das Begräbnis findet morgen um elf Uhr in der St. Michael's Cathedral statt. Die Leichenfeier ist nachher in seinem ...» Sie zögerte.

Auf keinen Fall konnte sie seine Residenz ein gewöhnliches «Haus» nennen. Und sie war zu bescheiden, um «Anwesen» zu sagen. Also füllte ich die Lücke mit « ... Zuhause?»

«Ja, in seinem Zuhause in Swindon Path.» Swindon Path war eine private Enklave von monströsen Gebäuden für die Neureichen und Berühmten. «Kann ich mit Ihrem Erscheinen rechnen?», fragte sie.

«Ich werde dort sein», bestätigte ich ihr mit aller Autorität, die ich aufbieten konnte.

«Dann sind Sie also bereit, Charles' Mörder zu suchen?» Sie

klang so enthusiastisch wie Madonna, wenn sie eine Gelegenheit für Obszönitäten sieht.

«Ja, das bin ich.» Bilder von dieser roten Ducati flimmerten durch meine grauen Zellen.

Ihre Erleichterung war durch das Telefon zu hören. «Vielen Dank. Das bedeutet mir sehr viel. Ich weiß Ihre Unterstützung zu schätzen.»

«Hören Sie, Simone, ich bin nicht die Entwicklungshilfe. Gestern haben Sie an die meisten meiner niederen Instinkte appelliert. Ich bin nicht Mutter Theresa.»

«Vielleicht war Mutter Theresa das auch nicht!» Das gefiel mir.

«Klar, wer weiß denn noch, wer jemand wirklich ist, wenn sich die PR-Berater erst mal mit ihm beschäftigt haben», sagte ich. «Haben Sie etwas dagegen, wenn ich eine Freundin mitbringe? Ich brauche jemanden, der die Trauergäste identifizieren kann.»

«Nein, selbstverständlich nicht. Die meisten der so genannten Trauergäste kommen sowieso nur aus Gründen des Anstands oder aus Schadenfreude – nicht weil sie einen Freund verloren haben», antwortete sie, was meinen Eindruck von ihrer Offenheit bestätigte. «An wen haben Sie denn gedacht?»

«Portia Sherman, wie Susan Birney eine weitere alte Freundin aus der Zeit an der Uni. Sie ist Börsenmaklerin und mit einem Bay-Street-Anlageberater verheiratet. Zusammen kennen die beiden die Finanzwelt in- und auswendig», sagte ich.

«Kein Problem. Und Jane, wenn ich Sie vorstelle, wäre es das beste, ich präsentiere Sie als Charles' offizielle Biografin. Es macht es vielleicht etwas glaubwürdiger, wenn wir durchblicken lassen, dass Sie bereits seit ein paar Monaten daran arbeiten.»

«Genau», bekräftigte ich. Die Gefahr war höchstens, dass vielleicht ein Verleger, nachdem er von Charles' Tod gehört hatte, zum Hörer gegriffen und irgendeinen Schmierfinken damit beauftragt hatte, ein Instant-Buch zu schreiben.

«Um ganz sicherzugehen, Simone, weiß außer Ihnen noch jemand, weshalb Sie mich angeheuert haben?»

Meine Überlebensfühler vibrierten. Der Job war nicht ungefährlich, so viel war sicher. Die schmutzigen Tricks der mächtigen

Jungs mit der weißen Weste ans Tageslicht zu bringen, hatte mir bereits eine Schulterfraktur und ein gebrochenes Bein eingebracht. In Selbsthilfebüchern wird Mord nie als schnellste Methode zur Konfliktlösung erwähnt, und doch ist eine sehr populäre Option.

«Nur mein Mann, Robert, der etwa so viel mit dem Establishment zu tun hat wie eine allein erziehende Mutter auf Sozialhilfe. Oh, und vielleicht meine Tochter, Rebecca. Sie könnte gehört haben, wie Robert und ich darüber diskutiert haben. Aber ich bezweifle es – sie hat ihr Zimmer kaum verlassen, seit wir die Nachricht von Charles' Tod gehört haben. Wissen Sie, sie scheint durch die ganze Sache ganz verstört zu sein. Sie ist in diesem hormonell instabilen Zustand und das macht sie so hyperempfindlich auf alles. Jedenfalls sollten wir uns so ein, zwei Tage nach dem Begräbnis zum Mittagessen treffen. Dann kann ich Ihnen etwas über unsere Familie erzählen, damit Sie loslegen können. Können wir das vereinbaren, wenn wir uns morgen sehen?»

«Klar, und in der Zwischenzeit, passen Sie auf sich auf.» Im Gegensatz zu mir schien sie zu wissen, wie das ging.

«Vielen Dank, Jane. Das werde ich.» Sie legte auf.

Ich musste schon vor der Beerdigung loslegen. Einige Stäubchen von einem sauberen Appartement entfernt, schickte ich den Staubsauger in Urlaub und machte mich daran, den Müll zu entsorgen und den Staubwedel zu schwingen. Max, der kein Reinlichkeitsfanatiker ist, furzte verächtlich aus der Ferne.

Im Kopf ging ich nochmals meinen gestrigen Ausflug in die Tiefen meines Aktenschrankes durch. Ich hatte Recht gehabt, als ich zu Simone sagte, dass es einfach sein würde, eine erste Liste von Verdächtigen aufzustellen. Viel problematischer würde es sein, diese auf eine Zahl zu reduzieren, die es mir erlaubte, meine Ermittlungen zu führen und mit einem Minimum an Verspätung nach Barbados zu kommen. Seit Petes Tod ziehe ich es vor, die Ereignisse in meinem Leben als kleine Punkte auf dem Monitor zu betrachten, flüchtige Hindernisse auf meinem Weg, die Welt lange genug anzuhalten, um aussteigen zu können.

Es war unumgänglich, dass ich eine gute Ausrede hatte, um die

Leute zu befragen. Sie mussten nicht nur ein gutes Motiv haben, Charles Durand zu ermorden, oder mir zu sagen, weshalb jemand anders eines hat, sie mussten auch noch offensichtliche biografische Quellen sein. Wenn man mir meine Geschichte nicht abnahm, war es gut möglich, dass ich nicht lange genug leben würde, um die Freuden der computerisierten Benzineinspritzung meiner Ducati zu genießen.

Es brauchte nur einen einzigen feuchten Tag, um mich wieder daran zu erinnern, dass die Stadt meiner Kindheit keine gutartige war. Mein rechtes Knie war nie richtig verheilt, nachdem man mich zusammengeschlagen hatte. An regnerischen Tagen hatte ich Mühe, meine Harley an einem Rotlicht aufrecht zu halten. Ich hasse das. Nur gerade Max würde bemerken, wenn irgendein Schlägertyp beschließen würde, mich «dauerhaft zu liquidieren». Meine Mutter, Etta, würde mindestens ein Dutzend Nachrichten auf mein Band sprechen, bevor ihr die Idee käme, dass vielleicht etwas nicht in Ordnung sein könnte.

Das warf kein gutes Licht auf den momentanen Status meiner Beziehungen. Mein Eremitendasein verlor rapide an Glanz.

Ich hinterließ eine Nachricht auf Portia Shermans Anrufbeantworter, sie solle mich so bald wie möglich anrufen. Ich brauchte sie wirklich, um die Verbrechergalerie am Begräbnis zu identifizieren.

Nicht zum ersten Mal in meinem Schreiberleben fragte ich die Dachsparren, weshalb ich es hier nicht mit dem klassischen Mordszenario zu tun hatte – dieses altbekannte Affektding, wo der Täter im Umkreis des Opfers zu suchen ist und immer gefasst wird. Eine neugierige Nachbarin hört einen wüsten Streit zwischen dem lauten Ehepaar nebenan. Sie ruft die Cops, die bei ihrem Eintreffen den betrunkenen Ehemann antreffen, wie er mit dem noch immer von Blut triefenden Messer über der warmen Leiche seiner Frau steht und schluchzt: «Ich habe dem Miststück tausendmal gesagt, sie soll mir keinen Chicorée-Salat machen.» Durchschnittsverbrechen verlangen nicht nach Loveday Brooke, Lady-Detektivin – bloß nach einem gusseisernen Magen.

Hier gab es kein triefendes Messer. Dass die Cops sich nicht über Gebühr anstrengen würden, wenn es galt, die Bay-Street-Barone zu grillen, machte die Sache auch nicht einfacher.

Das Telefon klingelte erneut und hallte in meinem Isolationstank wider, wie die Stunde des Wolfes im Leichenschauhaus. Ettas Bus drohte erst gegen Mitternacht aus Nashville zurück zu sein.

»Hi Jane. Hier ist Sam.» Samten weich wie Coltranes Sax schmiegte sich seine bluesige Stimme an mein Trommelfell.

Ich kenne nur einen Sam, den dienstältesten Polizeireporter der *Post.* Als ich damals die Buchkolumne schrieb, waren wir Kollegen gewesen und Freitagnacht oft einen trinken gegangen. Als wir uns zum ersten Mal begegneten, war Sam Brewer Mitte vierzig gewesen. Seine Frau war kurz bevor Pete ums Leben kam an Brustkrebs gestorben. Das gemeinsame Gefühl der Verlassenheit brachte uns einander näher und wir wurden schnell Freunde, hielten uns aber an das stille Einverständnis, nicht darüber zu sprechen. Obwohl wir uns seit meiner Entlassung nur noch unregelmäßig sehen, helfen wir uns weiter gegenseitig und tauschen Informationen und Gerüchte aus, die wir im Verlauf unserer Arbeit in Erfahrung bringen. Und was noch wichtiger ist, wir genießen die Gesellschaft des anderen.

«Schön, deine Stimme zu hören, Sam. Wie geht's dir?» Sam ist einer von denen, der diese Frage wahrheitsgemäß beantwortet. Nun, das ist sehr unkanadisch: Uns anderen geht's immer «gut», als gehörte es zu unserer nationalen Identität, ein Immergrün zu sein.

«In einem Wort – beschissen. Ich habe eine Deadline. Muss bis morgen einen großen Artikel für die Titelseite schreiben – du weißt schon, der Durand-Mord –, und ich bin höllisch knapp an Background. Deshalb rufe ich an. Kannst du mir ein paar Informationen geben?»

Sams Artikel in der *Post* waren nie über das blanke Skelett einer knappen Pressemitteilung der Polizei hinausgegangen. Kein Wunder brauchte er Hilfe, um die Story ein bisschen auszuschmücken.

«Ich muss dich warnen, Sam. Das könnte etwa so produktiv werden, wie wenn du einen von Georgia O'Keeffes Kuhschädeln fragen würdest. Was weißt du alles nicht?»

«Das erzähle ich dir, wenn ich dich sehe. Schau, können wir uns im Delaney's treffen – in einer halben Stunden, sagen wir, um eins?»

«Und sag ja nicht, das Bier geht auf dich», hänselte ich ihn.

«Du kannst Gedanken lesen, Janie. Ich werf sogar noch ein paar Hähnchenflügel auf.»

«Jetzt weiß ich, dass du verzweifelt bist. Ich seh dich dann um eins, Sam.»

Mit seiner Freundschaft über die letzten paar Jahre hatte sich Sam eine Stunde von meiner Zeit verdient – jederzeit. Und keiner in der Stadt war besser platziert, um die Gerüchte über den Durand-Mord aufzschnappen, die hinter den Kulissen kursierten. Selbst die Cops trauten Sam: So fair war er. Er stürzte sich nie auf die sensationellen Aspekte einer Geschichte, überprüfte seine Quellen zweifach und dreifach und stellte keine Behauptungen auf, die er nicht belegen konnte. Wenn die New-Age-Propheten Recht haben, dann muss Sam in einem früheren Leben Historiker gewesen sein.

Für den Fall, dass Portia zurückrief, während ich weg war, hinterließ ich eine zweite Nachricht auf ihrem Anrufbeantworter, zog ein Paar saubere Jeans und einen warmen Pullover an und schnappte mir auf dem Weg hinaus Lederjacke, Handschuhe und Helm. Max versank in unrettbare Depressionen, als ich seine Leine liegen ließ. Ich entschuldigte mich.

4

Ich fuhr die Queen Street entlang, und stellte mit Bedauern fest, dass der düstere Himmel selbst diesen pulsierenden Teil der Stadt jeglichen Lebens beraubte. Wenn das Wetter weniger feindselig ist, versäumen es die lärmigen Geschäfte und das bunte Treiben auf den Gehsteigen selten, meine Aufmerksamkeit auf sich zu lenken. Ich bog in eine Seitenstraße und stellte meine Harley hinter Delaney's, gleich beim Hintereingang, ab.

Die Bar hatte sich ihre Stammkundschaft gesichert, indem sie ihr schäbiges Vorkriegsdekor beibehalten hatte, als die ganze Gegend von einer Welle der Renovatinonen ergriffen wurde. Ich ging durch den Hintereingang, sagte Frank hallo, der mit seinem makellos gescheitelten, mit Brylcreme befestigten Haupt in Richtung eines Tisches an der hinteren Wand deutete, wo mein ungeduldig aussehender Freund saß und mit einem flüssigen Lunch-Vorspiel beschäftigt war.

Sam erhob sich und ging um den zerkratzten kunststoffbelegten Tisch herum auf mich zu, um mich zu begrüßen. Es gibt nicht viele Männer, die mich umarmen dürfen – es sind nur wenige, die mir nicht das Gefühl geben, ich müsse mein Territorium verteidigen. Sams Umarmung erwiderte ich mit großer Wärme.

«Hey, Lady, es ist schon viel zu lange her. Hast du dir's auch gut gehen lassen?», fragte er besorgt. Er trat einen Schritt zurück, um mich zu betrachten und fingerte an seinem Schlips rum, um sicherzugehen, dass er auch wirklich wie gewohnt schief saß. Sams Gesicht ist so zerknittert, wie seine ausgebeulte, graue Hose, mit der er geboren wurde. Der Rest seiner Garderobe bestand aus einem Paar ausgelatschter brauner Schuhe, einem gestärkten weißen Hemd und einer an den Ellbogen bis auf ein paar wenige Fäden abgewetzten Wollstrickjacke. Seine Kleider hingen an einem Gestell, das so hager war, dass man sich fragen musste, was ihn außer seinem angeborenen Sinn für Schicklichkeit aufrecht hielt.

«Ich bin okay, Sam. Die Zeit vergeht», sagte ich schulterzuckend. Die feministische Literatur behauptet, dass man selten eine Frau findet, die emotional so verschlossen ist wie die meisten Männer. Das macht mich besonders rar.

«Ja, aber heilt sie auch?»

«Kommen wir nicht vom Thema ab, Kleiner», warnte ich ihn.

«Frank, bring doch dieser Frau hier ein Pint Guinness», rief Frank und machte dann ein entschuldigendes Gesicht. Wir wussten beide, dass wir in Delaney's besser nicht nach Newcastle Brown fragten.

Wir plauderten ein paar Minuten, bevor er meinte: «Okay Janie, ich komm gleich zum Thema. Ich habe eine Deadline. Jemand hat Freitagnacht Charles Durand ins Jenseits befördert, und Armstrong hat mir den Artikel gegeben.» John Armstrong war ein leitender Redaktor der *Post*, der seine Anweisungen direkt vom Verleger bekam.

Frank knallte mein Guinness auf den Tisch, die Schaumkrone sprudelte wie ein müder Vulkan.

«Wir beide wissen, dass Armstrong ein Arschloch ist, aber er ist keines von denen, die man wegen Erregung öffentlichen Ärgernisses verhaften kann. Also konnte ich nicht gut nein sagen, obwohl ich keinen blassen Schimmer von der Finanzwelt habe. Durand hat sein Privatleben fanatisch gehütet, nicht mal das Archiv kann einem viel über ihn sagen», erklärte er.

«Ich glaube, ich weiß, weshalb er dich genommen hat. Die Story ist so sensibel wie ein Babypo. Er weiß, dass du *nicht* auf Sensationen aus bist.»

«Ja, ja, ist schon in Ordnung, aber ich weiß nicht, wo zum Teufel ich anfangen soll. Ich meine, der Mann hatte mehr Feinde als ein Hund Flöhe. Du musst eine wandelnde Enzyklopädie über den Kerl sein. Kannst du mir Hintergrundinformationen geben?»

«Okay. Hiermit beginnt die zusammengefasste Saga vom Aufstieg und Fall eines Empires.» Ich schlürfte zwei Fingerbreit von meinem Bier. «In den frühen Sechzigern kam ein armer franko-kanadischer Junge aus Noranda nach Toronto und arbeitete in der Baubranche, als der Baumboom der Nachkriegszeit in den Vororten so richtig losging. Er baute sich ein bescheidenes Haus in Toronto, gerade groß genug für sich, seine Frau und ihr kleines Kind, aber zu klein für seinen Ehrgeiz. Während er also in einem Vorort nach dem anderen Mauern hochzog, begann er, große Träume zu hegen – wie er die Schaufel hinschmeißen und seine eigenen Vororte hochziehen würde. Nachdem er das ein paar Jahre lang getan hatte, war er es leid, Lego zu spielen.

Seine ursprüngliche Vision blähte sich auf. Er konzentrierte seine Energie auf downtown Toronto, wo zu der Zeit – wir sind mittlerweile in den späten Sechzigern – der Büroraum für die großen Konzerne knapp wurde. Also wurden seine Mauern höher und höher, bis er am Ende des nächsten Jahrzehnts fünfzehn der größten

Wolkenkratzer in der Stadt gebaut hatte, zusätzlich zu den zwanzigtausend Kästchen, in denen die Arbeitsbienen wohnten, die sich in den Wolkenkratzern abrackerten. Und wieder langweilte er sich.» Ich unterbrach meinen Erzählfluss und kippte den Rest meines Guinness hinunter.

Sam lachte schallend und wischte sich dann mit einer Papierserviette den Großteil des Bierschaumes auf seiner Oberlippe ab. «Himmel, ich bezahle noch immer eine fünfundzwanzigjährige Hypothek auf einen Bungalow in Etobicoke ab. Wenn die Bude mal ganz mir gehört, langweile ich mich bestimmt nicht. Es scheint, wir haben es hier mit einem ganz besonderen Exemplar zu tun.»

«Aber sicher.» Ich nickte zustimmend. «In der Geschichte des Landes hat es nur etwa eine Hand voll von der Spezies gegeben, angefangen mit den Kerlen, die mit ein bisschen Hilfe von den Eingeborenen den Pelzhandel aufgezogen haben, gefolgt von denen, die auf den Rücken der chinesischen Arbeiter die Eisenbahn Richtung Westen geschoben haben. Aber weißt du Sam, ich bin mir nicht sicher, wie viele von der Sorte wir brauchen. Wenn du mich fragst, gibt es bessere Wege, ein Land aufzubauen.»

Das ist ein kleines Defizit von mir: Ich halte es nicht aus, über das Thema Kapitalismus zu sprechen, ohne ein Plädoyer für die so genannten kleinen Leute zu halten.

Sam stöhnte. «Verschon mich nur dieses eine Mal mit deinem Sozialismus. Das zieht nicht – vor allem seit die Idioten das Queen's-Park-Projekt gekippt haben. Die Zeitung kann das den Massen nicht verkaufen», stichelte er.

«Wenn du's gerne apolitisch hättest», spekulierte ich, «dann musst du meine Stimmbänder schon mit einem weiteren Pint ölen.» Er nickte Frank zu, der gleich zum Zapfhahn ging. Ich überlege mir, ob ich mir eine Zapfanlage in meine Küche einbauen soll; ich könnte eine Menge Geld sparen.

In der Vergangenheit hatten mich Diskussionen im Delaney's gelehrt, dass Sam ein Liberaler war. Er konnte sich einfach nicht von der Idee lösen, dass der Anstand schließlich die Oberhand über die Raffgier behalten würde, dass das freie Unternehmertum, gelenkt von John Stuart Mills unsichtbarer Hand, dem Kapitalismus ein gütigeres Antlitz verleihen würde. Klar, sage ich dann, und die Typen mit den gütigsten Gesichtern finanzieren die Wahlkampagnen der Politiker, die ihnen später aus ihrer schmierigen Kapitalistenhand fressen. An diesem Punkt sind wir dann beide schachmatt.

«Die nächste Runde Langeweile, und Durands Wolkenkratzer schießen in Vancouver, Edmonton, Winnipeg, Ottawa Montreal, Halifax und St. John's wie Pilze aus dem Boden. Der Kerl ist so richtig in Fahrt. Also baut er sich das ultimative Monument, einen dreiundvierzig Stockwerke hohen Wolkenkratzer am Fuße der Bay Street, für jedes Jahr seines Lebens ein Stockwerk. Mit einem wirklich beeindruckenden Penthouse-Büro für sich selbst zuoberst. Durand Corporation sitzt wie ein Pickel auf dem Kinn der Geschäftswelt Torontos. Aber der Kaiser sitzt noch immer brütend auf seinem Adlerhorst über der City. Das alte Establishment lacht noch immer über seine neuen Kleider. Trotz all seiner Erfolge haben sie ihn noch immer nicht ins Allerheiligste, Kanadas Establishment, vordringen lassen. Er sitzt dort oben, ein einsamer Adler, der auf Beute lauert.»

«Aber der Adler kann unmöglich noch immer hungrig sein», warf Sam ein.

«Er ist so hungrig, dass sein Magen kreischt. Über die nächsten Jahre häuft er so viel Aktiven an, dass er das gesamte Auslandsdefizit Brasiliens bezahlen könnte, aber er spürt, dass er nicht die Macht, jenen Zugang hat, mit dem die Söhne des Establishments auf die Welt kommen. Im Herzen ist er noch immer der arme Frenchie aus Noranda, extravagant, vulgär, ein *arriviste*. Also beschließt er, sich zu kaufen, was sie ihm voraus haben – nämlich die Kontrolle über eine jener Institutionen, die bestimmen, wer die Kohle kriegt, mit denen Projekte finanziert werden. Er macht ein überraschendes Übernahmeangebot für Imperial Trust. Ein seriöses Angebot, mit erstklassigen Sicherheiten – nicht eine dieser mit Junk-Bonds finanzierten Übernahmen, wie sie damals der letzte Schrei waren. Die Finanziers von der alten Garde schlossen die Reihen enger, als Preston Manning von der Reform Party seine

Arschbacken zusammenpressen kann, und verwehrten ihm den Zugang.»

«Daran kann ich mich erinnern», sagte Sam. «Und schnitten sie ihm nicht den Weg auf eine Weise ab, die nicht wirklich *ethisch* vertretbar war?»

«Ethisch, zum Teufel, die zogen Dinge ab, die kaum legal waren! Die Aufsichtskommission hat ihnen auf die Finger geklopft, und das war auch schon alles», sagte ich. «An diesem Punkt der Geschichte beginne sogar ich, mit dem Mann Mitleid zu haben, Sam. Durand begann, seinen eigenen Untergang zu inszenieren. Nach dem gescheiterten Imperial-Take-over wurde er unberechenbar wie ein besoffener Spieler. Zum ersten Mal in seiner Karriere tätigte er Übernahmen und Firmenaufkäufe ohne ausreichende Eigenmittel. Als der Immobilienmarkt in den späten Achtzigern zusammenbrach, beschloss er, in Gebieten tätig zu werden, die für ihn Neuland waren. Er schaufelte sich ein Grab, so tief, wie er es in einem Spielkasino nicht hätte tun können.»

«Ist das eine Fabel, die mit der Moral *small is beautiful* endet?»

«Nein, ich denke, die Moral ist, dass die Arbeiterklasse nie versuchen sollte, sich aus den Fängen ihrer Meister zu befreien», sagte ich, nahm einen großen Schluck Guinness und spülte den Rest meines Vortrags über Marxismus hinunter. «Hey, Sam, diese Chicken-wings ... ich denke, ich hab mir schon einen ganzen Hühnerstall davon verdient.»

«Frank, zwei Körbchen Chicken-wings mit Selbsmördersauce», rief er artig.

«Mit der Imperial-Übernahme ging gleich auch noch sein Urteilsvermögen den Bach runter. Er kannte das Immobiliengeschäft wie Gott den Garten Eden. Aber dann entfernte er sich von diesem Geschäft und kaufte ComTech: Telekommunikation war ein Gebiet, von dem er nichts verstand. Er bildete sich ein, er könnte die Firma selber managen und ließ ComTechs besten Mann ziehen. Mit einem besseren Vorstandsvorsitzenden am Ruder wäre Com Tech in einer ausgezeichneten Position gewesen, eine der führenden Hightech-Firmen des Landes zu werden. Aber gerade als die Firma eine massive Finanzspritze gebraucht hätte – vor allem in den Bereichen Forschung und Entwicklung, um mit der rasenden technologischen Entwicklung Schritt zu halten – opferte er dem kurzfristigen Erfolg alles, was ihm unter die Finger kam. Er verschreckte die Großkunden mit lausigem technischem Support. Die Moral der Angestellten war so tief, dass seine besten Leute die Firma verließen. Sie hatten es satt, dass man sie nie konsultierte und dass sie gezwungen waren, dazusitzen und zuzusehen, wie ein einstmals großartiges Unternehmen mit außerordentlichem Potenzial sich praktisch selbst zerstörte.

ComTech ging also auf Sinkflug. Durand hatte sowieso schon zu viel bezahlt, hatte die Übernahme schlecht finanziert und die zu erwartenden Einnahmen überschätzt. Schließlich war ComTech mit mehreren Milliarden Dollar verschuldet und musste fast eine Milliarde Schuldzinsen pro Jahr bezahlen. Zum Schluss war sein Ego sein ärgster Feind – nicht das Establishment. Kurz bevor er ermordet wurde, war er in immer kleiner werdenden Kreisen herumgerannt und hatte versucht, Zeit zu gewinnen, um sich neu zu organisieren, weniger profitable Immobilien zu verkaufen, einen Partner zu finden, der ihm genug Geld lieh, um sich die Banken vom Hals zu halten und die Aktionäre zu beruhigen. Durch seinen bevorstehenden Bankrott wären mehrere Tausende Angestellte auf der Straße gestanden – eine tragische Tatsache, die ihn nicht im Geringsten zu beunruhigen schien. Den Gerüchten zufolge war er so hektisch wie ein Käfer in einer Flasche, Sam. Er hatte keine Chance, seine Gläubiger rechtzeitig zu bezahlen oder einen Partner zu finden. Er hatte dazu weder die Mittel noch die Zeit. Der Tod muss eine Gnade für ihn gewesen sein.»

Ich hielt inne und machte mich über die Chicken-wings her. Die brennend scharfe Selbstmördersauce neutralisierte ich mit kühlem Bier. Die Fritten in Delaney's sind die besten in der Stadt: Ich bin eine Kennerin, aber kein Snob. Klar, die von McDonald's sind auch gut, aber die von Delaney's sind grob geschnitten mit intakter Schale und ungesalzen.

Während ich meine Finger ableckte, fragte Sam: «Wenn du eine kurze Liste von Durands ärgsten Feinden aufstellen müsstest, wer wäre drauf?»

«Sie wäre etwa so kurz wie eine Rolle Toilettenpapier, Mann! Jeder, der jemals mit ihm zu tun hatte, wäre darauf, seine Familie eingeschlossen», sagte ich ohne meine Quelle preiszugeben. «Ausgenommen vielleicht seine Hunde und Ponys.»

«Unter uns, Jane, gib mir ein paar Namen.» Sam quetschte seine Quellen immer bis aufs Letzte aus.

«Gib mir ein Telefonbuch, Sam.» Ich nippte bedächtig an meinem Guinness. «Ich würde sagen, in den letzten Monaten bestand die Liste aus denen, die am meisten zu verlieren hatten, wenn die Durand Corporation flöten ging. Sein Sohn, William, war bereits vor Gericht gegangen, um vom Trust-fund der Familie zu retten, was zu retten war, nachdem ihr Wert gesunken war wie die *Titanic*. Vor zwei Monaten feuerte Durand seine zwei Topmanager: Einer von ihnen, oder auch beide, könnten ihm das sehr übel genommen haben. Die Leute, die entlassen wurden, als ComTech in den Ruin schlitterte: Es wäre nicht das erste Mal, dass ein erboster Aktionär oder Ex-Angestellter es dem Schlossherrn direkt heimzahlen würde, oder nicht? Eine Vielzahl anderer, die Banker eingeschlossen, waren dabei, eine Menge Geld und das Gesicht zu verlieren – aber sie können es sich mehr oder weniger leisten, und Mord zählt wohl kaum zu ihren bevorzugten Strategien. Man könnte noch jene erbosten Tausende nennen, die auf Aktien sitzen, die unwesentlich mehr als das Papier wert sind auf dem sie gedruckt sind. Und, wenn wir schon dabei sind, jene, die vom Establishment noch übrig sind. Sie saßen ihm im Nacken, seit sie zum ersten Mal auf ihn aufmerksam geworden sind, und haben jedes neue Geschäft zu blockieren versucht, das er machen wollte. Sogar der ehrenwerte Dawson–»

«Sicher nicht *Dawson*, um Himmels willen», entfuhr es Sam. «Seit einem Vierteljahrhundert steht er an der Spitze der Finanzwelt. Er hat die Mischfinanzierung schon praktiziert, bevor sie zum Renner wurde. Würde er Durand nicht als bloßen Floh in seinem Fell betrachten?»

«Flohbisse entzünden sich, Sam. Es ist kein Geheimnis, dass Dawson hinter der Verschwörung um den Imperial Trust steckte. Offensichtlich war er vom Gedanken besessen, Durand in den

Ruin zu treiben – weshalb er wahrscheinlich enttäuscht ist, dass sein Gegner ins Jenseits befördert wurde, *bevor* ihm der Bankrott die Eier abdrückte.»

«Und sein Privatleben? Hatte er überhaupt eines? Die meisten dieser Tycoons scheinen es für Zeitverschwendung zu halten», meinte Sam.

«Ja», stimmte ich ihm zu. «Durand hatte zwei Frauen, ein Kind aus erster Ehe, einen Zwinger mit rhodesischen Ridgebacks und einen Stall voller Pferde. Eine jüngere Schwester, die er seit Jahren nicht mehr gesehen hat. Wenn es eine dunkle Seite gab – Geliebte, uneheliche Kinder, Callgirls oder Strichjungen, Koks, Partys –, wer weiß? Er hatte keine Freunde. Rauchte nicht, trank nicht. War so öffentlichkeitsscheu und auf Geheimhaltung versessen wie J. D. Salinger», sagte ich und griff nach einer Rothmans.

«Er hofierte die Medien, wenn die Publicity gut für eines seiner Geschäfte war, aber wenn es darum ging, wirklich etwas von sich zu zeigen, war er so verschlossen wie eine Auster. Tut mir Leid, dass ich dir da nicht weiterhelfen kann.»

«Nein, du hast mir wirklich sehr geholfen, Janie. Ich hab aus reiner Neugier nach seinem Privatleben gefragt. Als mich Armstrong beauftragte, den Artikel zu schreiben, gab er mir ziemlich explizite Instruktionen – Warnungen eigentlich –, dass die Zeitung hauptsächlich an Hintergrundinformationen interessiert sei. Keine Enthüllungen. Wegen Durands Prominenz muss der Artikel auf die Titelseite, aber so dezent, dass die Elite kein Sodbrennen kriegt.»

«Hat Armstrong Andeutungen gemacht, wer Druck macht?», fragte ich.

«Himmel, nein. Wenn er im Schlaf spricht, kannst du davon ausgehen, dass seine arme Frau nichts erfährt. Bevor ich dich heute anrief, habe ich mit Ernie Sivcoski gesprochen.» Ich behielt für mich, dass ich diesen Morgen dieselben Knöpfe gedrückt hatte.

«Sogar Ernie war verschwiegen. Alles, was ich aus ihm herausbekommen habe, war, dass der Polizeichef ein paar sehr wichtige Anrufe aus Ottawa und einen Besuch vom Generalstaatsanwalt bekommen hat.»

Ich lachte, um meine wachsende Panik zu überspielen. «Die Jungs in den oberen Etagen beten also, dass es die Putzfrau war.»

«Sie müssen Grund zu der Annahme haben, dass jemand, der mehr Steuern als die Putzfrau zahlt, Durand liquidiert hat – Jane, du bist ja weißer als der Bauch eines Karpfen. Wieso sollte irgendwas davon dich betreffen?»

Ich musste mich herausreden. Sosehr ich Sam auch vertraute, so wollte ich ihm nichts über Simones Angebot sagen, das ich erst zwei Stunden zuvor angenommen hatte.

«Oh, ich glaube das Ganze erinnert mich daran, wie ich meinen Job bei der *Post* verloren habe. Klingt mir ganz nach demselben Muster. Sieh bloß zu, dass dein Arsch in Sicherheit ist, verstanden?»

«Janie, bis meine Hypothek abbezahlt ist, steckt mein Arsch in Zement», versicherte er mir.

«Vergieß nie, dass die Mafia ihre Feinde mittels Zement beseitigt hat. So was wie der Stoff des Monats. Jimmy Hoffas Leichenhemd.»

Er trank sein Glas leer und zuckte die Schultern. «Ich bin ein alter Hase. Mach dir um mich keine Sorgen.» Wäre ich aufrichtig zu ihm gewesen, würde er sich um mich Sorgen machen.

Wir umarmten uns, er dankte mir und verabschiedete sich mit dem Versprechen, in Verbindung zu bleiben.

Auf dem Weg hinaus nahm ich gleich noch ein paar Rippchen für Max mit. Keine Fritten.

Das Essen mit Sam hatte mir zu keinem Blitzstart in meiner Karriere als Detektivin verholfen. Ermittler sollten eigentlich Informationen sammeln und nicht liefern. Sam hatte mich ausgequetscht, bis mein Hirn reiner als das Gewissen eines Heiligen war, und alles, was für mich dabei herausgeschaut hatte, war eine Heidenangst vor den Ayatollahs. Trotzdem, jetzt war er mir einen Gefallen schuldig, und ich würde wahrscheinlich darauf zurückkommen müssen.

5

Als ich nach dem Essen mit Sam wieder in mein Studio zurückkam, schmiss ich die Rippchen in Max' monströsen Napf und hörte dann Portias Nachricht ab. Sie war zu Hause, als ich sie zurückrief. Ich weihte sie in den Auftrag, den ich von Simone erhalten hatte, ein. Ich sagte ihr die Wahrheit – dass ich Durands Mörder finden sollte – und ließ sie schwören, es niemandem zu verraten. Portia, die eine Nase wie eine Klatschspaltenkolumnistin hat, wenn es sich um Intrigen handelt, erklärte sich gleich bereit, mich zu dem Begräbnis zu begleiten. Börsenmakler bräuchten alle komische Zerstreuung, die sie kriegen könnten, witzelte sie.

Mein Anrufbeantworter ist der letzte Schrei, mit Gebimmel, Gepiepse und mehr Knöpfen als ein Unterwäsche-Einteiler. Aber sein cleverer Designer hatte vergessen, einen Knopf anzubringen, mit dem man den Ton abschalten konnte. Aber ich vergab ihm: er hatte mich nie kennen gelernt.

Ich hatte ihn gleich nach Petes Tod gekauft. Zuerst ließ ich ihn die ganze Zeit eingeschaltet. Während dieser ersten selbstzerstörerischen Monate nahm ich das Telefon nicht ein einziges Mal ab, wenn es klingelte. Die einzige Person, mit der ich sprechen wollte, war tot. Dann begann ich, das Telefon selektiv abzunehmen. In letzter Zeit hatte ich fast immer abgenommen und den Beantworter nur eingeschaltet, wenn ich rausging, duschte oder schrieb. Dies aufrechtzuhalten, erfordert zuweilen einige Disziplin. Die Nachricht, die auf jene von Portia folgte, war ein Paradebeispiel, weshalb es für mich so reizvoll war, das Telefon zu meiden. Eine weitere weibliche Stimme erklang, der man deutlich anhörte, dass sie unter Druck stand, weil mein Band nur zwei Minuten lange Informationshäppchen aufnimmt. Etta ist mehr der Typ für Monologe in Marathonlänge:

Hi, Liebes, hier ist deine Mom. Ich bin aus Nashville zurück und habe ein paar gute Storys für dich. Slim – hab ich dir gesagt, dass ich Slim mitgenommen habe? – na jedenfalls hat es uns so gut gefallen, dass wir an Ostern wieder gehen wollen. Du wirst es nicht glau-

ben, aber wir haben Pat Travis und die Oak Ridge Boys in der Opry gesehen, und Slim ist sicher, dass es Dolly war, die wir in diesem Fastfood-Hähnchenschuppen gesehen haben, diese Mieze hatte genauso viel Holz vor der Hütte und die Dinger waren echt, obwohl, was sie dort tut, wenn sie doch einfach jemanden schicken könnte, der ihr was bringt, ist mir schleierhaft. Eine Kellnerin hat uns auch gesagt, dass Kitty Wells ganz schlimm Hämorrhoiden hat und nicht länger als fünf Minuten auf der Bühne stehen kann, ist das nicht schrecklich. Wir hatten eine schöne Zeit alles in allem, aber das war vorbei als ich wieder im Sweet Dreams war und gehört habe wie du dich Samstagnacht aufgeführt hast. Weißt du, ich glaube, du brauchst einen Freund. Dann hättest du nicht so viel Zeit, um nachzudenken und zu trinken, wenn du weißt, was ich meine. Wenn du Slim kennen lernst, weißt du, was ich meine, weil der Kerl ein Ding wie ein Nashorn hat. Hey, das Band ist sicher bald fertig, also ruf mich an sobald du nach Hause kommst, okay. Oh ja, hab ich es schon gesagt, hier spricht deine Mom.

Ettas Stimme, volle Lotte wie Max, wenn er hinter Ratten herrennt, und so unverwechselbar wie DNS. Ich kann es einfach nicht glauben, dass sie es für nötig hielt, zweimal zu sagen, dass sie es war. Andererseits kann ich *alles* glauben, was meine Mutter betrifft, die so wechselhaft ist wie der Sonnenschein an der Westküste – und ebenso unerbittlich. Ettas politisch absolut inkorrekter Lebenswandel ist ein sicheres Rezept für einen frühen Tod. Etta ist dreiundsechzig (obwohl sie dem Datum auf ihrer Geburtsurkunde nach fünfundsechzig ist).

Ich rief Etta zurück und schnitt ihr den Wasserfall ihrer Nashville-Schilderung ab, indem ich sagte, ich müsse mich für eine Beerdigung bereitmachen. Ich unterließ es, hinzuzufügen, dass diese erst morgen war. Dieses bisschen Information ließ sie eine Litanei anstimmen, wie es an der Zeit wäre, dass ich mich mit Leuten umgebe, die mir nicht wegsterben. Sie fragte nicht einmal, wer gestorben war, und das war richtig schade, weil ich nämlich vorgehabt hatte, ihr zu sagen, es wäre der Premierminister. Das hätte sie gefreut.

Ihre Tirade machte mich sprachlos. Etta machte mich immer sprachlos. Ich schaffte es, das Gespräch zu beenden, indem ich ihr versprach, am Dienstagabend ins Sweet Dreams zu kommen, um Slim kennen zu lernen. Etta wechselt ihre Liebhaber wie die sprichwörtliche Unterwäsche, also hatte ich immer meinen Text, wenn sie wieder mal ihr neuestes Modell vorführte.

Als ich dann meinen Verstand einschaltete, begann er gleich schneller zu ticken, als die Uhr eines Torontoer Taxis. Ernie hatte mir von Streichholzbriefchen aus einer Homo-Bar am Tatort erzählt. Ich blätterte mein geistiges Adressbuch nach schwulen und lesbischen Bekannten durch und stieß bald auf *Manacle, Silver.*

Ich wählte ihre Nummer. «Silver, ich bin's, Jane. Kann ich schnell auf einen Drink hochkommen?»

Silver Manacle ist meine beste Freundin. Sie wohnt ein Stockwerk über mir. «Klar, weiße Frau. Komm gleich rauf.»

Wir passen gut zusammen, und sehr oft ergänzen wir uns in unserem wechselnden Bedürfnis nach Loslösen und Intimität. Aber etwas in ihrer Stimme machte aus meiner Anfrage den Befehl zu erscheinen.

Silver öffnete die Tür zu ihrem Studio, das mich immer ein bisschen an das Innere von Jonas' Wal erinnert. Nur ein Gerippe, keine Verzierungen, alles der Funktionalität geopfert. Silver ist Künstlerin. Malen tat sie im natürlichen Licht bei dem großen Fenster an der Ostseite; an den restlichen Wänden standen ihre Bilder. Irgendwo in den entfernteren Ecken schlief und aß sie, so als wären ihre Körperfunktionen bloß Klammern um ihre Arbeit herum.

Als ich im Studio stand, umarmten wir uns und ich küsste sie auf die Wange. Sie küsste mich wie üblich mitten auf den Mund und zog meinen Körper für eine Umarmung nah an sich heran. Silver hat nichts übrig für die, wie sie es nennt, «Tipi-Umarmungen» des weißen Mannes. Wenn du die Leute nicht ganz nah an dein Feuer heranziehen willst, dann umarme sie schon gar nicht erst, sagt sie. Silver ist eine Mohawk-Indianerin.

Sie ging direkt zum Kühlschrank und brachte mir eine Dose Blue und für sich eine Cola. Silver trinkt nie Alkohol. Ich zögere immer ein bisschen, ihr meine Überzeugung mitzuteilen, dass Cola eine viel größere Abweichung vom Nahrungserbe des Schöpfers darstellt.

Jede andere Freundin mit einem vollen Programm hätte sich wahrscheinlich ein, zwei Minuten Zeit für Nettigkeiten genommen und sich nach meinem Wohlbefinden erkundigt, da ich schließlich gefragt hatte, ob ich sie sehen könne. Nicht Silver. Sie verliert nie Zeit und kommt immer direkt zum Punkt. Ich folgte ihr zu einem großen gewobenen Teppich, der vor einer Staffelei mit einem Bild darauf lag. Das Bild war abgewandt; Silver lässt nie jemanden ein unfertiges Bild sehen. Sie glaubt irgendwie, sie müsse seinen Geist beschützen. Ich konnte verstehen, weshalb sie die Dinge schützen wollte, die sie schätzte. Ich setzte mich ihr gegenüber auf den Teppich.

Sie ist eine gewaltige Frau, fast einsachtzig groß und gute hundertzwanzig Kilo schwer. Sie trägt das Haar zu einem einzelnen dicken Zopf geflochten, der ihr bis zur Taille reicht. Schwarze Augen saßen in einem breiten Gesicht mit hohen Wangenknochen; sie öffneten und schlossen sich so bestimmt, wie sich ihre Laune änderte. Heute trug sie ein mit Farben bekleckertes T-Shirt, einen Bluejeans-Overall und rote Schlangenlederstiefel, die sie von einem Ausflug nach San Francisco zurück ins Land geschmuggelt hatte.

Sie musterte mein Gesicht, als lese sie ein Medizinrad, und fuhr mich an: «Du weißt doch, diese Ausstellung von mir, zu der du vor ein paar Wochen gekommen bist? Sie ist ausverkauft.» Sie klang angewidert.

«Weshalb bist du dann so sauer?» Ich sah ihr in die Augen. «Deshalb stellst du ja schließlich aus – um zu verkaufen.»

Ihre Antwort schnellte hervor wie ein Stück Treibholz aus einem Wirbel. «Ja, das ist es weshalb ich *ausstelle* – nicht weshalb ich *male*.»

Sie trank ihre Cola, als wäre alles gesagt. Silver verfällt oft in Schweigen, wenn sie wieder ihre anti-imperialistische Phase hat, so als ob sie mich provozieren will, die kolonialistischen Leerstellen auszufüllen. Und das macht mir Angst, denn ich habe immer das Gefühl, dass ich wieder zu einer Weißen wie alle anderen degradiert werde, wenn ich nicht die korrekte Antwort gebe, die sie verweigert. Aber ich weigere mich, das Spiel mitzuspielen: Ich bin weiß und keine noch so schuldbeladenen liberalen Eingeständnisse können diesen Umstand der Geburt und dieses Privileg ungeschehen machen. Also sagte ich nichts. Die Stille um uns herum schwoll an und füllte das Studio.

Schließlich wurde der Drang sich zu erklären größer als das Bedürfnis, mir Schuld aufzuladen. «Der Grund, weshalb ich male – weshalb ich *gemalt habe* – ist, um aufzuzeigen, wo mein Volk herkommt. Ich muss hundert Bilder mit den Spuren unserer Mokassins gefüllt haben. Aber ich habe immer versucht, aus dem, was uns die Stammesältesten erzählten, Symbole zu machen, Geschichten darüber zu erzählen, wie wir hierher kamen und was wir tun mussten, um auf eine gute Weise hier zu bleiben. Und weißt du, ich dachte wirklich, ich täte das, weshalb man mich hierher geschickt hat – bis zur Ausstellungseröffnung in dieser Galerie. Zum ersten Mal schaute ich wirklich um mich ... und was ich sah, waren all diese Weißen in Designerklamotten, die mein Zeug kauften, als wären es indianische Tapeten. Die Vorfahren dieser Trendys haben alles darangesetzt, die Kultur meines Volkes auszulöschen, und hier kommen ihre Nachkommen und kaufen all die Bruchstücke auf, an die ich mich erinnern kann. Jane, das hat mich vollkommen fertig gemacht. Ich meine, es stinkt dermaßen zum Himmel – und ich habe die ganze Zeit mitgespielt.»

«Und was hast du getan?» Wir hatten seit jenem Abend nicht mehr miteinander gesprochen.

«Als Erstes habe ich den Scheck von der Galerie ins Native Women's Resource Center gebracht. Sie hätten nächstens dichtmachen müssen, weil die Regierung ihnen die Gelder gestrichen hatte, und als Zweites bin ich ausgegangen und hab's mir besorgen lassen. Als Drittes hab ich dann aufgegeben, eine so genannte Künstlerin zu sein.» Silver ist eine großartige Geschichtenerzählerin: Sie weiß, was ein guter Cliffhanger ist. Sie schwieg.

Ich reagierte wie auf Kommando. «Und wie lange hat dieses Aufgeben deiner Berufung gedauert?»

Sie schüttete den Rest ihrer Cola so heftig die Kehle hinunter, dass ein verirrtes Rinnsal auf ihr T-Shirt tröpfelte und dem verkleckerten Stoff eine neue Farbnuance hinzufügte. «Etwa eine Woche. Ich bin zurück ins Reservat gegangen und habe viel Zeit mit Marie, der alten Frau von der ich dir erzählt habe, verbracht. Sie fragte mich, weshalb ich so male. Da sag ich: ‹Ich male so, wie ich es sehe.› Darauf sagt sie mir: ‹Nein, du malst so wie du *denkst*, dass die alten Leute es gesehen haben. Du malst nicht, was *du* siehst.› Sie wollte mir nicht sagen, was ich sehe, verstehst du? Ich komme also zurück in die Stadt, und kaum bin ich zur Tür herein, klingelt das Telefon. Es ist Gertie, und sie sagt, ich soll meinen Arsch rüber ins Silver Dollar bewegen, weil ein paar indianische Frauen eine Keilerei veranstalten und sie glaubt, meine Schwester ist mittendrin. Sie will, dass das Ganze aufhört, bevor die Cops anfangen, jede Tussi zu verhaften, die ihnen in die Finger kommt. Ein Streit wegen irgend so 'nem verdammten Mann. Ich also los in die Spadina, setzte der Schlägerei ein Ende und schleppe meine bescheuerte Schwester an einen Tisch. Sie sitzt da, schnieft und murmelt vor sich hin und sieht aus, als könnte sie jeden Moment kotzen oder umfallen, was immer zuerst kommt, als ich mich in der Bar umschaue. Dann trifft es mich wie ein Donnerschlag: *Ich sollte malen, was ich sehe.*»

Sie stand auf, ging zu ihrer Staffelei und drehte das Bild so, dass ich es sehen konnte. Es war ein riesiges Acrylgemälde und sah beinahe fertig aus. Es war ein gnadenlos realistisches Bild von drei indianischen Frauen, die, jede in ihrer Einsamkeit, an einer Bar vor einem Spiegel hängen, in dem drei indianische Frauen zu sehen sind, die, jede in ihrer Einsamkeit, vor einer Bar stehen. Die einzige Referenz an die Stammestradition war ein großer Rabe, der auf einem Ende der Bar saß. Die Stimmung war tieftraurig und unterschwellig bedrohlich.

Ich sah meine Freundin an. «Du bist einen neuen Weg gegangen.»

«Ja. Denkst du, sie werden mir ankreiden, dass ich mir von Emily Carr den Raben ausgeborgt habe?», kicherte sie. «Meine Mokassins wandeln also auf neuen Wegen ... wohin tragen dich heutzutage deine Reeboks?»

Ich schenkte ihr reinen Wein über meinen neuesten Job ein. Silver kennt die vier Himmelsrichtungen; sie toleriert keine Umwege.

«Klingt nach Ärger, Mädchen.»

«Klingt für mich nach einer neuen Ducati und Zeit, ein neues Buch zu schreiben – oder so», entgegnete ich.

«Warum tust du es in Wirklichkeit? Hast du nicht genug Ärger gehabt, ohne dir schon wieder welchen aufzuladen?»

«Die Kasse stimmt, Silver. Und ich bin neugierig.»

«Neugier brachte Christoph Kolumbus an unsere Küste. Neugier brachte deine Vorfahren hierher. Neugier hat schon mal dafür gesorgt, dass man dich zusammengeschlagen hat – und es gibt noch viele andere Bücher, die darauf warten, geschrieben zu werden und die dir auch keinen Kummer machen.»

Ich gab auf. «Was willst du damit sagen?»

«Ich will damit sagen, dass ich glaube, du hast nach Petes Tod beschlossen, dich in einem Haufen Arbeit – vielleicht auch in der Gefahr – zu vergraben, damit du nicht mehr in dieses riesige Loch in deiner Welt hinunterstarren musst. Mädchen, eines Tages musst du das Schreiben beiseite schieben, den Alkohol, das Verstecken, und dich den Verlust richtig *spüren* lassen, oder nicht?» Sie zerknüllte die Cola-Dose.

Bevor der weise Rat sich in meinem Hirn festsetzen konnte, sagte ich: «Schau, ich brauch dieses Mal wirklich deine Hilfe, Silver. Kann ich trotz dem, was du gesagt hast, auf dich zählen?»

Liebe und Verzweiflung wechselten sich in ihren Augen ab. «Ob du auf mich zählen kannst? Scheißen Bären im Busch? Sind die Gefängnisse voller Indianer? Konnte ich letztes Jahr auf dich zählen, als du mir Geld für die Kaution meiner Schwester gabst?»

Ich ging auf sie zu und zog sie an mich. Silver zu umarmen ist, wie wenn man in einen virtuellen Mutterleib eintritt. Nachdem wir uns eine Minute oder zwei gehalten hatten, versetzte sie mir einen neckischen Schubser. «Hey, noch mehr davon, und ich komme auf andere Gedanken.»

«Silver, du bist hoffnungslos! Ich meine, ich *denke* noch nicht mal mehr an Sex», protestierte ich.

«Na, das nenn ich komplett hoffnungslos. Was brauchst du, Jane?»

«Ich brauche Informationen über die Homo-Bars in der Stadt – vor allem über solche, in denen ein Bekannter von Charles Durand verkehren könnte.»

Was ich von Silvers umfassendem Wissen aus erster Hand erwartete, war eine kurze Liste von möglichen Bars. Was ich erhielt, war reines Dynamit.

«Leather Boys.»

Ich war sprachlos.

Sie grinste über mein Staunen und zuckte dann die Schultern. «Das war einfach, Jane. Durands Sohn, Billy, ist schwul. Und die Tatsache, wer sein Vater ist, macht unsere kleine homosexuelle Welt noch kleiner. Das Leather Boys gehört einem guten Freund von mir aus dem Reservat, George Potts. Ich bin also über all den Klatsch auf dem Laufenden.»

«Was weißt du über William, Silver?»

«Nicht sehr viel. Ich kann mich aber erinnern, dass letztes Jahr, als die Medien darüber berichteten, dass er seinen Vater vor den Kadi gezerrt hatte, ein paar Queer-Nation-Typen, die immer im Leather Boys rumhängen, darüber sprachen, Billy zu outen – um zu zeigen, dass auch reiche, weiße Berühmtheiten schwule Kinder haben. Offenbar haben die Lavendelfaschisten dann beschlossen, es doch nicht zu tun, weil sie fanden, Charles Durand zum Vater zu haben, habe ihn schon genug zum Märtyrer gestempelt. George kann dir vermutlich viel mehr über ihn sagen.»

«Nimmst du mich mit ins Leather Boys?»

«Sicher, und wenn du mit der Harley kommst und deine Ledermamotten trägst, müssen wir nicht einmal erklären, weshalb wir dort sind!», lachte sie.

«Können wir morgen Abend hingehen?», fragte ich und vergaß in meiner Aufregung ganz meinen Termin mit Etta.

Silver setzte ein ernstes Gesicht auf. «Nein, morgen habe ich ein kolossal wichtiges Rendezvous – sogar noch kolossaler als ich.» Sie klopfte sich auf den üppigen Schenkel. «Wie wär's mit Mittwoch?»

«Mittwoch passt hervorragend. Treffen wir uns um neun unten?»

«Du hast's erfasst, Honey. Bis dann sollten wir aus dem Bett sein.»

An der Tür drehte ich mich nochmals um. «Ich hoffe, dein Rendezvous läuft gut.»

Sie grinste. «Ja, ich auch. In der Zwischenzeit, pass gut auf deinen kleinen weißen Arsch auf.»

Ich freute mich echt über ihre neue Berufung – und machte mir Sorgen über meine eigene.

6

Am Dienstagmorgen weckte mich ein seltsames Geräusch auf, das vom Boden neben meinem Futon kam. Als ich ein Auge öffnete, leckte mir mein Hund, dessen Schwanz so fest hin- und herwedelte, dass seine Krallen Stepptanzten, das Gesicht. Ich öffnete das andere Auge.

Eine Ratte von der Größe einer jungen Katze, allem Anschein nach dem irdischen Jammertal entrückt, lag etwa dreißig Zentimeter von meinem Kopf entfernt. Max' gefühlvolle Augen heischten nach meinem begeisterten Applaus ob seiner Trophäe.

Gleich nachdem ich Pete kennen gelernt hatte, hatte ich zu träumen begonnen, wie wir aufwachten und Liebe machten, zusammen duschten und dann wieder fürs Frühstück mit Cappuccino, Croissants und Erdbeeren mit Sahne ins Bett gingen. Für dreiundzwanzig kurze Monate wurden die Träume Wirklichkeit. Die Realität an diesem Morgen, Lichtjahre entfernt von meiner Zeit mit Pete, war ein harscher Kontrast. Ich hatte eine kleine Leiche zu beseitigen und zwar auf eine Weise, die meinen Mitbewohner nicht beleidigte.

Ich schloss die Augen und überlegte mir, wie ich es anpacken sollte. Wenn ich auf der anderen Seite vom Futon stieg, ein Paar Gummihandschuhe, eine Grillzange und einen grünen Kehrichtsack aus der Küche holte, dann konnte ich die Ratte mit der Zange am Schwanz hochheben, in die Tüte stecken, diese schnell mit einem Draht verschließen und das traurige Bündel vorübergehend auf der Feuerleiter zwischenlagern – derweil ich natürlich unentwegt meinen Jäger und Beschützer pries und ihm zur Belohnung einen Knochen gab. Ich kam mir langsam vor wie in einer Ehe.

Ich öffnete die Augen wieder und schaute mir die Ratte genauer an. Max könnte vielleicht doch nicht so hungrig nach einem Knochen sein: meinem Geschenk fehlten die leckeren inneren Teile.

Ich entsorgte die Ratte nach Plan. Mein Entschluss, das Frühstück auszulassen, schien vorbestimmt. Irgendetwas hatte mir den Appetit geraubt. Also zog ich meinen Jogginganzug an, nahm Max an die Leine und trottete in Richtung High Park. Als ich von der Roncevalles Avenue in eine Seitenstraße mit Wohnhäusern und erfreulich wenig Verkehr einbog, erleuchtete die klare Februarsonne die Szenerie wie am ersten Tag der Schöpfung.

In welch einer verdammt gegensätzlichen Stadt ich doch lebe. Die meiste Zeit hasse ich Toronto – das Verkehrschaos und die Luftverschmutzung, die Menschenmassen, den Lärm und die Anonymität, die fortschreitende Erosion der Wohngegenden durch Bürogebäude, Appartementhäuser und Wolkenkratzer, sein pubertäres Streben nach Weltklasse-Status, während die Anzeichen von Armut übertüncht und die Obdachlosen aus der Stadt gekarrt werden, wann immer ein internationaler Anlass stattfindet. Ich habe nie erwartet, dass das Toronto der Neunziger wie die Stadt meiner Kindheit aussieht, aber ich habe noch immer Mühe zu akzeptieren, was die Stadtväter damit verbrochen haben.

Ich flüchte mich aus diesen dunklen Gedanken immer in Fantasien, in denen ich irgendwo auf dem Land draußen ein fünfzig Hektar großes Grundstück kaufe, mit einem viktorianischen Farm-Haus und ein paar Außengebäuden, die ich restaurieren kann, einem Teich mit Enten und Gänsen (darf ich wohl davon träumen, dass die Blaureiher so weit nach Norden kommen?), ein Garten, der groß genug ist, dass ich mich davon ernähren kann, eine Langlaufloipe quer durch den Busch, genug Ruhe, dass man eine Eichel fallen hört, ein fliehendes Eichhörnchen, vielleicht Vogelgezwitscher, meine eigenen Gedanken …

An einem Morgen wie diesem vermag mich Toronto hingegen immer noch zu überraschen. Wir joggten in den eineinhalb Quadratkilometer großen Park, der sich vor uns öffnete wie eine verlassene Kathedrale, vom Winter seines ansehnlichsten Schmuckes beraubt, aber noch immer prachtvoll und so einsam, wie es in einer Zweieinhalb-Millionenstadt eben geht. Und dies war derselbe Park, der mir erst zwei Tage zuvor in der nächtlichen Variante heillose Angst eingejagt hatte. Vielleicht hatte ich ja einen Serotoninschub.

Erst einmal von der Leine gelassen und mir immer weit voraus, raste Max in ekstatischen Sprints, immer wieder unterbrochen durch entzückte Hüpfer über das hügelige Gelände. Wenn Hunde wählen könnten, wären Torontos Grünflächen auf ewig sicher.

Später am Tag würden Charles Durands sterbliche Überreste zu Asche werden; seine pulverisierten Knochen – nun auf einer Stufe mit der sprichwörtlichen Kirchenmaus – würden wahrscheinlich in einem Mausoleum von den Ausmaßen Versailles' ihr letzte Ruhe finden. Als ich so gemächlich vor mich hin trabte, dachte ich an die Zeit zurück, als ich noch ein Kind war, als eine alte Großtante am Morgen des Begräbnisses eines anderen Alten bemerkte, dass es «ein großartiger Tag, um beerdigt zu werden» wäre. Und ich erinnerte mich daran, dass ich gedacht hatte, einem Toten dürfte das Wetter eigentlich egal sein. Jammerschade, Durand verpasste einen herrlichen Tag.

Am Morgen des Begräbnisses meines Vaters hatte es geschneit. Auf Petes Sarg war Regen gefallen.

Max wurde gleichzeitig mit mir müde und trottete jetzt neben mir her. Ich hatte noch ausreichend Zeit, um zu duschen, mich für das Begräbnis anzuziehen und Portia vor der St. Michael's Cathedral zu treffen.

Ich nahm ein Taxi zur St. Mike's: Selbst ich weiß, wann eine Harley die einfachsten Gebote des Anstands verletzt.

Weder verhüllte Nebel die gotischen Türme, noch dämpfte er das Geläut der Kirchenglocken. Im Gegenteil, brillantes Sonnenlicht beschien die architektonischen Details und schärfte die sonst etwas bleierne Akustik. Wenn Gott traurig über Durands Hinscheiden war, so dramatisierte er es jedenfall nicht mittels billiger rhetorischer Mittel.

Eine halbe Stunde vor Beginn der Messe betraten wir die Kathedrale. Damit wir nicht die Hälse recken mussten, um die Ankunft der Trauergäste zu beobachten, setzten wir uns im hinteren Teil ans Ende einer Bank.

Charles Durands vorletzte Ruhestätte war wie ein Kunstwerk vor dem Altar zur Schau gestellt. Der Sarg prangte auf einem mit Seide behängten Podest und war ein Prunkstück an weltlichem Reichtum, wie man es nur selten zu sehen bekommt. Mahagoni mit Einlegearbeiten aus Ahorn, Beschläge aus Gold und Schwalbenschwanzverbindungen. Ihn zu verbrennen war ein Verbrechen: Hochkant und mit ein paar Regalen versehen hätte er jedem besseren Salon in Rosedale Ehre gemacht. Man hatte nur ein einziges Blumenarrangement zugelassen. Ein herrliches Bouquet aus seltenen Orchideen (zweifellos aus einem der Regenwälder im Amazonas eingeflogen, die von Durand und seinen Geschäftsfreunden geplündert werden) thronte auf dem Sarg.

Jene Trauergäste, welche die Obsession des verstorbenen Tycoons gekannt hatten, hätten annehmen können, der Sarg wäre geschlossen, weil sein Insasse es gehasst hatte, so genau betrachtet zu werden, vor allem in einer Situation, die er nicht unter Kontrolle hatte. Der wahre Grund war weniger kompliziert: Nicht einmal die kosmetischen Zauberkünste der Thomson-McKinnon Funeral Home Ltd, schon seit der Zeit vor der Konföderation Bestatter der kanadischen Oberschicht, konnten den bedauernswerten Schaden, den sein Kopf genommen hatte, verbergen. Das war ein Job für Madame Tussaud's.

Ich warf einen Seitenblick auf meine Freundin. So elegant und unbewusst schön sie in ihrem dunkelgrauen Seidenkleid und dem dezent-rosa Schal aussah, musste sie mit Eyeliner und Strumpfhose geboren worden sein.

Neben ihr sah ich aus, als hätte ich meine Garderobe im Billig-Kleiderverleih zusammengestellt. Ich habe nicht oft die Gelegenheit, mich aufzudonnern, also verfüge ich gerade mal über zwei richtige Kleider. Das eine war dasjenige, das ich heute trug, ein einfacher schwarzer Rock und ein Jackett, beide hatte ich mir vor fünf Jahren bei Bay für die Beerdigung meines Vaters gekauft. Es war so billig und unauffällig wie sein Leben. Das andere war ein exzentrisches grünes Kleid, das Pete mir geschenkt hatte und das ich zusammen mit seinen Kleidern hätte weggeben sollen. Seit seinem Tod hatte ich es nicht ein einziges Mal getragen. Na, jedenfalls war sowieso Durands Sarg Mittelpunkt dieses Anlasses. Ich durfte nicht vergessen, die Knie zusammenzupressen: Wenn ich einen Rock trage und nicht aufpasse, wandern sie auseinander wie kurzsichtige Augen, die versuchen zu fokussieren.

Portia saß aufrecht und ruhig neben mir. Nur ihre Augen, welche die Kathedrale mit derselben Gründlichkeit abtasteten wie die TV-Kameras, an denen wir draußen vorbeigegangen waren, verrieten ihr Interesse an den Trauergästen, die langsam hereintröpfelten. Ich fragte sie nach den Gesichtern, die ich nicht von *Prime Time News, The Globe and Mail, The Financial Post* und *Maclean's* her kannte.

Die Angehörigen von Charles Duran kamen zuerst. Simone wurde begleitet von einem stämmigen, bärtigen Mann, der mich etwas an Allen Ginsberg um 1980 erinnerte, und einem bildhübschen, groß gewachsenen Mädchen, das wahrscheinlich ihre Tochter, Rebecca, war. Sie war schlank, sah aber fit und sportlich aus. Die helle Haut, die fein geschnittenen Gesichtszügen und das kunstvoll frisierte, lange, gelockte Haar ergaben eine überraschende Kombination aus Stärke und Verletzlichkeit: eine Botticelli-Venus, die man nahtlos auf eine Kurzstreckenläuferin aufgepfropft hatte. Sobald sich das Trio gesetzt hatte, wandte sich das Mädchen, das sehr aufgeregt war, seiner Mutter zu, die es in die Arme nahm. Ich vermutete, dass Rebecca ihren Onkel nie kennen gelernt hatte: vielleicht teilte sie ja meine Abneigung gegen Beerdigungen.

Kurz nach ihrer Ankunft kam eine sehr hagere, nervöse Frau mit einem bleichen, gut aussehenden Mann, den ich als William, Durands Sohn, erkannte, den Mittelgang entlang. Sein genetischer Code dekonstruierte ganz sicher das sportlich-bodenständige

Image seines Vaters. Seine Haltung erinnerte irgendwie an den jungen Sitwell, eleganter Körperbau und die fragile Anmut eines Rennpferds. Jede Wette, seinem Vater war er nicht männlich genug gewesen.

Ich vermutete, dass die mausgraue Frau neben ihm Helen, seine Mutter und Durands erste Frau, war. Sobald sie sich gesetzt hatten fing sie an, auf ihn einzureden, ohne auch nur einen beiläufigen Blick auf den Sarg zu verschwenden. Vielleicht reichte es ihr ja auch zu wissen, dass er da drin lag. Durand hatte es zwanzig Jahre zuvor ziemlich eilig gehabt, sich aus der Ehe zu verabschieden, und in seinem Kielwasser eine Abfindung gelassen, die sie zu einer sehr reichen und im gleichen Maße verbitterten Frau machte. Sie war zurück nach Noranda gezogen.

William saß da wie ein sechs Jahre alter Sonntagsschüler und hörte seiner Mutter zu, während er den Sarg seines Vaters anstarrte, als handle es sich um das Raumschiff Enterprise. Ich fragte mich, was Durands Tod finanziell für ihn bedeutete. Er hatte erst kürzlich einen hässlichen Prozess um das Recht, seine Anteile am Trust-fund der Familie zu verkaufen, verloren. Wie verdiente er sich seinen Lebensunterhalt, wenn er denn überhaupt etwas arbeitete?

Als mehr und mehr Trauergäste auch die hinteren Reihen zu füllen begannen, kam die zweite Frau des Verstorbenen herein. Judith Durand sah genau so aus wie auf allen Zeitungsfotos, sehr vornehm, sehr beherrscht und sehr hohl. Jeder wohlkalkulierte Zentimeter an ihr verriet das Ex-Model und die Ex-Gameshow-Moderatorin, als die sie vor ihrer Heirat mit Charles gearbeitet hatte. Ihr Auftritt war beeindruckend, und sie ging den Mittelgang entlang, als wäre sie auf einem Laufsteg. Sie machte nicht gerade einen verzweifelten Eindruck. Keine Trauerkleidung für Judith: Unter dem standesüblichen Nerz trug sie ein Kleid, das nach Wohltätigkeitsball aussah. Witwe zu sein geht nicht unbedingt mit Trauer einher, aber selbst Etta war gnädig genug gewesen, am Begräbnis meines Vaters ein paar Tränen zu vergießen (beim anschließenden Leichenmahl hatte sie zugegeben, dass der Gedanke, was es sie kostete, den Scheißkerl unter die Erde zu bringen, die Tränen ausgelöst hatte).

Als die momentane Mrs Durand vorne ankam, machte sie einen Knicks vor dem Altar und setzte sich dann neben Simones Familie. Simone lächelte ihr freundlich zu, wie auch ihr stark behaarter Mann. Durands erste Frau schoss Judith einen giftigen Blick zwischen die Schulterblätter. Ich denke, man muss einen Mann nicht unbedingt lieben, um die Frau zu hassen, die einen verdrängt hatte.

In der zweiten Reihe saßen die Mitarbeiter der Durand Corporation. Unter ihnen erkannte ich Norman Jameson, den momentanen Vorstandsvorsitzenden, und Fay Davison, die Medienbeauftragte, die ihren Boss in den vergangenen Monaten geschickt aus dem Kreuzfeuer der Presse herausgehalten hatte, und – zu meiner Überraschung – neben ihnen die zwei Manager, die Durand vor drei Monaten gefeuert hatte, als sie sich seiner Strategie, die Kontolle über das Unternehmen zu halten, widersetzt hatten. Um sie herum waren mehrere Leute gruppiert, von denen ich annahm, dass sie ebenfalls auf der Lohnliste standen. Portia machte mich auf zwei leitende Manager von ComTech aufmerksam. Nicht wenige dieser Leute mussten sich sowohl wegen Durands Missmanagement als auch wegen seines Mordes wohl beruflich «neu orientieren.»

Sonst waren noch einige mächtige Männer und ihre entsprechend gekleideten Frauen da, die nicht zum anglo-kanadischen Establishment gehörten und nicht direkt mit Charles Durand zu tun gehabt hatten. Die beiden Farrah-Brüder, Samir und Karim, saßen nur ein paar Reihen von Jean-Luc Hébert, für mehr als drei Jahrzente eine treibende Kraft in der Finanzindustrie und Durands Partner, entfernt. Durand hatte seinen ersten Nervenzusammenbruch gehabt, nachdem ihre Partnerschaft vor Gericht in die Brüche gegangen war. Hébert war wie Durand Franko-Kanadier und hatte es nie geschafft, in den inneren Zirkel vorzudringen. Das Gleiche galt für die Farrahs – trotz ihres erheblichen Einflusses in England, Russland und Japan. Reiche Anglo-Kanadier sind nicht offen rassistisch: Sie verfolgen einfach weiterhin diskret gewisse exklusive Praktiken.

Die herrschende Klasse war vollzählig anwesend. Portia nannte mir die meisten Namen der Leute, die ich nicht kannte. Gerald Dawson, Primus der kanadischen Geschäftselite, brauchte sie mir nicht zu zeigen. Er sah distinguierter aus als der Generalgouverneur und um einiges Respekt einflößender. Er betrat die Kathedrale mit einer kleinen Entourage. Sollte jemand eine Granate in die Kathedrale werfen, würde er damit jeden Aufsichtsrat in Kanada dezimieren. Dawson musste es als unschicklich betrachtet haben, nicht zu erscheinen.

Eine ganze Anzahl von Reportern war vor Ort. Man erkannte sie leicht an der einfachen Kleidung und ihrer unterbezahlten, verkaterten oder gelangweilten Erscheinung. Und ich wusste auch, dass Ernie Sivcoski und andere Beamte der Mordkommission in Zivil irgendwo herumlungerten, aber gesehen hatte ich ihn noch nicht. Vielleicht hatte er sich ja als Chorknabe verkleidet.

Als der Gottesdienst Punkt elf begann, war die Kathedrale bis unter die erhabenen Bögen gefüllt. Kardinal Thomas Callaghan, in prunkvolle Gewänder gekleidet, für die man seinen rechten Arm geben würde, zelebrierte die Totenmesse. Der Mann hatte mehr Einfluss als irgendein gewähltes Mitglied des Stadtrats – oder des Provinzparlaments. Vor ein paar Jahren hatte der Besuch des Papstes in Toronto offenbart, wie viele Wähler der Stadt registrierte, wenn nicht feurige Katholiken waren. Kurz nachdem seine Heiligkeit in ihre bescheidene Bleibe in Rom zurückgekehrt war, hatte der Premier – etwas spät zwar – seine Unterstützung für getrennte Schulverwaltungen verkündet. Das wurde von vielen Leuten als Rückschritt empfunden, kam aber problemlos durch. Das Establishment machte keinen Mucks: Sie schickten ihre Kinder sowieso auf Privatschulen, wo sie das Sagen hatten. Gerüchten zufolge hatte Callaghan den Premier einfach davon in Kenntnis gesetzt, wie viele Stimmen ihm die Kirche verschaffen konnte.

Hätte er sich für die Bühne entschieden, Callaghan hätte Gielgud Konkurrenz machen können. Die Messe war wie ein hochklassiges Theaterstück inszeniert – Kerzen, Weihrauchwolken, all der Singsang und die Verbeugerei –, eindrucksvoll genug, um mich nervös zu machen, weil ich nicht mehr zur Beichte gegangen war, seit mir der Gemeindepfarrer so wenig Verständnis entgegengebracht hatte, als ich ihm gestand, an der Schulabschlussfeier mit einem Angehörigen der protestantischen Kirche herumgeknutscht zu haben. Wenn mich mein Gedächtnis nicht trügt, hatte er furchtbar überreagiert und mit Vaterunsern und Ave Marias zur Sühne um sich geschmissen, wie mit Reiskörnern an einer Hochzeit. Und dabei hatte ich noch nicht einmal Gelegenheit gehabt zu beichten, dass es ein Mädchen gewesen war, das ich so leidenschaftlich geküsst hatte.

Gerade als die Show sich dem Ende näherte, kam unweit des Sarges Unruhe auf. Simone und ihr Mann schossen hoch und verschwanden dann wieder aus dem Blickfeld, als sie in die Knie gingen und sich vornüberbeugten. Ich sagte mir, außer Gott könne mich sowieso niemand sehen und stand auf, um zu sehen, was los war. Es sah ganz danach aus, als sei Rebecca ohnmächtig geworden.

Callaghan fuhr ohne mit der Wimper zu zucken mit der Messe fort. Wir folgten dem Sarg nach draußen zu dem wartenden Leichenwagen. Er wurde von leitenden Angestellten der Durand Corporation getragen, die gezwungen waren, zum ersten Mal in ihrem Leben körperlich zu arbeiten. Die Trauergäste zerstreuten sich schnell, die meisten davon in Limousinen mit Chauffeur. Ich fragte mich, wie viele sich wohl an der Leichenfeier blicken lassen würden. Ein eigentliches Begräbnis gab es nicht. Durands Asche würde in einer Gruft unter seiner Villa in Montreux über dem Genfer See beigesetzt werden.

Portia steuerte ihren silbergrauen BMW in gemächlichem Tempo durch die Wohnquartiere, um die Schnellstraßen zu meiden. Wir wollten nicht unter den Ersten sein, die in Swindon Path aufkreuzten. Ich fasste in meiner Tasche nach einer Zigarette, überlegte es mir dann aber anders. Portias Lebensstil war so sauber und durchorganisiert wie ihre Karriere und ihre Garderobe. Unsere Unterschiede ließen Äpfel und Birnen wie siamesische Zwillinge aussehen. Die Jahre nach unserer Studentenzeit hatten individuelle Eigenheiten akzentuiert, die mit neunzehn noch nicht so augenfällig gewesen waren. Trotzdem hatte unsere Freundschaft dank beidseitiger Toleranz überlebt (wenn meine Verletzlichkeit mir nicht ständig Herzklopfen bereiten würde, würde ich schlicht erklären, dass wir uns lieben). Aber Wolken von Zigarettenrauch in ihrem geschlossenen Wagen hieße doch, das Ganze etwas auf die Spitze zu treiben. Ich steckte meine Rothmans wieder zurück in die Tasche.

Portia war mein Nikotin-rein-raus nicht entgangen. «Zünd dir eine an, wenn es unbedingt sein muss, Jane.»

»*Müssen* impliziert mangelnde Wahl», gab ich zurück. Was Konversationsstile anbetrifft, so ist Verschlossenheit jener, den ich am wenigsten mag. «Du klingst wie eine Oberlehrerin.»

«Woher willst du denn wissen, wie eine Oberlehrerin klingt», fragte sie mit zuckersüßer Stimme.

«Ich muss *Die Schönen von St. Trinians* bestimmt ein dutzend Mal gesehen haben ... und sei nicht so selbstgefällig, Portia. Du musst zumindest eine schlechte Angewohnheit haben.» Ich wünschte inständig, sie käme mir in den Sinn.

«Darling, aber selbstverständlich habe ich das – aber sie verstopft mir nicht die Lungen.» Sie grinste lasziv.

«Mögest du deinen letzten Atemzug mitten in einem multiplen Orgasmus tun.»

«Meinst du das jetzt als Fluch oder als Segen?», fragte sie.

«Portia, du kannst dir ja vorstellen, wie lange ich jetzt schon enthaltsam lebe. Das macht es zum Fluch!»

Sie warf mir einen Blick zu. «Jetzt, wo du es erwähnst, würde ich sagen, du bist enthaltsam gewesen, seit du das letzte Mal mit Pete geschlafen hast.»

Ich bin gut im Abblocken. «Hey, Mädchen, wenn das eine Gameshow wäre, könntest du jetzt eine Mikrowelle oder eine Reise nach Disney World für zwei Personen mit nach Hause nehmen.» Ich hasse mich selber, wenn ich meine Freunde verarsche, aber wer will schon eine zweite Inquisition?

«Und wenn ich deine Therapeutin wäre, würde ich dir sagen, du könntest wiederkommen, wenn du über deine schnoddrige Phase weg bist.»

Ich brauchte jetzt dringend eine Zigarette. «Willst du damit sagen, ich solle endlich aufwachen?», fragte ich.

Portia nahm ihre rechte Hand vom Lenkrad und drückte meine angespannten Hände. «Jane, ich habe dich genau deshalb immer gern gehabt, weil du so verdammt wach bist – ich meine, du bist dir selbst immer treu gewesen. Du gibst mir manchmal das Gefühl eines dieser Papp-Püppchen zu sein, die wir als Kinder ausgeschnitten und angezogen haben. Wenn ich dir also etwas sage, dann, dass du langsam damit aufhören könntest, um Pete zu trauern.»

Ich verkniff mir eine dieser schnippischen Bemerkungen, mit denen ich mich für gewöhnlich abschotte und schütze. «Was soll ich sagen? Ich arbeite daran, Portia. Meine Therapeutin bekommt fünfundneunzig Mäuse, damit ich ihr drei viertel Stunden in der Woche Dinge sagen kann, die ich meinen Freunden nicht im Traum zumuten würde. Jedenfalls hat Silver mich wissen lassen, dass ich noch nicht einmal begonnen hätte, um Pete zu trauern, weil ich zu viele Wege gefunden hätte, die Tatsache zu verdrängen, dass er nicht wiederkommt.»

«Schon gut, Jane. Aber denk daran, dass du eine Freundin hast, wenn du bereit bist, darüber zu sprechen. Aber sag mal: Bekommst du das Durand-Anwesen heute das erste Mal zu Gesicht?»

«Ja», sagte ich, dankbar für den Themenwechsel. «Ich habe ein paar Fotos davon in Magazinen gesehen, aber aus unerfindlichen Gründen habe ich noch nie eine Einladung erhalten.»

Portia lachte. «Du hast aber sicher von der berüchtigten Einweihungsparty gehört, die Charles vor fünf Jahren geschmissen hat?»

«Wieder nur vom Hörensagen. Erzähl mir davon», drängte ich. Portia und ihr Mann waren auf der Gästeliste von fünfhundert gewesen, die Durand aufgesetzt hatte, um seinen Einstand in der Gesellschaft von Toronto zu feiern.

«Das Anwesen selbst ist wunderschön. Es ist schön, aber *nicht authentisch*, wie eine Faksimile-Ausgabe des *Book of Kells*. Nachdem er beschlossen hatte, den Konzernsitz zu verlegen, reiste er nach Europa, um die schönsten Häuser dort zu besichtigen. Schließlich fand er dasjenige, das er wollte, in Somerset. Als er zurückkam, heuerte er einen Architekten an, der es Stein für Stein nachbauen sollte, einschließlich der Statuen und Gärten, wie ein zeitgenössisches Casa Loma.»

«Du hast so Recht mit der Symbolträchtigkeit, Portia. Der Mann hat seine Zeit damit verbracht, sich Glaubwürdigkeit, Respekt, Legitimität, ja sogar Abstammung zu *erkaufen*. Das Establishment hat immer mit Verachtung auf ihn herabgeschaut. Vielleicht begnügen sie sich jetzt, da er tot ist, damit, ihn bloß noch jämmerlich zu finden. Stell dir vor, das Talent und die Energie, die er hatte, und er bettelte noch immer um Daddys Anerkennung!»

Portia nickte. «Der soziale Code ist faszinierend, nicht? Ich meine, wie scheußlich es auch klingen mag, aber in der Kathedrale kam ich mir ein bisschen wie eine Ethnologin vor. Da war Big Daddy in Person, Gerald Dawson, noch immer der Leitwolf, der den Rest der alten Garde und seine eigenen Unterhunde zusammentrieb, um über die letzten Riten für einen Mann zu wachen, dem er verbissen immer wieder gezeigt hatte, wo sein Platz war, seit Durand sein Emporkömmlingsgesicht zum ersten Mal gezeigt hatte. Weißt du, Jane, ohne Dawsons *Imprimatur*, wäre St. Mike's halb leer gewesen. Ich glaube, er hat ihr Erscheinen inszeniert wie eine Siegesparade. Schau her, Ma, ich hatte nichts damit zu tun: Der Möchtegern ist tot. Lang lebe der König.»

«Zwei Psychologie-Kurse an der Uni haben mich nicht auf eine solche Analyse vorbereitet, Portia. Warum lag Dawson so viel daran, Durand Steine in den Weg zu legen?», fragte ich.

«Durand repräsentierte die erste Welle eines neuen Schlags von Unternehmern in diesem Land. Er war einer, mit dem zu rechnen war, im Börsenjargon – Dawsons Muttersprache. Aber er kam aus dem Nichts. Er hatte keine nennenswerten Wurzeln. Und obwohl er kein Netzwerk von Beziehungen in Anspruch nehmen konnte, schaffte er es doch, enormen Reichtum und gewaltigen Einfluss anzuhäufen. In Dawsons Augen machte ihn das zu einer realen Bedrohung: Wenn das Establishment eine Bedeutung haben sollte, dann die, dass Außenseiter nicht zu den Vergünstigungen kamen, wie jene, die dazugehörten. Also klammerten sich die alten Seilschaften noch immer an das eine, das Durand trotz all seiner brillanten Geschäfte und Mauscheleien nicht bekommen konnte – Legitimität.»

«Vielleicht war das Anwesen ein Versuch, sich eine Geschichte zu geben», meinte ich.

«Du kannst das ‹vielleicht› weglassen. Und was die frostige Einweihungsparty angeht, so beweist es, dass in einem Schloss keine Wärme aufkommen kann. Es war weiß Gott verschwenderisch genug und stimmte bis ins letzte Detail, aber der Anlass wirkte, nun, *inszeniert* – als ob man ihn buchstabengetreu anhand eines ‹Wie organisiere ich einen großen Anlass›-Handbuchs konstruiert hätte. Die Gästeliste war enorm. Durand musste das *Who's Who* zu Hilfe genommen haben, um sie zusammenzustellen. Schauen wir mal: Der Premier war da, ein paar Kabinettsminister, ein Richter des obersten Gerichtshofs, der Premier von Ontario, die Elite der Finanz- und Geschäftswelt (die sich den Anschein gaben, sie seien aus purer Neugier da), profilierte Vertreter aus der Kulturszene – Schauspieler, Tänzer, Entertainer, Schriftsteller, ein paar Medienleute. Er hat nichts ausgelassen. Aber Durand und Judith *kannten* in Wahrheit nur ein paar wenige von ihnen. Der Mann hatte keine richtigen geschäftlichen oder sozialen Kontakte in Toronto. Vielleicht, weil er keine Freunde hatte, ich weiß nicht.»

«Portia, was ich mich immer gefragt habe: was *tun* die Leute eigentlich an solch einem Nicht-Anlass?»

Sie lachte. «Nichts, um Gottes willen, sonst wäre es ja auch ein Anlass! Du nippst an einem Cocktail, knabberst an den Hors-d'œeuvres und mischst dich unter die Leute. Es gilt selbstverständlich als unschicklich, Geschäfte zu machen. Und an etwas Seltsames kann ich mich erinnern: Die Sicherheit war strenger als an einem Ferienort auf Kuba. Überall sah man uniformierte Wachen, um das Haus herum und sogar drin. Das haben ihm die Gäste übel genommen. Ich nehme an, sie dachten, Durand wäre paranoid und hätte Angst, jemand würde sich mit dem Tafelsilber aus dem Staub machen.»

Ich unterbrach sie mit einem sarkastischen Grinsen. «Das kann man ihm nicht übel nehmen. Du kennst ja den Spruch, ‹auch Paranoide haben Feinde›. Man kann Durand nachsehen, wenn er dachte, man könnte ihn bestehlen. Das Establishment *hatte* ihm ja seinen ersten großen Versuch, Legitimität zu erwerben, gestohlen, als es die Übernahme von Imperial Trust blockierte.»

Portia nickte mit ihrem wunderschön frisierten Haupt, und ich fragte mich zum tausendsten Mal, wie sie es schaffte, dass jedes einzelne Haar an seinem Platz blieb. Sie würde noch gelassen aussehen, wenn sie hinten aus einem Windkanal wieder rauskäme. «Vielleicht wollte er sie mit den Wachen tatsächlich brüskieren. Jedenfalls konnte man ihm beim Unterhaltungsteil böse Absichten unterstellen. Er hatte mit Robert Charlebois den Sänger engagiert, der wahrscheinlich am meisten zur Ausbreitung der Unabhängigkeitsbewegung in Quebec beigetragen hat. Charlebois begann mit dem politischen Song ‹Qué-Can Blues›. Niemand war amüsiert, außer Durand. Ach ja, Cardinal Callaghan war auch anwesend, um dem Haus den ofiziellen Segen zu geben. Gesungen hat er allerdings nicht», kicherte sie.

«Ich wette, seine Eminenz ist trotzdem zu ihrem Abendessen gekommen», murmelte ich finster.

«Die ganze Atmosphäre war geladen. Jeder wusste, es war ein kalkulierter, vulgärer Ruf nach Akzeptanz, der Durands gesellschaftlichen Kurs an der Establishment-Börse nicht um einen einzigen Punkt hatte steigen lassen. Ich weiß noch, wie ich dachte, dass er verdammt einsam aussah; umgeben von all den Insignien seines Erfolgs, und trotzdem irgendwie verwaist.»

«Das ist wirklich eine Leistung.»

Portia schüttelte so heftig den Kopf, dass sie ihre Frisur durcheinander brachte. «Jane, lass dir durch deine politische Einstellung nicht den Blick trüben – nicht wenn du herausfinden willst, wer Charles Durand umgebracht hat. Hier geht es vielleicht ebenso sehr um Psychologie wie um Ökonomie und Klassenzugehörigkeit. Bis zu seinem Lebensende war Durand wie ein kleiner, armer Junge, der vor dem SkyDome-Stadion herumlungert. Er wollte so dringend das Spiel sehen, dass er den Fanghandschuh des Catchers riechen konnte, bekam aber kein Ticket.»

Sie bog nach Swindon Path ein, während ich mir Mühe gab, Mitleid für reiche weiße Jungs zu empfinden.

Die Aussicht auf das, was vor uns lag, machte es auch nicht unbedingt leichter.

7

Wir bogen in eine kleine Einfahrt ein. Portia hielt vor einem Pförtnerhaus, aus dem prompt ein Wachmann im Stechschritt auf das Fahrerfenster zukam. Er sah aus wie eine *Top Gun*-Version von Tom Cruise. Ich beschloss, den Mund zu halten. Uniformen bringen mich immer etwas in Rage. Portia nannte ihm würdevoll unsere Namen. Er überprüfte die Liste auf seinem Klemmbrett. Als er allerdings nach der Autonummer fragte, machte sie eine Geste, die etwas von *noblesse oblige* hatte, was ich nur selten bei ihr sah, und die bedeutete, dass er das Nummernschild gefälligst selber ablesen solle. Einer unserer vielen Unterschiede: ich hätte ihm zum Protest den Stinkefinger gezeigt. Vielleicht hat das etwas damit zu tun, dass meine Freundin Seide trägt und ich meine ewigen Jeans.

»Fahren Sie den Wagen zum Haupteingang, Madam. Jemand wird ihn für Sie parken.»

Er ging zurück ins Pförtnerhaus und drückte ein paar Tasten auf einer Computerkonsole. Zwei kunstvoll gearbeitete Schmiedeeisengitter schoben sich lautlos in ihre Steinversenkungen. Als Portia Gas gab, warf ich einen Blick zurück und sah, wie der Wachmann etwas in eine Gegensprechanlage sagte. Mit diesem Teil Torontos war ich ganz und gar nicht vertraut.

Portia fuhr den BMW eine von Birken gesäumte Allee hinauf. Das Anwesen, dem wir uns näherten, musste einer der schönsten Liegenschaften im West Country des 15. Jahrhunderts nachempfunden sein. Das Giebeldach wurde von Säulen gestützt und die gotischen Fenster saßen in Kalksteinmauern. Selbst an diesem späten Februartag konnte man sehen, wie prächtig der Garten im Sommer aussehen würde. Jede Wette, im Juni würden die immergrünen Bäume zum Abbild ihres Eigentümers geformt.

Als sie den Wagen vor dem Eingang zum Stehen brachte kam

ein weiterer livrierter Durand-Bediensteter so elegant, als gleite er auf Inline-Skates dahin. Er öffnete zuerst ihre Tür, dann meine.

Die Haustür wurde von einem weiteren Uniformierten geöffnet, der direkt von der Butler-Akademie zu kommen schien. Als er unsere Mäntel nahm, dachte ich schon, er würde ob meines billigen Labels einen Hustenanfall kriegen. Aber der Mann war keine Niete. Er hüllte mein erbärmliches Fähnchen in Portias politisch zwar nicht korrekten, aber sozial durchaus stimmigen Nerz.

Wir blieben zuerst in einem Foyer stehen, das größer als mein Studio war, bevor Judith Durand sich von einer Gruppe Frühankömmlingen löste, um uns zu begrüßen. Sie hatte sich umgezogen und trug jetzt einen schwarzen Minirock, der um einiges raffinierter geschnitten war als meiner und ein zweireihiges Jackett mit schwarzem Kragen und Ärmelaufschlägen, das bei mir ein Mode-Alarmglöckchen bimmeln ließ. Portia flüsterte: «Das ist von Chanel – Jackie Kennedy, erinnerst du dich?» Wer aus unserer Generation könnte das blutverspritzte Kleid vergessen? Die zweite Mrs Durand würde doch wohl nicht mit Absicht aus der Modegeschichte zitieren?

Als sie auf uns zukam, machte mein Hirn einen seiner ungebetenen Sprünge in die Vergangenheit. Ich musste an ihr früheres Leben als Präsentatorin einer TV-Gameshow denken. Sie war perfekt, von den Zähnen bis zu den Titten, und schenkte mir ein strahlendes Lächeln, als sie mir eine Hand entgegenstreckte, die so bleich wie die von Draculas Bräuten war. «Sie müssen...» Sie stockte und hoffte wohl, Gott würde prompt in die Bresche springen.

Ich kam Portia zuvor. «Ich muss Jane Yeats sein, aber eigentlich wäre ich lieber die Queen.» Sie musste immerhin lachen, das musste man ihr zugute halten.

Portia drängte sich mit ausgestreckter Hand dazwischen. «Portia Sherman von Thomson Sherman Edgeworth. Jane ist...», hier folgte eine Pause, gerade mal so lange, wie Moskitos zum Paaren brauchen, «...eine Kollegin von mir. Herzliches Beileid für den schweren Verlust.»

Ein Ausdruck strich über Mrs Durands Gesicht, der besagte,

dass Portia Beileidsbezeugung sie wieder an ihre offizielle Witwenrolle erinnerte. Sogar die Frau des Verschiedenen musste erkennen, dass es ihrer ganzen schauspielerischen Fähigkeiten bedurfte, den Mann zu betrauern.

Hinten im Foyer war eine ohrenbetäubende Fanfare von splitterndem Glas zu hören.

Unsere Augen schossen in die Richtung, aus der der Lärm gekommen war. William Durand stand mit dem Hals einer Glenfiddich-Flasche in der Hand da, die er gegen ein riesiges Gemälde geschlagen hatte. Wir standen einen Moment wie vom Donner gerührt da, während er die Leinwand mit dem abgeschlagenen Flaschenhals aufschlitzte.

Wären meine Beine nicht durch den Rock behindert gewesen, hätte ich mich viel schneller bewegen können. Gerade als er den dritten enormen Schlitz in das Bild machte, sauste meine Handkante auf sein Handgelenk herunter. Der Flaschenhals fiel klirrend auf den Marmorboden. Als er herumwirbelte und mich ansah, war ich bereits in Verteidigungsposition gegangen.

Als die wutverzerrte Maske zerfiel, ließ er unterwürfig die Schultern sinken. Er schwankte leicht, fand das Gleichgewicht wieder und versuchte mit seinen geweiteten Pupillen mein Gesicht zu fokussieren. Gerade als zwei stämmige Sicherheitsleute kamen, rannte Judith auf ihn zu und nahm ihn in die Arme.

Ich entspannte mich und stellte meine Adrenalinausschüttung auf Beobachtungsdosis um. Judith beruhigte ihren Stiefsohn, als wäre er ein ungezogener Schuljunge. Die zwei Sicherheitsleute geleiteten ihn bestimmt in ein Nebenzimmer und schlossen die Tür.

Als Judith eine Minute später wieder zurückkam, wischte ein Dienstmädchen bereits die Scherben und den verschütteten Scotch auf. Die Witwe sagte zu ihr *sotto voce*: «Mila, sagen Sie bitte Joseph, er solle kommen und dieses Bild gleich herunternehmen.» Und Gott ist mein Zeuge, Mila machte einen Knicks, bevor sie aus dem Foyer ging.

Ich betrachtete das Gemälde, ein riesiges formales Porträt in Öl von Charles Durand. Wie das Anwesen war es an ein Werk aus der Vergangenheit angelehnt. Stil und Ausführung schienen Holbeins

Bild *Die Gesandten* zu zitieren. Durand saß majestätisch auf einem Louis-XIII-Stuhl, den Blick herrisch wie ein Gutsherr auf den Betrachter gerichtet. Er trug einen Anzug von Hugo Boss; unter der Manschette glitzerten das Gold und die Diamanten einer Cartier-Uhr. Der Stuhl stand auf einem Aubusson-Teppich. Die Wand dahinter wurde durch ein Landschaftsbild von Lawren Harris akzentuiert. Auf einem Louis-XIII-Beistelltischchen wuchs ein Modell des Enterprise Towers in die Höhe.

Das Porträt war eine Hymne an den Kommerz – etwas, das die kulturellen *objets* nicht legitimieren konnten. Es stützte letztlich nur Durands Meinung von sich selbst: Das bin ich, was ich erschaffen, was ich gekauft habe. Alles, was ich sehe, gehört mir. *Wie wahr*, dachte ich. Wenn Leichen sehen können, dann war er jetzt stolzer Besitzer einer Urne.

Gerade als Judith wieder zu uns kam, besah ich mir eines der besonders bildfremden Details. Der Unterleib des Poträtierten hing in Fetzen herab wie die Knie meines liebsten Paares Levis-Jeans. Trotz seines offensichtlichen Handicaps hatte es William fertig gebracht, das Familienglück seines Altvorderen zu zerfetzen.

Judith schaute nervös zur Haustür und betete offenbar, dass niemand auftauchen möge, bevor Joseph das genital herausgeforderte Abbild seines verstorbenen Gebieters entfernen konnte.

Alles, was nach Williams Ausbruch kam, war eine Enttäuschung und gab mir das Gefühl, wir wären rückwärts auf die Bühne in den letzten Akt einer Shakespeare-Tragödie gestolpert. Wäre William aus seiner Zelle neben dem Foyer ausgebrochen, hätte er eine Zugabe geben können.

Etwa eine Stunde lang trank ich Scotch (kein Bier vorhanden), knabberte Hors-d'œuvres, um das Mittagessen zu kompensieren, das ich verpasst hatte, und klebte wie eine Klette an Portia, während sie zirkulierte. Sie stellte mich Horden von Leuten vor, die ich später alle interviewen musste, und gab Acht, dass sie auch wirklich mitbekamen, dass ich Durands offizielle Biografin war.

Ich kam zum Schluss, dass Judith, trotz ihrer verspäteten Ausbildung in aristokratischer Etikette, schlicht und einfach nicht die richtigen Gene geerbt hatte, um eine Leichenfeier zu organisieren.

Ich musste an jene zurückdenken, die Etta für meinen Vater organisiert hatte. Wir hatten gesungen – sogar «Danny Boy» –, wir hatten Erinnerungen aufgefrischt, wir hatten gelacht und geweint. Dads einziger Freund, der lesen konnte, hatte aus *The Dubliners* vorgelesen. Als schließlich der Letzte der Trauergäste um vier Uhr früh zur Tür hinausgewankt war, war das Einzige, das es zu betrauern gab, dass Seamus selbst eine großartige Party verpasst hatte. Für einmal war es nicht sein Fehler. Wir hatten ihn in die Ewigkeit geschossen wie eine Rakete.

Nach allem, was ich bis jetzt gesehen hatte, ging Charles Durands Abgang mit der Geschwindigkeit eines gesellschaftlichen Schluckaufs vonstatten – nachdem man ihm den Schädel eingeschlagen hatte.

Bevor wir gingen, trafen Simone Goldberg und ich uns in einer stillen Ecke.

«Wie geht's Rebecca?», fragte ich, als ich wieder an ihren Zusammenbruch in der Kathedrale denken musste.

Ihre Gesichtszüge verhärteten sich. «Vielen Dank für die Nachfrage. Robert hat sie nach der Messe nach Hause gefahren. Sie ist die letzten Monate ziemlich angespannt gewesen, aber der Mord an Charles scheint sie dem Zusammenbruch nahe gebracht zu haben. Ich verstehe nicht, weshalb sie so aufgebracht ist.» Sie lächelte fragend.

Ich sah sie mitfühlend an. «Möglicherweise ist es nur das Alter. Ich war als Teenie ein Nervenbündel. Und Familienbeerdigungen sind nun mal etwas sehr Emotionales – ganz gleich wie die Beziehung zum Verstorbenen war.»

«Sie haben Recht, Jane. Vielleicht sollte ich mir nicht so viele Gedanken machen. Gut möglich, dass ich etwas in ihre Launen hineininterpretiere, was gar nicht vorhanden ist. Rebecca sagt mir immer, ich solle meinen Job als Sozialarbeiterin im Büro lassen.» Ihre Miene sagte mir, dass meine Worte ihre Angst nicht hatten besänftigen können. Wir verabredeten uns für Donnerstag zum Lunch in ihrem Haus nördlich von King City und sie erklärte mir den Weg.

Als meine Freundin und ich am Pförtnerhaus vorbeifuhren,

warf ich Tom Cruise einen anzüglichen Blick zu. Er ignorierte mich.

Lennie Sherman war eben erst nach Hause gekommen, als Portia die Tür zu ihrem Appartement öffnete. Ihr Mann war eine hervorragende Reklame für die gesundheitlichen Vorteile einer erfolgreichen Karriere und einer zufriedenen, kinderlosen Ehe. Er war mehr als einsachtzig groß, eher schlank und neu Club-Med-gebräunt. Eine etwas krumme Nase rettete das Gesicht mit den hohen Wangenknochen und den tief liegenden Augen gerade noch davor, extrem schön zu sein. Er behauptete immer, eine eifersüchtige Freundin hätte sie ihm in seiner Highschool-Zeit gebrochen, aber Portia vertraute mir einmal an, dass er auf einen Rechen getreten wäre.

Er begrüßte mich wärmstens mit einer brüderlichen Umarmung, und ging dann schnell unter die Dusche. Als er zurückkam trug er einen kanariengelben Sweater und schwarze Jeans und schaffte es irgendwie immer noch, so würdevoll wie in einem Anzug auszusehen. Er reichte mir ein Newcastle in einem Humpen und ging dann zur Bar, um sich einen Martini zu mixen und Portia ein Glas Harvey's Bristol Cream einzuschenken. Zum tausendsten Mal verkniff ich mir die Frage, wie sie das Zeug nur trinken konnte.

«Na, Lennie, wie läuft's?», fragte ich.

«Jeden Tag kniffliger, Jane. Dank des Bre-X-Minerals-Fiaskos fluktuiert der Markt fast so schlimm als herrschte Krieg. An manchen Tagen habe ich das Gefühl, ich ziele mit Darts auf ein bewegliches Ziel.» Er hielt inne, um an seinem Cocktail zu nippen.

«Du bist zu bescheiden: Ich wette, deine Kunden profitieren nicht schlecht von deinen Darts», grinste ich. Lennie war einer der besten Investment-Berater im Land. Er registriert die ersten Stöße auf der finanziellen Richterskala, noch bevor es zum Beben kommt. Seine Kollegen nennen ihn den Nostradamus der Bay Street.

Er schaute mich mit verkniffenen Augen über den Rand seines Martini-Glases an wie Clint Eastwood. «Ich hab so ein Gefühl, du bist hier, um über Mord und nicht über die Wirtschaft zu sprechen. Portia hat mir von deinem neuen Auftrag erzählt.»

«Du hast Recht, aber zuerst will ich dich etwas fragen – und ich will eine absolut ehrliche Antwort», drängte ich ihn.

«Du kriegst von mir immer absolut ehrliche Antworten, Jane, weil ich weiß, dass du immer gut zuhörst und dann sowieso tust, was dir dein stures Herz schon zu Beginn befohlen hat!»

Ich nahm einen Schluck Bier und sah ihn mit gespieltem Ärger an. «Weißt du, was der übelste Aspekt von Freundschaften ist, die wie unsere so lange zurückreichen, Lennie? Du kannst immer darauf zählen, dass deine Freunde den Bockmist durchschauen.»

Er musste grinsen. «Jane, wenn die Bockmist-Industrie dich als ihre wichtigste Quelle hätte, dann würde ich dort keinen müden Cent investieren. Was ist also deine große Frage?»

«Glaubst du, ich habe auch nur den Hauch einer Chance herauszufinden, wer Charles Durand ermordet hat?»

«Ja, das denke ich, wenn es Hirn, Hartnäckigkeit und keltische Schlauheit erfordert. Aber was ich nicht weiß, meine gute Freundin, ist, ob du es überleben wirst. Hast du eine Ahnung, was bei dieser ganzen Schweinerei auf dem Spiel steht?» Er stellte sein leeres Glas auf den Mahagoni-Couchtisch und sah mich so fürsorglich an, dass selbst meine eisigsten Schranken schmolzen.

«Nein, nicht wirklich. Lennie, ich fühle mich dermaßen fehl am Platz. Ich meine, in letzter Zeit hat sich mein Leben in meinem Studio, im Internet und in Ettas Bar abgespielt. Nach der feinen Luft von Torontos Geschäftswelt und Swindon Path sehne ich mich nach niedrigeren Gefilden.»

Wie einer von Max' Flöhen auf meine Arterien, kam Lennie schnurstracks aufs Ziel zu. «Und weshalb, um Himmels willen tust du es dann?»

«Als mich meine Freundin Silver dasselbe fragte, sagte ich ‹Neugier›. Darauf ist sie natürlich nicht hereingefallen, was mich veranlasst hat, etwas in meiner Psyche herumzuwühlen. Was ich herausgefunden habe, ist nicht besonders appetitlich. Wenn wir für den Moment den finanziellen Anreiz außer Acht lassen, Lennie, dann denke ich, ich tue es aus Rache.»

Er schüttelte den Kopf. «Rache wofür?»

«Tief in mir drin glaube ich, es besteht die große Wahrscheinlichkeit, dass jemand weit oben Durand ermordet hat, und mein rachsüchtiges Herz lechzt danach, ihn zur Strecke zu bringen, vielleicht um meine Wut über die Politik zu besänftigen.»

Lennie studierte nachdenklich mein Gesicht. «Oder vielleicht, um deine ganz *persönliche* Wut zu besänftigen?»

Er hatte Glück, dass er es als Frage formuliert hatte. Trotzdem spürte ich, wie mein Blutdruck stieg. «Was zum Teufel spielen *meine* Motive für eine Rolle, solange dem Mörder der Prozess gemacht wird?»

Lennie ließ sich nicht so schnell einschüchtern. «Wenn du Detektivin spielen willst – und Zielscheibe –, dann hörst du besser auf, die Bedeutung von Motiven zu unterschätzen.»

Ich machte einen Rückzieher. «Tut mir Leid, wenn ich die Nerven verlor. Ich will keinen Streit.»

«Und ich will nicht auf deine Beerdigung, Liebes, auch wenn ich die deines Vaters genossen habe. Und du lässt dich ja sowieso nicht davon abhalten – egal, was deine Freunde dir raten, hab ich Recht?»

«Du hast's erfasst.»

«Okay. Dein Gefühl sagt dir, dass jemand aus Durands beruflichem Umfeld ihn umgebracht hat. Ich weiß nicht viel über sein Privatleben, aber wenn er an dieser Front etwa ähnlich beliebt war wie in der Finanzwelt, dann könnten die Kandidaten, die ich dir nennen kann, bald nebensächlich werden, und deine Suche endet in seinem Vorgarten.»

«Nenn mir ein paar Namen. Wer könnte deiner Meinung nach genug Anlass gehabt haben, ihm den Tod zu wünschen?»

Lennie stand auf, um sich einen neuen Martini zu mischen. «Ich habe den Mann nicht gut gekannt – aber wer hat das schon? Aber ich weiß einigen Insidermist über ein paar seiner Geschäfte. Einige der größten Erdbeben in der Geschichte der kanadischen Börse wurden von ihm ausgelöst. Spontan kommen mir zwei Namen für deine Liste mit Feinden in den Sinn: Sein erster Partner, Jean-Luc Hébert, und natürlich GOD.»

«God?», entfuhr es mir, «Eine so große Bedrohung für den Planeten kann Durand auch nicht gewesen sein.»

Lennie musste lachen. «GOD ist der Name, den wir Gerald Dawson hinter seinem gut gepolsterten Rücken geben. Sein zweiter Vorname ist Oliver», erklärte er.

«Können wir mit Hébert anfangen und uns dann zu GOD hocharbeiten?»

«Klar. Du findest keine zwei Persönlichkeiten, die verschiedener wären als Hébert und Durand – außer dass sie den gleichen sozialen und ethnischen Background haben. Bloß dachte Hébert, dass ihr Background bei ihrer Fusion wie Sekundenkleber wirken würde. Hébert ist frankophon und wuchs unter ärmlichen Verhältnissen in Thunder Bay auf, während Durand unter noch ärmlicheren Verhältnissen in Noranda aufwuchs. Ihre Wege kreuzten sich erst in den frühen Siebzigern. Damals saß Hébert bereits an der Spitze von Shield Corporation; er hatte die Kontolle über einige der wichtigsten Rohstofflieferanten, Transportunternehmen und Industriezweige im Land an sich gerissen. Dann wollte er in die Immobilien- und Baubranche einsteigen. Er brauchte das nötige Know-how und er wusste, wo er es finden würde.»

«Direkt vor Durands Haustür», fügte ich hinzu.

«Genau. Zu Beginn sah es aus wie eine Bilderbuch-Ehe. Als Hébert anklopfte, verfügte Durand über eine gesunde Grundlage an Aktiva und riesige Landreserven in den Vororten, konnte aber nicht ohne eine kräftige Finanzspritze so schnell weiterwachsen, wie er es gerne wollte. Durand konnte das Geld brauchen, das Hébert hatte; Hébert brauchte seine Erfahrung mit Immobilien. 1973 kaufte er einen Anteil an Durand Corporation, der ihm die Kontrolle sicherte. Die Bedingungen der Fusion diktierten, dass Hébert im Tausch für seine gesamten Immobilien Anteile an Durands Konzern erhielt. Nachdem er noch weitere Aktien der Corporation dazugekauft und sich zudem noch mehr davon auf dem freien Markt gesichert hatte, verfügte er schließlich über dreiundfünfzig Prozent der stimmberechtigten Aktien. Kurz gesagt, der Deal gab Hébert die Kontrolle über Durand Corporation.»

Ich stutzte. «Aber Durand war bekannt dafür, dass er immer alles unter Kontrolle haben musste. Wieso sollte er sich mit solch einem Deal einverstanden erklären?»

«Richtig. Du hast deine Hausaufgaben gemacht. Aber er dachte, mit Héberts Namen hätte er leichteren Zugang zu mehr Cash und letztlich mehr Kontrolle. Wie sich herausstellte, hatte er sich geirrt. Er dachte, er könnte seine Finanzierung günstig über Héberts Tochtergesellschaften abwickeln, musste aber feststellen, dass sich seine Situation diesbezüglich noch verschlechtert hatte – und außerdem hatte er die Kontolle über seine Gesellschaft verloren.»

«Ich begreif's nicht.»

Lennie führte weiter aus: «Shield Corporation hatte sich immer strenge Limiten gesetzt, was innergesellschaftliche Finanzierung und die Garantie von Anleihen an Tochtergesellschaften oder Firmenzweige betrifft.»

«Aber wäre das nicht etwas, das Durands Anwälte hätten herausfinden müssen, bevor er seine Unterschrift unter das Abkommen setzte?»

«Normalerweise ja. Aber denk mal an eine andere von Durands Macken, Jane. Er schlug oft gute Ratschläge von Leuten aus seiner Umgebung aus, die genau dafür bezahlt waren. Das ist nämlich auch der Grund, weshalb er zwei seiner besten Vorstandsvorsitzenden verlor, bevor er in Konkurs ging.»

«Vielleicht war das sein tragischer Fehler als Mogul, Lennie – er konnte nicht zugeben, dass er trotz seiner Brillanz nicht allwissend war, dass andere Leute etwas besser wussten als er.»

«Du hast den Finger exakt auf die Wurzeln seiner Paranoia gelegt. Der Mann hat nie jemand anderem als sich selbst getraut. Zwei Jahre später schaffte Durand es, mit der Finanzierung von Schweizer Banken seine Firma zurückzukaufen. Hébert machte bei der ganzen Geschichte einen Profit von mehr als sechs Millionen Dollar. Durand bezahlte die Wiedererlangung der Kontrolle über seine Firma mit einem großen Verlust an Geld und Ego.»

«Ich schnall's immer noch nicht. Hébert hat sich nicht die Finger verbrannt – im Gegenteil, er ging sogar als Gewinner aus der ganzen Sache hervor. Weshalb sollte er also sauer auf Durand sein?»

«Da kommt eben die Psychologie ins Spiel, Jane.» Ich sah Portia an, die mich süß anlächelte, sich aber ein «Hab ich's nicht gesagt?» verkniff. Lennie erzählte weiter: «Offenbar brauchte Hébert viel dringender einen Partner, als er Durands Branchenkenntnisse brauchte. Sie waren beide Außenseiter – also dachte Hébert, er hätte in Durand einen Gefährten gefunden. *Mon semblant, mon frère.* Das Leben an der Peripherie ist einsam. Als Durand die geschäftliche Nabelschnur kappte, ließ er die ganze Trennung durch seine Anwälte abwickeln, ohne sich auch nur einmal von Angesicht zu Angesicht mit Hébert zu treffen. Er versuchte, den Schaden in Grenzen zu halten und verkroch sich wieder in seine Höhle. Er hatte keinen Instinkt für Freundschaft: die Allianzen, die er schloss, waren alles nur Ehen, die so lange hielten, wie sie nützlich waren.»

«Lennie, das war vor zwanzig Jahren. Gibt es einen Grund, weshalb du denkst, Hébert könnte das Kriegsbeil noch immer nicht begraben haben?»

Lennie nickte heftig. «O ja, den gibt es. Jahre danach hatte er sich kurz mit GOD zusammengeschlossen – eine üblere Allianz kann man sich nicht vorstellen –, um die Übernahme von Imperial Trust durch Durand zu verhindern. Und Gerüchte in Bay Street sagen, dass Hébert hinter den Kulissen alles in Bewegung setzte, um Durands Refinanzierung zu hintertreiben.»

Etwas passte nicht zusammen. «Klar rechnen diese Männer heute so miteinander ab, indem sie sich gegenseitig Geschäfte vereiteln, und den anderen dorthin treten, wo es am meisten schmerzt – in die Aktien. Aber Mord? Ich meine, weshalb sich die Umstände machen? In der Welt ist man doch schon so gut wie tot, wenn die eigene Firma hopsgegangen ist, oder nicht?»

Es war an Portia, mich zu erleuchten. «Jane, alte Kumpanin, entdecke ich in deiner Verblüffung einen Hauch von Elitärem? Du glaubst doch nicht im Ernst, für die herrschende Klasse gelten nicht dieselben Motive, die die Massen dazu treiben, ihre Feinde zu ermorden?»

In ihrer Hänselei lag ein Skorpionstachel Wahrheit. Sie linderte meine Demütigung, indem sie mir ein weiteres Pint Newcastle holte.

«Okay», lenkte ich ein. «Hébert ist auf meiner Liste. Aber GOD – selbst ihr zwei Magier könnt meine Gutgläubigkeit nicht so fest strapazieren.» Ich hielt inne und nahm einen Schluck. «Was wisst ihr über die Sache mit Imperial Trust?»

Portia antwortete: «Wahrscheinlich genug, um dich zu überzeugen, GOD auf deine Liste zu setzen.» Sie wandte sich an ihren Mann. «Lennie, die Bühne gehört dir. Ich geh uns etwas zu essen machen. Wenn noch mehr Alkohol in unseren leeren Mägen herumschwappt, fallen wir noch ins Koma.»

Gerade als Portia aufstand, wachte der Anrufbeantworter auf. Die Stimme der Anruferin war nicht zu verkennen. «Portia? Lennie? Hier ist Etta Yeats. Wenn ihr zu Hause seid, NEHMT BITTE AB. Ist meine Jane bei euch? DAS IST EIN NOTFALL!»

Meine Nackenhaare sträubten sich, aber nur ein bisschen. Moms Stimme bebte ob der Dringlichkeit, aber ich kann mich auch nicht erinnern, wann sie es nicht getan hatte. Der letzte Notfall hatte sich letzten Monat ereignet, als eines Nachts während eines Eisregens im Sweet Dreams die Lichter und elektrischen Gitarren einen kollektiven Herzstillstand hatten.

Nichtsdestotrotz rannte ich zum Telefon, bevor Portia abnehmen konnte. Gute Freunde verdienen es, beschützt zu werden. «Mom, ich bin's. Was ist los?»

«Hier spricht deine Mutter», sagte sie.

«Ja, Mom, das weiß ich. Das bin ich, die spricht – nicht die Maschine.»

«Wie soll man das heutzutage wissen?», fragte sie indigniert. «Ich brauche dich hier in der Bar. Am besten vor einer Viertelstunde.»

Etta entschuldigt sich nie dafür, wenn sie mich bei etwas unterbricht. Sie hat das Gefühl, sie verdient meine ungeteilte Aufmerksamkeit, egal wann, egal wo. Das letzte Mal als ich so töricht gewesen war, mich darüber zu beklagen, hatte sie gekontert: «Wenn du mit einem Mann im Bett lägst, käme ich nicht auf die Idee, dich zu stören. Aber das werden ich wohl kaum mehr erleben, was?»

«Ist es etwas, das ein oder zwei Stunden warten kann? Ich bin hier mitten in einem wichtigen Gespräch.»

«Klar kann es warten – wenn es eine Tochter nicht kümmert, wenn ihre Mutter ertrunken oder an einem Stromschlag gestorben ist, bis sie hier ist.» Etta lässt mir nie so etwas, das man fälschlicherweise als Wahl interpretieren könnte.

Ich gab meiner Stimme einen festeren Klang. «Mom, ist die Damentoilette etwa wieder verstopft?»

«Ich stehe hier bis zu den Knien in–»

Ich unterbrach sie hastig. Gegen Etta bin ich ein Ausbund an Anstand. «Bin schon unterwegs.»

Sie knallte den Hörer auf die Gabel, ohne mir zu danken. «Wiederhören, Mom. Gern geschehen», murmelte ich in die tote Leitung.

«Etta hat soeben meine Prioritäten geändert, Leute. Tut mir Leid. Sie braucht mich dringend, um die Toilette zu reparieren.»

Meine Freunde bogen sich vor Lachen. Sie kennen Etta.

Ich dankte den beiden für ihre Hilfe. «Jedenfalls besser als Arbeit», meinte Portia.

«Hey, für mich ist das Arbeit», erinnerte ich sie.

«Kein Problem, Jane», versicherte mir Lennie gutmütig. «Wir können den Faden in ein, zwei Tagen wieder aufnehmen. Hör zu, ein Typ aus meiner Firma hat für GOD gearbeitet, als Durand Imperial Trust übernehmen wollte. Er weiß eine Menge mehr über das Geschehen hinter den Kulissen als ich – und er ist mir noch einen Gefallen schuldig. Wieso treffen wir drei uns Anfang nächster Woche nicht zum Lunch?»

«Lennie, das wäre großartig», nahm ich dankbar an.

Ich umarmte beide zum Abschied. Der Fahrstuhl brachte mich zur Lobby. Ich ging am Portier vorbei, dessen geübter Blick mich als eine heruntergekommene Nutte abtat. Wer weiß, vielleicht kauft er seine Klamotten auch bei Bi-Way.

Ich hielt das erste Taxi an, das mir auf der Avenue Road begegnete.

8

In wenigen Stunden war ich von Swindon Path in die Tiefen von Ettas Kellerklo hinabgestiegen.

Fünf Minuten vorher war ich mit dem Taxi vor dem Sweet Dreams angekommen. Man könnte jetzt sagen, dass die Bude von außen nicht viel versprechend aussieht, aber es könnte einige zu der irrigen Annahme verleiten, das Innere sei es. Kurz nach dem Tod meines Vaters hatte Etta mit dem Geld aus seiner Lebensversicherung das zweistöckige Gebäude gekauft, das etwas östlich des Broadway liegt. Die Fassade war, nun, schlicht: rote, von Abgasen verschmutzte Backsteine mit vier Fenstern aus Glasbausteinen, die um einiges über den Köpfen der Fußgänger lagen – im Einklang mit dem Alkoholausschankgesetz, das einstmals vorgeschrieben hatte, dass in der Provinz Ontario Alkoholtrinkende bei der Ausübung ihres sündigen Tuns weder gesehen noch gehört werden dürfen.

«Dein Großvater, möge seine Seele in der Hölle braten, hat immer gesagt, dass die Leute während der Prohibition besser dran gewesen wären: Der Schnaps war billiger, einfacher zu beschaffen, und das Trinken machte mehr Spaß», hatte Etta mir mal gesagt. «Nun, die Prohibition ist ein Verbrechen, das sie den Iren nicht anhängen können», hatte sie hinzugefügt, «Das waren diese verdammten Methodisten.» Mutter sieht zu, dass die Familientradition der mündlichen Überlieferung nicht ausstirbt.

Über dem Eingang verkündete ein großes, leuchtend pinkfarbenes Neonschild flimmernd SWEET DREAMS. Auf dem senkrechten Strich des «T» thronte ein Stetson-Hut. Gegen Westen schloss ein Drugstore mit zwei Vitrinen im Schaufenster an die Bar an. In der einen Vitrine war ein reizendes Sortiment von Bruchbändern ausgestellt; die andere enthielt große, detaillierte Zeichnungen verschiedenen Ungeziefers, von der Ameise bis zur Kakerlake. Auf der anderen Seite befand sich das The Last Temptation, ein griechisches Restaurant. Etta gab den *dolmádes* und dem *mousaká* die Schuld, dass die ehrenwerten griechischen Einwanderer gleich in Horden wieder nach Hause oder zu Burger King gelaufen waren.

Ich gab dem *ouzo*, von dem Nikos, der Besitzer, behauptete, er sei hausgemacht, die Schuld. Ich glaubte ihm.

Gleich als ich die Bar betrat, wusste ich, dass Mutter nicht leicht zu besänftigen sein würde: Aus den Lautsprechern trällerte Dolly Parton zaghaft «It's my coat of many colours that my Momma made for me». Eine von Ettas unsympathischen Angewohnheiten ist, Country-Klassiker für sich sprechen zu lassen, wenn sie so in Rage ist, dass sie so sprachlos ist, wie das bei ihr eben möglich ist. Sie spielte den Song todsicher, damit ich Schulgefühle bekam, weil ich meine Pflichten als Tochter vernachlässigt hatte und nicht zur Stelle war, als die Toilette überlief.

Sie war nirgends zu sehen, also setzte ich mich, anstatt sie zu suchen, aus reiner Bockigkeit an die Bar und sagte Kenny, dem Barkeeper, er solle mir einen Kaffee geben. Er sah gleich, dass ich nicht in der Stimmung war, Konversation zu machen. Heute Abend deprimierte mich der Laden. Etta hatte das Lokal eingerichtet, wie sie es von Miss Kittys Long Branch Saloon in *Rauchende Colts* her kannte. Die Wände waren mit echt wurmstichigen, alten Holzbrettern ausgekleidet und mit Postern und Plattenhüllen von Countrymusic-Stars dekoriert, die meisten davon mit echter Tinte handsigniert. Etta ist so eine Art gelehrte Archivarin auf ihrem Gebiet, und wenn es an der Uni Vorlesungen über Country gäbe, wäre sie jetzt Professor emeritus. Sie hat sogar Fotos von den Dixie Clodhoppers und den Fruit Jar Drinkers. Auf Wagenräder montierte Glühbirnen tauchten den Raum in ein düsteres Licht. Eine ganze Sammlung ramponierter Musikinstrumente – eine Pedal steel guitar, Banjos, Gitarren und Geigen – hingen an den Wänden. In einer Plexiglas-Vitrine, die in die verspiegelte Wand hinter der Bar eingelassen war, thronte ein riesiger Stetson von dem Etta behauptete, sie hätte ihn Hank Williams persönlich von dessen verehrtem Haupt genommen. Die Wand gegenüber der Bar hatte Etta die Frauensänger-Galerie genannt: Sie waren alle da, um hallo zu sagen – von Mother Maybelle Carter bis Shania Twain. Letztes Jahr hatten wir einen Riesenstreit gehabt, weil sie mir nicht erlaubte, ein Poster von k. d. lang aufzuhängen. Die vegetarische Abtrünnige, hatte sie gesagt, sänge bloß Countrymusic, um sich darüber lustig zu machen, und außerdem sähe sie eh wie ein Er aus und könnte sowieso so wenig Patsy Cline imitieren, wie ich eine Lady spielen. Da bin ich dann von dannen gerauscht – als sie das mit der Lady gesagt hatte.

Die Tische und Stühle waren ganz fünfziger Chrom, Kunststoff und plastifizierte Polster. Etta weigerte sich, Neues zu kaufen oder etwa gar zu renovieren. «Kommt immer alles wieder», behauptete sie. «Mit den Möbeln ist's wie mit den Kleidern – man muss nur lange genug warten, dann kommen sie schon wieder in Mode.»

Da hatte sie nicht Unrecht. Und selbst wenn, dann sind ihre Kunden sowieso nicht von der Art, die sich darum scheren. Die wechselnden Trends – Quiche, Sushi, Tapas, Salsa, Rucola – alles war an ihr vorbeigegangen.

Es fehlte eigentlich nur das Sägemehl, und Etta würde den authentischen Touch noch immer täglich streuen, hätte ihre Putzfrau nicht gedroht, deswegen zu kündigen. «Die meisten Leute bezahlen mich, damit ich Sachen wie das aufwische», hatte sie zu Etta gesagt. «Entweder das oder ich.» Etta hatte widerwillig nachgegeben. «Die Frau ist kulturell benachteiligt», hatte sie gesagt. «Ist in Portugal aufgewachsen, wo sie noch nie was von Johnny Cash gehört haben.» Ich fragte mich, wie sie überhaupt überleben können.

Obwohl es erst früh am Abend war, war die Bar dicht besetzt. Das Sweet Dreams ist für die meisten von Ettas Stammkunden ein zweites Zuhause. Sie hängen hier wegen der Musik herum und wegen des Gemeinschaftsgefühls, wie man es sonst selten westlich von New Brunswick findet. Einige wurden hier in Toronto geboren – die älteren in Depression Cabbagetown, die jüngeren in Gegenden wie Regent Park. Andere stammten aus dem ländlichen Ontario, wo sie mit Countrymusic aus dem Radio aufgewachsen waren. Andere waren von der Küste gekommen, weil sie dachten, sie fänden in Toronto einen besseren Job. Die meisten waren desillusioniert und wären nur zu gerne nach Corner Brook, Sidney, Glace Bay, Charlottetown, Yarmouth, Lunenburg, Truro, Moncton, Halifax oder St. John's zurückgegangen – wenn dort nicht alles noch schlimmer wäre. Was Ettas Stammkundschaft zusammenschweißte, war ihre Liebe zur Countrymusic und das Bedürfnis, ihre gebrochenen Herzen und zerbrochenen Träume bei ein paar billigen Bieren mit Leidensgenossen zu teilen. Wenn an den Wochenenden lokale Country-Sänger und -Bands spielen, dann füllt ein jüngeres Publikum den Laden.

Etta weiß, dass diese Leute ihr Musikwissen schätzen. Eine Menge Leute lieben meine Mom und brauchen die Art, wie sie den Fährnissen der Zeit und des Schicksals trotzig widersteht, um selbst hoffen zu können. Zum Teufel, ich liebe sie auch. Es sind ihre exorbitanten Ansprüche an mich, die mich zum Wahnsinn treiben. Sie würde nicht im Traum daran denken, das mit jemand anderem als mit mir zu tun. «Wozu hat man schließlich eine Tochter», sagt sie immer wenn ich mich beschwere und beantwortet dann ihre rhetorische Frage gleich selbst, für den Fall, dass ich es nicht begriffen hätte.

«Weshalb bist du nicht gleich, als du angekommen bist, in den Keller gegangen?»

Ich drehte mich auf meinem Barhocker um, als Etta die Hunnin heranrauschte. Sie sieht aus wie eine geriatrische, abgespeckte Version von Dolly Parton. Sie ist klein, nur knapp über einsfünfzig, schlank und gut bestückt. Im Gegensatz zu Dolly ist ihr blondes Haar echt – nicht die Farbe, aber dafür ist es keine Perücke. Sie türmt es extrem hoch auf und kompensiert damit ihre Defizite puncto Größe beträchtlich. Locken fallen lasziv auf ihre knochigen Schultern. Sie trägt blauen, manchmal auch violetten Lidschatten und Unmengen von Wimperntusche. Lippen, die Betty Boop vor Neid erblassen lassen würden. Ihre kurzen Finger enden in langen, scharlachroten Nägeln, die sie regelmäßig neu lackiert. Montag bis Donnerstag trägt sie Satinhemden, Jeans und bestickte Cowboy-Stiefel. Freitag und Samstag sind Kleider und hohe Absätze angesagt. Jeder Tag ist eine Party – außer wenn die Toilette nicht funktioniert.

Niemand konnte sagen, die Zeit sei gut zu Etta gewesen, aber sie hatte dem Alter mit eisernem Willen getrotzt. Sie ist fest davon überzeugt, dass es ihr von Gott bestimmt worden ist, Spaß zu haben, und dieser Mission bleibt sie treu.

«Mom, warum bist du heute so unausstehlich? Das ist sonst gar nicht deine Art», fügte ich noch hinzu und log dabei nur ein kleines bisschen.

«Ich bin unausstehlich, weil meine Toilette kaputt ist und ich eine Bar voller Männer mit vollen Blasen habe», war die eigentlich logische Antwort, wenn man darüber hinwegsieht, dass Männer ihre Blasen in Pissoirs entleeren. Sie setzte sich neben mich. «Kenny, ich nehm einen Shirley Temple, pur.» Kenny gab ihr ein Glas mit einem nicht-alkoholischem, pink-schaumigen Gebräu, gekrönt von einer auf einen Sektquirl in Form einer Ukulele aufgespießten Maraschino-Kirsche.

Vorsichtig sog Etta zwei Fingerbreit des schaumigen Getränks durch den Trinkhalm. «Du hast Recht, Liebes, ich bin unausstehlicher als sonst. Gerade bevor ich dich anrief, ist Slim rausgerannt, ohne ein Wort zu sagen. Nachdem wir unsere Rückkehr gefeiert hatten, hat er ein bisschen grün um die Kiemen ausgesehen, und ist runter aufs Klo gegangen. Dann ist er einfach rausgerannt.»

Sie sah mich besorgt an. «Glaubst du, er rennt irgendeinem Rockzipfel hinterher?»

Mein Mitgefühl angesichts der Möglichkeit, dass man sie sitzen gelassen haben könnte, wurde erheblich durch die Erinnerung an die Horden von liebeskranken Ex-Verehrern gemindert, die sie ohne auch nur die geringsten Gewissensbisse angehäuft hatte. «Hey Etta, beruhig dich: Welcher Mann mit Verstand würde einer anderen Frau hinterherrennen, wenn er dich mal in den Armen gehalten hatte?» *Jeder Mann mit Verstand.*

Das heiterte sie ein bisschen auf. «Da hast du Recht. Na jedenfalls war gleich nachdem er gegangen war, die Toilette verstopft. Kannst du es dir mal ansehen?»

«Klar.» Ich nahm den Schlüssel zur Abstellkammer, wo sie Werkzeuge und ein Paar Gummistiefel aufbewahrte, und ging brav in den Keller. Unten zog ich die Stiefel an, nahm den Sauger und die Klosettschlange und betrat den engen Korridor, an dem die Toiletten liegen. Die Tür zum Herrenklo ist mit ROY angeschrieben, das Damenklo mit DALE. Nach ein paar Bier wissen die Kunden manchmal nicht mehr, in welche sie jetzt gehen sollen. Ich hatte Etta vorgeschlagen, Fotos des berühmten Paares unter den

Namen anzubringen: Niemand konnte Roy Rogers, den König der Cowboys, für ein Mädchen halten (obwohl Miss Evans, so klar wie Lagerfeuer-Kaffee, wie eine Schwuchtel aussah).

Ich betrat ROY. Nach ein paar erfolglosen Versuchen mit dem Sauger, legte ich des Klempners Freund beiseite. Ich schob die Klosettschlange in den Abfluss, bis ich auf Widerstand stieß. Es fühlte sich solide an. Was immer den Ablauf verstopfte, ich konnte es mit der Schlange nicht durchstoßen.

Ich rief die Treppe hinauf: «Mom, kannst du mir einen Draht-Kleiderbügel runterwerfen?» Ich bog den Draht gerade und verkleinerte den Haken am Ende. Zwei Minuten später war es mir gelungen, das Ding rauszufischen – eine Zahnprothese. Ich goss einen Eimer Wasser in die Kloschüssel um sicherzugehen, dass der Abfluss frei war.

Nachdem ich mir gründlich die Hände und den Verursacher der Panne geschrubbt hatte, zog ich meine Schuhe an und ging wieder nach oben.

Ich setzte mich auf den Stuhl neben Etta und legte die verantwortlichen Beißer auf die Theke.

Als Etta zwei Minuten später mit Lachen fertig war, hatte sich eine kleine Menschenmenge um uns versammelt. Malvenfarbene Bächlein liefen über Mutters faltige Wangen. «Und ich dachte, er sei abgehauen, ohne auf Wiedersehen zu sagen, weil er wütend auf mich ist oder weil er sich mit einer anderen Tussi trifft», kreischte sie.

«Mom, ich schnall's nicht.»

«Kapierst du's denn nicht? Er muss die Zähne mit all dem Bier, das er getrunken hat, rausgekotzt haben. Ich sagte dir doch, er sah etwas grün um die Kiemen aus.»

Direkt hinter meiner rechten Schulter fragte eine Stimme: «Wollen Sie eine Vermisstenanzeige aufgeben, Madam?»

Ich wirbelte herum, und da stand Ernie Sivcoski. Die Leute um uns herum gingen schnell zu ihren Stühlen zurück. Wie kommt es, dass in Toronto die zivilen Cops immer mehr nach Cops aussehen als die in Uniform?

Schneller als die Zunge einer Echse, schnappte Ettas Hand nach

Slims Zähnen. Sie stand auf, nahm einen Lappen und ging das Chromstahlbecken hinter der Bar polieren.

Als ich auf den Stuhl neben mir zeigte, schüttelte Ernie den Kopf. «Können wir uns an einen ruhigen Tisch in der Ecke setzen?» Er deutete mit dem Kopf nach hinten. «Ich habe was Privates mit dir zu besprechen, Jane.»

Etta warf ihm einen finsteren Blick zu, der eine kugelsichere Weste durchbohrt hätte. Sie hasst es, wenn sie nicht lauschen kann.

Nachdem ich Ernie ein Pint Blue gezapft hatte, führte ich ihn zu einem der hinteren Tische. Etta legte Johnny Cashs «Folsom Prison Blues» auf.

Ernie nahm einen Schluck von seinem Bier und meinte: «Du siehst verdammt müde aus.»

Ich spielte kurz mit dem Gedanken, ihm zu sagen, er sähe aus, als sei er mit Inspektor Columbo Kleider kaufen gegangen. Ich kam wohl langsam an meine Grenzen: Ich wurde überempfindlich. Also sagte ich stattdessen: «Ja, das tue ich. Ich wünschte mir, ich könnte sagen, ich sei so geschafft, weil ich gefeiert habe. Wie steht's mit dem Durand-Fall?»

Er fackelte nicht lange. «Vielleicht sollte ich dir dieselbe Frage stellen, Jane.»

Ich holte tief Luft und sagte dann vielleicht einen Tick zu schnell: «Hey, du bist der Cop, ich schreibe bloß.»

Er grinste. «Vielleicht verwischen sich in deinem Fall die Unterschiede.»

Ich wurde ungeduldig. Bis jetzt hatte der Tag mir eine Beerdigung, eine Pseudo-Leichenfeier, ein unterbrochenes Treffen mit alten Freunden und eine verstopfte Toilette gebracht. «Ernie, heute war ein langer Tag. Und wir kennen uns lange genug, um nicht mit Wortklaubereien anzufangen. Was hast du mir zu sagen?»

«Gerüchten zufolge warst du heute Morgen an Durands Beerdigung – und Teil der Elitegruppe, die sich nachher im Haus des Verstorbenen zu Scotch und Mitgefühl eingefunden hat.»

«Und wenn schon, Ernie: Ich habe dir doch gestern am Telefon gesagt, man hat mir den Auftrag gegeben, die Biografie des Mannes zu schreiben. Da ist es doch nur natürlich, wenn ich hingehe, um die Stimmung auszuloten und ein paar Interviews zu arrangieren.» Ich klang, als müsste ich mich rechtfertigen.

Ernie ist nicht dumm. «Wie lange arbeitest du schon an dem Projekt? Und wer ist dein Auftraggeber?», konterte er.

Einen Moment lang spielte ich in Gedanken einige ausweichende Antworten durch, schaute ihm dann aber ins Gesicht. «Seit Sonntagmorgen. Simone Goldberg.»

Eddie verschluckte sich an seinem Bier. «Wieso erzählst du mir das?»

«Weil du ein cleverer Mann bist und es sowieso bald herausgefunden hättest. Weil wir eine gemeinsame Geschichte haben – und das sollte etwas gelten. Weil du weißt, dass ich vielleicht meine Knochen hinhalten muss, wenn du meine Deckung auffliegen lässt. Und weil du fair genug bist, um zu wissen, dass ich im Gegenzug erwarte, von dir so viel Insiderwissen aus dem Department zu kriegen, wie du verantworten kannst. Wir respektieren beide unsere Quellen, Ernie, besonders wenn die Quelle der jeweils andere ist», sagte ich mit nicht mehr als einem Hauch von Bitte um Bestätigung.

Er stellte sein Glas wieder auf den Tisch. «Okay – und danke für deine Offenheit. Wir werden den Bericht von der Spurensicherung natürlich erst in ein paar Tagen erhalten, aber ich habe das Streichholzbriefchen überprüft, von dem ich dir erzählt habe.»

Ich konnte nicht widerstehen und unterbrach ihn. «Lass mich raten: Es stammt aus dem Leather Boys.» Etta sagt immer, ich sei ein Klugscheißer.

«Woher zum Teufel weißt du das?», fragte Ernie verdutzt.

«Wer braucht bei Kontakten wie den meinen eine Kristallkugel?», antwortete ich selbstgefällig. «Den Gerüchten zufolge war William Durand ein angesehenes Mitglied von Ashley MacIsaacs Brüderschaft. Toronto ist eine kleine Stadt, Ernie – vor allem was die Subkultur angeht. Es war nicht schwer herauszufinden, wo er verkehrt.»

Er nickte. «Ja. Na jedenfalls bin ich gestern Nacht ins Leather Boys gegangen. William war zwar da, wollte mir aber – wie alle anderen in dem Laden – nichts sagen.»

«Also hast du bis jetzt nur das Streichholzbriefchen vom Tatort, das dir sagt, dass William am Tag des Mordes wahrscheinlich im Büro seines Vaters war», sagte ich.

«Und einen Sohn mit einer Liste von Klagen über seinen Vater, die so lang ist, dass selbst ein Heiliger zum Mörder würde», fügte Ernie hinzu. «Na jedenfalls bin ich im Leather Boys nicht weitergekommen. Als ich ihm ein paar Fragen stellen wollte, sagte er mir, ich solle mich verpissen. Damals hatte ich noch keine Handhabe, ihn mitzunehmen.»

Ich versuchte, ein neutrales Gesicht zu machen. «Und was willst du von mir, Ernie?»

«Ich muss wissen, wo ich William finde. Heute Morgen kam von oben die Anweisung, ihn nach der Leichenfeier zu vernehmen. Wir haben zwei Beamte nach Swindon Path geschickt, aber als sie kamen, war er schon weg», erklärte er. «Die aktuelle Mrs Durand konnte oder wollte keine Angaben machen, wo er hingegangen sein könnte. Die Jungs setzten einen der Hausangestellten, der vorbestraft ist, unter Druck, und er erzählte uns, dass William ein Porträt seines Vaters zerschnitten hätte.»

«Ich war dabei, als er es getan hat. Aber ich habe nicht die geringste Ahnung, wo er jetzt sein könnte, Ernie», sagte ich. «Ich hatte noch nicht einmal die Gelegenheit, mit ihm zu sprechen. Und das Wenige, das ich über ihn weiß, habe ich in der Zeitung gelesen.»

Ernie lehnte sich nach vorn. «Wirst du's mir sagen, wenn du's herausfindest?», fragte er und klang dabei unterwürfiger als er es ganz sicher beabsichtigte.

«Mach mal halblang. Du willst ihn nicht bloß aufs Revier mitnehmen, um ihn zu verhören, oder?», fragte ich barsch. «Du denkst, er hat den Alten ermordet.»

Ernie war für einen Moment still. «Solange wir ihn nicht vernommen haben, solange wir den Bericht der Spurensicherung nicht haben, weiß ich nicht, was ich denken soll. Aber er ist unser Hauptverdächtiger.»

Ich schlug mit der Faust auf den Tisch. «Er ist verdammt noch mal euer *einziger* Verdächtiger, Ernie. Ihr hattet ja noch nicht mal Zeit, eine anständige Untersuchung in die Wege zu leiten.»

«Aber du kannst sicher das Verlockende daran sehen: schnell den erbosten, schwulen Sohn verhaften, der ein Motiv hatte und gegen den Indizien vorliegen, und du musst deine Netze nicht mehr in den Vorzimmern der Mächtigen auswerfen. Und alle sind zufrieden.» Er warf mir einen zynischen Blick zu.

«Klar», entgegnete ich zornig und mit glühenden Wangen. «Außer diejenigen, denen etwas an William gelegen ist.»

«Im Moment ist er alles, was wir haben. Und es gibt weitere Anhaltspunkte – auf die ich im Moment nicht näher eingehen kann –, die ihn verdächtig machen», protestierte er.

«Hör zu, Ernie: Wir wissen beide, dass ich ebenfalls nach ihm suche. Wenn ich ihn finde – und meine Chancen sind mindestens so gut wie deine, wenn man den Ruf der Polizei in der Homo-Szene in Betracht zieht –, dann lasse ich es dich wissen, aber *nur* wenn ich denke, dass er schuldig ist. Und meine Vorstellung von Schuld ist ziemlich dehnbar. Es geht weit über die Wände deines Reviers hinaus.»

Ernie hob resigniert die Hände. «Fair ist fair.» Er weiß aus Erfahrung, dass ich richtiggehend renitent werden kann, wenn man mich zu sehr provoziert. Als er aufstand, fragte er: «Hast du übrigens wirklich vor, Durands Biografie zu schreiben?»

«Ehrlich gesagt, weiß ich es nicht. Er ist ganz sicher das faszinierendste Thema, das mir bis jetzt untergekommen ist, vor allem seit seinem vorzeitigen Verscheiden. Aber irgendwie fühle ich mich im Moment nicht danach, ein weiteres Buch zu schreiben, Ernie – ich bin nicht mal sicher, ob ich es überhaupt könnte. Ich denke, ich brauche eine neue beruflich Perspektive. Zum Teufel, an einem schlechten Morgen denke ich manchmal, ich brauche ein neues Leben.»

Er grinste reuevoll. «Ich weiß, was du meinst, Jane. Wir halten uns also gegenseitig auf dem Laufenden?»

Ich nickte.

«Pass gut auf dich auf, Lady.»

Ich sah Ernie nach, wie er sich einen Weg durch die Menge zum Ausgang bahnte. An jedem Tisch, an dem er vorbeiging, wandten sich die Gäste angewidert von ihm ab. Cops sind nicht zu beneiden.

Kenny, der Barkeeper, zog aufmerksam wie ein Auktionator die Brauen hoch. Ich schüttelte den Kopf. «Nein Danke, Kenny. Noch einen Drink würde mein System nicht verkraften. Ich bin geschafft.» Ich schlüpfte in meinen Mantel. «Sag Etta bitte auf Wiedersehen – und gern geschehen für die Gratisreperatur der Toilette.»

Er lachte und stellte ein blank poliertes Glas auf die Theke. «Soll ich oben anrufen?» Etta wohnt im ersten Stock. «Sie ist mit dem Gebiss verschwunden, gleich als du dich mit Ernie hingesetzt hast.»

«Nein. Sie hängt sicher an der Strippe und handelt mit Slim die Übergabe seines Eigentums aus.»

Ich nahm die Bloor-West-U-Bahn, einsamer, als gewöhnlich. Als ich die Tür zum Studio öffnete, kam Max mir entgegengesprungen, als hätten wir uns seit Urzeiten nicht mehr gesehen.

Ich kniete nieder und drückte seinen Kopf an meine Wange. «Hallo, Kerl.»

Zu dieser nächtlichen Stunde konnte ich einen Spaziergang etwa so gut gebrauchen, wie der Papst noch mehr Kleider, aber Max' Blase hat ihren eigenen Fahrplan. Ich nahm ihn also an die Leine und machte eine schnelle Runde um den Block. Ich versprach ihm für morgen einen langen Spaziergang im Park.

Als wir nach Hause kamen, klingelte das Telefon. Einem pawlowschen Reflex gehorchend, nahm ich ab.

Eine weibliche Stimme fragte: «Hallo, ist da Jane Yeats?»

«Am Apparat.»

Meine nächtliche Anruferin war zumindest schlau genug, gleich zu sagen, wer sie war. «Hier spricht Helen Durand.» Ich spitzte die Ohren. «Tut mir Leid, wenn ich Sie so spät noch belästige, aber ich versuche schon seit Stunden, Sie zu erreichen.» Sie klang mehr verärgert als entschuldigend. Ich warf einen Blick auf meinen Anrufbeantworter. Er zeigte zehn Anrufe an.

Als ich keine Antwort gab, sagte sie: «Wäre es möglich, dass wir uns morgen treffen – ich fahre früh am Abend nach Noranda zurück.»

Ich schubste Max sanft weg. Er nimmt bei Etta Unterricht in Sachen Neugier. «Weshalb wollen Sie mich sprechen?» Das war grob und kurz angebunden. Die Müdigkeit hatte meine guten Manieren ausradiert.

Ihre Stimme wurde ganz scheu. «Ich habe Grund zu der Annahme, dass wir uns gegenseitig helfen könnten. Simone hat mir erzählt, dass Sie ein Buch über meinen Ex-Mann schreiben. Ich kann Ihnen Dinge über ihn erzählen, die sonst niemand weiß.»

Mental schnappte ich bereits nach ihrem Köder, aber neugierig, wie ich wahr, musste ich zuerst fragen. «Und was kann ich für Sie tun, Mrs Durand?»

Die Pause, die darauf folgte, war lang genug, dass ich mich fragte, ob sie vielleicht ohnmächtig geworden war. «Ich will nur, dass Sie in Ihrem Buch die Wahrheit über den Dreckskerl schreiben», antwortete sie schließlich.

«Das will ich auch», sagte ich. «Lassen Sie uns Ort und Zeitpunkt vereinbaren.»

«Wäre Ihnen vier Uhr in der Hotel-Bar recht? Ich wohne im Four Seasons. In meinem Arrangement ist Nachmittags-Tee für zwei inbegriffen.» Sie klang wie eine noblere Version von Etta mit Geld wie Heu.

«Ich werde dort sein.» Ich legte auf und begann, mich auszuziehen. Die Kleider ließ ich auf dem Weg zum Futon auf den Boden fallen.

Als ich mich ins Bett legte, bohrte sich eine höchst unwillkommene Erinnerung in mein Hirn. Vor noch nicht mal zwei Jahren hatten Petes Kleider neben den meinen gelegen, als wir es eilig hatten, ins Bett zu kommen.

Weinend schlief ich ein.

9

Zehn Stunden Schlaf brachten mich wieder auf Vorderfrau. Ich wachte am Mittwochmorgen gegen elf auf, als das Sonnenlicht kubistische Muster durch meine dreckigen Fenster warf. Ich nahm eine Dusche und genoss den Brunch mit Max. Danach gingen wir ausgedehnt in den High Park joggen, wie ich es ihm versprochen hatte.

Die paar Stunden bis zu meinem Treffen mit Helen Durand verbrachte ich mit dem Lesen einer Biografie Elizabeth Smarts und etwas Mozart. Seit Simone vier Tage zuvor in mein Leben eingedrungen war, hatte ich viel zu wenig Einsamkeit und Ruhe gehabt, die ich einfach brauchte, um meinen Kopf wieder funktionsfähig zu machen. Mein Geflenne letzte Nacht war Beweis genug. Wenn immer ich eine Überdosis an Mensch habe, muss ich so lange Gas wegnehmen, bis sich meine hyperaktiven Neuronen entwirrt haben.

Kurz nach drei zog ich mich an. Mein bevorstehender Tea-for-two-Termin stellte meine Garderobe auf eine harte Probe, so dass ich mich fragte, ob ich nicht noch ein paar neue Klamotten auf Simones Spesenrechnung setzen sollte. Als ich das Studio verließ, sah ich in einem Leinenrock und einer zahm gemusterten Rayonbluse ganz passabel aus.

Das Four Seasons, das sich selbst als «elegant, aber zurückhaltend» beschreibt, liegt an der Avenue Road etwas nördlich der Cumberland Street, mitten im Herzen von Yorkville, Torontos schicker Einkaufsmeile.

Als ich die Hotel-Bar betrat, sah ich an einem Tisch mit zwei hohen Stühlen die dünne, grauhaarige Frau, die gestern in der Kirche neben ihrem Sohn, William, auf der Kirchenbank gesessen hatte.

Sie wollte sich erheben, um mich zu begrüßen, musste dann aber beschlossen haben, dass solche Galanterien nur Gentlemen zustehen. Als sie sich eiligst wieder setzen wollte, fegte sie ein Päckchen Cames vom Tisch. Weil sie nun nicht wusste, ob sie zuerst mich begrüßen oder das Päckchen aufheben sollte, streckte ich schnell die Hand aus und sagte: «Jane Yeats.»

Ihre Hand fühlte sich eisig an, und ich nahm an, sie hatte Durchblutungsprobleme. Der Kellner hob das abtrünnige Zigarettenpäckchen diskret auf und legte es wieder auf den Tisch.

Helen Durand hatte von ihrem Mann eine enorm hohe Abfindung erhalten, als er sie vor zwanzig Jahren verlassen hatte. Ihrer Erscheinung nach zu urteilen, investierte sie herzlich wenig davon, um sich in Schuss zu halten oder sich verjüngen zu lassen. Sie war feinknochig und ausgezehrt wie eine Magersüchtige. Das spärliche graue Haar klammerte sich schwach an die Überbleibsel einer schlechten Dauerwelle. Die Linien ihres Gesichts schienen sich zu einer permanten Maske von Irritation und Niederlage eingegraben zu haben. Ihre hagere Gestalt war in ein teures, perlgraues Wollkleid gehüllt, das noch den letzten Rest an Farbe absorbierte. Ein wenig erinnerte sie mich and die Herzogin von Windsor. Selbst ihre Körpersprache schrie die zerstörten Hoffnungen hinaus. Als ich mich setzte, fasste ich gleich den Entschluss, mir auf keinen Fall eine anzuzünden. Sie sonderte Giftwolken ab, die so dicht waren, dass selbst mir leicht übel wurde.

Sie sagte mir, sie hätte bereits ein paar «Sachen» zu essen bestellt. Als der Kellner mich nach meinen Vorlieben bezüglich des Tees fragte, war ich einen Augenblick sprachlos. Als ich vor Jahren versuchsweise einmal Tee getrunken hatte, war mir das Spülwasser reichlich dünn vorgekommen. «Unser Earl Grey ist sehr gut, Madam.»

Helen drückte ihre Zigarette im Kristallaschenbecher aus und zündete sich sofort eine neue an. Ich beschloss, mit der widerlichen Angewohnheit ein für alle Mal aufzuhören – mehr weil es die Neurosen so krass enthüllte, als aus gesundheitlichen Gründen.

Sie sah mich mit eiskalten Augen an, denen jegliche Ausstrahlung abhanden gekommen war. «Danke, dass Sie gekommen sind. Ich sagte Ihnen bereits letzte Nacht am Telefon, weshalb ich Sie sprechen wollte. Weshalb stellen Sie nicht einfach ein paar Fragen?»

Ich spürte bereits die Grenzen meiner Biografinnen-Scheinidentität. Was ich wirklich fragen wollte war, *Wer, glauben Sie, hat Ihren Ex-Mann umgebracht?* Stattdessen begnügte ich mich mit:

«Vielleicht können Sie mir erzählen, wie Sie Charles kennen lernten, wie Ihr Leben mit ihm aussah, was für ein Mann er war?»

Sie sah perplex aus. «Womit soll ich anfangen?» Alice im Nicht-ganz-so-Wunderland musste man sagen, wo's langgeht.

«Wieso fangen Sie nicht am Anfang an und machen weiter, bis Sie zum Schluss kommen.» Ich verkniff mir zu sagen, «Und dann hören Sie auf.»

Als sie zu sprechen begann, fand ein interessanter linguistischer Wandel statt: Es war deutlich zu hören, dass ihre Wurzeln im ländlichen Quebec lagen. «Ich lernte den Bastard in der Schule kennen. Ich meine, ich wusste schon vorher über seine Familie Bescheid – Noranda war eine richtig kleine Stadt, als wir noch Kinder waren, wissen Sie. Auf der Highschool war er in Technik und ich war in Wirtschaft – das sind großartig klingende Ausdrücke für die Ecken, in die sie die Schüler abschoben, von denen sie dachten, sie brächten es sowieso zu nichts. Egal, auf jeden Fall schien Charles an mir interessiert zu sein –»

Sie hielt inne, als ob sie sich etwas in Erinnerung rufen wollte, und fuhr sich mit der von blauen Adern überzogenen Hand durchs Haar. «Sie werden es vielleicht nicht glauben, wenn Sie mich jetzt so ansehen, aber damals sah ich wirklich gut aus und war unheimlich sexy. Und ich war dumm genug zu glauben, er wäre ein guter Fang. Nicht dass Charles sich großer Beliebtheit hätte erfreuen können, er war schon immer ein Einzelgänger gewesen. Er hatte nie gute Zensuren, aber man sah, dass er cleverer war als die anderen Jungs. Er sah auch gut aus. Aber bei den Dingen, welche die anderen Jungs taten, war er nie dabei, mal abgesehen vom Hockey. Rauchte nicht, trank nicht, ging kaum mit Mädchen aus, hing nie in der Billardhalle rum. Kam nur jeden Morgen zur Schule, saß den ganzen Tag da, als schaue er sich einen langweiligen Film an und ging nach Hause, sobald es geklingelt hatte. Er sah immer so aus, als wäre er lieber woanders, als wäre keiner von uns gut genug für ihn. Das hat die anderen Kinder genervt.»

Der Kellner brachte unseren Tee, den er elegant in einem silbernen Teeservice auftischte. Die Porzellantassen waren so fein, dass man hätte hindurchspucken können. An diesem Punkt des Rituals wäre Etta wahrscheinlich vor Angst gelähmt gewesen, weil sie nicht wusste, was als Nächstes kam. Meine Generation ist da anders. Um dem Protokoll gerecht zu werden, imitierte ich einfach Helen, außer, als sie eine Menge Zucker und Sahne in ihren Tee gab; ich nahm meinen pur. Dem Tee hart auf den Fersen, schob ein zweiter Kellner einen Wagen mit exklusiven Häppchen auf einem Arrangement von mit Zierdeckchen ausgelegten Tellern. Er trug einen Teller mit rindenlosen Weißbrotviereckchen auf, die abwechslungsweise mit geräuchertem Lachs, Prosciutto mit Tomaten und Basilikum, Gurken, Wasserkresse und englischem Cheddar-Käse drapiert waren. Ein mit einem Tuch bedecktes Körbchen mit warmen englischen Scones und steifer Sahne, winzige Töpfchen mit Marmelade von Fortnum and Mason.

Helen zündete sich eine weitere Mentholzigarette an, während ich mich an ein Scone hielt und Sahne und Himbeermarmelade darauf lud.

«Bitte, erzählen Sie weiter», ermunterte ich mein Gegenüber.

«Wir waren ein paar Monate zusammen, als ich schwanger wurde. Mit Sex hatte Charles nie viel am Hut, wenn Sie wissen, was ich meine.»

Tat ich: In letzter Zeit war mir der Gedanke gekommen, dass ich in dieselbe Kategorie gehörte.

«Selbst als wir verheiratet waren, tat er es nur, wenn ich ihn daran erinnerte, so als wäre ich seine Mutter und müsste ihm sagen, er solle sich die Zähne putzen. Und wenn er es tat, war er mit seinen Gedanken immer woanders – wahrscheinlich plante er dabei sein nächstes Geschäft.» Ihre dünnen Lippen kräuselten sich wieder um die Zigarette. «Wissen Sie was – in zwanzig Jahren Ehe kann ich mich nicht an eine einzige Berührung von ihm erinnern, außer wenn wir Sex hatten – kein bisschen Zärtlichkeit, wissen Sie?»

Sie hatte noch immer nichts gegessen. Als ich auf die Platte mit den Sandwiches deutete, nahm sie ein winziges Stückchen Weißbrot, nur unmerklich größer als eine Eindollarmünze. Ich bediente mich wahllos an den winzigen Gaben. Mein Magen lechzte nach etwas Substanziellem wie einem Irishstew oder einem Ploughman's Lunch – ländliche Kost, die einem Fleisch auf die Rippen bringt.

Eine Zeit lang stocherte Helen in ihrem Essen herum. Sie hatte mich nicht gefragt, ob es mir etwas ausmachte, wenn sie während des Essens rauchte.

«Wie ich sagte», begann sie wieder, «ich wurde schwanger. Ich nahm an, das Kind war nicht von Charles – ich hatte es schließlich viel öfter mit anderen Jungs gemacht, aber er war der Einzige, der dumm genug war, mich zu heiraten. Und wenn ich heute darüber nachdenke, dann sehe ich, wie typisch das für ihn war. Er nahm von Beginn weg an, ich sei von ihm schwanger. Ich meine, wenn etwas um ihn herum geschah, dann dachte er immer gleich, es wäre sein Werk.»

Ich schaute sie an. «Wollten Sie ihn denn heiraten, Helen?»

«Denken Sie, damals hätte ein Mädchen die Wahl gehabt? Ich meine, Abtreiben kam nicht in Frage, es sei denn, man wollte das Risiko auf sich nehmen und es selbst mit einer Stricknadel tun oder im Hinterzimmer irgendeiner alten Schachtel verbluten. Und außerdem waren wir katholisch. Und mein alter Herr musste noch nicht mal Druck machen, damit er mich heiratete. Charles hat das einfach mitgemacht, als wäre es das Einzige gewesen, was er hätte tun können.»

Ich konnte nicht widerstehen, an ihrem Betonpanzer zu kratzen. «Liebten Sie und Charles sich?»

Sie lachte bitter. Sie kennen doch sicher den Song von Tina Turner – ‹What's Love Got To Do With It?› Ja, ich habe ihn geliebt. Aber, was Charles anbetrifft, so kannte er nichts außer dem Wort ‹Macht›. Wir hatten nie so etwas wie ein Familienleben, nicht mal, nachdem William geboren war. Charles war immer zu sehr damit beschäftigt, seinen nächsten Schachzug zu planen. Ich will damit nicht sagen, er hätte nicht von Anfang an hart gearbeitet, dass er nicht richtig zu uns geschaut hätte. Er war bloß nie da und selbst wenn er zu Hause war, war er woanders, wenn Sie wissen, was ich meine.»

Ich nickte. «Ich weiß, was Sie meinen. Mein alter Herr war auch so.»

Mein Eingeständnis schien sie zu bestärken, mit ihrer Mitleid erregenden Lebensgeschichte fortzufahren.

«Na jedenfalls heirateten wir in jenem Frühjahr. Charles flog von der Schule, also besorgte ihm sein Bruder eine Lehrstelle als Maschinist bei Canco – Sie wissen schon, die große Minengesellschaft. Am Anfang verdiente er drei Dollar am Tag. Er kündigte, als Pierre – das war sein Bruder – bei einem Unfall unter Tage ums Leben kam.»

«Standen er und Pierre sich nahe?»

«Ja, sehr nahe. Wenn ich's mir überlege, dann war Pierre der erste und letzte Mensch, dem er nahe stand. Er hatte eine jüngere Schwester. Sie haben sie wahrscheinlich an der Beerdigung gesehen – ihre Tochter wurde ohnmächtig. Aber Pierre war derjenige, den er vergötterte. Charles ist nie über seinen Tod hinweggekommen und er sagte immer, dass die Minenbosse Schuld hätten, weil sie bei den Sicherheitsvorkehrungen gespart haben. Danach wurde er richtig verbittert und verschloss sich noch mehr. Nachdem er bei Canco gekündigt hatte, zogen wir nach Toronto und er bekam einen Job in der Baubranche. Wir wohnten in einer winzig kleinen Zweizimmerwohnung, also kaufte er ein Stück Land und baute uns in seiner Freizeit ein Haus. Ich war so aufgeregt: Es war ein schöner Backstein-Bungalow mit drei Schlafzimmern und einem richtig großen Garten. Aber noch bevor wir überhaupt einziehen konnten, hatte er die verdammte Bude auch schon wieder verkauft. Jemand hatte ihm dreitausend Dollar mehr geboten, als es ihn gekostet hatte, das Haus zu bauen. Als ich mich beklagte, sagte er, so schnell hätte er noch nie Geld verdient und das hätte ihn auf eine Idee gebracht, die uns reich machen würde. Er wollte mit dem Gewinn etwas Farmland kaufen und sein eigener Boss werden. Also kaufte er fünfzig Parzellen. Nachdem er alle diese Häuser verkauft hatte, brauchten wir uns wegen des Geldes keine Sorgen mehr zu machen.»

An diesem Punkt ihrer Erzählung hielt sie inne. In der Zwischenzeit versorgte ich mich mit mehr von den Mini-Leckereien. Ihre nächste Bemerkung legte den Verdacht nahe, dass sie eifrig in ihren schlechten Erinnerungen gewühlt hatte. «Danach hätten wir eigentlich ausgesorgt gehabt. Ich meine, so wie er und ich aufgewachsen sind, dachte ich, dass alles glatt gehen würde, wenn wir erst mal keine Geldsorgen mehr hätten.» Es folgte ein bitteres Lachen.

Sie verfiel wieder in Schweigen und brütete vor sich hin. Ich betätigte ihren Kickstarter, indem ich sagte: «Weshalb ging danach nicht alles glatt?»

«Weil ich ein Familienleben wollte. Charles wollte nur seine Geschäfte ausweiten. Er verbrachte nie viel Zeit mit uns, und wenn er mal zu Hause war, dann war er kein Mensch, mit dem man sich einfach entspannen und Dinge tun konnte, die eine Familie normalerweise tut. Er kannte nur zwei Launen. Er war entweder in Hochstimmung oder er war deprimiert. Wenn er in Hochstimmung war, dann plauderte er ununterbrochen von seinem neuesten Projekt, ohne sich auch nur ein einziges Mal um William und mich zu kümmern, oder zu überlegen, welche Konsequenzenen seine Pläne für uns haben würden. Wenn er eine seiner düsteren Phasen hatte, dann hielt man sich besser von ihm fern. Ich sah zu, dass William dann so viel wie möglich aus dem Haus war, denn wenn wir mit ihm sprechen wollten, bekam er einen seiner Anfälle. Der Bastard hat vielleicht sein Vermögen als Bauunternehmer gemacht, aber sein wichtigster Besitz war er selbst. Nach all den Jahren war Charles für mich immer noch ein vollkommen Fremder. Als er mir sagte, dass er mich verlassen würde, hatte ich das Gefühl, als wäre er schon vor Jahren gegangen. Der einzige Unterschied war, dass er seinen Kleiderschrank ausräumte.»

Ich beschloss, diese verbitterte Frau zu provozieren, die tiefsten Wurzeln ihres Zorns bloßzulegen, der ganz offensichtlich nichts von seiner Schärfe verloren hatte. Ich musste sehen, ob sie Charles genug hasste, um ihn umzubringen.

«Wenn der einzige Unterschied der war, dass er seine Kleider mitnahm, weshalb sind Sie dann noch immer so wütend?», fragte ich und hoffte, der Teekrug würde mir genug Deckung bieten.

«Weil der Dreckskerl nichts aufgebaut hat. Er hat nur zerstört. Er hat nicht nur seine Kleider mitgenommen, er hat mich mitgenommen.» Sie pochte mit dem knochigen rechten Daumen auf ihre Brust. «*Mich.*»

Ich bohrte weiter. «Gab es eine andere Frau?»

Sie schüttelte den Kopf, als ginge es darum, ein Eichhörnchen loszuwerden. «Das ist es ja, was so verdammt wehtat. Klar musste später eine andere Braut her – wenn man so reich ist wie Charles, dann gehört eine Ehefrau einfach dazu. Es ging ihm in erster Linie darum, mich loszuwerden. Ich war wie eine Narbe in seinem Gesicht. Ich erinnerte ihn an das, was er unbedingt vergessen wollte – wo er herkam. Als er uns verließ, kontrollierte er den Immobilienmarkt in den Vororten. Und als wäre das noch nicht genug für einen gewöhnlichen Mann, riss er sich auch noch verschiedene Einkaufszentren unter den Nagel. Selbst wenn die Leute, die er zu beeindrucken versuchte, ihn nicht mochten, so mussten sie sich doch von ihren Plätzen erheben und Notiz von ihm nehmen – und Charles wollte nicht, dass sie dann die Hütte aus Dachpappe außerhalb von Noranda und eine Frau sahen, die zu dumm war, um zu wissen, wie man sich anzieht und wie man spricht.»

Sie lächelte gezwungen. «Ich hasste ihn genug, um froh zu sein, dass er tot ist, aber nicht genug, um ihn zu töten. Hey, ich bin nicht clever genug, das durchzuziehen, ohne dabei erwischt zu werden. So viel hätte Charles Ihnen sagen können. Jedenfalls reichte es mir, zu wissen, dass es ihn dort tödlich getroffen hatte, wo es am meisten schmerzte – in seinem gottverdammten Imperium. Immer wenn ich einen Schuss nötig hatte, um meine Charles-Hasssucht zu befriedigen, brauchte ich nur das Morgenblatt aufzuschlagen.»

«Wissen Sie, wer ihn getötet haben könnte?»

«Wenn, dann würde ich es todsicher für mich behalten», sagte sie trotzig. «Wer immer ihn getötet hat, sollte einen Orden dafür erhalten und nicht eine Gefängnistrafe. Hören Sie, seit unserer Scheidung hatte ich nichts mehr mit ihm zu tun. Eigentlich glaube ich, dass er mir genau aus diesem Grund so viel Geld gab – damit er mich für den Rest des Lebens ignorieren konnte.»

«Dann ziehen Sie keinen finanziellen Nutzen aus seinem Tod?»

Sie sah mir direkt ins Gesicht. «Nein, höchstens einen spirituellen. Die Scheidungsvereinbarung brachte mir einen Haufen Geld ein, genug, um von den Zinsen leben zu können, ohne dass ich das Kapital auch nur anzurühren brauche. Sie schloss mich auch aus dem Testament aus. Ich habe sogar eine Erklärung unterzeichnet, in der ich mich verpflichte, keine Ansprüche auf seinen Besitz zu stellen, falls er vor mir abkratzen sollte.»

Ich war einen Moment still und fragte mich, ob sie sich nicht etwas zu sehr anstrengte, mich davon zu überzeugen, dass sie kein Motiv hatte. «Aber ist Ihr Sohn finanziell jetzt nicht in einer besseren Position, als wenn sein Vater noch am Leben wäre?»

Sie atmete scharf ein und ließ die Luft zischend wieder entweichen. «Verdammt noch mal, was wollen Sie damit sagen?»

Ich antwortete unaufrichtig: «Seine Anteile waren das Einzige, was William am Konzern seines Vaters interessierte. Jedermann weiß, dass er in einem Prozess gegen seinen Vater versucht hat, das Recht zu erstreiten, seine Anteile zu verkaufen, bevor sie vollkommen wertlos waren, und damit gescheitert ist. Aber wurde William denn nicht auch im Testament bedacht? Gibt ihm das nicht die Freiheiten, die ihm das Gericht verwehrt hat – mal ganz abgesehen von einer ganzen Menge Cash? Charles' Imperium mag wohl im Untergang begriffen gewesen sein, aber er war noch immer sagenhaft reich.» Ich wusste nicht mal, ob William im Testament überhaupt erwähnt war, aber eine Frontalattacke schien mir der richtige Weg, um es herauszufinden.

Sie schaute auf das Leinentischtuch herab, das mittlerweile großzügig mit Zigarettenasche bestreut war. «Was Sie sagen stimmt: Jetzt wo sein Vater tot ist, kommt William endlich an das viele Geld ran. Aber wenn Sie meinen Sohn kennen würden, ich meine, wenn Sie ihn wirklich so kennen würden, wie ich ihn kenne, dann wüssten Sie auch, wie verdammt dämlich Ihre Frage ist. William könnte keiner Fliege was zuleide tun. Er war ein sehr sensibles Kind und brachte Vögel mit gebrochenen Flügeln mit nach Hause, um sie von mir verarzten zu lassen. Ich kann mich noch gut an einen Tag erinnern, als er vier Jahre alt war. Es hatte vorher geregnet und wir gingen spazieren. Er hat den ganzen Nachhauseweg geweint, weil er auf einen verdammten Wurm getreten war.»

«Wissen Sie, dass Ihr Sohn homosexuell ist?», fragte ich und provozierte damit den K.-o.-Schlag.

Ihre Reaktion überraschte mich. Gerade als ich mich auf ein vehementes Abstreiten oder einen Herzschlag einstellen wollte, antwortete sie ruhig: «Aber sicher weiß ich das. Ich sagte Ihnen ja, ich kenne meinen Sohn. Schon als er noch ein kleiner Junge war, war es offensichtlich, dass er nicht wie andere Jungen war. Ich meine, während andere Hockey spielten, wollte William Ballettstunden nehmen – *Ballettstunden* in Noranda, um Himmels willen! Wenn Charles von ihm überhaupt Notiz nahm, dann nur, um einen Mann aus ihm zu machen, aber William hat sich von Beginn weg gesträubt, so als hätte er gewusst, dass er anders war, und er wollte nicht einfach nachgeben, nicht einmal um seinem Vater zu gefallen.»

«Wusste sein Vater, dass er homosexuell ist?»

«Ich glaube nicht. Ich bin sicher, William hätte mir erzählt, wenn sein Vater es herausgefunden hätte, weil es den Mann noch wahnsinniger gemacht hätte, als er schon war. Ich meine, er hätte ihn aus dem Testament gestrichen, hätte ihn geächtet, als wäre er ein Aussätziger, oder so ähnlich.»

Sobald sie diesen letzten Satz ausgesprochen hatte, bereute sie es sogleich und machte dicht. Ihre verschlossene Miene sagte mir, dass ich nicht mehr viel aus ihr herausbringen würde.

Meine letzte Frage kleidete ich in versöhnliche Worte. «Wie Sie sich vorstellen können, Mrs Durand, sind Sie und Ihr Sohn die wichtigsten Leute, die ich für mein Buch befragen muss. Was Sie mir heute Nachmittag erzählt haben, wird mir sehr helfen, den Charakter Ihres Mannes zu beschreiben. Wissen Sie, wie ich William erreichen kann?»

«Wie alle anderen, nehme ich an – bei ihm zu Hause. Ich gebe Ihnen seine Telefonnummer.» Sie beugte sich hinunter und griff nach ihrer Handtasche.

«Wie ich gehört habe, hat ihn seit der Zusammenkunft bei seiner Stiefmutter gestern niemand mehr gesehen», sagte ich.

«Nun», antwortete sie spitz und drückte dabei ihre Handtasche an sich, als enthalte sie den Schlüssel zur ewigen Jugend, «ich weiß nicht, woher Sie Ihre Informationen haben, aber Sie könnten Recht haben. Er hätte mich heute Morgen anrufen sollen, um mir zu sagen, ob er mich zum Flughafen fährt. Hat er nicht.» Sie fügte eiligst hinzu: «Nicht, dass es eine Rolle spielt. Ich rufe einfach den Limousinen-Service an. Ich meine, es ist schon begreiflich, weshalb er im Moment niemanden sehen will.» Es war vor allem begreiflich, weshalb er seiner Mutter zu jeder Tageszeit würde aus dem Weg gehen wollen.

Sie kramte in ihrer Handtasche. «Ich kann mein Adressbuch nicht finden. Aber William steht ja sowieso im Telefonbuch.»

«Sie haben natürlich Recht», sagte ich. «Das muss eine schwere Zeit für ihn sein. Vielen Dank, dass Sie mich zu diesem Gespräch eingeladen haben. Sie haben mir sehr geholfen.»

«Es war es wert, wenn ich Ihnen helfen konnte zu sehen, welch ein Bastard Charles war», antwortete sie. «Wissen Sie, ich bin eigentlich nur zur Beerdigung gekommen, weil ich gehofft hatte, noch einen letzten Blick auf ihn werfen zu können. Ich dachte mir, der Tod könnte ihm vielleicht dieses dreckige Grinsen aus dem Gesicht gewischt haben. Aber der Sarg war leider geschlossen.»

«Zweifellos, weil die Kopfverletzungen zu schwer waren», meinte ich schonungsvoll.

Sie kicherte. «Das hat mich wirklich enttäuscht. Es tut mir wirklich Leid, dass ich es nicht mit eigenen Augen gesehen habe.»

Als ich das Four Seasons verließ, fühlte ich mich, als hätte man mich in Batteriesäure getaucht. Helens Zorn war ätzend genug, um alles im Umkreis von fünf Kilometern zu verbrennen. Ich wünschte mir wirklich, sie hätte auch nur einen Rest von Würde gezeigt, ein kleines Überbleibsel an Selbstachtung, das von ihren Träumen noch übrig geblieben war. Ich zog es großzügig vor, sie als eine Überlebende zu betrachten, eine Frau, die stark genug war, sich ihrer Wut bewusst zu sein.

Ich glaubte nicht, dass sie ihren Ex-Mann umgebracht hatte. Aber sie würde mit der Wildheit einer Bärenmutter kämpfen, um ihren Sohn zu beschützen. Sogar – nein, vor allem –, wenn er seinen Vater ermordet haben sollte. Vielleicht hatte ich ja Unrecht, aber mein Instinkt, meine Fähigkeit, einen Charakter zu lesen, und ein Bockmist-Detektor (zweifellos von Etta geerbt) waren alles, was ich hatte.

Ich musste William finden, bevor es die Polizei tat. Wenn sie ihn erst mal in Gewahrsam genommen hatten, kam ich nicht mehr an ihn ran.

10

Vor dem Hotel hielt ich ein Taxi an, das mich bei meinem Studio gerade noch rechtzeitig ausspuckte, damit ich einen schnellen Garderobenwechsel vornehmen konnte. Mein Vier-Uhr-Tee-Kostüm wich Blue Jeans, einem schwarzen Harley-T-Shirt (ein Geschenk meines Motorrad-Mechanikers), Hockeysocken und Biker-Stiefeln. Ich kämmte mir etwas Gel ins Haar und verpasste mir eine Igelfrisur. Ein Blick in den Spiegel bestätigte mir meinen Image-Wechsel. Keine Zeit, über Risse in meiner neuen Identität nachzudenken.

Als ich zur Tür ging, spekulierte Max mit traurigen Augen, die direkt einem Kitschbild hätten entsprungen sein können, auf Schuldgefühle. Er vergab mir halbwegs und wurde etwas munterer, als ich ihm erklärte, dass ich es eilig hätte, Silver zu treffen, um mit mir ins Leather Boys zu gehen. Ich köderte ihn mit einem Knochen. Als ich den Knochen eines T-Bone-Steaks in seinen Napf legte, vergab er mir augenblicklich alle meine kulinarischen Unterlassungssünden. Auf dem Weg nach draußen zog ich mir meine Lederjacke an und schnappte mir einen zweiten Helm für Silver.

Sie wartete bereits auf dem Parkplatz, als ich dort ankam. Sie saß auf einem ausrangierten Gartenstuhl und thronte über allem wie die Herzogin des Ganzen.

«Das Rendezvous letzte Nacht muss gut gewesen sein», meinte ich zu ihr.

Sie nickte. «Muss es wohl.»

Silver ist erstaunlich beweglich für eine solch korpulente Frau. Sie verteilte ihre Masse säuberlich auf dem Soziussitz, und ohne ein weiteres Wort zu verlieren fuhren wir los.

Ohne Silver als Begleiterin hätte es keinen Sinn gemacht, in die Bar zu gehen. Sie war in der Homo-Szene gut bekannt und von allen geschätzt und war außerdem Mitbegründerin einer Aktivistengruppe mit Namen «Lesbians and Gays of the First Nation». Das andere Gründungsmitglied war George Potts, dem das Leather Boys gehört.

Ich lenkte das Motorrad durch einen bissig kalten Wind von Roncalles auf dem direktesten Weg die Dundas und dann die College Street entlang, bis wir das verrufene Viereck im Stadtinneren erreichten, das man «The Track» nannte und wo Prostituierte aller Überzeugungen flanieren und sich treffen. Die meisten wohnen hier in der Gegend, wo auch die meisten Homo-Bars von Toronto zu finden sind. Das angelsächsische Toronto hat sich schließlich doch eingestanden, dass es einen pulsierenden Sexmarkt hat, und scheint, solange es sich gettoisieren lässt, damit leben zu können – und es heimlich zu besuchen, wenn die unsteten Hormone sich bemerkbar machen.

Silver wies mir den Weg zum Leather Boys. Wir stellten das Motorrad auf dem Parkplatz hinter der Bar ab.

«Übrigens», murmelte sie, als wir die Tür aufstießen, habe ich dir schon gesagt, dass heute Strip angesagt ist – mit europäischem Lap-Dancing?»

An der Wand neben dem Hintereingang waren zwei Männer im Marlon-Brando-Outfit am Knutschen. Und wenn schon, mir war hier immer noch wohler als im Four Seasons.

Im Inneren des Leather Boys sah es aus wie in jeder anderen Singles-Bar downtown, schlicht und ergreifend nicht verlockend, außer man ist gerade brünftig – abgesehen von dem Defizit an Frauen und der Vorliebe der Klientel für Lederkleidung, Tierhäuten, verarbeitet zu Mützen, Westen, Jacken, Tangas, nietenbeschlagenen Suspensorien, Cowboy-Hosen und Stiefeln (viele davon mit Sporen). Aus den Lautsprechern donnerte Heavy Metal. Sexuelle, vielleicht auch emotionale Verzweiflung lag dicker als Zigarettenrauch in der Luft. Ich folgte Silver zur Bar. Unsere östrogenbefrachtete Anwesenheit schien kaum Aufmerksamkeit zu erregen. Die Aufmerksamkeit der Jungs schien auf zwielichtigere Zerstreuungen gerichtet. Oder vielleicht dachten sie auch, wir wären bloß Teil des Mobiliars. Wir waren weiß Gott nicht für einen Schönheitswettbewerb angezogen.

Der Barkeeper, ein Adonis mit gebleichtem Haar, Kettenhemd und einer Beule in den Jeans, die so gewaltig war, dass ich dachte, er sollte vielleicht mit seinem Gemächt gleich zum Arzt, beugte sich vor und umarmte Silver herzlich. «Du siehst hinreißend aus wie immer, Mädchen. Was kann ich dir und deiner Flamme bringen?»

Silver lachte und wies mit dem Daumen in meine Richtung. «Hey, Mann, wenn die Braut da meine Flamme wäre, könntest du mir gleich den Giftbecher bringen. Wir nehmen ein Pint Bitter – und eine Cola, mit viel Eis. Und, Stevie, kannst du George sagen, dass wir hier sind? Er erwartet uns.»

Stevie vollführte eine 360-Grad-Pirouette. «Verstanden, Liebes. Zwei Drinks und ein George.» Er kicherte, flitzte davon, um unsere Drinks zu holen, und ging gleich ans Haustelefon.

Als ich einen großen Schluck Bier nahm und mich auf meinem Barhocker umdrehte, um die bacchantische Szene zu betrachten, wechselte die Musik von Heavy Metal auf erotische Zuckungen. Alle wandten sich erwartungsvoll der kleinen Bühne zu, wo ein Bodybuilder mit seinem Striptease begann. Angesichts der Kleidung, mit der er auf die Bühne kam – nur ein T-Shirt und ein G-String –, sah es nicht so aus, als würde sein Auftritt lange dauern. Als er sein T-Shirt auszog und dabei erotische Zuckungen vollführte, als wollte er sich mit einem aufsässigen Elchbullen paaren, flüsterte mir Silver ins Ohr: «Der Kerl hat schreckliche Akne auf dem Rücken.»

Ich schaute, wie das Publikum reagierte. Silver hatte als Einzige im Raum das Augenmerk auf seine dermatologischen Unzulänglichkeiten gerichtet. Der Beutel seines G-Strings dehnte sich so kraftvoll, dass ich mir dachte, es könnte auch ein kleines Tier drin sein. Ein Bewunderer im hinteren Teil des Raumes warf ein Kondom mit Leopardmuster auf die Bühne. Unser Star hob es mit den

Zähnen auf und tat etwas damit, das mich mit uncharakteristisch rotem Kopf in mein Bier starren ließ.

George Potts' Ankunft ersparte mir weitere Peinlichkeiten. Nachdem sie sich in Mohawk begrüßt hatten, stellte mich Silver vor. «Jane, das ist George. George, das ist Jane. Tarzan ist auf der Bühne.»

Ich kannte Silver gut genug, dass ich kein weiteres Wort von ihr erwartete. Ich reichte dem groß gewachsenen Mann in Blue Jeans und Sweatshirt meine Hand. Sein von grauen Strähnen durchzogenes Haar war mit einem roten Lederriemen am Hinterkopf zusammengehalten.

Als er meine Hand ergriff, schaute er mir direkt in die Augen. «Hi, Jane. Silver sagte mir, du willst mich ein paar Sachen fragen.»

«Ja», sagte ich, «und wie ich Silver kenne, hat sie dir sicher gesagt, warum – ich meine den *wirklichen* Grund, weshalb ich hier bin.» Silver hatte ihm ganz sicher gesagt, dass meine Biografinnen-Tarnung ein Haufen Scheiße wäre.

George sah nervös zu Silver, die mit dem Kopf nickte. «Sei nicht böse auf Silver», sagte er. «Unser Volk hat alles verloren, was es jemals hatte, weil die Weißen uns belogen haben. Wenn wir wieder auf den Pfad des heiligen Grases zurückfinden wollen, müssen wir in all unseren Beziehungen ehrlich sein.»

Ich stellte mein Glas auf die Bar und sah ihn an. «Ich sag dir eines, Mann: Bei Moralisten jeglicher Art greif ich gleich zur nächstbesten Todsünde. Aber ich kann damit leben, wenn du auch ein paar notwendige Geheimnisse für dich behalten kannst. Meine Gesundheit hängt nämlich davon ab.»

Als er lachte, verflog die Spannung. «Hey», antwortete er, «ich hab nie gesagt, dass ich dich für eine Missionarin halte! Kommen wir also zum Geschäft. Du bist hier, weil du ein paar Fragen über William Durand hast, richtig?»

Ich nickte. «Aber da ist noch mehr: Ich will *ihm* ein paar Fragen stellen.»

«Das beste, was ich heute Abend für dich tun kann, ist, dir das wenige, was ich über ihn weiß, erzählen und dich dann mit seinem Lover bekannt machen, der dir viel mehr erzählen kann.»

Ich war überrascht. «Sein Lover ist heute hier?»

«Ja. Ich sagte ihm, er solle vorbeikommen, gleich als Silver angerufen hatte. Er hat eingewilligt, mit dir zu sprechen.»

«Vielen Dank, George. Wo ist er?»

Er deutete mit dem Kopf zum Ende der Bar, wo ein junger Mann, der so gar nicht hierher passte, über ein Glas gebeugt dasaß, das offensichtlich Orangensaft enthielt. Er war hellblond, Schnurrbart und Bart waren mit militärischer Präzision getrimmt, und er trug eine dunkelgrüne Lederjacke, die eher nach italienischem Designer als nach Biker aussah.

«Wartet er so lange, bis wir miteinander fertig sind?», fragte ich George.

Er nickte. «Schieß los – was willst du wissen?»

«Alles was mir deiner Meinung nach hilft, William zu verstehen. Wie lange er schon hierher kommt, wie er ist, wenn er hier ist, mit wem er zusammen ist, wie viel er trinkt, was du von ihm hältst ...»

Wie Silver ging George mit Worten haushälterisch um. «William kam so vor fünf Jahren zum ersten Mal hierher, kurz nachdem ich den Laden gekauft hatte. Ich kann mich sogar noch genau daran erinnern, weil er so verängstigt aussah. Ich bin sicher, es war das erste Mal, dass er den Fuß in eine Schwulenbar setzte. Eine Menge Typen haben ihn gleich angemacht: Er ist ausgesprochen süß. Zuerst versuchte ich, die unangenehmeren Jungs von ihm fern zu halten, aber es schien ihm egal zu sein, wie man ihn behandelte – solange er nicht allein war, wenn ich nachts den Laden dichtmachte. Er trinkt nicht viel, aber ich denke, er pudert sich gelegentlich die Nase. Nachdem er etwa ein Jahr lang herumgevögelt hatte, traf er hier eines Abends David. Seither nur noch Heirat und Monogamie – ist wohl auch besser so in diesen Tagen! Wir haben etwa die Hälfte unserer Stammkunden wegen Aids verloren. Na jedenfalls kommen sie zusammen etwa zweimal die Woche hierher, haben einen oder zwei Drinks, quasseln ein paar Stunden lang mit ein paar von den Jungs und gehen wieder – immer zusammen.»

«Und wie ist er so, George?», fragte ich

Er zuckte die Schultern. «Wer weiß. Er ist so verschlossen.

Freundlich, immer höflich, aber der Kerl offenbart sich niemandem – außer David, nehme ich an. Das einzige Mal, dass ich ihn wütend gesehen habe, war in jener Nacht, als so ein Klugscheißer von einem Journalisten lauthals verkündete, wer William ist. William warf einen Tisch um, als er sich auf den Idioten stürzte und ihn beinahe erwürgte. Er ist ziemlich dünn, aber es brauchte zwei von unseren Bodybuildern, um ihn von diesem Journalisten wegzuzerren.» George schien mit sichtlicher Freude daran zurückzudenken.

«War das das einzige Mal, dass du ihn wütend gesehen hast?»

George überlegte einen Moment. «Jetzt, wo du's erwähnst, letzte Woche kam er spät in der Nacht noch hierher und schaute drein, als könnte er jemanden umbringen. David konnte ihn dann beruhigen.» Er schreckte plötzlich zurück, als er sich der Implikationen dessen, was er gesagt hatte, bewusst wurde. «Hey, ich sagte nicht, William hätte so ausgesehen, als hätte er soeben seinen Alten umgenietet.»

«Kannst du dich noch erinnern, wann genau das war?»

«Ja, es war am Freitag. Ich kann mich daran erinnern, weil wir an jenem Abend die Sequins gebucht hatten – sie fingen gerade mit dem zweiten Set an, als William hereinplatzte. Muss so gegen elf gewesen sein.»

«George, vielen Dank für das Vertrauen», sagte ich und reichte ihm die Hand. «Kannst du mich jetzt mit David bekannt machen.»

«Sicher, aber weshalb setzt du dich nicht zuerst an einen Tisch? Die Bar ist ein bisschen zu öffentlich für ein intimes Gespräch.» Er führte mich zum einzigen freien Tisch im Raum. Er stand hinter einer Säule, die mir die Sicht auf die Bühne versperrte. Man muss schon für kleine Sachen dankbar sein. Bevor ich mich setzte, schaute ich hinter der Säule hervor, wie weit der Stripper war. Er trug nur noch das, was ihm die Natur in die Wiege gelegt hatte, nur war jetzt viel mehr davon da.

Der bärtige Mann, der am Ende der Bar über seinem Orangensaft gesessen hatte, kam zu mir herüber. Er lächelte nervös und reichte mir die Hand. Ich gab ihm einen kräftigen Händedruck und bat ihn, sich zu setzen. George kam mit einem frischen Bier für mich und einem Glas Saft für David.

Seine Offenheit – und die Tatsache, dass Silver sich bereits die Freiheit genommen hatte, meine Tarnung auffliegen zu lassen – zwangen mich, die Karten auf den Tisch zu legen. «David, ich bin hier, weil Simone Goldberg mich engagiert hat, um den Mörder ihres Bruders zu finden.»

Seine verkrampfte Miene entspannte sich augenblicklich. «Danke, dass Sie so ehrlich sind. Es ist ein rares Gut geworden. Die Homophobie hat unsere Gemeinschaft gezwungen, so lange Zeit im Versteckten zu leben. Und dann, als wir eben daran waren, die Früchte unseres Coming-outs zu ernten und auf unsere Rechte zu pochen, trifft uns Aids. Ich habe es satt, mich zu verstecken.»

Er schaute auf und lächelte verlegen. «Tut mir Leid. Ich war bereits wieder daran, in meine Dozentenrolle zurückzufallen. Ich nehme an, es ist eine Berufskrankheit. Ich bin Assistent und Doktorand an der University of Toronto», erklärte er. «William zieht mich immer damit auf.»

«Habe kein Problem damit», versicherte ich ihm. «In meiner Branche kann ich nicht zu arbeiten beginnen, ohne Wahrheit und Bockmist auseinander zu halten.»

«Was genau tun Sie?»

«Ich bin Autorin. Mein Spezialgebiet ist Wirtschaftskriminalität. Aber Simone hat mich dazu überredet, eine Weile die Rolle zu wechseln.»

«Haben Sie publiziert?»

Ich musste lachen. «Das ist genau die Frage, die ich von einem aufstrebenden Akademiker erwarte! Ja, das hab ich. Drei Bücher und ein paar Artikel …»

Sein Gesicht heiterte sich auf. «Aber natürlich. Tut mir Leid. Jane Yeats – Sie haben diese exzellente Serie über Korruption im Police Departement geschrieben. Ich schäme mich fast zuzugeben, dass ich Ihre Bücher nicht kenne, aber mein Fachgebiet ist schließlich auch mittelalterliche Literatur. Ich lese kaum etwas, das jünger ist als *Gammer Gurtons Nedle*», erklärte er mir, als ob ich was damit hätte anfangen können.

«Damit sind wir beide kulturell benachteiligt, obwohl mein Fall etwas schwerer wiegt. Ich lese kaum etwas, das älter ist als die Schlagzeilen von gestern.»

Nachdem das Eis gebrochen war, stellte ich ein paar gezielte Fragen. «Was ich wissen muss, David, hat mehr mit Wissen zu tun, das nirgends geschrieben steht. Sind Sie sich bewusst, dass Ihr Partner alle Chancen hat, rasch zu einem Hauptverdächtigen für den Mord an seinem Vater zu werden?»

Er dachte nach, bevor er antwortete. «Wahrscheinlich sollte ich jetzt so tun, als sei ich überrascht. Aber William gibt einfach eine zu gute Zielscheibe ab, oder etwa nicht? Jedermann weiß von dem Zerwürfnis mit seinem Vater – vor allem, seit er vor Gericht das Recht, seine Anteile an der Gesellschaft verkaufen zu können, zu erstreiten versuchte. Und man müsste nicht besonders tief graben, um herauszufinden, welch ein vollkommen inadäquater Vater Durand der Ältere war. Alles in allem macht es William zu einem so attraktiven Kandidaten, dass man sich fragen könnte, weshalb die Polizei sich überhaupt die Mühe nehmen sollte, woanders zu suchen, vor allem wenn das hieße, in den Kellern der herrschenden Klasse nach Leichen zu suchen.» Wir mussten beide über seinen Rückfall ins Dozieren grinsen.

«Sie haben ziemlich gut zusammengefasst, weshalb Simone mich engagiert hat», stimmte ich ihm zu. «Aber können Sie mir einen guten Grund nennen, weshalb man William als Verdächtigen ausschließen sollte – oder könnten Sie mir sagen, wo ich sonst noch suchen soll?»

«Der zwingendste Grund, und gleichzeitig auch der erbärmlichste, würde vor Gericht nicht standhalten. Ob Sie es glauben oder nicht, William *liebte* seinen Vater wirklich. Die Anerkennung seines Vaters zu gewinnen, war für ihn das Wichtigste auf der Welt – nicht dass er auch nur den Hauch einer Chance gehabt hätte, sie auch zu bekommen!»

«Was denken Sie, hätte es dazu gebraucht?», fragte ich.

«Durand der Ältere wollte auf William eine Dynastie gründen. Aber William widerstand allen Druckversuchen seines Vaters, ihn in die Firma einzubinden. Er sprach fast darüber, als hätte er

Angst, er könnte sich schuldig machen, wenn er nur damit in Berührung käme, wie wenn er das Gefühl gehabt hätte, er werde wie sein Vater, wenn er für ihn arbeitete. Jedenfalls liegen Williams Stärken eher im Kreativen als im Ökonomischen. Und obwohl er nicht das Selbstvertrauen hat, selber künstlerisch tätig zu werden, so hat er doch seine eigene Galerie eröffnet. Sie heißt Per/Visions.» Er klang stolz, als wäre es auch sein Kind.

«An der Queen Street, etwas westlich von McCaul?» Ich nahm einen Schluck Bier.

«Ja. Waren Sie schon mal dort?»

«Nein. Ich gehe selten in Galerien. Ich fühle mich dort nicht wohl. Da ich es mir nicht leisten kann, etwas zu kaufen, kommt es mir immer so vor, als schleiche ich in einem fremden Wohnzimmer herum.»

Er lachte. «Ich kenne das Gefühl. Ich lebe von einem Assistentenlohn. Aber in Per/Visions würden Sie sich woh lfühlen. William präsentiert die Werke von neuen, aufstrebenden jungen Künstlern in einer gewollt schlichten Ambiance. Er hat eine Menge für die lokale Künstlergemeinde getan, vor allem für die homosexuellen Künstler, die oftmals marginalisiert werden – vor allem wenn ihre Werke sexuelle Inhalte haben. Die Leute stellen uns zwar als Innenarchitekten an, aber sie wollen nicht, dass man ihr eigenes Inneres in Frage stellt.» Er hielt kurz inne. «Wissen Sie, Williams Vater hat nie ein gutes Wort, über das, was er erreicht hat, verloren»

«Nach allem, was ich gehört habe, David, war sein Vater nicht der Auffassung, jemand anderer auf diesem Planeten könnte etwas tun, was auch nur der Erwähnung wert wäre – außer es wirkte sich irgendwie auf den Dow Jones aus. Aber eine Galerie zu führen ist ein riskantes Geschäft. Hat Durand senior William denn nicht finanziell unterstützt?»

«Nicht mit einem einzigen Cent, und William ist sehr stolz darauf. Der Alte versuchte, ihn an der kurzen Leine zu halten, indem er ihm gerade mal so viel Geld gab, dass es ihm möglich war einen komfortablen Mittelklasse-Lebensstil zu pflegen, aber nicht genug, um investieren zu können. William nahm an, sein Vater glaubte, dass finanzielle Sorgen ihn schließlich zwingen würden, bei ihm in der Firma zu arbeiten.»

«War die Galerie finanziell ein Erfolg?», fragte ich.

«Bis vor kurzem, ja. Sie war in Williams Augen ein Erfolg. Weil alle seine Künstler pleite sind, verlangte er nur eine kleine Kommission und organsierte oft Ausstellungen und Installationen als gemeinnützige Anlässe. Aber der Kunstmarkt ist eingebrochen, und es gibt selbstverständlich weniger Käufer, weil es heute schlicht und einfach weniger von uns gibt.»

Während er wie zum Gedenken an all seine verstorbenen Freunde schwieg, dachte ich darüber nach, wie isoliert von der Aids-Realität die meisten von uns leben: Näher als an die gelegentlich in den Medien veröffentlichten Statistiken kommen wir nicht ran. Vor einiger Zeit hatte Silver mir erzählt, George Potts wäre an so vielen Begräbnissen gewesen, dass er aufgehört hätte, sie zu zählen.

Als David aufsah, trafen unsere Blicke sich. Er deutete auf eine Messingtafel an der Wand hinter der Bar. «Haben Sie unsere Gedenktafel gesehen, als Sie an der Bar standen?»

Ich sagte ihm nicht, dass ich gedacht hatte, es wäre eine Aufstellung von Darts- oder Billard-Champions. Von Siegern.

«Tut mir Leid, dass ich den Faden verloren habe», entschuldigte er sich. «Es ist bloß so schwer, nicht daran zu denken. Wir alle haben so viele Freunde verloren – diejenigen unter uns, die überlebt haben, sind hin- und hergerissen zwischen Kummer und Angst.»

«Ich sage jetzt nicht, ich kann es mir vorstellen, David. Ich kann es einfach nicht.»

Er nickte zustimmend. «Zurück zur finanziellen Lage der Galerie. Es war eng, aber William konnte die Rechnungen bezahlen und es lief gut. Aber als der Mietvertrag für Per/Vision letztes Frühjahr auslief, erhöhte der Besitzer drastisch die Miete. William wusste, dass er die Galerie verlieren würde, wenn er nicht schnell an genug Cash herankam – gerade als einige seiner Ausstellungen enthusiastische Kritiken erhielten. Das ist einer der Gründe, weshalb er seinen Vater vor Gericht einklagte.»

«Was waren die anderen Gründe?», fragte ich, begierig, alle von Williams möglichen Motiven aufzudecken.

Bis jetzt hatte David ziemlich freimütig gesprochen. Bei meiner letzten Frage verdüsterte sich seine Miene. «Ich musste William versprechen, es niemandem zu sagen», murmelte er grimmig.

«David, ich habe nicht die Absicht, jemandem weiterzuerzählen, was Sie mir anvertrauen. Eigentlich versuche ich konkrete Informationen zu finden, die William entlasten könnten. Was Sie mir erzählt haben, macht ihn mir schon sympathisch. Bitte, glauben Sie mir, ich werde Ihr Vertrauen nicht missbrauchen», flehte ich ihn an.

Er traf schnell eine Entscheidung. «Okay, Sie sind einer der wenigen Menschen, die auf unserer Seite sind, und ich habe das Gefühl, dass William in nächster Zukunft so viele Freunde braucht, wie nur möglich. Der andere Grund, der Hauptgrund dafür, dass er an die Aktien herankommen wollte, war *ich*: Vor zwei Jahren wurde ich HIV-positiv diagnostiziert. Ich war bereits zweimal mit Lungenentzündung im Krankenhaus. Medikamente gegen Aids sind teuer, vor allem, wenn es sich um neuere handelt, die noch nicht vom Staat zugelassen sind. William hat solche Angst davor, mich zu verlieren, dass er sich einredet, er könne mir eine erfolgreiche Behandlung kaufen.»

Er lachte unter Tränen leise vor sich hin; offenbar wusste er es besser. Seine Hand zitterte so stark, dass er den Orangensaft abstellen musste.

Ich wusste nicht, was ich sagen sollte. Er war nicht viel älter als fünfundzwanzig und sah dem Tod entgegen. Ich nahm seine Hand, und dieses kleine Geste der Anteilnahme ließ ihn vollends in Tränen ausbrechen.

Ich ließ ihn sich eine Weile ausweinen, bevor ich sagte: «David, ich weiß, es ist ein schwacher Trost, aber ich weiß, wie es ist, wenn man Kummer leidet. Mein Lover starb vor zwei Jahren. Manchmal, wenn ich morgens aufwache, beneide ich ihn.»

Er lächelte mich durch die Tränen hindurch an. «Das ist es ja gerade. Es ist William, der mir Leid tut. Ich habe dieses ganze Netzwerk von Freunden, Kollegen, ja sogar die Familie, die mich alle unterstützen. Aber William hat nur mich. Ich habe solche

Angst davor, was mit ihm geschieht, wenn ich nicht mehr da bin. Er dreht jetzt schon fast durch vor Angst.»

«Dann würde er sicher nichts tun, was Ihre gemeinsame Zeit, die Ihnen beiden verbleibt, gefährden würde – wie zum Beispiel seinen Vater umbringen.»

Als er nickte, fiel ihm die blonde Stirnlocke etwas ins Gesicht. «Genau. Aber jetzt haben wir beide Angst, dass er verhaftet wird und im Gefängnis sitzt, während ich krank bin. Nach einem guten Jahr Psychotherapie, habe ich mich mehr oder weniger mit dem Tod abgefunden, aber William kommt in jeder Sterbeszene vor, die ich mir vorstelle, und hält mich, wenn es zu Ende geht.»

«Haben Sie Grund zur Annahme, dass er verhaftet wird?», fragte ich sanft.

«Ich weiß, dass er sich letzten Mittwoch mit seinem Vater traf und sie einen fürchterlichen Streit hatten. Das wird bei der Untersuchung ganz sicher ans Licht kommen. Es weiß außer William und mir ganz sicher noch jemand davon.»

«Wissen Sie, worüber sie sich gestritten haben?»

David schüttelte den Kopf. «Nicht wirklich. Nur dass William einen letzten Versuch gemacht hatte, genug Geld aus seinem Vater rauszukriegen, um die Galerie – und mich – die nächsten paar Monate über die Runden zu bringen. Sein Vater sagte ihm, er solle sich verpissen. Ich habe allerdings erst Freitagnacht davon gehört. Mittwochabend habe ich für eine Examensarbeit gelernt, die ich am Freitag schreiben musste – für meinen Abschluss. William kam erst nach Hause, als ich bereits zu Bett gegangen war. Als ich am nächsten Morgen aufstand, schlief er neben mir. Ich hinterließ eine Nachricht, er solle mich am Freitag nach meinem Examen zum Abendessen im Splendido treffen – das ist dieses herrliche italienische Restaurant an der Harbord Street. Ich wusste, dass ich ihn am Donnerstag wahrscheinlich nicht sehen würde, weil ich vorhatte, mit einem Freund bis spät an der Uni zu lernen. Jedenfalls wusste ich gleich, als er ins Splendido kam, dass etwas vorgefallen war. Er sagte, er könne nur auf einen Drink bleiben. Er schien high zu sein, sehr high. Das machte mir Sorgen.» Er hielt inne und spielte mit seinem Glas.

Etwas machte klick. «Kokst William?», fragte ich.

«Ja, aber nur dann und wann – zumindest, bis ich ins Krankenhaus kam. Danach rutschte er völlig rein. Sobald ich sah, dass er süchtig war, drohte ich damit, ihn zu verlassen. Ich meine, hier stehe ich und habe keinerlei Kontrolle über meine Krankheit, und er setzt alles daran, sich umzubringen.» Er lächelte ironisch. «Wenn man dem Tod ins Auge sieht, bekommen andere Dinge schärfere Konturen. Ich sagte William, ich glaubte nicht, dass wir uns dereinst in der großen Unendlichkeit wiedersehen werden, er sollte es also nicht als Entschuldigung benutzen, um seinen eigenen Abgang zu beschleunigen.»

«Aber Sie vermuteten, dass er wieder gekokst hatte, als Sie ihn am Freitag zum Abendessen trafen?»

«Nur am Anfang. Aber dann sagte er mir, weshalb er so high war. Er sagte, er hätte es eilig, zum Büro seines Vaters zu kommen, weil er beschlossen hätte, ein paar neue Karten auf den Tisch zu legen.»

Ich hielt den Atem an, als ich sagte: «Wissen Sie, was es war – und ob er es getan hat?»

«Nein. Er versprach, mir die ganze Geschichte später zu erzählen, und ich sollte ihn um zehn hier treffen. Er kam erst nach elf – und da hatte er schon schwer Schlagseite. Er war so verschlossen und geistesabwesend, dass ich nicht viel aus ihm herausbekam. Außer, dass sie am Mittwoch einen heftigen Streit gehabt hatten – und dass es William jetzt gelungen war, seinen Vater zu überzeugen, dass er ihm die Verfügungsgewalt über seinen Anteil am Trust-fund gab. Man sollte denken, jetzt, wo er ihm das Geld abjagen konnte, er sei bester Laune gewesen. Stattdessen grübelte er über das verkorkste Verhältnis zu seinem Alten nach und wie es ihm richtig Spaß zu machen schien, William zu demütigen, und dass ihre Beziehung jetzt für immer zerstört war. Ich bin sicher, der Alkohol war schuld, dass er so trübsinnig und sentimental war.»

«Aber er hat nichts darüber gesagt, weshalb Charles so plötzlich bereit war, ihn an das Geld ranzulassen?»

«Nicht direkt, aber er hat Andeutungen gemacht, als ich ihn fragte, weshalb er so niedergeschlagen sei, wo er doch allen Grund zum Feiern habe. Er sagte, er hätte soeben den letzten Rest an Selbstachtung das Klo runtergespült, indem er Charles einige Informationen verkauft hätte. Er sagte, er fühle sich wie ein Erpresser, und war sicher, er sei dadurch in den Augen seines Vaters noch tiefer gesunken. Jedenfalls schaffte ich es, ihn heil nach Hause zu bringen, nachdem er sich bis zum Umfallen betrunken hatte – etwas, das er noch *nie* getan hat. Zu Hause war er gleich weg und schlief am späten Samstagmorgen immer noch, als Judith anrief, um ihn über Charles' Tod zu informieren. Nachdem er aufgehängt hatte, kam ich nicht mehr an ihn heran. Er ging unter die Dusche, packte ein paar Sachen und ging. Er sagte nur, dass er sich so bald wie möglich melden würde. Seither habe ich ihn nicht mehr gesehen.»

«Und seither hatten Sie keinen Kontakt mehr mit ihm?», fragte ich.

«Doch. Er hat mich gestern Abend zu Hause angerufen. Es war offensichtlich, dass er wieder getrunken hatte – er sprach unzusammenhängendes Zeugs. Wie er im Haus seiner Stiefmutter nach der Beerdigung eine Szene gemacht hätte. Ich denke, er war die ganze Zeit über bei Judith gewesen. Auch als ich ihn drängte, hat er mir nicht gesagt, wo er ist. Er sagte nur, dass er von der Polizei gesucht werde und dass er ein paar Sachen erledigen müsse, bevor er mich sehen könne.»

«Wo ist er jetzt? Soviel ich weiß, war er schon nicht mehr bei Judith, als die Polizei ihn nach der Leichenfeier befragen wollte.»

Zum ersten Mal in unserem Gespräch schaute mir David nicht in die Augen, als er antwortete. «Ich weiß nicht, aber er ist wahrscheinlich irgendwo außerhalb der City. Die Verbindung war sehr schlecht. Ich bin sicher, es war ein Ferngespräch.»

«David, können wir ein Abkommen treffen? Sobald ich herausfinde, wo er ist, benachrichtige ich Sie. Wenn Sie ihn wieder sprechen, geben Sie ihm die folgende Nachricht – dass ich ihn sprechen will, auch wenn's nur übers Telefon ist?» Wenn ich auch überzeugt war, dass er mich angelogen hatte, so hatte ich doch das Gefühl, dass ich ihnen eine Option offen ließ, sollten er und sein Lover beschließen, sie zu nutzen.

Er war einverstanden. «Das ist mehr als fair. Ich gebe Ihnen unsere Geheimnummer.» Er fasste in einen Lederrucksack, der an ein Stuhlbein gelehnt auf dem Boden stand, und nahm einen Kugelschreiber und einen Zettel heraus. Er notierte in eleganter Handschrift eine Nummer und schob mir den Zettel über den Tisch zu.

Wir standen auf, um uns die Hand zu geben, umarmten uns aber stattdessen. Wie viel einfacher wäre das Leben doch, wenn einige von uns sich nicht abgewöhnt hätten, auf die Gerechtigkeit zu hoffen.

Ich ging vom Tisch weg, um Silver abzuholen, die mitten auf der Tanzfläche mit einer Tunte zu einem Bette-Midler-Song schwofte. Einen Moment lang war ich mir nicht sicher, wem ich auf die Schulter tippen sollte, entschied mich dann aber für Silver. «Tut mir Leid, wenn ich hier einfach so hereinplatze, aber dürfte ich um den nächsten Tanz bitten?» Leder obsiegte über Pailletten und ich ließ mich zu «Feelings» übers Parkett führen. Igitt.

«Silver, das ist lächerlich», murmelte ich ihr finster ins Ohr. Sie schenkte mir ein süßes Lächeln und ließ mich mit eisernem Griff, der mich manchmal fast von meinen ungelenken Füßen hob, über die Tanzfläche traben, bis der Song zu Ende war.

Noch immer meine Hand haltend, führte sie mich zurück an die Bar. «Das war nicht lächerlich, meine Beste. Das ist eine Frage der Gebietsansprüche. Hier drin bist du auf *unserem* Territorium, verstehst du? Hier gelten andere Normen.»

«Okay, ich hab's verstanden», lenkte ich ein. Aber können wir jetzt nach Hause gehen?»

«Und ich dachte, du wolltest die ganze Nacht durchtanzen!»

«Halt die Klappe, Silver», lachte ich. «Wenn bei deinem Rendezvous gestern Abend alles so gut gelaufen ist, dann bist du sowieso schon vergeben – und zu abgeschlafft, um meinen Ansprüchen zu genügen.»

Als wir zur Tür gingen, meinte ich zu ihr: «Also ich muss schon sagen. Mann kann es jemandem nicht übel nehmen, wenn ihn das hier drin etwas verwirrt.»

«Nur wenn dieser Jemand nicht wusste, wer er oder sie war, bevor er oder sie hier hereinkam», schnauzte sie zurück.

Wir schwangen uns ohne ein weiteres Wort auf meine Harley. Gerade als ich so richtig Gas geben wollte, torkelte ein Betrunkener auf die Straße und fiel direkt vor meinem Motorrad hin. Ich hatte mehr als genug Zeit zu stoppen, um zu sehen, was mit ihm los war – aber meine Bremsen reagierten nicht. Ich musste einen derart abrupten Schwenker machen, um den Mann nicht zu überfahren, dass ich die Kontrolle über die Maschine verlor. Als sie unter uns wegrutschte, fragte ich mich, ob sich so wohl ein Eiskunstläufer fühlte, bevor er aufs Eis auftraf.

Ich rollte, bis ich am Randstein zum Halten kam. Silver lag bewegungslos etwas näher beim Motorrad. Ich nehme an, sie rollt nicht so schnell.

«Silver», schrie ich, «bist du okay?»

«Fuck», war ihr einziger Kommentar.

Ich rappelte mich hoch. Mein verletztes Bein schmerzte wie verrückt, als ich zu ihr humpelte. «Bist du verletzt?»

«Während du gerollt bist, bin ich auf derselben Stelle auf und abgehüpft», lachte sie. «Aber meine Levis haben schwer was abbekommen – und das geht direkt auf deine Spesenrechnung. Scheiße, selbst am Little Big Horn wäre ich noch sicherer gewesen.»

Als ich ihr auf die Füße half, kam ein Schwall von Verwünschungen von dem Haufen, um den ich einen Bogen gemacht hatte, damit ich ihn nicht traf. Ein sehr alter Mann versuchte taumelnd auf die Füße zu kommen.

«Verdammte Weiber. Ich hab immer gesagt, Frauen können nicht fahren. Ich werd euch verklagen, bis euch nichts als die Titten bleiben.»

Silver befreite sich aus meinen Armen. «Du hast ihn das erste Mal nicht getroffen. Überlass den alten Scheißkerl mal mir.»

«Vergiss es. Wenn wir Glück haben, trifft es einen männlichen Fahrer, wenn er das nächste Mal hinfällt.»

Wir schoben mein kaputtes Motorrad zurück auf den Parkplatz hinter dem Leather Boys. Ich beschloss, die Harley dort stehen zu lassen, bis ich als Erstes am nächsten Morgen die Werkstatt anrufen konnte.

Ich parkte die Maschine an der Rückwand unter einer Laterne

und schloss sie ab. Eine gründliche Inspektion bestätigte, was ich befürchtet hatte.

Jemand hatte die Bremskabel durchgeschnitten.

II

Als am Donnerstagmorgen mein Wecker summte, humpelte ich gleich ans Telefon und rief meinen Mechaniker an. Hank war mal mit den Renegades gefahren. Wenn es um Motorräder ging, hatte er den blinden Instinkt eines Klavierstimmers.

Ich sagte ihm, er solle mein Motorrad hinter dem Leather Boys abholen und es bis Mittag reparieren. Und er solle herausfinden, wie es zu dem Schaden gekommen war. Drei Stunden später rief er zurück und sagte mir, mein Bock sei wieder fahrbereit und die Bremskabel seien durchgeschnitten worden – mit Absicht.

Ich legte noch was drauf für den prompten Service und die Bestätigung meiner Diagnose. Diese Rechnung musste ich aus meiner eigenen Tasche bezahlen. Ich konnte es nicht mit gutem Gewissen auf die Spesenrechnung setzen, da ich keinen Beweis dafür hatte, dass die zerschnittenen Kabel mit der Suche nach Durands Mörder zu tun hatten. Zumindest jetzt noch nicht.

Vielleicht hatte irgendein Idiot auf Zerstörungstrip etwas gegen meine Maschine gehabt, aber sehr wahrscheinlich war es nicht. Selbst Idioten vermeiden es im Allgemeinen, Harleys zu misshandeln, da deren Eigentümer in der Regel zu jener Sorte Leute rennen, die an Vandalen, die leichtsinnig genug waren, ihre Maschinen zu misshandeln, Rambo-mäßige Vergeltung üben.

Aber es war viel wahrscheinlicher, dass jemand mich davon abhalten wollte, meine Nachforschungen fortzuführen – und dazu eine Methode gewählt hatte, die mich von allem hätte abhalten können, was mehr Energie erfordert hätte, als sich die Radieschen von unten zu besehen, wäre mir nicht netterweise jener betrunkene alte Sexist in den Weg gekommen, bevor ich Zeit gehabt hatte, so richtig auf Touren zu kommen.

Jemand hatte sich verrechnet. Angst macht mich nur noch bockiger.

Ich drehte eine Runde um den Block. Hank, der in der kurzen Zeit gute Arbeit geleistet hatte, sagte mir, an Rahmen und Tank müsste auch noch gearbeitet werden. Das konnte warten: Mein momentaner Fahrplan ließ keinen Raum für Kosmetik. Ich besah mir die Kratzer und Beulen und versetzte dem Boden einen Tritt, dass die Kieselsteine nur so stoben. Verdammt noch mal, ich war sauer. Mächtig sauer, mit einer kontrollierten, aber gefährlichen Wut im Bauch. Bis es Zeit war, mich auf den Weg zu Simone zu machen, hatte ich mir eine Strategie zurechtgelegt, wie ich mich unterwegs beruhigen konnte.

Der Himmel war wolkenverhangen und sah so bedrohlich aus, dass ich mir Silvers Wagen geborgt hätte, wäre mein Gehirn eingeschaltet gewesen. Aber ich war nicht in der Laune, mich von irgendjemandem einschüchtern zu lassen, weder von menschlichen Wesen noch vom großen Schiedsrichter oben im Himmel, der das Sagen über das Wetter hat. Heute würde mich niemand davon abhalten, meine Maschine zu fahren.

Mit sanfter musikalischer Unterstützung seitens Vivaldi, die mit den besten Wünschen von meinem Walkman in meine Gehörgänge geschleust wurde, gelang es mir, mich unterwegs zu beruhigen, während das Sonnenlicht die Gewitterwolken verscheuchte. Es war noch viel zu früh, als dass man in diesen Strahlen etwas anderes als die zögerlichen Vorboten des Frühlings hätte sehen können, aber ich vermochte genug Zuversicht aufzubringen, um sie zu genießen.

Ich ließ mir Zeit, um zu meinen Bestimmungsort zu gelangen. Bis ich den nördlichen Stadtrand erreichte, segelte ich dahin wie eine Krähe, soweit es der Verkehr zuließ. Dann drehte ich ab auf eine Reihe weniger stark befahrener Landstraßen, die mich durch einen Teil des Landes führten, den ich gut kannte. In den Sommermonaten nach Petes Tod fuhr ich oft hier hoch und fand kurzen Trost beim Auskundschaften von Routen, die mir nicht so vertraut waren, als dass sie Erinnerungen hätten auslösen können.

Simone Goldbergs Haus lag etwa zwanzig Minuten westlich

von Orangeville. Ich folgte ihren Anweisungen und bog in eine von Pappeln gesäumte Straße ein, die zu einem wunderschönen Holzhaus inmitten eines dicht bewaldeten Grundstücks führte.

Ich brachte die Harley eine ganze Strecke vor dem Haus zum Stehen. Das Goldberg-Domizil war rechteckig mit einem hohen Mansardendach und drei Mansardenfenstern zur Vorderfront hin. Auf der Rückseite des Hauses fiel das Gelände zum Fluss hin dramatisch ab. Wer immer sich dieses Haus ausgedacht hatte, musste ein gutes Verständnis für Proportionen gehabt haben. Simones Haus fügte sich so unauffällig in das Gelände ein, dass es mich an ein Dorf aus Steinhäusern erinnerte, das ich in den Klippen irgendwo in Südfrankreich gesehen hatte und das wie natürlich gewachsen aussah. Ein scharfer Kontrast zum protzigen Pseudo-Château und der noblen Gegend ihres Bruders.

Gerade als ich die Hand hob, um anzuklopfen, hörte ich laute Stimmen aus dem Inneren. Ich ließ den Arm sinken und presste mein Ohr gegen das Holz. Eine zornige weibliche Stimme folgte auf die andere, dann schrien beide unisono. Ein wütendes Duett. Dummerweise dämpfte die Tür die Stimmen zu sehr, als dass ich die Antagonisten und den Grund ihres Streits hätte ausmachen können. Ich ging um die Ecke auf die der renovierten Scheune abgewandte Seite des Hauses und warf einen kurzen Blick durch das erste Wohnzimmerfenster, an das ich kam.

Zu meinem Schrecken sah ich, wie Simone den Arm hob und ihrer Tochter eine schallende Ohrfeige verpasste. Ich riskierte nochmals einen Blick. Das Mädchen hob den Arm. Ich wartete nicht lange genug, um zu sehen, ob es sich schützen oder den Schlag seiner Mutter erwidern wollte. Ich rannte zurück zur Haustür und klopfte laut, in der Hoffnung, sie zu zivilisierteren Umgangsformen zu bewegen.

Ich hasse Szenen, vor allem wenn die Widersacher gewalttätig werden. Als ich aufwuchs, äußerte sich der Alkoholkonsum meines Vaters in Tätlichkeiten gegenüber meiner Mutter. Da ich mich wie ein menschlicher Schild immer zwischen sie warf, kriegte ich eine Menge Schläge ab, die eigentlich für Etta gedacht waren. Als ich älter und verbal aufsässiger wurde, dachte er auch mir meinen

Anteil zu. Ich wünsche mir oft, meine Erinnerungen würden auch durch so harmlose Dinge getriggert wie Prousts Madeleines.

Etwa eine Minute nachdem die Stimmen verstummt waren, öffnete Simone die Tür. Ihre Erscheinung war meilenweit entfernt von dem Standard, den sie bei unseren beiden früheren Begegnungen gesetzt hatte: zerzaustes Haar, rote und geschwollene Augen, gerötetes Gesicht. Sie trug alte Blue Jeans und ein zerknittertes, kariertes Flanellhemd, das oben um zwei Knöpfe zu viel offen stand.

«Tut mir Leid, wenn ich in einem ungünstigen Moment gekommen bin, Simone. Wenn Sie eine Weile allein sein wollen, kann ich zuerst einen kleinen Spaziergang machen. Heute ist ein so schöner Tag», sagte ich wenig überzeugend.

Sie zögerte kurz und bat mich dann herein. Sie nahm meine Jacke und führte mich in den Wohnbereich. Das Ganze erinnerte an eine Kathedrale – viel Licht und Raum. Die Möbel waren schlichte, ehrliche Stücke aus der Pionierzeit. Ich war erstaunt, dass ein Gebäude, das von außen so solide aussah, innen so warm und offen wirken konnte. Hätte ich nicht die Szene mit Rebecca beobachtet, hätte ich gesagt, ihr Heim sei eine Metapher für ihre Persönlichkeit.

Sie ging wortlos voran in die Küche und bot mir Kaffee an. «Was ich jetzt eigentlich brauche, ist ein Drink», sagte sie und öffnete einen Schrank mit einem soliden Sortiment an Alkoholika. «Kann ich Ihnen auch einen Drink anbieten», fragte sie und schenkte sich ein generöses Glas Gin ein. Zu meiner Überraschung trank sie ihn pur und goss sich dann nach.

«Nein danke», antwortete ich. Jeder mit keltischen Genen weiß instinktiv, dass Gin nur zum Ablaugen von Möbeln taugt. «Mein Körper ist immer noch am Verdauen der gestrigen Dosis, aber einen Kaffee nehme ich gerne.» Sie machte mir einen Cappuccino und bat mich dann, mich mit ihr an den Tisch zu setzen. Die Ginflasche nahm sie zusammen mit einem Krug Orangensaft mit.

Sie fuhr sich mit der Hand durchs Haar und wagte zum ersten Mal, mir in die Augen zu sehen. «Jane, tut mir Leid, Sie in einem solchen Zustand empfangen zu müssen», entschuldigte sie sich. « Sie haben mich mitten in einem Streit mit Rebbecca erwischt.»

«Sie brauchen sich nicht zu entschuldigen», erwiderte ich schnell. «Ich hätte wirklich vorher anrufen sollen.»

Sie goss Gin nach und tröpfelte ein bisschen Saft darüber. Wenn sie in diesem Tempo weitertrank, dann würde ich meinen Zwischenbericht wohl den Bodenfliesen abgeben müssen. «Nein, ist schon okay. Ich will es Ihnen erklären.» Sie stand auf, ging zur Küchentür und schloss sie. Nach dem Klang der zugeknallten Haustür zu urteilen, hätte sie sich die Mühe sparen können.

«Als wir kurz vor Weihnachten Rebeccas Zeugnis zu sehen bekamen, waren wir geschockt. Sie ist letzten Sommer sechzehn geworden und geht an der hiesigen Highschool in die elfte Klasse. Sie war immer eine überdurchschnittlich gute Schülerin – nicht dass sie sich übermäßig anstrengen muss, um gute Noten zu erhalten; sie ist einfach sehr intelligent. Die zehnte Klasse schloss sie mit einem Schnitt von 91 Prozent ab. Sie können sich also vorstellen, wie erstaunt wir waren, als sie dieses Jahr im ersten Semester in vier Fächern durchfiel. Sie weigerte sich, mit uns darüber zu reden. Ihre Lehrer sagen alle dasselbe: Sie ist während des Unterrichts unkonzentriert, hat verschiedene Klassenarbeiten nicht abgeliefert, hat keinerlei Interesse gezeigt und scheint jegliches Selbstvertrauen verloren zu haben. Sie hat sogar angefangen, die Schule zu schwänzen.»

Sie hielt inne, um ihren übernatürlichen Durst mit einem weiteren Schluck Gin zu löschen. «Uns waren die Veränderungen in ihrer Persönlichkeit schon aufgefallen, bevor wir das Zeugnis erhielten. Bis letzten Herbst war sie ein aktiver, ausgeglichener Teenager, eine ebenso gute Sportlerin wie Schülerin. Sie war eine hervorragende Sprinterin – hatte ein riesiges Poster von FloJo in ihrem Zimmer hängen. Aber ihre wahre Leidenschaft waren Pferde. Sie hat ein ganzes Regal von Trophäen. Aber sie hat alle ihre Aktivitäten aufgegeben. Sie schien keine Energie mehr zu haben, konnte sich bei den Hausaufgaben nicht konzentrieren, sah ihre Freundinnen kaum mehr und telefonierte auch nicht mehr mit ihnen. Sogar ihr Aussehen vernachlässigte sie. Man konnte sie nicht mehr ansehen, ohne dass sie einen anschrie, und wenn ich mit ihr sprechen wollte, brach sie in Tränen aus.»

Sie sah mich ratlos an. «Robert schrieb es zuerst den Hormonen zu. Ich hatte Angst, es könnte ein Anzeichen für Depressivität sein, wie sie in unserer Familie häufig vorkommt.»

«Simone, haben Sie auf die üblichen Fallstricke für Mädchen in diesem Alter geachtet – Alkohol, Drogen, Jungs ...?» Professionelle Sozialarbeit macht nicht selten vor der eigenen Haustür Halt.

Sie schüttelte den Kopf. Ihre Augen waren leer. «Es scheint nichts von alledem zu sein, zumindest meinten das alle, mit denen wir gesprochen haben. Und vergessen Sie nicht, ich bin Sozialarbeiterin, und solche Dinge fallen mir im Allgemeinen auf. Rebecca weigerte sich, uns zu sagen, was sie beschäftigt, und sie weigerte sich auch, zu einem Therapeuten zu gehen, also beschlossen Robert und ich in den Weihnachtsferien, sie zumindest für den Rest des Schuljahrs auf ein Mädcheninternat zu schicken. Wir dachten, eine andere Umgebung und ein straffer organisierter Tagesablauf würde vielleicht helfen. Sehr zu unserem Erstaunen willigte sie sofort ein. Vor einer Woche kam sie dann überraschend nach Hause und verkündete, sie hätte nicht die Absicht, das letzte Semester auf die St. Hilda's – oder irgendeine andere Schule – zu gehen. Ich bin außer mir vor Sorge», sprach sie das Offensichtliche aus.

Ich versicherte ihr meine Anteilnahme und hoffte, ich könnte jetzt meinen Zwischenbericht loswerden, aber der Gin schien dem Drang, über das Ausflippen ihrer Tochter zu sprechen, immer neue Nahrung zu geben.

Als sie von ihrem Glas aufsah, traten Tränen in ihre Augen. «Ich habe noch nie in meinem Leben so getrunken, glauben Sie mir. Ich habe völlig die Kontrolle verloren. Kurz bevor Sie geklopft haben, habe ich Rebecca eine Ohrfeige gegeben. Das ist eine Premiere. In sechzehn Jahren habe ich nicht ein einziges Mal meine Hand gegen sie erhoben.» Sie ließ den Kopf auf ihre Arme sinken und begann zu weinen.

Ich stand auf, stellte die Ginflasche weg, leerte den Rest des Glases in den Ausguss und schloss den elektrischen Wasserkessel ans

Netz, um ihr einen sehr starken Kaffee zu machen. Normalerweise käme es mir nicht im Traum in den Sinn, mich in jemandes Rutsch in die Trunkenheit einzumischen (mein eigener eingeschlossen), aber sie hatte mir Informationen über den Background der Familie versprochen, die vielleicht nützlich sein könnten. Und ich musste sie auf den neuesten Stand bringen, was die Ermittlungen im Mord an ihrem Bruder anging. Ich dachte, es dürfte sie vor allem interessieren, was ich über ihren Neffen William in Erfahrung gebracht hatte. Vielleicht hatte die Sorge um ihre unbotmäßige Tochter ihren leidenschaftlichen Eifer der Gerechtigkeit Genüge zu verschaffen, ja auch etwas gedämpft

Als ich eine große Tasse schwarzen Kaffee neben ihr auf den Tisch stellte, hob sie den Kopf und richtete sich schließlich auf. Sie nahm einen großen Schluck. «Danke, Jane, ich glaube, das kann ich jetzt gebrauchen. Tut mir Leid, wenn ich Sie mit meinen persönlichen Problemen belästige. Ich weiß, Sie sind geschäftlich hier.»

«Bitte, entschuldigen Sie sich nicht. Keiner von uns hat die Kontrolle darüber, zu welchem Zeitpunkt die Probleme auf ihn zukommen.»

Sie ergriff meine Hand und drückte sie, um mir zu danken. Die ihre war sehr kalt.

12

Der Kaffee wirkte Wunder. Simone erholte sich genug, um etwas zu essen zu machen.

Ich traf den Ehemann kurz beim Essen. Sie holte ihn aus der zu einer Werkstatt umfunktionierten Scheune, wo er Musikinstrumente baute. Wir plauderten locker, während wir die hausgemachte Minestrone aßen, zu der sie dicke Scheiben Schwarzbrot, Butter und Käse aus der Gegend und frische tropische Früchte servierte. Simone hatte sich die Mühe gemacht, Newcastle Brown Ale für mich einzukaufen. Roberts Angebot, mit ihm ein Glas Weißwein zu trinken, lehnte sie weise ab.

Er war groß, von starkem, aber muskulösem Wuchs und der Haaransatz ging bereits etwas zurück, was aber durch einen buschigen, schwarzen Vollbart mehr als kompensiert wurde. Er war ein ruhiger, ernster Mann, der offensichtlich seine Frau und seinen Beruf liebte. Mir fiel auf, dass er und Simone es vermieden, über meinen Auftrag zu sprechen; augenscheinlich hatte man sich vorher über die passenden Tischgespräche geeinigt. Auch Rebecca stand nicht auf der Speisekarte. Nach dem Nachtisch ging er wieder zurück an seine Arbeit, Simone und ich ins Wohnzimmer.

Ich setzte mich ein auf ein großes, üppig gepolstertes Sofa gleich neben dem Holzofen.

Sie begann den Stammbaum zu schütteln. «Meine Entscheidung, Robert zu heiraten war der *angebliche* Grund, dass Charles und ich uns aus dem Weg gingen.»

«Charles mochte ihn nicht?», fragte ich.

«Charles hat Robert gar nie kennen gelernt. Er hat sich geweigert. Hat ihn einen jüdischen Hippie genannt und dann so getan, als existierte mein Mann gar nicht.»

«Aber hat Charles nicht um eine jüdische Familie gebuhlt, die ihm aus dem ComTech-Schlamassel helfen sollte», fragte ich.

In Simones Lachen lag eine Bitterkeit, die mir bei den vorangegangenen Treffen nicht aufgefallen war. «Ich sagte nicht, er würde mit Juden keine *Geschäfte* machen – oder mit Arabern. Er wollte sie nur nicht in der Familie.»

Ich dachte einen Moment lang nach. «Man sollte eigentlich denken, Charles hätte sich mit den nicht-angelsächsischen Mitgliedern der Geschäftswelt zusammengetan – ich meine, die Elite betrachtet sie alle als Außenseiter, egal, wie erfolgreich sie sind. Ich habe gehört, dass sich einige Hongkonger Geschäftsleute darüber beklagt haben, dass man sie schneidet.»

«Das mag vielleicht für die meisten Leute gelten, aber Charles ist nicht wie die meisten Leute. Er musste immer etwas Besonderes sein. Er hielt nichts davon, Beziehungen zu pflegen, oder vielleicht konnte er es einfach nicht. Er wartete verzweifelt auf ein Zeichen, dass man ihn akzeptierte, aber das war auch schon alles. Beziehungen, die nichts mit Geld oder Macht zu tun hatten, lagen völlig außerhalb seines Horizonts. Und dass er Robert ablehnte, weil er Jude war, war nur ein Vorwand, um mir eins auszuwischen, weil ich andere Wertvorstellungen als er hatte. Er hat mir – oder seinem Sohn – nie vergeben, dass wir keine Abbilder seiner selbst geworden sind. Er ging in der elften Klasse von der Schule ab. Ich ging auf die Universität Toronto und machte meinen Abschluss in Sozialarbeit. William hat in York Kunstgeschichte studiert. Seit Robert und ich hierher gezogen sind, habe ich für das hiesige Kinderhilfswerk gearbeitet. Charles hat mir einmal gesagt, er gebe mehr Geld fürs Essen aus, als ich in einem Jahr verdiene. ‹’So viel zur Bildung›, sagte er verächtlich. Er war äußerst stolz darauf, ein Selfmademan zu sein.»

Sie hielt kurz inne, um sich eine Zigarette anzuzünden. «Trotzdem denke ich, er war neidisch auf meinen Seelenfrieden und mein glückliches Familienleben – Dinge, die er sich mit all seinem Geld nicht kaufen konnte. Charles war der einsamste Mensch, den ich kannte.»

«Standen Sie sich nahe, als Sie aufwuchsen?»

Simone nickte. «Ja, näher als die meisten Geschwister. Wir alle drei – bis Pierre starb. Nach dem Minenunglück zog sich Charles völlig zurück. Ich glaube wirklich, seither hat er nicht mehr zugelassen, dass ihm jemand etwas bedeuten konnte.»

Sie schien sehr sicher in der Einschätzung des Lebens ihres Bruders zu sein, wenn man bedenkt, dass sie ihn seit Jahren nicht mehr gesehen hatte. Oder vielleicht nahm sie einfach an, dass gewisse Menschen nicht fähig sind, sich zu ändern oder zu wachsen, was für eine Sozialarbeiterin auf jeden Fall eine ernüchternde Einsicht sein musste.

«Aber er hat geheiratet, oder nicht?»

«Sicher. Er heiratete Helen kurz nachdem Pierre umgekommen war. Aber ich glaube nicht, dass er viel für sie übrig hatte. Und es war offensichtlich, dass ihr Platz in seinem Leben ihm äußerst peinlich war, als er Erfolg hatte. Hingegen schien er William gern zu haben – die ersten paar Monate jedenfalls. Es war, als hätte ihm jemand ein kleines Hündchen geschenkt. Mit der Zeit vernachlässigte er seinen Sohn genauso wie seine Frau.» Sie schüttelte den

Kopf. «Ohne Männer wie Charles hätten wir in unserem Beruf viel weniger zu tun.»

«Simone, ich habe gestern Nachmittag mit Helen gesprochen. Sie scheint mir eine sehr verbitterte Frau zu sein.»

«Sie hat auch allen Grund dazu», stimmte mir Simone zu. «Aber wenn Sie denken, sie könnte etwas mit Charles' Tod zu tun haben, dann sind Sie auf dem Holzweg. Helen ist völlig ausgebrannt. Zornig, neurotisch, humorlos – aber ohne jegliche Energie, um etwas anderes zu tun, als ihr Schicksal zu beklagen. Soviel ich weiß, hatte sie mindestens so lange wie ich keinen Kontakt mehr mit Charles.»

«Wann kam es zum endgültigen Bruch zwischen Ihnen beiden?»

«Charles weigerte sich, zu unserer Hochzeit zu kommen. Ich bin zum jüdischen Glauben übergetreten, also wurden Robert und ich in einer Synagoge getraut. Ich habe meinen Bruder nur noch einmal kurz nach der Hochzeit gesehen. Er sagte mir, dass ich Robert aus dem Spiel lassen müsse, ja nicht einmal seinen Namen erwähnen dürfe, wenn ich unsere Beziehung fortsetzen wollte. Er weigerte sich, Robert einen Platz in meinen Leben zuzugestehen.» Sie kreuzte züchtig die Beine, faltete die Hände im Schoß und setzte ein Lächeln auf, wie es die Queen in der Öffentlichkeit tat. «Ich sagte ihm, er solle sich verpissen.»

«Hatte das finanzielle Auswirkungen für Sie?», fragte ich. Dabei dachte ich daran, dass sie bei unserem ersten Treffen erwähnt hatte, dass mein Honorar aus der Stiftung bezahlt werde, die Charles für sie eingerichtet hatte.

«Ja. Charles hat immer dafür gesorgt, dass die Leute, die sich gegen ihn stellen, auch teuer dafür bezahlen. Etwa sieben Jahre, bevor ich Robert kennen lernte, hatte Charles einen Familien-Trust-fund eingerichtet – in dem er die Stimmenmehrheit hatte –, um die Steuer zu umgehen. Er schloss mich, seinen Sohn und später seine zweite Frau ein. Zwei Wochen nach unserer letzten Begegnung erhielt ich einen Brief von seinen Anwälten, worin mir mitgeteilt wurde, dass sich am Trust-fund nichts ändere, ich also ein regelmäßiges Einkommen hätte, Charles mich andererseits aber aus dem Testament gestrichen hätte.»

«Wie fühlten Sie sich da?»

Sie zuckte die Schultern. «Es war mir vollkommen gleichgültig. Ich hatte nie die Absicht, aus der Stiftung Nutzen zu ziehen, geschweige denn aus seinem Testament. Wie ich Ihnen bereits am Sonntag sagte, wird Ihr Honorar der erste Bezug überhaupt sein. Den Rest wird Rebecca einmal erben, abgesehen von einer Stiftung für das Frauenhaus. Dass er mich aus dem Testament strich, war nicht mehr als eine lächerliche Ohrfeige von einem kleinen Jungen, der seine Murmeln wieder eingesteckt hat und sich weigert zu spielen, weil nicht er allein die Regeln bestimmen kann. Charles war ein Meister im Manipulieren, Jane. Geld war sein Ding. Als ihm schließlich klar wurde, dass ich auf seinen Schekel pfiff, wusste er, dass er mich nicht kontrollieren konnte. Das muss für den kleinen Jungen mächtig frustrierend gewesen sein.»

Und für dich, großes Mädchen, eine mächtig befriedigende Genugtuung, fügte ich im Stillen an. «Aber wissen Sie mit Sicherheit, dass Sie aus dem Testament gestrichen sind?», fragte ich, gespannt darauf, wann das Dokument wohl eröffnet würde.

Simone stellte die Kaffeetasse zwischen uns auf den Tisch und sah mir in die Augen. «Nein. Mit Sicherheit weiß ich es nicht. Aber ich kann Ihnen garantieren, dass es mir egal ist. Eigentlich würde mir Geld nur Unannehmlichkeiten bereiten: Ich müsste einen Weg finden, es loszuwerden, ohne auch nur einen Cent davon anzurühren. Ich glaube, ich würde alles für wohltätige Zwecke spenden, für die er nichts übrig gehabt hätte – wie Frauenhäuser, Robbenbabys, den Regenwald.»

Ich glaubte ihr. Nach allem, was ich gesehen hatte, hatte sich Charles' Schwester eine gesicherte Existenz aufgebaut und war vollkommen unabhängig von ihm.

«Jane, bitte versuchen Sie mich zu verstehen. Ich hatte *Mitleid* mit meinem Bruder. Obwohl ich die Beziehung schon vor Jahren abgebrochen habe, ist mir sein Tod nicht gleichgültig. Sie können es als Schuldgefühle einer Überlebenden sehen. Tief in meinem Innersten weiß ich, dass ich Sie angeheuert habe, um mein Gewissen zu beruhigen. Die Sozialarbeiterin in mir sagt, dass ich vielleicht mehr hätte tun müssen, um mich mit Charles zu versöhnen. Sie wissen schon, ein paar der Konfliktlösungsstrategien anwenden, die ich meinen Klienten immer nahe lege. Aber noch größeren Kummer bereitet mir, was mein Neffe durchmachen muss – *ich weiß, dass William unschuldig ist.* Also erzählen Sie mir, welche Fortschritte Sie gemacht haben. Haben Sie Material gefunden, das ihn entlastet?»

«Alles, was ich bis jetzt von meinen Quellen bei der Presse und Polizei erfahren habe, ist, dass Charles Freitagnacht so zwischen sieben und elf an schweren Kopfverletzungen durch einen nicht ganz so stumpfen Gegenstand gestorben ist. Neue Informationen darüber werden wir wahrscheinlich erst erhalten, wenn die gerichtsmedizinische Untersuchung abgeschlossen ist, aber ich setze meine Quellen trotzdem weiterhin unter Druck. Zu diesem Zeitpunkt können wir nur sagen, dass die Art, wie er getötet wurde, nicht auf einen Mafiamord schließen lässt – obwohl man es vielleicht auch mit Absicht so hat aussehen lassen.»

«Sie meinen ein *Berufskiller* – jemand, der den *Auftrag* hatte, ihn zu ermorden?», fragte sie ungläubig, als hätte ich ihr gesagt, jemand habe eine Vaterschaftsklage gegen den Papst eingereicht.

«Das ist sicher eine Möglichkeit. Die Idee mag Ihnen absurd vorkommen, aber fünf ziemlich prominente Geschäftsleute aus Toronto sind kürzlich auf eine Art umgekommen, die auf die Mafia schließen lässt. Wenn die Person, die ihn aus dem Weg räumen wollte, aus der Geschäftswelt kommt, dann ist es sogar eher wahrscheinlich, dass er oder sie einen Mann angeheuert hat – oder eine Frau», fügte ich hinzu, nur um alle linguistischen Möglichkeiten abzudecken (die Idee einer Killerin war mir nicht unsympathisch).

Simones Miene signalisierte mir, dass sie noch immer Mühe hatte, das zu glauben.

«Denken Sie nach», fuhr ich fort. «Können Sie sich vorstellen, dass zum Beispiel Gerald Dawson überhaupt weiß, wie man mit einer Wasserpistole umgeht? Oder dass er, selbst wenn er ein geübter Schütze wäre, ein solches Risiko eingehen würde? Wissen Sie, dass es eine Untergrund-Stellenvermittlung für Berufskiller gibt? Die Polizei glaubt, dass die besten unter ihnen – diejenigen, die nie erwischt werden – von New York hierher bestellt werden. Sie erledigen ihren Auftrag und gehen gleich wieder nach Süden. Wenn ihr Auftraggeber ein Zeichen setzen will, dann arrangiert er es so, dass es nach einem Mafiamord aussieht.»

Sie schaute entmutigt drein. «Wenn Charles durch einen Auftragskiller ermordet wurde, dann ist die Chance, dass der Mörder gefasst wird, äußerst gering, nicht wahr?»

«Richtig. Diese Leute werden selten erwischt. Und wenn, dann reden sie nur in den seltensten Fällen, selbst wenn man ihnen Immunität verspricht. Aber im Moment gehe ich davon aus, dass Charles den Mörder kannte. Ich konnte meinem Kontaktmann bei der Polizei ein wichtiges Detail entlocken – dass sie ein Streichholzbriefchen aus einer Homo-Bar in seinem Büro gefunden haben. Der Cop, mit dem ich sprach, wollte mir den Namen der Bar nicht verraten, aber ich fand ihn dann schnell über eine lesbische Freundin heraus, die sich in der Szene auskennt.»

Ich schwieg einen Moment, um mir die nächsten Worte genau zu überlegen. Möglicherweise wusste Simone nicht, dass ihr Neffe schwul war. Aber sie kam mir zuvor.

«Die Streichhölzer sind von William, nicht wahr? Ich kann mir jedenfalls nicht vorstellen, dass Charles noch andere homosexuelle Bekannte hat.»

«Ja, es sieht so aus, als hätte William sie dort liegen lassen – was selbstverständlich nicht notgedrungenermaßen heißen muss, dass er etwas mit dem Mord an seinem Vater zu tun hat», gab ich zur Antwort.

«Was wollen Sie damit sagen?», fragte Simone ängstlich. Sicherlich wollte sie nicht Geld investieren, um einen Vatermord aufzuklären.

«Es gibt eine Reihe von Möglichkeiten – abgesehen von der offensichtlichsten, dass William sie zufälligerweise liegen ließ, nachdem er seinen Vater getötet hatte. Und diese Möglichkeit besteht. Zwei Tage zuvor hatten sie in Charles' Büro einen heftigen Streit gehabt – und William hat sich in der Mordnacht mit ihm getroffen.»

Sie unterbrach mich. «Woher wissen Sie das?»

«Haben Sie einen Moment Geduld. William könnte die Streichhölzer bei einem früheren Besuch liegen gelassen haben –

vielleicht um seinen Vater in Rage zu bringen, indem er ihm seine sexuelle Orientierung unter die Nase rieb. Vielleicht hatte er das Briefchen liegen lassen, weil die Streichhölzer alle waren. Selbst wenn er sie am Freitagabend dort gelassen hätte, dann hätte Charles einen weiteren Besucher haben können, *nachdem* William gegangen war. Oder Charles hatte erst kürzlich entdeckt, dass sein Sohn homosexuell war und die Streichhölzer als Beweis auf den Tisch legen können, oder um ihn herauszufordern. Offensichtlich hatten einige Aktivisten in der Schwulenszene diskutiert, ob sie William ‹outen› sollten. Vielleich kamen sie zum Schluss, dass Erpressung viel profitabler ist.» Der Gedanke war mir erst beim Sprechen gekommen. Jetzt kam ich mir beinahe schon selbst wie ein Klugscheißer vor.

Ich hatte die möglichen Szenarien an den Fingern meiner rechten Hand abgezählt und war jetzt beim Daumen angelangt. «Oder der Mörder hat die Streichhölzer am Tatort zurückgelassen, um den Verdacht auf William zu lenken. Man müsste nicht lange suchen, um herauszufinden, dass er schwul war.»

Simone stand auf und begann hinter ihrem Stuhl auf und ab zu gehen. Sie fuhr sich mit der Hand durch das dichte Haar. «Gott sei davor, dass William es war. Ich tröste mich unter anderem damit, dass Charles, jetzt wo er tot ist, seiner Familie keine Schmerzen mehr zufügen kann. Und William ist der verletzlichste von uns allen.»

Sie blieb beim Ofen stehen, legte etwas Holz nach und setzte sich wieder auf den Stuhl. «Sagen Sie mir jetzt bitte, woher Sie wissen, dass sie sich gestritten haben und dass sie sich am Freitag trafen.»

Ich fasste zusammen, was ich bei meinem Gespräch mit David Walker im Leather Boys erfahren hatte.

Simone sah sehr besorgt aus. «Aber was könnte William herausgefunden haben, dass sein Vater ihm das Geld geben würde – war es etwas, das Charles auf irgendeine Weise hätte gefährlich werden können? Irgendein krummes Geschäft, etwas Ungesetzliches? Ich bin sicher, Charles hätte alles getan, um seinen Konzern zu retten und sein Gesicht zu wahren.»

«Ich habe nicht die geringste Ahnung, Simone. Es könnte so was gewesen sein, aber es könnte genauso gut etwas sein, das Charles hätte helfen können, von seinem Imperium zu retten, was noch zu retten war. Vielleicht ging es um Informationen über jemand anderen.»

Ich wartete einen Moment, bevor ich sie etwas fragte, was mich seit dem Begräbnis nicht mehr losgelassen hatte. «Wie nahe stehen Sie und William sich? Nahe genug, um mir sagen zu können, ob Sie ihn für fähig halten, seinem Vater mit Erpressung zu drohen?»

«William und ich arbeiteten hart daran, unsere Beziehung zu pflegen, trotz der Versuche seines Vaters, dies zu unterminieren. Wir haben uns sehr gern. Er kommt oft zu mir, wenn er Sorgen hat. Ich nehme an, ich bin so eine Art Ersatzmutter für ihn.»

Sie schüttelte den Kopf und schien den Tränen nahe. «Himmel, die ganze Sache ist so traurig. Ich erzählte Ihnen bereits, dass Charles ein schrecklich unglücklicher Mensch war. Die Wurzeln liegen natürlich in unserer Kindheit. Ein paar Jahre vor Pierres Tod wurde unser Vater frühzeitig in Rente geschickt, nachdem seine Hand bei einem Arbeitsunfall zerquetscht worden war. Danach zog sich Dad in eine Ecke zurück und trank sich zu Tode. Er nahm nicht mal mehr wahr, dass wir überhaupt existierten. Nicht überraschend war Charles selbst ein emotional sehr distanzierter Vater, so weit weg von William, wie unser Vater es von uns gewesen war. Egal, wie schlecht Charles sich verhielt, zu Hause oder in der Geschäftswelt, William suchte immer seine Aufmerksamkeit und seine Anerkennung – so verzweifelt, dass es mir fast das Herz brach, wenn ich Zeuge seines Verlangens wurde.»

Ihre Wort bestätigten, was David mir erzählt hatte, und rückte William äußerst unangenehm ins Rampenlicht. «Sie glauben also, es ist eher unwahrscheinlich, dass William versucht hat, seinen Vater zu erpressen?»

«Ja – es sei denn, William brauchte das Geld aus Gründen, von denen ich nichts weiß.» Ich musste daran denken, was David mir über den drohenden Verlust der Galerie und die teuren Aids-Medikamente erzählt hatte. Ich beschloss, Simone zu diesem Zeitpunkt noch nichts davon zu sagen. Wahrscheinlich hatte William gute Gründe, seiner Tante nichts von seiner finanziellen Situation oder der Krankheit seines Partners zu erzählen. Ich wollte nicht, dass sie plötzlich nichts mehr sagte. Und weshalb sollte ich ihr einen Anlass geben, sich zusätzlich um die Gesundheit ihres Neffen Sorgen zu machen?

«William wusste, in welchen Schwierigkeiten sein Vater war. Charles kämpfte unablässig mit seinen Dämonen. Sein unglaublicher Erfolg hat daran nichts geändert. Er gab den Bossen von Camco die Schuld am Tod seines Vaters und Pierres und wetterte gegen sie, weil sie die Sicherheitsvorschriften nicht beachtet hatten. Er selbst hatte einen richtigen Tick wegen der Sicherheit auf seinen Baustellen; er hat sogar ein eigenes Sicherheitskonzept erarbeitet, das ihm einen Preis eingebracht hat. Aber nichts konnte Charles' Sehnen nach Daddys Beifall befriedigen – den er natürlich nie bekam.»

«Ist es lächerlich, wenn ich sage, dass Charles' manische Versuche, vom Establishment akzeptiert zu werden, ein Ersatz für die Anerkennung seines Vaters war?», fragte ich.

«Das ist ganz und gar nicht lächerlich. Nur tragisch – eine Tragödie, die dadurch verschlimmert wurde, dass er dasselbe Syndrom an seinem Sohn wiederholte. Zwanzig Jahre Sozialarbeit mit verhaltensgestörten Kindern haben mich gelehrt, dass sich dysfunktionale Familien ohne Intervention über Generationen im selben zerstörerischen Kreis drehen.»

«Simone, einige Dinge, die mir Helen über Charles erzählt hat, deuten darauf hin, dass er manisch-depressiv gewesen sein könnte. Es könnte sehr gut sein. Eines der häufigsten Worte, mit denen ihn die Leute beschreiben, die geschäftlich mit ihm zu tun hatten, ist ‹sprunghaft›. ‹Volatil› fällt ebenfalls häufig. Gab es bereits Hinweise darauf, als Sie noch Kinder waren?»

Sie lachte bitter. «Ich hab nicht viele Hinweise gesehen, die auf das Gegenteil schließen ließen. Charles blieb nie länger als ein paar Tage auf demselben emotionalen Niveau. An manchen Tagen war er ohne ersichtlichen Anlass in Hochstimmung. Diese Hochs endeten immer abrupt und aus den nichtigsten Anlässen in einem Wutanfall, besonders wenn ihn jemand geärgert hatte. Dann konnte er sich wochenlang zurückziehen, und die Familie atmete auf, weil er dann eine Weile das Mobiliar nicht zertrümmerte und niemanden schlug.»

«Wissen Sie, ob er jemals in psychiatrischer Behandlung war oder Medikamente nahm?», fragte ich.

«Nein. Ich weiß es nicht, aber es erscheint mir unwahrscheinlich. Charles war zu sehr getrieben, als dass er jemandem – oder einem Medikament – Macht über seine Stimmungen gegeben hätte Aber Judith könnte Ihnen da eher weiterhelfen. Wann wollen Sie mit ihr sprechen?»

«Bald», antwortete ich, «aber zuerst will ich mit William reden. Glauben Sie, sie kann mir sagen, wo ich ihn finden kann?»

«Auch das weiß ich nicht. Ich habe sie zum ersten Mal gesehen, als wir die Formalitäten für das Begräbnis regelten. Zuvor hatte ich erst einmal mit ihr gesprochen. Sie rief mich eines Nachts vor etwa fünf Jahren an, und klang sehr aufgebracht über etwas. Aber was es war, habe ich nie herausgefunden. Während des Gesprächs schien sie der Mut verlassen zu haben. Ich hatte den Eindruck, dass sie getrunken hatte. Vielleicht hatte sie sich zuerst Mut antrinken müssen, bevor sie sich getraute, mich anzurufen. Wir plauderten schließlich über rein gar nichts. Ich weiß heute noch nicht, weshalb sie mich angerufen hatte.»

«Nachdem was ich bei der Beerdigung gesehen habe, habe ich das Gefühl, dass diese Frau leicht zu unterschätzen ist. Ich meine, sie setzt offenbar alles daran, das Bild einer hirntoten, blonden Tussi abzugeben. Aber als ich sie beobachtete, wie sie zwischen den Leuten zirkulierte und wie sie mit Williams Ausbruch umgegangen ist, fragte ich mich, ob sie damit nicht ihre wahre Rolle vernebeln will – wenn nicht als treibende Kraft hinter dem Thron, so doch als zusätzlich Energiequelle und Gehirn. Die Art von Frau, die es fertig bringt, einen Mann ins Verderben zu schicken.» Ich sagte das ganz spontan, haupsächlich um zu sehen, wie Simone reagierte.

«Ich glaube, Sie haben nicht Unrecht», sagte sie. «Aber ich bezweifle, dass sie Charles' Tod wollte. Ich habe keine Ahnung, wie es um ihre Ehe stand, aber William hatte Andeutungen gemacht, dass sie raus wollte. Und wenn man es genau bedenkt, dann wäre sie in einer besseren finanziellen Situation gewesen als Charles – zumindest sieht es danach aus.»

Ich nickte zustimmend. «Offensichtlich war sie von seiner Verschuldung nicht betroffen, und die drei Häuser, die sie bewohnen, gehören ihr – das Haus in Swindon Path, eine Villa in Montreux und ein Anwesen auf den Bahamas. Swindon Path alleine wird bei den heutigen Preisen auf etwa acht Millionen Dollar geschätzt. Wenn sie also ein Motiv gehabt hätte, ihn zu töten, dann wäre es eher persönlicher als finanzieller Natur, außer sie wollte ein Leck im Kessel flicken.»

Simone schüttelte den Kopf. «Ich glaube wirklich nicht, dass Sie Charles Mörder in der Familie finden werden. Und ich bin sicher, es ist Ihnen auch schon aufgefallen, dass einer von uns der einfachste – und sicherste – Kandidat für die Polizei wäre.»

«Ja, daran habe ich auch schon gedacht», stimmte ich ihr zu. Sagte sie nur, was sie dachte, wenn sie immer mit dem Finger auf die wirtschaftliche Elite zeigte – oder wollte sie meine Meinung beeinflussen? Ich erzählte ihr von Harleys zerschnittenen Kabeln.

«Wenn Sie jetzt aussteigen wollen, verstehe ich Sie, Jane.»

Ich kicherte. «Es käme mir nicht im Traum in den Sinn, zumindest nicht, bis ich herausgefunden habe, wer mein Motorrad beschädigt hat! Ich habe für nächste Woche bereits einen Termin mit einem Mann vereinbart, der Insiderwissen über Charles' Übernahmeversuch von Imperial Trust hat. In der Zwischenzeit versuche ich, William zu finden. Und ich werde Sie über alle wichtigen Entwicklungen auf dem Laufenden halten.»

Wir machten einen halbstündigen Spaziergang dem Fluss entlang, der hinter dem Haus verlief. Danach setzte ich meinen Helm auf und startete meine Harley.

13

Am Freitagmorgen verbrachte ich viel zu viel Zeit mit Nachdenken im Bett. Normalerweise stehe ich gleich auf, wenn ich die Augen öffne, ziehe meine Jogging-Klamotten an und gehe mit Max in den Park. Für gewöhnlich funktioniert das Ritual: Nur ganz selten wird mein Gehirn von unguten Erinnerungen heimgesucht, wenn ich erst mal geduscht und gefrühstückt habe. Dann stürze ich mich gleich in die Recherchen und mein Schreiben, was meine Aufmerksamkeit zu sehr absorbiert, als dass mein Herz mit seinen unangenehmen Erinnerungen Gehör fände. Am späten Nachmittag schäle ich mich dann aus meinem Papierkokon und gehe auf ein Abendessen und ein paar Bier in ein billiges italienisches Café, miete auf dem Nachhauseweg ein Video, das ich den Rest des Abends anschaue, während ich gleichzeitig lese und noch ein, zwei, manchmal drei weitere Bier trinke – je nachdem, wie gut es mir gelungen war, die Hunde des Kummers zurückzuhalten. Ich ziehe es vor, meine Traurigkeit nicht wirklich zu spüren: Trauer dient dazu, den loslassen zu können, den man liebt. Vielleicht werde ich nie dazu bereit sein.

Ich brauche Etta nicht, um zu wissen, dass das kein gesunder Lebenswandel ist. Es ist noch nicht mal ein Leben, aber es ist das Beste, das ich zustande bringen konnte, seit Pete gestorben war. Ich hatte immer schon viel Zeit für mich alleine gebraucht, aber in letzter Zeit war ich in jene Art Isolation abgeglitten, über die man in Biografien von depressiven Schriftstellerinnen liest, die Selbstmord begangen haben. Die Tatsache, dass mir das keine Angst macht, sollte mir eigentlich einen Heidenschrecken einjagen, aber hey – was ist die Alternative? Im Bett liegen bleiben, bis die Sonne schon hoch am luftverschmutzten Himmel über Toronto steht und an emotionalen Narben rumfingern?

Einmal abgesehen vom finanziellen Köder, hätte ich nie einwilligen sollen, für Simone zu arbeiten. Sie hätte auf mich hören sollen, als ich ihr sagte, dass ich als Privatdetektivin nichts tauge. Nach vier Tagen, in denen ich mehr Leute gesehen habe, als das normalerweise in einem Jahr der Fall ist, nach so vielen Lebensgeschichten und Gejammer über familiäre Beziehungen, dass selbst ein Seelenklempner überfordert wäre, hatte ich noch immer keinen einzigen Anhaltspunkt, wer Charles' Weg in den ewigen Konzern oben im Himmel geebnet hatte – und es ist mir noch immer egal.

Der Tod mancher Leute macht mir nichts aus, vor allem wenn der Verstorbene zu Lebzeiten hart daran gearbeitet hat, unser aller Wohlbefinden zu beeinträchtigen. Vielleicht sieht Gott ja auch die kleinen Falken fallen.

Aber der Versuch, einem Opfer ein Verbrechen anzuhängen, das er nicht begangen hat, *sollte* meine Aufmerksamkeit erregen. William war der logische Hauptverdächtige im Mord an seinem Vater. Aber ich hatte genug über die Beziehung zu seinem Vater gehört, um auf seiner Seite zu sein. Aus den Gesprächen mit seiner Tante, seiner Mutter und seinem Partner hatte ich mir ein grobes Bild eines mitfühlenden Mannes machen können. Wollte ich wirklich etwas entdecken, das ihn belasten könnte? *Nein.* Wenn es mir gelang, Beweise gegen ihn zu finden, würde ich damit zur Polizei gehen? Wahrscheinlich nicht. Jedenfalls wusste ich noch nicht mal, wo er sich aufhielt.

Wie mein Haar schien mein Sinn für Moral immer grauer und grauer zu werden.

Wenn ich meine Ermittlungen wirklich vorantrieb, könnte ich vielleicht mindestens so viel herausfinden, dass es William entlasten, wenn nicht sogar den wirklichen Mörder identifizieren würde. An diesem Tiefpunkt heute Morgen hatte ich nicht den leisesten Hoffnungsschimmer, dass ich etwas herausfinden könnte, das auch nur den Schatten eines Verdachtes auf jemand anderen werfen könnte. Das ist es, was die Recherchen für ein Buch von Ermittlungen wie dieser unterscheidet. Recherchen bringen immer Ergebnisse, beruhigende kleine Krümel Informationen, die ich zu einer These verarbeite und drumherum einen Text webe. Ich hasse es, wenn ich mich mit einem Haufen Informationen konfrontiert sehe, die keinen Sinn ergeben. Mentales Chaos macht mir Angst.

In der Nacht, in der Pete gestorben war, hatte nur Silvers Stimme vermocht, das schwarze Loch zu durchdringen. Sie erzählte mir, dass der große Geist, als er uns auf der Schildkröteninsel abgesetzt hatte, uns mit allem, was wir zum Leben brauchen, ausgestattet hatte. Seit damals habe ich mich oft gefragt, ob er mich ohne Medizinrad abgesetzt hatte. Nun, das ist in etwa der eigensüchtigste und destruktivste Gedanke, den ich je hatte. Ich zwang meine Beine aus dem Bett.

Max kam quer durch den Raum gerannt, um meine Wiederauferstehung zu feiern, und erinnerte mich daran, dass ich nicht allein in diesem irdischen Jammertal war. Als ich eben zwei gehäufte Tassen Futter in seinen Napf leerte, klingelte das Telefon. Ich nahm den Hörer ab, noch bevor der Anrufbeantworter einsetzen konnte.

«Guten Morgen, Jane. Hier ist Lennie.»

«Lennie, vergib mir, wenn ich nicht frage, wie's dir geht, aber ich bin eben erst aufgestanden. Mein Verstand ist noch nicht so klar, dass er die Antwort registrieren würde, Liebster.»

Er lachte. «Ist schon okay. Du bist einer der wenigen Menschen, die sich überhaupt die Mühe machen zuzuhören, wie die Antwort lautet. Soll ich später noch mal anrufen?»

«Nein, nein. Der Klang deiner Stimme versetzt mich in einen Zustand zurück, der beinahe schon an Bewusstsein grenzt», antwortete ich und wünschte mir, ich hätte meine Zähne geputzt. Ich habe das Gefühl, ich kann viel besser artikulieren, wenn ich nicht durch Moos hindurch sprechen muss.

«Ich bin mir nicht sicher, dass ich die Verantwortung dafür tragen will», scherzte er. «Aber ich habe Neuigkeiten für dich. Als ich am Montagmorgen ins Büro kam, rief ich gleich Michael Diamond an – der Kollege von mir, der für Gerald Dawson gearbeitet hat, als Durand das Übernahmeangebot für Imperial Trust machte. Ich erklärte ihm, als Durands offizielle Biografin bräuchtest du einen fundierten Einblick in jenen Teil seines Lebens, weil er so wichtig für den weiteren Verlauf seiner Karriere war. Er sagte, er freue sich darauf, dich zu treffen.»

Da war etwas faul. «Wieso *freut* er sich, Lennie? Wieso ist er nicht einfach *bereit,* mich zu treffen?»

Ein Moment der Stille folgte. «Nun», fuhr Lennie in gedämpfterem Ton fort, «es könnte sein, dass ich deine Referenzen erwähnt habe – und dass du eine gute Freundin von uns bist.»

«Apropos Referenzen: Sprechen wie hier von den Büchern oder von den handfesteren Vorzügen?» Nachdem sie der Meinung gewesen waren, mein Trauerjahr wäre vorüber, hatten Lennie und Portia in den letzten paar Monaten wiederholt versucht, mich mit verschiedenen begehrenswerten Männern aus ihrem Bekanntenkreis zu verkuppeln. Ich wusste ja, dass sie es bloß gut meinten, aber ich musste in meinem eigenen Tempo vorwärts kriechen.

Lennie klang ein bisschen verletzt. «Wir sprechen von beidem – wenn ich ein Geschäft machen will, dann benutze ich was immer ich im Arsenal habe, Jane. Der innere Zirkel beim damaligen Imperial-Fiasko, der eine sehr kleine und äußerst verschwiegene Gruppe war, redet selbst heute noch nicht gerne über Durands Übernahmeversuch. Es ist Geschichte, es ist hässliche unappetitliche Geschichte, und sie versuchen so zu tun, als sei es nie geschehen, oder dass es aus Gründen geschehen ist, welche die Medien nie begriffen haben. Wenn du Zugang zum einzigen Mann haben willst, der dir darüber Näheres erzählen kann und will, dann glaube ich nicht, dass du an der Art, wie ich ihn überzeugen konnte, rummäkeln solltest.»

Ich hoffte, ich klang so einsichtig, wie ich mich fühlte. «Tut mir Leid, Lennie. Heute ist nicht mein Tag. Als du angerufen hast, habe ich gerade überlegt, ob ich den Job hinschmeißen und die nächste Maschine nach Barbados nehmen soll.»

Seine Stimme wurde sanft. «Ist schon okay, Jane. Ich verstehe dich. Aber gib jetzt nicht auf. Bleib mindestens so lange dran, bis du gehört hast, was Michael zu sagen hat. Ich bin sicher, er gibt dir eine Menge Informationen über Charakter und Motive der Hauptpersonen – und sicher die eine oder andere Spur.»

«Sag mir eines, Lennie. Weshalb willst du, dass ich den Job zu Ende bringe?»

Er räusperte sich. «Ich weiß, wie sehr du die privilegierten Klassen hasst und wie sehr diejenigen von uns, die die kapitalistische Maschinerie schmieren, dein sozialistisches Herz ärgern. Der Himmel weiß, wir haben uns all die Jahre oft darüber gestritten.

Aber du bist clever und ehrlich genug, um zu wissen, dass nicht alle von uns, die die Rädchen drehen lassen, Gauner sind. Jane, im Herzen der Bay Street *ist* etwas faul – und du könntest diejenige sein, die es ausgräbt.»

Ich hatte ihn noch nie so emotional erlebt. In der Vergangenheit hatte er immer behauptet, meine Recherchen über Wirtschaftskriminalität würden sich nur gegen begrenzte Ausnahmeverstöße gegen den ethischen Code richten, der seiner Meinung nach für die Börse galt. Plötzlich kam mir der Gedanke, dass er vielleicht mehr wusste, als er an jenem Abend hatte durchblicken lassen.

«Jetzt hast du meine volle Aufmerksamkeit. Wann kann ich Michael sehen?»

Er kicherte. «Ich wusste, der Köder musste politischer Natur sein. Michael sagte, ich solle dir seine Heimnummer geben. Er erwartet heute kurz nach sechs einen Anruf von dir, um ein Treffen zu vereinbaren.»

«Lennie, wenn Portia dich nicht zuerst gefunden hätte, wäre ganz sicher ich dir aufgesprungen. Du bist ein Schatz. Vielen Dank. Ich rufe ihn heute Abend an.»

«Gern geschehen. Aber bevor du auflegst – willst du denn nicht wissen, wie er aussieht?»

Jetzt musste ich lachen. «Wie er aussieht, interessiert mich etwa so sehr, wie ob Mike Harris' schon aufs Töpfchen geht.»

«Jane, dein Journalisteninstinkt lässt nach. Zu wissen, ob unser Premierminister aufs Töpfchen geht, könnte dir *alles* darüber sagen, wieso er unbedingt so viele Krankenhäuser schließen will.»

«Wahrscheinlich nur, weil er nicht mehr vom Töpfchen runterkommt. Bye, Lennie.»

Ich legte auf und war froh, dass ich in meiner sozialen Isolation nicht auch Portia und ihren Mann ausgeschlossen hatte.

Ich zog Petes Jogging-Anzug an, nahm meinen quirligen Begleiter an die Leine und ging nach draußen.

Als wir in der Mitte des Parks angekommen waren, ließ ich ihn entgegen der Verordnung der Stadtverwaltung frei herumrennen. Ich dachte, ich könnte mich einfach ins Gras setzen und etwas weiter über meine Rolle im Durand-Fall nachgrübeln, während er herumstöberte. Ich irrte mich

Max ist ein Border-Collie. Er kann sich dem Ruf des Blutes, alles zusammenzutreiben, was sich bewegt, nicht widersetzen. Augenblicklich flitzte er mit der Geschwindigkeit eines Laserstrahls auf eine Schar Möwen zu, die sich an den Resten einer Pizza gütlich taten. Sie stoben unter heiseren Protesten auseinander, und mein demoralisierter Wauwau musste mit dem Beschnüffeln von Baumstämmen vorlieb nehmen. Er hinterließ seine Vier-Tröpfchen-Unterschrift an einem japanischen Ahorn und sauste dann hinter weiteren Opfern her. Nachdem er eine Viertelstunde später so viele Vögel verjagt hatte, dass seine Lust am Einschüchtern gestillt war, folgte er mir brav nach Hause.

Als ich mit Max ins Studio kam, beschloss ich, schnell eine Dusche zu nehmen und ein paar Stunden konzentriert an meinem Fall zu arbeiten. Im Müll der Leben von anderen rumwühlen ist um Längen besser als Introspektion.

Die Hausaufgaben für das Treffen mit Michael Diamond bestanden darin, die Akte zu lesen, die ich über Durands berüchtigten Übernahmeversuch von Imperial Trust angelegt hatte. Gerade als ich auf der letzten Seite angelangt war, klingelte das Telefon.

»Hi, Jane. Hier ist David Walker – Williams Partner.» Er klang erregt.

«Dachten Sie, ich hätte Sie bereits vergessen, David? An safttrinkende Mediävisten kann ich mich immer erinnern.»

Seine Stimme wurde etwas ruhiger. «Im Leather Boys führen sie keinen Met. Wie geht es Ihnen?»

«Bis jetzt ist es einer von den Tagen, an denen man sich wünscht, man wäre nie aus dem Bett gestiegen. Und Ihnen?» Diese reflexartige Frage bekommt einen ganz anderen Charakter, wenn man sie jemandem mit Aids stellt.

«Sieht so aus, als litten wir beide unter demselben schlechten Karma. Aber William hat sich gemeldet – und er will Sie sprechen. Er ist komplett verängstigt. Ich sagte ihm, es wäre eine gute Idee, wenn er mit Ihnen Kontakt aufnähme.»

Zuerst der Anruf von Lennie und jetzt das. Offenbar wollte eine höhere Macht, dass ich an dem Fall dranbleibe. «Ich kann ihn treffen, wann immer und wo immer es ihm passt, David. Und ich hoffe wirklich, ich kann ihm helfen.»

«Vielen, vielen Dank. Im Moment weiß ich nicht, an wen ich mich wenden soll, und Sie sind die einzige Person, mit der ich über die Sache zu sprechen wage. Letzte Nacht war die Polizei hier im Appartement und hatte mich gefragt, ob ich wüsste, was Willian in der Nacht, als sein Vater ermordet wurde, gemacht hatte. Und offenbar haben Sie mir auch nicht abgenommen, dass ich keine Ahnung habe, wo er jetzt ist.»

«Das überrascht mich nicht, David. Ich habe Ihnen das nämlich auch nicht wirklich abgenommen.»

Er reagierte zerknirscht. «Tut mir Leid, dass ich Sie angelogen habe – aber das war das *Einzige*, bei dem ich Ihnen nicht die Wahrheit gesagt habe. Sie müssen mir das glauben. Ich musste William versprechen, niemandem zu verraten, wo er sich aufhält. Als ich den Cops sagte, ich wüsste nicht, wo er Freitagabend war, habe ich auch gelogen.»

«Damit kann ich leben. Wenn's darauf ankommt, müssen wir unsere unterschiedlichen Loyalitäten sehr vorsichtig abwägen. Ich begreife, weshalb sie sich entschieden haben, Williams Vertrauen nicht zu missbrauchen. Aber ich glaube, er wird es schwer haben, die Cops davon zu überzeugen, dass er seinen Vater nicht umgebracht hat – besonders, wenn das ihr bevorzugtes Szenario ist. Im Moment habe ich nicht mehr Gründe, an seine Unschuld zu denken als sie, aber mein Instinkt sagt mir, dass er es nicht war. Vielleicht kann William mir dabei helfen, herauszufinden, wer es war, oder mir zumindest sagen, wer ein ebenso überzeugendes Motiv hatte, Durand den Älteren auszuknipsen.»

Davids Stimme wurde wieder verzweifelt. «Jane, nicht einmal ich kann mit Sicherheit sagen, dass er es nicht war. Und William weiß, dass ich ihm kein Alibi geben werde. Ich bin bereit, der Polizei zu verschweigen, was ich weiß, aber ich werde ihnen keine Märchen erzählen.» Seine Stimme erstarb. «Ich nehme an, vom ethischen Standpunkt aus gesehen, klingt das ziemlich schäbig.»

«Schäbig ist mein zweiter Name, also sagen Sie mir, wie ich mit William Verbindung aufnehmen kann.»

«Ich weiß, das kommt etwas plötzlich, aber haben Sie am Sonntag Zeit?»

«Um Ihnen das zu bestätigen, muss ich nicht mal in meiner Agenda nachschauen, David. Wo will er mich denn treffen?»

«Er versteckt sich in in einem Haus am Lake Simcoe bei Jackson Point. Es gehört Freunden von uns, und sie verstehen, dass wir Diskretion brauchen. Ursprünglich boten sie uns das Haus an, als ich zum ersten Mal krank wurde, für den Fall, dass wir außerhalb der Stadt allein sein wollten, während ich mich erholte. Kennen Sie die Gegend?»

Ich musste tief Luft holen, bevor ich antworten konnte. In unserem ersten gemeinsamen Sommer hatten Pete und ich ein Haus in Jackson Point gemietet. «Ja, die kenne ich gut. Können Sie mir die Adresse geben?»

«Aber sicher. 25 Lakeside Road – kennen Sie die Straße, die von der Main Street abzweigt und rund um den See führt? Sie fahren an sechs wunderschönen Sommerhäusern vorbei, dann kommen Sie zu einem weißen Holzhaus mit grünen Fenster- und Türrahmen. Es sieht verlassen aus. Unsere Freunde konnten es wirklich billig kaufen, hatten aber weder Geld noch Zeit, es zu renovieren», erklärte er.

«Ich kenne die Straße. Es wird nicht schwer sein, das Haus zu finden. Wann will er, dass ich komme?»

«Er sagte, irgendwann nach neun Uhr morgens wäre in Ordnung.»

«David, sagen Sie ihm bitte, ich sei so gegen halb zehn da. Und danke dafür, dass Sie mich nicht daran erinnert haben, dass das alles vertraulich ist.»

«Wenn ich gedacht hätte, dass das nötig wäre, hätte ich Sie schon gar nicht erst angerufen. Danke, dass Sie bereit sind, sich mit ihm zu treffen.»

«Kein Problem. Es könnte helfen, meine Ermittlungen in Gang zu bringen und, so hoffe ich, Ihre Situation zu vereinfachen. Wenn ich nichts mehr von Ihnen höre, gehe ich davon aus, dass Zeit und Ort okay sind.»

«Großartig. Vielen Dank, Jane.»

Ich mochte diesen Mann sehr. «David, bevor Sie auflegen, möchte ich, dass Sie wissen, dass Sie mich jederzeit anrufen können, worum es auch immer geht.»

«Ich glaube, das weiß ich bereits. Vielleicht können wir uns bald mal zum Essen treffen. Ich bin ein guter Koch – wenn ich an der Uni mal einen schlechten Tag erwische, frage ich mich immer, ob ich nicht meinen Beruf verfehlt habe.»

Ich musste lachen. «Danken Sie beiden, Ihren akademischen, wie kulinarischen Glückssternen. Ich weiß immer noch nicht, was meine Mission in diesem Leben ist. Ich rufe Sie so Mitte der Woche an, dann können wir uns zum Essen verabreden – und Sie sollten wissen, dass ich keinen Chicorée mag!»

Es war klar, dass ich auf absehbare Zeit an dem Fall dran bleiben würde. Diese zwei Anrufe hatten meine Neugier geweckt. Mit William Durand zu sprechen, würde mir eine Gelegenheit geben, meinen Instinkt zu überprüfen und aus erster Hand mehr Informationen über Charles Durand zu bekommen. Ich musste mir wieder in Erinnerung rufen, wie Enttäuschungen (nicht alle auf realistische Erwartungen zurückzuführen) und Schmerz das «ungeschminkte» Bild von Eltern im Allgemeinen verzerren.

Vielleicht hätte ich etwas vorsichtiger sein und nicht einfach einwilligen sollen, mich mit dem Hauptverdächtigen in einem Mordfall an einem abgelegenen Ort zu treffen. Aber rückblickend ist es immer einfach, weise zu sein. Etta hatte mir gesagt, dass ich mir meine Finger dreimal hatte verbrennen müssen, bevor ich ihr geglaubt hatte, dass der Ofen heiß war.

14

Kurz nach sechs Uhr rief ich Michael Diamond an. Genauer gesagt war es 18:01. Ich wollte dem Typen nicht den absolut zutreffenden Eindruck vermitteln, dass ich es eilig hatte, ihn zu sehen. Als eine mehr als angenehme, eigentlich hinreißende Stimme, bei der es einem gleich die Jeans auszog, sagte: «Hallo, hier Michael», antwortete ich im Ton einer wissenschaftlichen Bibliothkarin. Ich wollte nicht, dass Lennie oder dieser Michael auf den Gedanken kamen, mein Interesse sei nicht strikte akademisch. Aber ich konnte mir ein bisschen Spielraum geben und etwas träumen.

»Hallo. Mein Name ist Jane Yeats. Leonard Sherman meinte, ich sollte Sie anrufen, damit wir einen Termin für Montag vereinbaren können.» Meine Stimme glich der einer beflissenen Telefonistin.

«Ja, ich habe Ihren Anruf erwartet. Nach dem Gespräch mit Lennie nehme ich an, Sie wollen mir ein paar Fragen über die Imperial-Trust-Übernahme stellen», sagte er so ruhig wie ein träges Segelboot an einem windstillen Nachmittag auf dem Lake Ontario.

«Ähm, ja», antwortete ich. «Ich bin Ihnen dankbar, dass Sie sich bereit erklärt haben, mich zu sprechen. Wie wäre es mit Lunch am Montag?»

«Nur wenn Lunch ein Hot Dog von einer Imbissbude bedeutet. Für gewöhnlich arbeite ich die Mittagspause durch. Ich würde mich lieber mit Ihnen treffen, wenn ich nicht unter Zeitdruck bin und wieder ins Büro muss. Wie wäre es, wenn wir zusammen zu Abend essen?»

Wenn dieser Typ eine so heiße Quelle war, wie Lennie behauptete, dann würde ich ihn auch um Mitternacht auf dem Bloor-Viadukt zu einem Marsriegel treffen. «Aber sicher. Wo wollen wir uns treffen?», fragte ich etwas weniger nonchalant, als ich beabsichtigt hatte.

«Ich bin sicher, Sie haben Verständnis, wenn ich Ihnen sage, dass wir dieses Gespräch in privatem Rahmen führen sollten. So ziemlich alles, was ich Ihnen sagen werde, ist streng vertraulich. Wäre es Ihnen Recht, so um sieben zu mir nach Hause zu kommen? Ich bringe uns von meinem lokalen Delikatessengeschäft etwas zu Essen mit.»

Ich kreuzte meine mentalen Finger, dass sein Wunsch nach privater Umgebung auch wirklich mit der Vertraulichkeit der Sache zu tun hatte. Wenn er im Sinn hatte, eine Verführung zu inszenieren, dann konnte er sich auf eine große Enttäuschung gefasst machen. Aber für die Keuschheitskönigin ist schlechtes Theater kein Problem. «Das ist äußerst liebenswürdig von Ihnen. Sagen Sie mir bitte, wie ich Ihr Haus finde.»

Ich brauchte seine Instruktionen nicht aufzuschreiben. Die Adresse, die er nannte, war downtown im Annex.

Meine letzte Frage riss meine Bibliothekarinnen-Fassade vollends nieder. Kann ich etwas mitbringen – vielleicht eine Flasche Wein?»

«Sie können bringen, was Sie wollen.» Seine Stimme könnte eine Katze von einer Maus, die in der Falle saß, weglocken. Das ließ mich hoffen, dass er nicht gut aussah. Nicht dass es aufs Aussehen ankommt, wie Etta oftmals sagt, wenn sie ihr Gesicht rekonstruiert.

Ich parkte Harley hinter dem Sweet Dreams. Freitagabend war Etta meistens hier, aber heute wollte Slim Bowling spielen gehen. Mit einer noch größeren Portion ihrer schuldbefrachteten Hartnäckigkeit hatte sie mich gebeten zu kommen, bevor sie gingen, so dass ich ihren neuen Lover kennen lernen konnte. Vielleicht war es ihr dieses Mal ernst: Normalerweise wechselt sie sie so oft, dass es äußerst unangebracht war, mich mit ihnen bekannt zu machen, wenn sich unsere Wege schließlich kreuzten.

Mom und ihr Date saßen an der Bar, als ich hereinmarschiert kam, und waren in ein ziemlich intensives Gespräch verwickelt. Als ich auf sie zuging, stand Slim auf und ergriff meine Hand. Mir wurde sofort klar, dass Etta wegen des Bowling gelogen hatte. Er war wie ein Sumo-Ringer gebaut, aber angezogen wie Tex Ritter. Die Reihe winziger Perlmuttknöpfe, die sein schwarzes Satinhemd zusammenhielten, mussten angenietet sein. Die einzige Art, wie er eine Bowlingkugel irgendeine Bahn herunterbewegen konnte, war, sie mit einer Kanone abzuschießen.

Er grinste. Ich erkannte die Zähne. «Wirklich nett, Sie kennen zu lernen, Girl. Hab von Ihrer Ma hier viel über Sie gehört.»

Ich lächelte und erwiderte den Händedruck. «Freut mich, Sie kennen zu lernen, äh–» Ich hatte seinen Namen vergessen.

«Slim», brüllte er und klopfte sich auf den Bauch. «Slim Horowitz.»

Als ich ihn nach ihrer letzten Pilgerfahrt nach Nashville fragte, setzte er zu einer Lobrede an, die dem Präsidenten der örtlichen Handelskammer zur Ehre gereicht hätte. Etta, piekfein angezogen, sah gereizt aus und klopfte mit ihren weinroten Fingernägeln ein bedrohliches Stakkato auf dem Tresen. Sie unterbrach ihn, um ihn zu informieren, dass sie spät dran waren.

«Tut mir Leid, Honey», entschuldigte er sich und stieg schneller vom Barhocker, als ich es für möglich gehalten hätte. Falls das Sweet Dreams jemals Bankrott gehen sollte, kann Mutter immer noch eine Schule für Männererziehung eröffnen.

Etta machte sich nicht die Mühe, mir auf Wiedersehen zu sagen. Ich glaube echt, sie war eifersüchtig. Sie wandte sich nur an mich, richtete zwei mauve-geränderte Augen auf mein Gesicht und sagte: «Wenn diese zwei Tunten heute Nacht wieder kommen, dann sieh zu, dass sie sich benehmen. Die Klamotten sind mir egal, aber ich schätze es ganz und gar nicht, wenn sie auf die Bühne gehen und die Mandrell-Schwestern imitieren. Das ist respektlos. Angesichts der Kleider, die viele ihrer weiblichen Gäste am Wochenende hier trugen, war ich versucht zu fragen, woran zum Teufel ich denn eine Tunte erkennen sollte.

Ettas scharlachrote Bluse spannte sich in ähnlichem Maße über ihrer Brust, wie Slims Hemd über seinem Bauch. Es war mir immer peinlich gewesen, wie sie ihre zwei besten Argumente zur Schau stellte. Ich nehme an, es ist der Neid, da unter dem, was von ihrem Gen-Pool zu mir heruntergetröpfelt war, solcher Überfluss nicht enthalten gewesen war. Von meinem Vater hatte ich die flache Brust geerbt, zusammen mit einem Hang zur Niedergeschlagenheit, den ich mit zu viel Alkohol noch zusätzlich befeuere.

Etta war mehr als nur eine Überlebende. Sie hatte ein hartes Leben gehabt und triumphiert. Ihr Einstellung zum Leben war so optimistisch, dass sie Scharen von guten, humorvollen Leuten anzog, die ihre Vergnügungssucht teilten. Mein Vater war ein missmutiger Bastard gewesen, der seine Leber gestraft hatte, bis diese zurückschlug, indem sie in einen permanenten Streik trat. War er in jenen Augenblicken, in denen er zufälligerweise gerade mal nüchtern war, bloß verdrießlich, so wurde er, wenn er getrunken hatte, fies wie eine Hornisse. Etta und ich trauerten nicht seinem Tod nach, nur seinem Leben.

Ich entschied mich spontan für eines jener «Biere», bei denen man den größten Teil des Alkohols herausgefiltert hatte. Kenny der Barkeeper hob zweifelnd eine Augenbraue, als ich eines verlangte.

«Du musst ja einen mordsmäßigen Hangover haben.»

«Dieses eine Mal, Kenny, geb ich mir Mühe, einem aus dem Weg zu gehen.»

Er sah nicht sehr beeindruckt aus. Wenn das ganze East End sich entscheiden würde, abstinent zu werden, müsste er noch tippen lernen.

Der Abend ging ohne größere Zwischenfälle über die Bühne. Etta hatte eine gute lokale Band gebucht, die zwei flotte Sets spielte, welche beim Publikum gut ankamen. Ich sah die zwei Tunten, als sie hereinkamen, aber sie vermochten ihren Drang zur Bühne zu unterdrücken. Kenny behielt sie allerdings im Auge. Wenn sie versuchten, einen Weekend-Cowboy anzumachen, dann könnten sie als Leichen enden, wenn ihr Opfer die falschen Titten nicht rechtzeitig durchschaute, um sein Ego zu retten.

Als Kenny mir mein drittes Pseudobier öffnete, deutete er in Richtung Tür. «Sieht so aus, als könnte sich dein Freund, der Cop, nicht von hier fern halten. Zum Glück ist Etta nicht hier.»

Ich beobachtete Ernie als er zur Bar kam, und sah, dass er sich ungewohnt viel Mühe mit seiner Kleidung gegeben hatte. Ich hoffte bloß, er wandelte nicht auf Freiersfüßen. Er ist ein derartiger Misogynist, dass ich mir wünschte, ich könnte ihn mit einer Frau bekannt machen, die ihn aus seiner Einsamkeit befreit. Meine Sympathie geht allerdings nicht so weit, dass ich das selbst in die Hand nehmen wollte.

Er setzte sich neben mich. «Hi, Jane. Kann ich dir noch eines spendieren?», fragte er und zeigte auf mein trügerisch schaumgekröntes Bier.

«Nein danke, Ernie. Das ist bereits mein drittes.»

«Das Zeug muss stark sein. Ich habe noch nie erlebt, dass du an einem Freitagabend so früh mit Trinken aufhörst.»

Ich lachte. «Dieses Bier ist so saftlos, dass ich mich nicht überwinden kann, ein viertes zu trinken. Wenn die Angaben auf dem Etikett der Wahrheit entsprechen, dann muss man zehn davon trinken, um auf den Gehalt eines richtigen Biers zu kommen. Ich bleibe heute trocken.»

Ich war ihm dankbar, dass er nicht nach dem Warum fragte oder eine dumme Bemerkung machte. Also erklärte ich es ihm. «Ich musste heute Abend an meinen Vater denken. Wenn ich nicht aufpasse, dann gehe ich denselben Abgrund runter wie er.»

Er nickte. «Nach Sandys Tod ging ich acht, neun Monate lang jeden Abend nach Haus und trank mich in den Schlaf.» Drei Jahre zuvor war sein Zwillingsbruder bei einem Frontalzusammenstoß mit einem betrunkenen Autofahrer ums Leben gekommen. «Dann wachte ich eines Morgens auf und stellte fest, dass ich nicht eine einzige Gefühlsregung gespürt hatte. Da wurde mir bewusst, dass ich es nie schaffen würde, mein Leben weiterzuleben, wenn ich nicht nüchtern würde und zulasse, dass ich trauere.»

Das ließ mich aufhorchen. «Ist es nüchtern besser, Ernie? Verschwindet der Schmerz einmal?»

«Selbst wenn es nicht besser ist, dann weiß ich wenigstens, dass es echt ist. Und nein, der Schmerz geht nie ganz weg – ich würde es auch nicht wollen. Ich glaube, wenn es so wäre, würde ich auch die Erinnerungen an ihn verlieren.»

«Sie werden weise im mittleren Alter, Sir.»

Er schüttelte den Kopf. «Nicht halb so clever, wie ich sein müsste, um den Durand-Fall zu lösen.»

Oh, oh. Er war hier, um mich auszuhorchen. Und dieses Mal wusste ich etwas Wichtiges, das er nicht wusste. Ich hatte nicht die geringste Absicht, ihm zu sagen, wo William sich versteckte, und schon gar nicht, dass ich ihn am Sonntagmorgen sehen würde.

Etwas Integrität besitze ich schon: weil ich nicht bereit war, Informationen auszutauschen, zwang ich mich, ihn nicht nach dem Bericht des Gerichtsmediziners zu fragen.

«Heute Morgen erhielten wir den pathologischen Befund. Aber

es bringt uns keinen Schritt weiter, weil wir die Mordwaffe nicht haben.» Er drehte sich auf seinem Barhocker um und sah mich direkt an. «Ich nehme an, es wird niemandem schaden, wenn ich dir die eine oder andere Einzelheit erzähle, da wir ganz offensichtlich nicht ein unbekanntes Objekt mit einem verschwundenen Verdächtigen in Zusammenhang bringen können.»

Ich war erstaunt. Er klang fast, als lade er mich ein, die Informationen aus ihm herauszuholen. «Ernie, ich werde dir keine Fragen stellen, die du nicht mit gutem Gewissen beantworten kannst.»

Seine Stimme wurde ärgerlich. «Das weiß ich, Jane. Es geht nicht darum, ob ich dir vertraue. Hier geht es um mich. Ich habe es so gründlich satt, wie das Department die ganze Sache anpackt, dass ich so weit bin und dir einen Knochen vorwerfe, in der Hoffnung, du findest vielleicht etwas heraus! Ich will den Kerl, der Durand ermordet hat, zur Strecke bringen. Es ist uns untersagt, die Ermittlungen über den Kreis der Familie hinaus auszudehnen. Und weiß Gott, der Mann hatte überall Feinde, wo er jemals Geschäfte gemacht hat. Ich meine, vielleicht hat der Junge ja seinen alten Herrn umgelegt, aber bis wir ihn finden, könnten wir zumindest unter allen Teppichen schnüffeln.»

«Was willst du damit sagen? Dass es für mich einfacher ist, unter einigen dieser Teppiche zu schnüffeln?»

«Ja. Genau. Was ich dir zu sagen habe, ist allerdings ein bisschen enttäuschend. Ich weiß jedenfalls nicht, was ich davon halten soll.»

Ich packte ihn an der Schulter und schüttelte ihn. «Recht so, mach's nur spannend.»

«Das wichtigste am Befund ist, dass man in Durands Schädel Partikel von Talk und mikroskopische Spuren von einigen weiteren Mineralien gefunden hat.»

Ich schüttelte den Kopf. «Großartig, Ernie. Willst du damit sagen, Durand ist mit einer Dose Babypuder erschlagen worden?»

Er lachte. «Unser Chefpathologe ist ein richtiger Gelehrter, wie du ja weißt.» Letztes Jahr hatte ich für eines der Hochglanzmagazine ein Portät von Arnold Togawa geschrieben. «Nachdem er alle

Mineralien in der Wunde isoliert und identifiziert hatte, zählte Arnold zusammen und rechnete das Verhältnis aus. Das Resultat ist Speckstein.»

«Scheiße! Eine Inuit-Schnitzerei. Inuit-Schnitzereien sind aus *Speckstein*, Ernie. Und Durand sammelte Inuit-Kunst. Er hatte eine der besten Sammlungen im Land.»

«Klassenbeste, Mädchen. Sein Mörder hat ihn mit einem seiner eigenen *objets d'art* in die Ewigkeit befördert. Das Büro ist voll davon. Aber es ist nicht sehr wahrscheinlich, dass der Schweinehund es länger mit sich rumtrug, als unbedingt nötig, oder nicht?» Ernie muss der einzige Cop in der Stadt sein, der Wörter wie «*objets*» und «Schweinehund» in denselben Atemzug packt.

«Nein, und es klingt auch nicht nach einem Mafiamord, oder?», witzelte ich.

Ernie spürte meine Nervosität. «Hast du etwas über Williams Aufenthaltsort gehört?» Sein Timing erwischte mich auf dem falschen Fuß.

«Nein.» Meine abschlägige Antwort war in dem Falsett gesprochen, in das ich immer wechsle, wenn ich zu lügen beginne.

«Ich weiß, dass es keinen Sinn hat, dich zu drängen, dein Wort, das du jemandem gegeben hast, zu brechen», antwortete er viel vernünftiger, als ich erwarten durfte. «Aber versprich mir eines – sag mir, was du weißt, sobald du es darfst.»

Ich legte meine Hand auf seinen Arm. Er zuckte bei der Berührung zusammen. «Das verspreche ich dir.»

Er grinste und tätschelte meine Hand. «Ich kann also mit deinem Anruf rechnen, sobald du über eine Inuit-Schnitzerei stolperst, an der ein Büschel von Durands Haartransplantat klebt?»

«Du bist der Erste, der davon erfährt. Ehrlich, wirklich. Und danke für dein Verständnis.»

Seine Hand ruhte noch immer auf der meinen. «Jane, würdest du mit mir mal essen gehen? Wir könnten vielleicht das neue Thai-Restaurant an der Bloor ausprobieren?»

Ich dachte nach und wählte meine Worte mit Bedacht. Ich wollte diesen liebenswerten Mann nicht verletzen. «Ernie, solltest du an ein Rendezvous denken, dann muss ich sagen: ‹Danke, lieber nicht.› Aber nimm es bitte nicht persönlich. Ich hatte kein Rendezvous mehr, seit –»

Er rettete mich, bevor ich es aussprechen musste. «Das hatte ich mir gedacht. Und ich dachte an ein Rendezvous.» Er zog seine Hand zurück und sah dabei so verdammt enttäuscht aus, dass ich wünschte, ich könnte meine Arme um ihn legen.

«Ernie, wenn ich dich einladen würde, mit mir zu einem Football-Spiel zu kommen, sagen wir mal zum Eröffnungsspiel der Saison – als wirkliche Freunde –, würdest du da nein sagen?»

«Nein. Ich meine, nein, ich würde ja sagen. Ich bin gern mit dir zusammen.»

Als er aufstand und gehen wollte, zog ich ihn zu mir herab und küsste ihn auf die Stirn.

Ich sah ihm nach, wie er zum Ausgang ging. Sein Schritt war nicht mehr so schwungvoll, wie als er zur Bar hereingekommen war.

15

Am Sonntagmorgen, kurz nach neun, stellte ich Silvers Toyota neben Grahams Apotheke an der Hauptstraße von Jackson Point ab. Ein Frau mit einer Harley erregt in einer so kleinen Ortschaft viel zu viel Aufmerksamkeit. Das Haus, in dem sich William versteckte, war zu Fuß nur fünf Minuten entfernt, also spazierte ich in entgegengesetzter Richtung die Straße entlang, vorbei an zwei Blocks mit Geschäften, welche die Landschaft verunstalteten, bis man auf der einen Seite wieder den See und auf der anderen Seite Schindel-Bungalows auf großen bewaldeten Grundstücken sah.

Es kam mir vor, als sei ich auf den Set eines alten Cowboy-Filmes geraten. Die meisten Anwohner mussten in benachbarten Städten wie Sutton oder Kenwick oder noch weiter weg zur Arbeit gehen. Hier gab es nicht genug Gewerbe, als dass man auch nur das kleinste Hockey-Team hätte sponsern können. Einige der Geschäfte sahen aus, als hätten sie nur in der Urlaubssaison geöffnet –

ein Laden mit Kunsthandwerk, ein Windsurfer-Shop, Ein Geschäft, das hausgemachte Schokolade verkaufte, ein winziger Fischerladen. Das Imperial-Pagoda-Restaurant war geschlossen, aber Betty's Burgers hatte geöffnet. Eine übergewichtige Kellnerin mittleren Alters in einer nicht mehr ganz so frischen weißen Nylonuniform stellte einen Teller mit Speck, Eiern und Bratkartoffeln vor einen unrasierten Typen hin, der aussah, als hätte er sich seit Monaten nicht mehr gewaschen. In Charlene's Waschsalon hielt eine junge Frau in einem Arm ein Kind, während sie mit der anderen Hand bündelweise nasse Wäsche in den Trockner stopfte.

Im Lebensmittelladen neben dem Unisex-Frisör kaufte ich mir ein Päckchen Rothmans und ein drei Tage altes Lokalblatt. Ein winzig kleiner Junge, der auf eine Holzkiste steigen musste, um an die Registrierkasse heranzukommen, tippte meine Einkäufe ein. Auf dem Weg zurück in Richtung des Hauses sah ich nur zwei andere Fußgänger, eine alte Frau, die sich mit Hilfe von Krücken langsam vortastete und einen rundlichen Mann undefinierbaren Alters, der in eine ernsthafte Diskussion mit sich selbst verwickelt war. Ein kleines Schild im Fenster der Immobilien-Agentur lockte mit dem Versprechen, «Jackson Point bietet dem städtischen Besucher ein wirklichen Tapetenwechsel». Nicht irreführend.

Als ich an der Straßengabelung stand, wo man zu der Adresse gelangte, die David mir gegeben hatte, sah ich zu meiner Überraschung, dass auf der östlichen Seite ein großes Eckgrundstück gerodet und ein dreigeschossiges Appartement-Haus darauf gebaut worden war. Die exorbitanten Wohnungskosten in Toronto hatten viele junge Paare, die in der Stadt arbeiten, auf der Suche nach einer bezahlbaren Unterkunft bis hierher getrieben; noch zu meinen Lebzeiten werden sich die Menschen bis hinauf zur Thunder Bay roden. Die drei Straßen nördlich der Hauptstraße, jede einen Block lang, waren von bescheidenen Nachkriegshäuschen gesäumt. Der Charakter der Gebäude änderte sich, sobald die Straße dem See entlang verlief. Wunderschöne Sommerhäuser, alle erst vor kurzem gebaut oder renoviert, standen auf sorgfältig gestalteten Grundstücken, die sanft zu ihren jeweiligen privaten Stränden hin abfielen. Etwas weiter hinten befand sich ein kleiner öffentlicher Strand für die Leute, die das ganze Jahr über in ihren bescheidenen Häusern wohnten. Klassenmäßig hätte man keine schärfere Abgrenzung erhalten, wenn man im Herzen von Rosedale ein Indianerreservat errichtet hätte.

Ein verwittertes Brettchen mit der Nummer 26 darauf war an einen Baum beim Tor zu einem Haus genagelt, das derart unter der Zeit und dem kanadischen Wetter gelitten hatte, dass es die Eigentümer der angrenzenden Grundstücke in den Wahnsinn treiben musste. Das baufällige zweistöckige Haus, das mit dem Rücken zur Straße stand, sah aus, als müsste es jeden Moment in sich zusammenbrechen. Es war einst weiß gestrichen worden – wahrscheinlich im selben Jahr, als Buddy Holly starb – und hatte grüne Fenster- und Türrahmen. Das tiefe tortenförmige Grundstück war zu beiden Seiten mit hohen, vernachlässigten Zedern umgeben, die so zusammengewachsen waren, dass nur noch die Wipfel grün waren; die unteren Äste, an die kein Sonnenstrahl gelangte, waren von dicken Efeuranken überwuchert. Die Fliegengittertür hing nur noch an einer Angel, und die fensterlose Haustür dahinter hätte sogar ein Eichhörnchen eintreten können. Der Weg, der dazu führte, fiel zu beiden Seiten stark ab und war mit abgestorbenen Tigerlilien bedeckt. Man konnte ahnen, wo der Klärbehälter verbuddelt war.

Ein Wagen war nicht zu sehen. Trotz der Kälte kam kein Rauch aus dem Kamin. William wollte offenbar seine Anwesenheit nicht publik machen. Ich ging auf einem Naturweg zur linken Seite des Gebäudes. Fleckige Baumwollvorhänge, aus denen Farbe und Muster längst herausgebleicht waren, hingen schlaff innen an den Fenstern. Der seitliche Teil der Veranda fehlte. Von der Vorderseite des Hauses sah man auf den See, dessen dunkles Blau einen an den Tod erinnerte. Es hätte mich nicht gewundert, wenn Norman Bates um die Ecke gehuscht wäre. Ich ging zum vorderen Rand des Grundstücks, das steil zum Wasser hin abfiel.

Nummer 26 lag etwa in der Mitte des Strandes einer kleinen Bucht. Die Grundstücke zur Linken und Rechten waren nivelliert worden, so dass sie sich anmutig zum Wasser, zu den neuen Anlegestegen und Bootshäusern hinabneigten. Dieses Grundstück war weder gerodet noch nivelliert worden: Eine lädierte Holztreppe führte im Zickzack über eine steil abfallende, felsige Uferböschung, an die sich verzweifelt ein paar dürre Pappeln klammerten, zu einem steinigen Strand hinab. Riesige Betontrümmer zogen sich, noch immer lose durch Armierungseisen verbunden über die ganze Länge des Strandes hin.

Als ich mich zum Haus hin umwandte, überkam mich ein Frösteln. Toronto schien tausend Meilen weit weg zu sein – vielleicht liebe ich die Einsamkeit nur, wenn es mir möglich ist, ihr in sechzig Sekunden zu entfliehen. Die Häuser zu beiden Seiten sahen aus, als blieben sie den Winter über unbewohnt. Ich setzte meinen Fuß vorsichtig auf die erste der drei verrotteten Stufen, die zur Fliegengittertür hinaufführten, die sozusagen unverriegelt war, da der Riegel fehlte. Ich ging über die durchhängende Veranda und klopfte an die Haustür.

Der junge Mann, den ich in der Kathedrale an Helen Durands Seite gesehen hatte, der an der Leichenfeier wie ein Irrer das Porträt seines Vaters zerschnitten hatte, der der Hauptverdächtige im Mordfall Durand war, öffnete die Tür. Vom Hals an abwärts schien er in guter Verfassung zu sein: marineblauer Seemannspullover über einem karierten Flannellhemd, Jeans mit Bügelfalten und Leder-Joggingschuhe. Sein blondes Haar aber war zerzaust und die Müdigkeit stand ihm in sein fein geschnittenes Gesicht geschrieben.

«Vielen Dank, dass Sie gekommen sind. Ich bin Ihnen wirklich dankbar. Bitte kommen Sie herein», fügte er hinzu und trat zur Seite. Als ich meine Jacke ausziehen wollte, meinte er: «Die lassen Sie besser an. Es ist etwas kalt hier drin. Ich getraue mich nicht, ein Feuer zu machen», sagte er und zeigte auf den Kamin. «Ich habe nur einen kleinen Heizstrahler.»

Als ich sagte, ich nähme gerne einen Kaffee, sah ich meine Worte sofort in die Luft geschrieben, so kalt war es. Er verschwand in der Küche im hinteren Teil des Hauses und ließ mich alleine in dem riesigen Wohnzimmer mit frühamerikanischen Chintz-Sofas und Stühlen an beiden Seitenwänden. Vier große Fenster mit zum Teil gesprungenen, mit Klebeband zusammengehaltenen Scheiben überblickten den zugefrorenen See. Die Deckenlampe war eines jener Plastik-Wagenräder, die Etta so liebt. Die ganze Einrichtung stammte aus den fünfziger Jahren und hätte direkt vom Set der «I Love Lucy»-Show stammen können. Ich besah mir die abgegriffenen Taschenbücher, die in einem kleinen Gestell auf dem Kaminsims standen.

«Tut mir Leid wegen der Tasse», entschuldigte sich William, als er das ramponierte rot-grüne Stück Kitsch mit dem von Stechpalmen umrankten Henkel auf den Couchtisch stellte.

Ich nahm einen wärmenden Schluck Kaffee, der überraschend gut war. Aber in dieser eisigen Umgebung hätte selbst Katzenpisse aus der Mikrowelle gut geschmeckt. «Sie müssen mächtig Angst haben, wenn Sie freiwillig hier draußen bleiben, vor allem zu dieser Jahreszeit.»

Er lachte nervös. «Ja, man kann schon sagen, ich habe Angst. Ich habe sogar ganz fürchterliche Angst.» Er schlug die Beine übereinander. Seine Augen wurden ganz groß. «Die Polizei scheint zu glauben, ich hätte meinen Vater umgebracht. Dabei hatte ich bis heute höchstens mal eine Parkbuße, zum Teufel noch mal!»

«Wenn es Sie tröstet, William, dann kann ich Ihnen bestätigen, dass Sie nicht paranoid sind. Nach allem, was ich weiß, *sind* Sie für die wirklich der Hauptverdächtige.»

«Sagen Sie mir die Wahrheit: Glauben Sie, Sie können etwas finden, das mich entlastet?», fragte er.

Ich zog es vor, offen zu sein. «Bis jetzt – und denken Sie daran, dass erst eine Woche vergangen ist, seit Ihr Vater ermordet wurde – habe ich nicht das kleinste Fünkchen von irgendwas, das mich in eine andere Richtung weisen könnte. Und ich nehme an, die Polizei auch nicht. Aber vielleicht sind sie auch nicht so motiviert wie ich, Ihre Unschuld zu beweisen. Wenn Sie mir also einige Fragen beantworten würden, dann könnte mir das vielleicht die richtige Richtung zeigen.» Ich baute darauf, dass seine Angst, die so spürbar war wie die Kälte, ihn dazu bewegen könnte, sich mir zu offenbaren.

Sein Gesicht hellte sich auf. «Sie sagten *in die richtige* Richtung. Das klingt so, als glaubten Sie nicht daran, dass ich meinen Vater umgebracht habe.» Er griff nach einem Päckchen Zigaretten, das neben ihm auf dem Sofa lag.

«Das stimmt. Aber das sagt mir mein Instinkt, nicht mein Verstand. Ich brauche Sie, um mein Gefühl zu bestätigen», gab ich zu und nahm meine Zigaretten aus der Jackentasche.

«Womit soll ich beginnen?», fragte er.

«Fangen Sie am besten mit den Ereignissen vor der Nacht, in der Ihr Vater starb, an. David sagte mir, Sie hätten Ihren Vater in dieser Woche mindestens zweimal gesehen.»

Er nickte und blies eine Rauchwolke aus. «Ja. Und das war ungewöhnlich. Davor hatte ich ihn nicht mehr gesehen, seit ich ihn wegen meines Trust-funds im letzten Frühjahr verklagt hatte. Aber ich brauchte dringend Geld – eine ganze Menge –, um Per/Visions am Leben zu erhalten. Ich dachte, wenn ich zeige, mit welcher Sorgfalt ich die Galerie geführt hatte, hätte er genug Respekt vor mir, dass er mir die Betriebskosten für ein Jahr vorschießen würde. Und ich hatte vor, alles zurückzuzahlen.»

Ich unterbrach ihn, weil ich ihm helfen wollte, ehrlich zu bleiben. «William, David sagte mir, dass Sie das Geld auch brauchten, um seine medizinische Behandlung zu bezahlen.»

Das ließ ihn zusammenzucken. Die Muskeln seiner übereinander geschlagenen Beine verkrampften sich noch mehr. «Das hat David Ihnen erzählt?» Er war so fassungslos, dass seine Stimme unnatürlich schrill klang.

«Ich glaube, Sie sollten das nicht als Vertrauensbruch auffassen. Er macht sich schreckliche Sorgen, weil Sie so unter Druck stehen.»

«Na gut. Jedenfalls habe ich meinem Vater sicher nicht erzählt, dass ich das Geld deshalb brauche. Ich meine, nachdem ich den Prozess verloren hatte, wäre ich eher nackt von hier bis nach China gekrochen, als dass ich ihn auch nur um einen Cent gebeten hätte – wenn David nicht krank wäre. Wenn der alte Herr gedacht hätte, ich wäre auch nur auf eine Meile an jemanden herangekommen, der Aids hat, hätte er nie eingewilligt, mich zu sehen. Hätte er gewusst, dass ich schwul bin, dann hätte er mich enterbt. Aber ich war verzweifelt.»

«Wie haben Sie sich mit ihm verabredet?», fragte ich.

«Ich rief einfach seine Sekretärin an und sagte ihr, ich müsste meinen Vater in einer dringenden geschäftlichen Angelegenheit sprechen. Etwa eine Stunde später rief sie mich zurück und sagte mir, ich solle am Mittwochnachmittag um zwei in sein Büro kommen. Ich nehme an, er dachte, ich wollte einen weiteren Prozess anstreben. Er hasste es, wenn sein Privatleben in der Öffentlichkeit ausgeschlachtet wurde, und hätte fast alles getan, um das zu vermeiden – außer mir das zu geben, was mir sowieso zusteht. Und seit sein Unternehmen in der Scheiße steckte, klebten ihm die Medien beinahe täglich an den Fersen. Na, jedenfalls stand ich am Mittwoch Punkt zwei mit all meinen Bilanzen im Aktenkoffer in seinem Büro, bereit, die Präsentation meines Lebens zu machen. Nach etwa fünf Minuten fing er so heftig an zu lachen, dass man hätte denken können, er schaue sich eine Komik-Sendung im Fernsehen an.»

William hörte abrupt auf zu sprechen. Er klemmte seine zitternden Hände zwischen die Knie.

Als er sich wieder unter Kontrolle hatte fuhr er fort: «Seit er einsehen musste, dass ich nie für sein verdammtes Unternehmen arbeiten würde, weigerte er sich, ernst zu nehmen, was immer ich sonst tat. Er genoss es also so richtig, mich zu verspotten, als ich ihm die Finanzierung der Galerie darlegte. Das machte mich wahnsinnig. Ich meine, ich hatte genug Vertrauen zu ihm, um mein lächerliches kleines Geschäft vor einem Mann offen zu legen, der pro Jahr mehr Geld für seine Anzüge ausgibt, als mein ganzes Geschäftsvolumen beträgt, und da sitzt er und lacht, dass ihm die Tränen übers Gesicht laufen. Als ich ihn anschrie, dass ich ein großes Risiko auf mich nähme, indem ich an seinen Respekt und an sein Mitgefühl appelliere, sah er mich nur an, als sei ich ein Wesen von einem anderen Stern. ‹Respekt vor dir?› sagte er. ‹ich habe mehr Respekt vor einer Kakerlake, die viel mehr darüber vergessen hat, wie man überlebt, als du je wissen wirst. Und was das Mitgefühl angeht, so verwechselst du mich wohl mit jemandem, der sich einen Deut um dich schert.›» Wieder konnte William nicht mehr weitersprechen.

«Wäre ich an Ihrer Stelle gewesen, hätte ich ihn auf der Stelle umgebracht», meinte ich.

Er sah zu mir auf. «Wissen Sie was? Wenn ich David nicht hätte, wenn ich nicht hier sein und mich um ihn kümmern wollte, wenn er richtig krank wird, hätte ich den Dreckskerl auf der Stelle erwürgt. Der Tod meines Vaters mag mir vielleicht arg zugesetzt haben – Sie waren ja dabei, als ich letzten Dienstag durchgedreht habe –, aber es tut mir überhaupt nicht Leid, dass er weg ist. Um ihn zu trauern, wäre wie einen Tumor zu vermissen.»

«Wenn es Ihnen etwas hilft, dann kann ich Ihnen sagen, dass ich bislang noch keinen angetroffen habe, der traurig darüber ist, dass er nicht länger unter den Lebenden weilt. Aber bitte, fahren Sie doch fort, William. Wie endete das Treffen?»

«Abrupt. Ich raffte meine Akten zusammen und stürmte hinaus. Sein Lachen verfolgte mich den ganzen Gang entlang.» Er starrte düster in den Kamin.

«Ich muss wissen, was Sie von da bis zu Ihrem zweiten Treffen am Freitag gemacht haben», drängte ich ihn.

«Ich brauche nicht zu betonen, dass mein Kopf nicht in bester Verfassung war, als ich unten auf der Straße stand. Ich war völlig fertig. Ich brauchte mehr als einen Drink. Ich musste mir ein paar Linien reinziehen.» Er sah vom Kamin auf und mir direkt in die Augen. «Hat David Ihnen auch erzählt, dass ich kokse?», fragte er und sah eher aus wie ein Schulschwänzer, als wie ein durchgeknallter Junkie.

«Er sagte mir, das sei vorbei», antwortete ich.

«Ja, das dachte ich auch – bis ich so blöd war, und meinem alten Herrn die Gelegenheit gab, einen Knopf zu viel zu drücken. Sein Hohn ging mir nicht mehr aus dem Kopf, also ging ich auf dem direktesten Weg zu meinem Dealer – der zufälligerweise auch noch der Fahrer meines Vaters ist.»

Die feinen Härchen in meinem Nacken nahmen augenblicklich Achtungsstellung an. Ich glaube, sie sind direkt mit meinen grauen Zellen verbunden. «Aber Ihr Vater wusste doch sicher nicht–»

«Nein. Nicht, dass ich kokse und nicht, woher ich es beziehe. Sein Fahrer, Archie Price, ist einer der größten Dealer der Stadt. Er war in der idealen Position, um mit Kokain zu handeln. An den Tagen, an denen mein Vater weiß – *wusste* –, dass er mehrere Stunden am Stück im Büro sein würde, ruft er – rief er, zum Teufel, ich denke noch nicht in der Vergangenheit von ihm – Archie über sein Mobiltelefon an und sagte ihm, wann er ihn abholen sollte. Archie konnte also stundenlang in der Stadt herumfahren und in den schicken Restaurants und Hotels um Yorkville dealen und trotzdem immer in der Nähe der Bay Street sein.»

«Sind Sie sicher, dass Ihr Vater über Archies – äh – Schwarzarbeit nicht Bescheid wusste?»

«Machen Sie Witze? Er hätte ihn auf der Stelle gefeuert! Nein, zuerst hätte er ihn bei den Cops verpfiffen und ihn verhaften lassen. Mein Vater war ein Moralist, ob Sie's glauben oder nicht, zumindest was den Missbrauch von Rauschmitteln anging. Sie dürfen nicht vergessen, dass sein alter Herr ein Trinker war. Ich meine, er hat nicht einmal Lithium oder Antidepressiva genommen, um seine Stimmungsumschwünge unter Kontrolle zu bekommen, wie es ihm sein Arzt geraten hatte. Jedenfalls wohnte Archie in der Remise auf dem Anwesen meines Vaters. Am Mittwochnachmittag nach dem Treffen mit meinem Vater dachte ich, er könnte zu Hause sein. Manchmal ging er dort noch vorbei, bevor er meinen Vater abholte – ich nehme an, um die Drogen und das Geld abzuladen. Als ich dort ankam, war er gerade dabei, seine Sachen in ein paar Koffer und Kehrichtsäcke zu packen, als hätte er eben eine Hurricane-Warnung gehört. Dieser Mann, der sonst so cool ist, dass er ohne zu blinzeln Caligula in die Augen sehen könnte, sieht so verängstigt aus, dass ich es fast nicht glauben kann. Als ich ihm sagte, ich wollte ein paar Linien kaufen, nimmt er einen ganzen Beutel aus einem Koffer und wirft ihn mir zu. ‹Betrachte es als Abschiedsgeschenk, Kid›, hat er gesagt.»

«Um wie viel Uhr war das?»

«Ich bin direkt vom Büro meines Vaters hingefahren, also muss es kurz nach drei gewesen sein.»

«Erzählen Sie weiter.»

«Ich fragte ihn also, was zum Teufel los wäre. Er sagte mir – und während er redet, stopft er die ganze Zeit seine Sachen in die Koffer –, dass man ihn erwischt hätte, wie er bei einer großen Lieferung etwas für sich abgezweigt hätte. Er hätte die Mafia um zehn Kilo erleichtert, und sie hätten einen Killer auf ihn angesetzt. Wenn er nicht schnell und auf ewig aus der Stadt verschwände, könnte er sich den SkyDome vom Grund des Lake Ontario aus betrachten. Und als er zu Tür rausging, sagte er noch: ‹Und weißt du, was das Verrückteste daran ist, Kid? Typen wie dein Vater sind keinen Deut besser als ich!› Als ich ihn fragte, was er damit meint, sagte er: ‹Willst du wissen, wie du einen Haufen Geld aus deinem Alten rausholen kannst – sag ihm, dass Gerald Dawson mit der Mafia Geschäfte macht.›»

Er warf mir einen ungläubigen Blick zu. «Als er das sagte, dachte ich, jetzt hätte er vollkommen durchgedreht. Ich meine, Dawson ist so etwas wie der Saubermann der Bay Street. Ich fragte Archie also: ‹Meinst du Insidergeschäfte oder Steuerhinterziehung und solche Dinge?› ‹Ich meine Geldwäscherei, Sweetheart›, sagte er, ‹die Kohle der Mafia waschen, bis sie so sauber ist, dass man sie in der Kirche in den Klingelbeutel werfen kann.› Und dann sagte er noch verächtlich: ‹Mit dem Saubermann hattest du also Recht.› Ich fragte ihn nach Einzelheiten, aber hatte es eilig, wegzukommen. Er sagte, er könne mir sowieso nicht mehr sagen und das bisschen, das er wisse, hätte er von einem guten Kumpel, der als Geldbote zwischen der Mafia und Dawson arbeite.»

«Hat er Ihnen den Namen seines Freundes genannt?», fragte ich.

«Nur den Vornamen: Luciano. Ich kann mich daran erinnern, weil David ein Verehrer von Pavarotti ist. Ach ja, er sagte, er sei ein Biker.»

Was ich da hörte, passte einfach nicht zusammen. Aus welchem Grund sollte Dawson, der edle Ritter der Business-Elite, sich die Hände schmutzig machen, sein Imperium und seinen Ruf gefährden, indem er der Mafia einen großen Gefallen tut?

«Ich schnall das nicht. Weshalb sollte Dawson sich auf Geldwäscherei einlassen. Was hat er davon – ich meine, was lohnte das immense Risiko?»

William zuckte die Schultern. «Da kann ich Ihnen nicht weiterhelfen. Ich habe keine Ahnung, wie die Finanzwelt funktioniert –

außer, dass sie schon vor langer Zeit begriffen haben, wie man legal macht, wofür gewöhnliche Leute, die dasselbe auf einer viel kleineren Stufe tun, hinter Gitter wandern.»

«Was hat das, was Price Ihnen erzählt hat, mit dem nächsten Treffen mit Ihrem Vater zu tun?»

Er sprang vom Sofa auf und ging im Zimmer auf und ab. «So überlegen Sie doch, Jane. Wenn auch nur ein Fünkchen Wahrheit in dem steckt, was er gesagt hat – ich meine überlegen Sie sich mal, was diese Information für meinen Vater bedeutet hätte. Er *hasste* Dawson. Er hätte seine Seele verkauft, um sich an ihm zu rächen, besonders nachdem Dawson die Übernahme von Imperial Trust verhindert hat»

«Also spekulierten Sie darauf, dass Sie mit den Informationen, die Price Ihnen gegeben hatte, Geld aus Ihrem Vater rausholen konnten?», fragte ich.

William nickte. «Sie haben's erfasst. Ich hatte keinerlei Beweise, aber ich dachte mir, dass mein Vater einen Privatdetektiv ein bisschen herumschnüffeln lassen könnte. Oder ein anonymer Tipp hätte einen Redaktor dazu bringen können, einen Reporter auf die Geschichte anzusetzen. Jedenfalls rief ich am Donnerstagabend meinen Vater an und sagte ihm, ich hätte belastende Informationen über Dawson, die ihm nützlich sein könnten. Er willigte sofort ein, im Austausch für das, was ich wusste, das ganze Geld in meinem Trust-fund freizugeben – wenn die Informationen was taugten. Also erzählte ich ihm den größten Teil der Gerüchte. Einen Teil hielt ich zur Sicherheit zurück. Er sagte, er werde seinen Anwalt gleich nach unserem Gespräch anweisen, die nötigen Papiere aufzusetzen. Er sagte mir, ich solle am Freitagabend um sieben in sein Büro kommen, um sie zu unterschreiben.

Der Rest ist unspektakulär. Ich ging am Freitagabend hin, unterschrieb – er hatte seine Sekretärin im Voraus unsere Unterschriften ‹bezeugen› lassen – und ging wieder.»

«Um welche Zeit verließen Sie sein Büro?»

«Das kann nicht viel später als ein paar Minuten nach sieben gewesen sein. Sobald ich unterschrieben hatte, warf er mich richtiggehend raus. Ich hatte nicht mal Zeit, meine Zigarette zu Ende zu rauchen – oder meine Streichhölzer mitzunehmen», fügte er zerknirscht hinzu. «Der Alte war in Hochstimmung – richtig aufgekratzt – und, nun ja, ‹rastlos› ist glaube ich das richtige Wort dafür. Ich hatte das Gefühl, er hatte es eilig, wegzugehen. Ich nahm an, er dachte darüber nach, wie er Dawson ans Leder gehen könnte.»

«Was taten Sie, bevor Sie sich in jener Nacht mit David im Leather Boys trafen?»

«Ich saß mutterseelenalleine in einer schäbigen Bar an der College Street und betrank mich bis zum Umfallen. Alles was ich denken konnte, war, wie tief ich gesunken war, um meinen eigenen Vater zu erpressen.»

«William, wenn es Sie tröstet, Ihres war wahrscheinlich eines der weniger schmutzigen Geschäfte Ihres Vaters. Hatten Sie Grund zur Annahme, er könnte sich bereits mit Dawson in Verbindung gesetzt haben – bevor Sie am Freitag in sein Büro gingen?»

William schüttelte den Kopf. «Nein, ich glaube nicht, dass er so schnell gehandelt hätte. Wie hätte er zu dem Zeitpunkt bereits Beweise für die Verdächtigungen bekommen oder auch nur schon jemanden auf den Fall ansetzen können?»

«Wenn Sie damit Recht haben, dass er gleich nach Ihrem Treffen weggehen wollte, dann kam entweder etwas dazwischen, weswegen er länger im Büro bleiben musste – oder wer immer ihn getötet hat, könnte bereits im Gebäude gewesen sein.»

Ein erschreckender Gedanke kam mir. «William, könnte der Mörder in der Nähe des Büros gewesen sein, als Sie drin waren? Hat das Büro vielleicht ein eigenes Badezimmer?»

William wurde aschfahl. «Aber ja doch. Ich benutzte es, als ich am Mittwoch dort war. Es liegt gleich neben dem Büro. Die Tür ist links vom Schreibtisch. Himmel, glauben Sie, jemand könnte dort drin gewartet haben, bis ich gegangen war? Ich meine, nahe genug, um unser Gespräch mitzuhören?»

«Ja, das glaube ich. Wenn sich jemand dort versteckt hat, bevor alle nach Hause gegangen waren, dann hätte er die nächtlichen Sicherheitskontrollen umgehen können. Denken Sie gut nach: Gibt es im Vorzimmer einen zweiten Eingang zum Badezimmer, so dass jemand direkt vom Lift hineingelangen konnte, ohne durch das Büro Ihres Vaters zu müssen?»

Er musste nicht lange überlegen. «Ja, ich glaube, sie ist dazu da, dass das Reinigungspersonal hineinkann, ohne ihn zu stören. Aber sie müssen immer abschließen.»

«Müsste denn nicht jeder Besucher zuerst an der Sekretärin Ihres Vaters vorbei?»

«Ja, und das wäre gewiss nicht einfach. Die Frau ist ein solches Ekel. So, wie sie ihn beschützt hat, hätte man meinen können, er hätte sie als Bodyguard angestellt. Sie erinnert mich an diese grässliche alte Frau in *Liebesgrüße aus Moskau* – Sie wissen schon, die Witwe von Kurt Weill – wie hieß sie doch gleich?»

«Lotte Lenya. Ja, die war großartig.»

«Genau. Aber jetzt, wo Sie's sagen, kommt mir in den Sinn, dass Ruth gar nicht da war, als ich ankam. Vielleicht hat er sie früher gehen lassen – es war ein Freitagnachmittag. Sie ist wahrscheinlich nach Hause gegangen, um ihre Krallen zu wetzen.» Ich fragte mich, was sie wohl der Polizei über Durands Termine und Besucher an diesem Nachmittag erzählt hatte.

William setzte sich wieder aufs Sofa. Sofort begannen seine Hände wieder herumzutanzen, als führten sie ihr eigenes neurotisches Leben. «Ich versuche, mich zu erinnern, ob wir etwas sagten, das jemandem, der uns belauschte, hätte verraten können, dass ich meinem Vater von Dawson erzählt hatte», erklärte er. «Denn *wenn* er getötet wurde, weil ihn jemand zum Schweigen bringen wollte, dann bin ich nur noch am Leben, weil sie bis jetzt noch keine Gelegenheit hatten, mich umzubringen.» Er hätte nicht ärger zittern können, wenn er nackt da draußen auf dem zugefrorenen See gestanden wäre.

Mein Hirn hatte eifrig gearbeitet und war zum selben erschreckenden Schluss gekommen. «Das ist eine Möglichkeit, William. Aber hoffentlich nur eine verschwindend kleine. Aber dann hätte innert kürzester Zeit eine ganze Kette von Ereignissen in Gang gesetzt werden müssen. Ihr Vater müsste Dawson kontaktiert haben. Dawson den Auftrag gegeben haben, ihn zu töten. Der Mörder Sie und Ihren Vater belauscht haben–»

Ich verstummte, als mir bewusst wurde, dass meine Argumentation William nicht beruhigte. Das überraschte mich nicht. Ich war nicht wirklich überzeugt, dass er außer Gefahr war, sah allerdings auch keinen Sinn darin, ihn noch mehr in Panik zu versetzen. Und die Sequenz der Ereignisse, wie ich sie dargelegt hatte, war nur zu plausibel und ließ lediglich kleinere Abweichungen zu, auf die ich nicht näher einging. Zum Beispiel, dass der Mörder am Freitag nicht in unmittelbarer Nähe des Büros gewesen sein musste, um zu wissen, dass William der Informant war: Er hätte es auch mittels Folter aus Durand rauskriegen können, bevor er ihm das Licht ausgeknipst hatte.

Ich stand auf, streckte mich und ging zum Fenster, das zum See hinaus ging. Ein kräftiger Wind türmte auf der gefrorenen Oberfläche Schneewehen auf. Lake Simcoe ist berühmt fürs Eisfischen, aber in dieser Bucht war keine einzige Hütte zu sehen. Nur ein Schneemobil weit draußen.

Als ich mich zu William umdrehte, schüttelte es ihn so heftig, dass ich dachte, er könnte weinen. «Ich glaube, Sie sollten daran denken, in die Stadt zurückzugehen und mit den Cops Kontakt aufnehmen. Erzählen Sie ihnen, was Sie mir erzählt haben. Wenn die denken, Sie seien ernsthaft in Gefahr, dann bekommen Sie Polizeischutz.»

Sein Kopf schoss hoch und er sah mich verdutzt an. «Ich kann nicht glauben, dass Sie das gesagt haben! David sagte mir, ich solle Ihnen vertrauen. Meine Tante sagte, ich solle Ihnen vertrauen.» Mit jedem Satz wurde seine Stimme um einige Dezibel lauter. «Und als Dank für meine Offenheit, sagen Sie mir, ich solle Selbstmord begehen.» Er sprang auf und warf seine Tasse gegen den Kamin.

Ich beschloss, ihm Zeit zu geben, bis seine Wut etwas verraucht war, bevor ich es ihm erklärte. Das war das zweite Mal, dass er die Kontrolle verloren hatte, seit ich hier war. Sogar Simone würde zugeben, dass er daran arbeiten müsste, mit seiner Wut umzugehen.

«Wenn ich den Cops erzähle, dass ich am Freitagabend im Büro war, um meinen Erpresserlohn abzuholen, liefere ich ihnen das

Motiv ja geradezu auf dem Servierteller! Denken Sie doch mal nach: Damit wüssten Sie, dass ich am Tatort war und einen Grund hatte, ihn zu ermorden, wenn er das Geld nicht ausspuckte – der Mörder hat die Papiere, die ich unterschrieben habe, wahrscheinlich mitgenommen. Man braucht nicht Miss Marple zu sein, um zu wissen, dass das Einzige, was fehlt, die Tatwaffe ist.» Er hielt inne. «Womit wurde er getötet? Wissen Sie es? Weiß die Polizei, was es war?»

Ich hob abwehrend die Hände. «Puh ... William ... bitte, beruhigen Sie sich. Ich komme mir vor, als sei ich von einer Flutwelle getroffen worden. Ich kann nicht klar denken, wenn ich so überwältigt werde.»

Er musste sich zwingen, sich hinzusetzen. «Tut mir Leid», war alles, was er kleinlaut zu sagen imstande war. Dabei klopften seine Füße auf dem Fußboden einen Takt.

Ich nickte. «Ist schon okay. Sie haben allen Grund, die Nerven zu verlieren. Lassen Sie mich versuchen, Ihre Frage nach der Waffe zu beantworten. Ja, die Polizei weiß, was es war. Der gerichtsmedizinische Befund deutet darauf hin, dass jemand Ihrem Vater mit einer Specksteinschnitzerei den Schädel eingeschlagen hat – wahrscheinlich ein Stück aus der Sammlung, die er im Büro ausgestellt hatte. Und nein, der Mörder hat sie nicht zurückgelassen. Aber ich bin sicher, sie schicken jemanden bei allen Kunsthändlern vorbei, um ein Inventar der Sammlung zu erstellen, damit man herausfinden kann, welches Stück fehlt. Manche Mörder sind in dieser Beziehung etwas seltsam – gehen das Risiko ein und behalten die Mordwaffe, weil es für sie ein Art Souvenier, eine Trophäe, darstellt.»

Er wurde wieder ganz aufgeregt. «Da sehen Sie, weshalb sie denken, *ich* wäre es gewesen. Ein bezahlter Killer hätte es sicher nicht darauf ankommen lassen, dass er einen passenden stumpfen Gegenstand finden würde, mit dem er sein Opfer töten könnte.»

«Außer er wollte, dass es nach einem Verbrechen aus Leidenschaft aussieht», warf ich ein. «Oder – außer Gerald Dawson ging persönlich vorbei, weil er vielleicht dachte, er könnte ihm ein Geschäft anbieten, und rastete aus, als Ihr Vater ihn provoziert hat oder nicht auf sein Angebot einging, und griff nach dem nächstbesten Objekt.»

William schüttelte skeptisch den Kopf. «Damit bin ich noch lange nicht aus dem Schneider. Ich glaube nicht, dass die Cops gegen Dawson ermitteln werden. Selbst wenn sie ihn mit einer rauchenden Waffe – ich meine, mit einer verdammten Skulptur – in der Hand angetroffen hätten, hätte er sich noch immer freikaufen können. Er ist einfach zu mächtig.»

Ich konnte ihm nicht widersprechen. Ich musste daran denken, wie die Polizei ihre Ermittlungen, die sie aufgrund der Anschuldigungen, die ich in meinem Buch erhoben hatte, kurz vor der Chefetage eingestellt hatte; wie Beschwerden immer noch intern untersucht wurden, auf dieselbe voreingenommene Art, in der Ärzte oder Anwälte gegen ihre eigenen Standeskollegen «ermitteln» und sie «disziplinieren.» Ich musste auch daran denken, was Ernie mir gesagt hatte: dass noch bevor Charles Durands Leiche kalt war, dem Department die Hölle heiß gemacht wurde, weil man eine baldige Festnahme wünschte – und es wenn möglich in der Familie belassen sollte.

Ich sah William in die Augen. «Jetzt ist es an mir, mich zu entschuldigen. Als ich Ihnen sagte, Sie sollen sich der Polizei stellen, dachte ich nur daran, einen Weg zu finden, der Ihre Sicherheit garantiert. Es war keine sehr kreative Idee. Die Polizei hat genug Indizien, um Sie festzunehmen – vielleicht auch, um Sie zu verurteilen. Und selbst wenn sie damit vor Gericht nicht durchkommen, dann wären Sie für eine lange Zeit von David getrennt.» Ich fügte sanft hinzu: «Zu lange.»

Einem der witzigeren Götter musste es ein Anliegen gewesen sein, dass ich den Preis für den besten rhetorischen Kunstgriff bekam. Gerade als ich meinen Satz beendet hatte, hörte ich ein Knacken, das klang, als hätte eine Kugel in die Veranda eingeschlagen. Ich sprang dummerweise auf, war aber clever genug, William zuzurufen, sich auf den Boden zu werfen. Bevor ich mir um meine eigenen alten Knochen Sorgen machen konnte, durchschlug eine Kugel eine der Fensterscheiben und sirrte an meinem Kopf vorbei. Sie musste irgendwo auf dem Weg zur Küche eingeschlagen haben.

Ich sah über die Kiefernbretter hinweg zu William hinüber. Er lag so ruhig da, dass ich es mit der Angst zu tun bekam. «Hey, Sie sind doch okay?»

Ich konnte ihn atmen hören. Meine Antennen waren so aufgerichtet, dass ich gehört hätte, wie in der gegenüberliegenden Ecke eine Spinne ihr Zuhause reparierte.

«Ja, ich bin okay. Aber ich glaube, ich hab mir zum ersten Mal seit zwanzig Jahren in die Hose gemacht.»

«Wenn das der einzige Schaden ist, den wir davontragen, dann lachen wir darüber. Bewegen Sie sich nicht.» Ich wusste nicht, woher dieser plötzlich Anfall, die Führung zu übernehmen, kam, aber es hätte etwas damit zu haben können, dass er die Kontrolle über seine Blase verloren hatte:

Ein drittes feindlich gesinntes Projektil vernichtete die Scheibe neben derjenigen, die ein paar Sekunden zuvor getroffen worden war. Erst einmal im Haus drin, zerdepperte es gleich noch mehr Glas, dieses Mal das in einem Bilderrahmen mit einem Porträt, das stark an Queen Elizabeth erinnerte, Jahre bevor sie all diese familiären Probleme hatte.

Im Gegensatz zu meinem Gefährten, der mit dem Kinn auf den Boden gepresst dalag, war ich mehr wütend als verängstigt. Ganz zu schweigen davon, was der Erniedrigungsfaktor meinem Ego antat. Ich begann, auf den Ellbogen an die vordere Wand zu robben, die ich auch erreichte, ohne dass uns eine weitere Kugel uneingeladen die Aufwartung machte. Als ich aufstand, war ich überrascht, dass sich meine Knie nicht in Wackelpudding verwandelt hatten. Ich riskierte einen Blick durch den von der Sonne gebleichten Vorhang und sah gerade noch, wie sich das Schneemobil, das ich vorhin gesehen hatte, in ungebührlicher Hast in Richtung des gegenüberliegenden Ufers davonmachte. Der Typ, der sich die Zeit vertrieben hatte, uns als Zielscheiben zu benutzen, musste ein Präzisionsgewehr gehabt haben. Dem bisschen nach, was ich aus der Entfernung erkennen konnte, könnte er der Vetter zweiten Grades einer überreifen Chiquita-Banane gewesen sein – mager, schwarz gekleidet, schwarze Kapuzenmütze.

Ich ging zu William und klopfte ihm beruhigend auf die Schulter. «Sie können jetzt aufstehen. Unser Freund ist gegangen.»

Er drehte sich langsam um und besah sich den nassen Schritt. «Das ist mir wirklich peinlich. Ich meine, in all den Geschichten, mit denen wir aufgewachsen sind, ist das den Typen nie passiert.»

«Klar ist es das, William, nur haben wir nie darüber gelesen, weil die Jungs, die die Bücher geschrieben haben, es nie weitererzählt haben.»

Er ging nach oben, um ein Paar frische Boxershorts und Jeans anzuziehen. Ich nutzte die Zeit, in der er weg war, um nach den zwei Kugeln zu suchen, die es bis ins Innere geschafft hatten. Die eine fand ich hinter Ihrer Majestät in der Wand. Die andere hatte ihren Flug in einem Küchenschrank beendet. Ich pulte sie beide mit einem rostigen Schweizer Armeetaschenmesser heraus, das an einer schmuddeligen Schnur neben der Spüle hing. Alles, was ich aus ihnen schließen konnte, war, dass sie gemeingefährlich aussahen. Ich weiß absolut nichts über Schusswaffen.

William kam in die Küche, als ich die tödlichen Kugeln in der Hand betrachtete.

«Die wurden wahrscheinlich mit einem Präzisionsgewehr aus großer Distanz abgefeuert», meinte er. Diese Einschätzung verlieh seiner Stimme etwas mehr Autorität. Der arme Mann musste hart arbeiten, um seine Männlichkeit wiederherzustellen.

«Woher wissen Sie das?», fragte ich.

«Als wir in Noranda wohnten, nahm mich mein Vater manchmal mit auf die Jagd. Ich hasste es, aber er war entschlossen, einen kleinen Mann aus mir zu machen. Ich kann mich noch gut daran erinnern, wie die Kugeln ausgesehen haben. Und wer immer auf uns geschossen hat, muss es von irgendwo draußen auf dem See getan haben, wo er eine gerade Schusslinie hatte, sonst hätten die Kugeln nicht in diesem Winkel eingeschlagen. Ich hab das Loch in der Wand hinter Lizzy Windsor gesehen.»

Wir gingen wieder ins Wohnzimmer und berieten kurz, was wir in nächster Zukunft tun konnten. Ich beschloss, den Vorfall nicht der Polizei zu melden, weil ich sonst Williams Aufenthaltsort preisgeben müsste. Der Schütze war sowieso mit der Waffe abgehauen, also würden unsere ballistischen Beweismittel nichts dazu beitragen, herauszufinden, woher die Kugeln stammten. Ich steckte sie ein, um mein Gewissen zu beruhigen; ich konnte sie Ernie zum nächsten Geburtstag als Heavy-Metal-Halsband schenken.

William wollte nichts davon wissen nach Toronto zurückzugehen, zumindest nicht, bis ich ein paar Tage investiert hätte, Dawsons mögliche Verwicklung in den Mord seines Vaters zu untersuchen. Ich sagte ihm nicht, wie gering ich meine Chancen einschätzte, irgendetwas auszugraben, das handfest genug war, eine offizielle Untersuchung von GODs innerem Zirkel zu rechtfertigen.

Er beschloss schließlich, noch tiefer abzutauchen. Einer der Besitzer des Hauses arbeitete in einer neuen Aids-Klinik in Haliburton. Er war überzeugt, sein Freund könne arrangieren, dass er dort bleiben könnte. Dort wäre er sicher. Niemand würde ihn verraten. Die Homo-Gemeinde hätte gelernt, sich um ihre Mitglieder zu kümmern, sagte er mir. Ich bestand darauf, dass er seinen Freund anrief, bevor wir weggingen. Nachdem er seine Reise direkt vom Haus zur Klinik arrangiert hatte, hing ich noch rum, während er die paar Habseligkeiten, die er mitgebracht hatte, in eine Sporttasche stopfte.

Auf der Veranda hatte ich die erste Kugel bald gefunden und steckte sie ebenfalls ein. Wir gingen zu einem abgeschiedenen Platz neben der Straße, wo er seinen Wagen versteckt hatte. Bevor wir uns trennten, vereinbarten wir, dass wir David als Kontaktperson benutzen würden, und er William jeden Tag zur gleichen Zeit anrufen sollte, um ihm mitzuteilen, was ich Neues herausgefunden hätte.

Bevor er in den Wagen stieg, umarmte er mich etwas scheu.

«Viel Glück, William. Und passen Sie gut auf sich auf», sagte ich.

«Im Moment sind glaube ich *Sie* diejenige, die sich diesen Rat zu Herzen nehmen sollte.»

Als er davonfuhr kam mir der Gedanke, dass sein Leben jetzt ebenso sehr in Gefahr war, wie das seines Lovers. Es war zwar irrational, aber irgendwie fühlte ich mich für sein Wohlergehen verantwortlich.

Ein eisiger Wind peitschte gegen meinen Rücken, als ich mit hochgeschlagenem Kragen und sinkendem Mut zurück zum Wagen ging.

Da ich immer Angst habe, die Erwartungen anderer Menschen zu enttäuschen, mied ich für gewöhnlich intime Beziehungen. Unter der Last meiner Verpflichtungen fuhr ich zurück nach Toronto. Ich wünschte mir, Simone hätte sich einen Privatdetektiv aus dem Branchenverzeichnis ausgesucht. Offenbar sind dort Leute eingetragen, die mit so was tatsächlich ihren Lebensunterhalt bestreiten.

Wo schließen die eigentlich ihre Lebensversicherung ab?

16

Es war schon weit nach Mittag, als ich mich auf den Weg zurück nach Toronto machte. Unterwegs kaufte ich mir irgendeinen McSoundso, Fritten und einen Schoko-Shake, dir ich während der Fahrt verdrückte. Ein sicheres Zeichen, dass mich das Ganze stark beschäftigte: Ich vergaß, Max einen Burger mitzubringen.

Ich fuhr mit dem Lastenaufzug direkt in die dritte Etage und klopfte an Silvers Tür. Sie öffnete sie einen Spalt weit und betrachtete mich mürrisch. Die Hälfte ihres üppigen Haars hatte sich aus den Zöpfen befreit.

«Hi, ich dachte, du hast heute Nachmittag vielleicht etwas vor und wolltest die Schlüssel zurück. Wieso konnte ich ihr nicht einfach sagen, dass ich schreckliche Angst hatte und etwas Zuspruch brauchte?

«Hast du vergessen, welcher Tage heute ist?», fuhr sie mich an.

O Gott, ich vergesse immer alle Geburtstage. Zum Teufel, ich beschloss, das Risiko einzugehen. «Aber natürlich nicht», log ich. «Happy Birthday, Silver.»

Ich wusste, dass ich mich verrechnet hatte, als sie die Tür für einen Moment so weit öffnete, dass ich sehen konnte, was sie nicht trug. «Das sind zwar die Kleider, in denen ich geboren wurde, aber meinen Geburtstag feiere ich nicht vor dem 30. November. Kannst du dich erinnern? Du warst vor drei Monaten an meiner verdammten Party!» Es war nicht zu übersehen, dass ihr Evaskostüm an den Nähten langsam Falten warf.

Zwei Dinge kamen mir in den Sinn: dass ich an der Party mehr als nur ein bisschen betrunken gewesen war und die Tatsache, dass Silver immer ein mächtiges Getue darum veranstaltete, am Sonntag nicht vor Sonnenuntergang gestört zu werden. Ihre Samstagabend-Festivitäten erstreckten sich oft bis weit in den nächsten Tag hinein.

Ich war ein bisschen verletzt, dass sie nicht wissen wollte, wie mein Treffen mit William verlaufen war. Offenbar war mein Bedürfnis zu reden größer als ihres. Ich gab ihr die Schlüssel und bedankte mich für den Wagen.

«Gern geschehen», sagte sie und klemmte beinahe mein Handgelenk in der Tür ein, so eilig hatte sie es, sie zu schließen.

Ich stellte schnell meinen Fuß dazwischen. «Silver, wer zum Teufel ist bei dir – Hillary Clinton?» Ich war so rücksichtsvoll, meine Stimme zu senken.

«Sie würde sich glücklich schätzen.» Die Tür wurde zugeschlagen. Ich zog meinen Fuß gerade noch rechtzeitig zurück.

Max bereitete mir den Empfang, den ich verdiente und mir ein noch schlechteres Gewissen, weil ich mit leeren Händen nach Hause gekommen war. Ich versprach ihm zum Abendessen eine Pizza.

Zeit, nachzudenken. Ich schenkte mir ein Bier ein, legte ein Band mit gregorianischen Chorälen auf und ließ mich aufs Sofa plumpsen.

Die Informationen, die William mir gegeben hatte, hatten auf mein Hirn etwa die gleiche Wirkung wie ein Möbius-Band: Egal, wie lange ich auf das Ding starrte, ich schnallte es immer noch nicht. Wenn GOD der Übeltäter war, musste er zwingende Gründe gehabt haben, Durand vorzeitig ins Jenseits zu befördern. War an Archie Price' Verdächtigungen, er wasche Mafiagelder, etwas dran? Wenn, dann stieg GOD augenblicklich an die Spitze meiner Verdächtigtenliste auf. Wenn Durand gedroht hatte, ihn auffliegen zu lassen, hätte ich ein in Gold gefastes Motiv, das ich seinem Rivalen ans Revers heften konnte.

Der Mörder hatte aus dem Schädel seines Opfers Haschee gemacht. Vielleicht hatte GOD einem Treffen mit Durand in der Hoffnung zugestimmt, sich dessen Schweigen erkaufen zu können. Vielleicht hatte Durand, der ein perverses Talent hatte, andere Leute auf die Palme zu bringen, GOD zum Mord getrieben, indem er ihm ein Angebot gemacht hatte, das dieser sich nicht leisten konnte anzunehmen – oder indem er ihn erniedrigt hatte, wie er es bei William getan hatte. Aber nachdem, was ich gelesen hatte, verfügte GOD über die emotionale Bandbreite einer Echse. Nicht gerade der Typ, der sich in seinen Berechnungen durch Gefühle stören lässt. Wenn GOD den Mafiaboss darüber informiert hatte, dass Durand den Teppich unter ihrem netten, kleinen Abkommen wegziehen konnte, dann könnte die Mafia den Mord angeordnet haben. Und Biker waren bekannt dafür, dass sie schnell bei der Hand sind, den Alterungsprozess von Leuten zu beschleunigen, die der Mafia in die Quere kommen – aber mit einer Inuit-Skulptur?

Ich rannte mir immer wieder den Kopf an der Unwahrscheinlichkeit ein, dass der Primus der angloamerikanischen Business-Elite Geschäfte mit Drogenhändlern machen sollte. Morgen Abend, wenn ich mich mit Michael Diamond traf, würde ich von einem Insider hoffentlich mehr erfahren. Michael war außerdem Fachmann in Steuerfragen: Er konnte mich auch über die Feinmechanik des Geldwaschens aufklären. Im Verlauf meiner Recherchen hatte ich so einiges darüber gelesen, aber nicht genug, um die feineren Punkte zu verstehen.

In der Zwischenzeit wäre mir schon wohler, wenn ich Hinweise auf eine Verbindung, wie flüchtig auch immer, zwischen der Mafia und GOD bekäme. Nachdem, was William gesagt hatte, hatte sich Archie Price am späten Mittwochnachmittag aus dem Staub gemacht. Mittlerweile war er wahrscheinlich längst außer Landes – für immer. Manche Karrieren haben eine kürzere Lebensdauer als die einer Kunstturnerin. Als Quelle fiel er jedenfalls aus.

Ich ertrank in einem Meer von «wenn» und «aber.» Ich stöhnte. Max stöhnte mitfühlend mit. Zu spät, um noch auszusteigen. Williams Leben stand auf dem Spiel; jedenfalls würde er die Trennung von seinem Lover nicht mehr viel länger aushalten. Und Winston, der Barkeeper des Sinful-Place-Nightclubs hatte einen herrlichen Rumpunsch für mich auf Lager. Ich musste in dem Fall der Lösung einen Schritt näher kommen.

Ich wandte mich Luciano zu. Archie hatte William erzählt, dass sein Freund wichtige Botendienste zwischen der Mafia und GOD machte. Luciano war ein Biker. Hank, der Typ, der sich um meine Harley kümmert, hängt mit den Renegades rum, die ihn als «Freund des Clubs» akzeptiert haben. Irgendein Professor von der Ostküste, der ein Buch über Motorradgangs schreiben wollte, war den ganzen weiten Weg nach Toronto gereist, nur um ihn zu interviewen. So viel weiß er zu dem Thema. Hank hatte dem armen Kerl nicht ein Wort verraten. Sieht so aus, als identifiziere er sich eher mit der Bruder- als mit der Wissenschaft. Mit mir könnte er allerdings reden. Ich musste bis morgen warten, bis er seinen Laden aufmachte.

An diesem Punkt meiner mentalen Wanderungen hatte ich nicht mehr viel Vertrauen, dass ich auf dem richtigen Weg war. Ich war dabei, dem einzigen Weg zu folgen, der augenscheinlich aus diesem Dickicht führte, in das ich mich dämlicherweise begeben hatte, als ich an meiner Berufung zur Autorin gezweifelt hatte – oder als ich mit meinem nächsten Buch in einer Sackgasse gelandet war. Schreibblockaden sind ein gefährliches Syndrom.

Indem ich stur an Williams Unschuld glaubte, schwamm ich bloß gegen den Strom – die einzige Richtung, die mir vertraut war, seit ich mich von Etta entfernt hatte. Aber nachdem ich mit dem Hauptverdächtigen gesprochen hatte, war ich noch mehr überzeugt, dass er unschuldig war. Wenn man nicht mehr daran glaubt, dass man Scheiße riechen kann, dann findet man sich plötzlich wieder bis zum Kinn in dem üblen Zeug, bevor man auch nur Gelegenheit hat, nach einer Schaufel zu greifen.

Mit diesem poetischen Gedanken bewegte ich meinen Hintern vom Sofa und machte zwei kurze Telefongespräche. David Walkers Apparat war besetzt, aber es gelang mir, Simone zu erreichen. Ich erkundigte mich zuerst nach Rebecca, aber sie schien mich nicht über das Wohlergehen ihrer Tochter informieren zu wollen.

Ich fasste kurz das Treffen mit ihrem Neffen zusammen, ließ dabei aber die ausführlicheren Details weg. Ich sagte ihr, ich hätte ein paar neue Hinweise, die sehr viel versprechend aussähen – eigentlich meine erste heiße Spur seit einer Woche –, und ich versicherte ihr, dass William in Sicherheit sei. Als ich mich weigerte, ihr sein neues Versteck zu verraten, wurde sie ziemlich ungehalten, aber ich erklärte ihr, dass William und ich vereinbart hätten, nur David von seinem Aufenthaltsort zu erzählen. Bevor ich auflegte, versprach ich ihr, sie anzurufen, sobald sich etwas Konkretes ergeben würde. Sie ließ sich nicht besänftigen; wahrscheinlich hatte ich irgendeine imaginäre Frist nicht eingehalten, die sie mir gesetzt hatte. Die Geschichte meines Lebens.

Als ich wieder Davids Nummer wählte, nahm er den Hörer nach dem ersten Klingeln ab. Er hatte soeben mit William gesprochen, der ihn aus einer Telefonzelle an einer Tankstelle südlich von Minden angerufen hatte. Er war erleichtert, dass William an einem sichereren Ort war, sagte aber, dass sie einander schrecklich vermissten. Ich sagte ihm, dass ich mit ein wenig Glück in den nächsten Tagen etwas herausfinden könnte, das Licht in die Sache bringen würde. Langsam bekam ich Übung im Machen von leeren Versprechungen. Wir vereinbarten, dass er seinen Lover Nachmittags um halb fünf von einer Telefonzelle aus anrufen würde.

David und ich kamen überein, später in dieser Woche wieder miteinander zu telefonieren. Er erzählte mir, er sei vollauf mit der Korrektur von Seminararbeiten und einem Papier über die Übersetzung eines französischen Traktats eines Augustinermönchs über die Völlerei beschäftigt. «Ich hoffe, der gute Bruder hatte einen toleranten Ansatz. Gute Laster sind heutzutage immer schwieriger aufrechtzuerhalten», meinte ich aus ganzem Herzen. Das Junggesellendasein fördert meinen Appetit auf Alkohol und Nikotin.

Ich gab mir keine Mühe, Interesse an seiner Forschung zu heucheln; meiner Erfahrung nach stürzen sich Akademiker beim kleinsten Anzeichen von Ermutigung wie hungrige Wölfe auf ein verletztes Reh. Ich war mal mit einem Typen zusammen gewesen, der vollkommen in Begeisterung über die höheren Sphären der

Kernphysik aufging – im Bett, und in einem Maße, dass er komplett aus den Augen verlor, was unter dem Nabel abging.

Fünf Minuten später, gerade als ich Max eine Pizza bestellen wollte (large, doppelte Menge Salami und Käse, keine Sardellen), klingelte das Telefon. Es war Portia, die sich erkundigte, was ich für den Besuch bei Michael morgen Abend anzuziehen gedächte. Ich sagte ihr, ich sei hin- und hergerissen zwischen meinem Spitzen-Bustier und meinem Tarnanzug – für den Fall, dass es etwas hitziger würde, könnte ich mir immer noch etwas Unbequemeres, das ich in meiner Sporttasche dabei hätte, überziehen. Sie sagte mir, ich sei hoffnungslos. Ich antwortete, das hänge davon ab, worauf sie hoffte. Wir mussten lachen. Ich musste ihr versprechen, einen ausführlichen Bericht abzuliefern. Ich sagte ihr, sie solle den Fernseher einschalten und ihre Spanner-Fixierung bei Geraldo oder Oprah befriedigen.

Am nächsten Morgen um neun stellte ich mein Motorrad vor Hanks Werkstatt ab. Da ich nicht wollte, dass er Zeit hatte zu überlegen, ob es schlau war, meine Fragen zu beantworten, hatte ich ihn vorher nicht angerufen.

Ich fand ihn in der Werkstatt, wo er gerade an einer Honda Nighthawk 750 operierte. «Schlechter Umgang», sagte ich und zeigte auf seinen Patienten, ein schwächliches, metallic-blaues Ding, das mit Macho-Klebern übersät war.

Er grinste. «Die meisten Harleyfahrer können ihre Maschine selber in Schuss halten – sogar einige der Girls.»

«Hey, Hank, sogar du weißt, dass es eine richtige Frau braucht, um eine Harley zu reiten.»

Er kam auf mich zu und wischte sich die Hände an einem öligen Lappen ab. «Nun, was hat dich so früh aus den Federn gebracht, richtige Frau? Ist deine Maschine krank?»

«Nein, Harley geht's gut. Ich recherchiere für einen Artikel, den ich gerade schreibe. Es geht um die Verbindungen zwischen der Mafia und der Wirtschaft. Ein oder zwei Abschnitte handeln davon, wie die großen Syndikate in der Stadt die Biker-Clubs benutzen, um Drogen herzustellen und zu verteilen.»

Hank, muss man sagen, ist ein drahtiger, kleiner Kerl, vielleicht gerade mal einssiebzig groß. Es wäre mir noch nie in den Sinn gekommen, dass man sich vor ihm fürchten könnte. Aber jetzt sah er mich mit Augen an, die urplötzlich eiskalt geworden waren. «Und wer druckt diesen Artikel?»

«Oh, *Maclean's*», log ich.

Er zuckte die Schultern. «Ich lese nur Motorradmagazine. Aber ich weiß, wie die Zeitungen über die Gangs schreiben. Wieso sollte ich dir etwas erzählen?»

«Wieso nicht, Hank? Ich brauche nur Informationen für ein paar Sätze. Ich nenne keine Namen oder sonst was. Ich meine, ich brauche nur ein paar Details, damit es so klingt, als wüsste ich, wovon ich rede. Hey, Mann, ich habe nicht das geringste Interesse daran, den Bikern Kummer zu machen – es sind die Typen in den Anzügen, hinter denen ich her bin, aber ich kann nichts ausrichten, wenn ich nicht ein paar harte Fakten darüber habe, mit wem sie Geschäfte machen. Heutzutage lesen Anwälte jedes einzelne verdammte Wort, das wir schreiben, bevor die Verleger überhaupt daran denken, etwas zu drucken, wofür sie verklagt werden können. Na komm schon, Hank.»

Seine Miene entspannte sich etwas. «Keine Namen? Und du erzählst niemandem, dass ich mit dir gesprochen habe?»

«Eher gehe ich ins Gefängnis, als dass ich eine Quelle preisgebe.»

«Okay, komm mit in die Werkstatt, damit ich an der Honda weiterarbeiten kann.» Ich folgte ihm in seinen großen Betonbunker. Bevor er sich wieder dem Motorrad zuwandte, ging er zu einem Kühlschrank im hinteren Teil des Ladens. Er warf mir eine Dose Bier zu und öffnete eine für sich. Ich nahm einen Schluck und war überrascht, wie gut es so früh am Morgen auf einen leeren Magen schmeckte.

«Eigentlich habe ich nur eine Frage. Ein Freund von mir, der an der Sendung mitgearbeitet hatte, die CBC vor ein paar Jahren über das organisierte Verbrechen in der Stadt–»

Er unterbrach mich mit: «Und was zum Henker ist *unorganisiertes* Verbrechen?»

«Ich glaube, man nennt das Politik.»

Er lachte. «Sprich weiter.» Die Spannung wich ein ganzes Stück.

«Na, jedenfalls erwähnte dieser Freund ein paar Namen, die du kennst – Leute, mit denen ihre Journalisten gesprochen oder von denen sie gehört hatten, als sie den Film vorbereiteten. Er dachte, dass ein oder zwei von ihnen vielleicht bereit wären, mit mir zu sprechen, für einen kleinen Betrag, oder weil sie eine Rechnung zu begleichen hätten. Er erwähnte Dominc Ricciutelli, Giancarlo Giovannini – ach ja, und jemanden, der Luciano heißt. Weißt du, mit wem die reiten?» Ich brauchte unbedingt seine Hilfe: Die Outlaw-Gangs schotten sich komplett ab und es ist noch viel schwieriger, an sie ranzukommen, als an ihre Gegenstücke aus dem Establishment.

«Ich kenne einen Dominic Paoletti, aber der sitzt für achtzehn Monate in Kingston ein. Nein, keinen Ricciutelli und keinen Giovannini.» Er schüttelte den Kopf und konzentrierte sich darauf, eine Radmutter zu lösen. Ich war nicht überrascht. Die Namen hatte ich erfunden.

«Äh, und wie steht's mit Luciano?»

Er sah zu mir auf. Er griff nach einem richtig schweren Schraubenschlüssel. «Den Nachnamen hast du nicht?»

«Ich glaube mein Freund hat ihn erwähnt, aber er ist mir entfallen. Er sagte, Luciano sei so eine Art Kurier», meinte ich hartnäckig.

«Das ist Luciano Lombardi – er ist bei The Bad Men. Und er ist ein richtiger Dreckskerl, dieser Lucy. Um den machst du besser einen großen Bogen. Letzten Sommer ist seine Lady im Clubhaus über ihn hergezogen. Er hat ihr die Kehle derart durchgeschnitten, dass ich dachte, der Kopf fällt ihr gleich ab. Ein paar seiner Kumpels warfen die Leiche dann in einen Müllcontainer. Und er war fünf Jahre mit der Alten zusammen.»

Ob dieser Art, lästige Puppen loszuwerden, schüttelte er missbilligend den Kopf, aber irgendwie sah er beeindruckt aus.

Ich schauderte und nahm einen großen Schluck. Genauer gesagt, ich leerte die Dose. «Du hast mich gerade überzeugt, Hank. Ich will ihn nicht sprechen. Vielleicht kannst du mir also mehr über ihn erzählen, zum Beispiel, womit er sich seinen Lebensunterhalt verdient?», fragte ich hoffnungsvoll.

«Früher hat er Drogen an eine ganze Menge von Straßen-Dealern verteilt, für die Costa-Romeo-Figliomeni-Familie – sie gehören zur kalabrischen Mafia, der *'ndrangheta*. Der Boss ist ein Typ namens Giuseppe Nicaso. Nach allem, was ich gehört habe, wurde Luciano befördert. Wie es scheint, liefert er jetzt nur noch Geld.»

«Von wo nach wo?»

«Von den Typen, die die Mäuse zählen, die von der Straße reinkommen, zu den Typen, die sie für die Mafia in den Geschirrspüler schmeißen.» Er stand auf. «Das ist alles, Jane. Ich sage kein einziges verdammtes Wort mehr.»

Ich wagte noch einen Versuch. «Ich nehme an, du kannst mir nicht sagen, wo ich den Geschirrspüler finde?»

«Klar kann ich das. Bargain Harold's. Keine Anzahlung und drei Jahre Ratenzahlung.»

«Danke, Hank. Ich weiß deine Hilfe zu schätzen. Ich schulde dir was. Und ich werde den Mund halten.»

«Tu *dir* einen Gefallen und halte dich von Lucy fern. Sogar seine Brüder halten ihn ein bisschen für einen Psychopathen. Der schneidet dich in Stücke, kleiner als Fettuccine, wenn er das Gefühl hat, du schnüffelst ihm nach.»

«Weshalb der Spitzname – Lucy?»

«Man muss den Kerl sehen, um den Witz zu begreifen. Kannst du dich noch an diese alten Popeye-Cartoons erinnern? Er sieht aus wie Bluto. Gebaut wie ein Scheißhaus, wiegt locker dreihundert Pfund, schwarzer Bart, fettiges Haar, Bierwampe. Hat ein Tattoo am rechten Arm – ein Dolch, von dem Blut auf das Wort ‹Tod› tropft. Etwas, das weiter von Lucy entfernt ist, kann man sich fast nicht vorstellen.»

«Klingt nicht nach meinem Typ.» Ich setzte meinen Helm auf, warf ein Bein über meine Maschine und winkte zittrig, als ich davonfuhr.

17

Max gab zwei dröhnende Rülpser von sich, als ich ihm zum Telefon hinterherrannte. Entweder hatten seine Magensäfte Schwierigkeiten mit der Salami, oder es war ein vulgärer Kommentar zu meinem Versäumnis, ihm zur Begrüßung einen Kuss zu geben. Es war mir egal: Die Aufregung über das, was ich von Hank erfahren hatte, hatten meinen Mutterinstinkt erheblich gedämpft.

Ich nahm den Hörer ab. Es war Sam Brewer, der mich noch mal zum Lunch bei Delaney's treffen wollte.

«Ich hab da was, das Charles Durands Biografin interessieren könnte», meinte er trocken. Er sprach leise und ruhig, aber da war ein Unterton, der mich interessierte. Ich sagte schnell zu.

«Sam. könntest du mir einen Tipp geben, worum es sich handelt?»

«Nee», entgegnete er liebenswürdig, aber entschieden. «Du weißt doch, wie paranoid mich Telefone machen.»

Ich sagte ihm, ich wäre um ein Uhr dort und legte nur gerade so lange auf, bis das Freizeichen kam. Auf dem Weg zurück von Hanks Laden hatte ich beschlossen, Judith Durand anzurufen, vordergründig um einen Termin für ein Gespräch mit den Angestellten zu vereinbaren. In Wirklichkeit wollte ich herausfinden, wie sie auf meine Frage reagieren würde, ob ich Archie Price sprechen könnte. Schließlich, so meine Argumentation, müsste der Fahrer eines Moguls das moderne Equivalent eines britischen Butlers sein – dieser verschwiegene Vertraute englischer Gentlemen, eine richtige Goldader an Informationen, um die auszubeuten ein gewissenhafter Biograph seine Großmutter verkaufen würde.

Das Telefon klingelte nur zweimal, ehe eine Frau mit französischem Akzent abnahm. «Charles-Durand-Residenz», sagte sie in einem Ton, als hätte ich die Frechheit gehabt, ein R-Gespräch nach Versailles anzumelden. Ich fragte mich, wie lange sie sich wohl noch mit dem Namen ihres verblichenen Arbeitgebers melden würde. «Womit kann ich Ihnen dienen?» Sie klang überhaupt nicht, als hätte sie die Absicht, dienstbar zu sein.

«Guten Morgen», antwortete ich in meinem hochnäsigsten Akzent. «Mein Name ist Jane Yeats. Ich hätte gern Mrs Durand gesprochen.»

Ich nehme an, den ersten Test bestand ich nicht. «Tut mir Leid, aber Mrs Durand lässt sich in ihrer Trauer nur ungern stören. Kann ich ihr etwas ausrichten.» Sie formulierte den letzten Satz nicht als Frage.

Ich konnte mir Judith Durand beim besten Willen nicht als Queen Victoria in Trauerkleidung vorstellen. Wahrscheinlich saß sie viel eher mit nichts als einem seidenen Morgenmantel beim Champagnerfrühstück. «Ich bin sicher, Sie wird mit mir sprechen wollen, wenn Sie ihr meinen Namen nennen.»

Sie fragte mich, ob ich meinen Namen nochmals wiederholen könnte.

Ich legte all meine Autorität in meine Stimme. «Jane Yeats vom Büro des Premierministers.»

Sie ließ fast den Hörer fallen, so eilig hatte sie es, ihre Herrin und Meisterin zu holen.

«Sie haben also einen richtigen Beruf», kicherte Judith ins Telefon.

Es hatte keinen Sinn, ihr zu sagen, dass ich Schreiben für einen richtigen Beruf hielt: manche Leute begreifen es eben nie – und ich wollte ganz sicher nicht ihre Bereitschaft zur Mitarbeit verlieren. «Tut mir Leid wegen eben. Mir kam nichts anderes in den Sinn, um an Ihrer Empfangsdame vorbeizukommen.»

«Alle, die Charles eingestellt hat, sind so verschwiegen», sagte sie. «Kann ich Ihnen irgendwie helfen?»

Nachdem ich mich nach ihrem Wohlbefinden erkundigt hatte, legte ich ihr den Grund für meinen Anruf dar. Während ich mir im Klaren darüber sei, dass dies nicht der Zeitpunkt wäre, sie zu fragen, ob sie mir ein Interview gewähren würde, sei ich doch der Ansicht, dass es hilfreich wäre, mit den Hausangestellten zu sprechen – vor allem, weil die Erinnerung an ihren Arbeitgeber noch frisch wäre. Ich erklärte ihr, dass ich die Eindrücke bräuchte, die sie von ihrem Mann gewonnen hätten, um etwas über seine «Persönlichkeit» zu erfahren, und versicherte ihr, dass ich keine Fragen über das Privatleben der Durands stellen würde.

Sie willigte sofort ein, schlug mir sogar vor, Swindon Path am Donnerstag einen Besuch abzustatten. Ich sagte ihr, ich müsste nicht länger als eine halbe Stunde mit jedem Angestellten sprechen.

«Wieso kommen Sie dann nicht um neun und wenn Sie mit den Interviews durch sind essen wir etwas Leichtes zu Mittag?» Ich fragte mich, ob sie so zugänglich war, weil sie hilfsbereit erscheinen wollte, oder weil sie Gesellschaft brauchte. Man sagt, das Leben dort oben kann manchmal einsam sein. Ihrem verstorbenen Mann, der die Akzeptanz des Establishments gesucht hatte, war der Zutritt zum engeren Kreis verwehrt worden. Damit musste seine zweite Frau, ein Model von zweifelhafter Herkunft, das von niemandem ernst genommen wurde, in Torontos feinerer Gesellschaft irgendwo an der Peripherie von Nirgendwo sein.

Ich dankte ihr für die Unterstützung. Gerade als wir auflegen wollten, fragte ich so leichthin, wie es nur eben ging: «Oh, übrigens, wäre es vielleicht möglich, dass ich mich mit Mr Durands Chauffeur treffen könnte – ähm, ich glaube, sein Name ist Archie Price –, das heißt, falls er überhaupt noch in Ihren Diensten steht?»

Es dauerte einen Augenblick, bevor sie antwortete. «Nein, das ist nicht möglich. Mr Price arbeitet nicht mehr für uns. Ich ziehe es vor, selbst zu fahren. Ich fahre einen Porsche.»

Sie war zu freigebig mit den Details. «Haben Sie seine Telefonnummer oder vielleicht seine neue Adresse?»

«Nein. Soviel ich weiß, hatte er vor, ins Ausland zu gehen», sagte sie mit einer Stimme, die bar jedweder Freundlichkeit war. Ich beschloss, nicht weiter zu drängen. Wir verabschiedeten uns.

Ihre Antwort stimmte nicht mit Williams' Version überein. Weshalb hatte sie mir nicht gesagt, dass er getürmt war? Sie hatte klar gesagt, dass sie ihn nach Durands Tod entlassen hatte, weil sie keine Verwendung für einen Chauffeur hatte. Und da war eine markante Veränderung in ihrer Stimme gewesen, als ich Price' Namen genannt hatte. Hatte er wohl bei Durands den Wildhüter Lady Chatterlys gespielt? Gerüchten zufolge treiben es mehr Rosedale-Ladys mit dem Chauffeur des Hauses als man gemeinhin denkt, manche davon mit dem Einverständnis ihres Mannes.

Andererseits könnte Durand sich Judith anvertraut haben – und in dem Fall könnte er über Price' Drogengeschäfte Bescheid gewusst haben, vielleicht auch über die Verbindung zur Mafia. Hätte sie der Polizei das erzählt? Oder hätte sie zu viel Angst gehabt, vielleicht weil sie wusste, weshalb man ihren Mann erledigt hatte?

Eine viel unangenehmere Möglichkeit tat sich auf. William hätte die Geschichte erfunden haben können – vor allem, wenn er Grund zur Annahme hatte, dass niemand mehr etwas von Price hören würde.

Zum zweiten Mal an diesem Tag setzte ich mich auf mein Motorrad. Ich legte die Strecke in östlicher Richtung der Bloor entlang nach Sherbourne in zehn Minuten zurück. In Delaney's begrüßte ich Frank an der Bar.

»Janie, komm rüber. Dein Guinness fühlt sich einsam», rief Sam aus seiner Ecke.

Nach der üblichen herzlichen Umarmung hielt ich den alten Brummbär auf Armeslänge. «Etwas stimmt hier nicht, Sam. Dein Anzug war in der Reinigung. Frisches Hemd. Keine Bierflecken auf der Krawatte – und neue Schuhe! Du machst mir Sorgen», hänselte ich ihn.

Er lief rot an. «Ja, weißt du, ich dachte, ich könnte mich etwas frisch machen, jetzt, wo der Frühling kommt und so.»

Ich musste lachen. «Sam, ich muss etwa sieben Frühlinge kommen und gehen gesehen haben, und alles, was sie jemals bewirkt haben, war, dass du deinen zerkitterten Mantel für sechs oder sieben Monate in Pension geschickt hast. Nun sag schon, was ist los?»

«Trink dein Bier, um Gottes willen. Ich bin hier der Reporter, also stelle ich auch die Fragen.» Er schwieg einen Moment und schaute verlegen in sein Bier. «Eigentlich bin ich an einer Lady interessiert.» Er erzählte mir, dass er Monate gebraucht hatte, bis er sich ein Herz fassen konnte und eine Sekretärin bei der *Post* namens Sandy, verwitwet wie er auch, zu fragen, ob sie mit ihm ausgehen wolle. An diesem Morgen hatte sie zugesagt. Ich war entzückt. Sam ist ein viel zu netter Kerl, als dass er den Rest seiner Tage damit verbringen sollte, wegen seiner verstorbenen Frau in sein Bier zu heulen.

Er sah zu mir auf und grinste. «Jetzt ist es an dir, an deinem Privatleben was zu ändern, Lady.»

«Ich will ja nichts versprechen, aber wenn es für dich noch Hoffnung gibt, dann sollte ich in den nächsten Tagen von Richard Gere hören.»

Er sagte mir, er hätte nur noch Zeit für ein Bier, weil er einen Anruf von Ernie Sivcoski gehabt hätte. Anscheinend hatte es einen weiteren Mord gegeben. Sam musste ihn in die nächste Ausgabe bringen.

«Nichts Außergewöhnliches an einem weiteren Mord. Dieses Jahr hatten wir durchschnittlich drei pro Woche. Deshalb hast du mich wohl nicht angerufen, oder?», fragte ich.

Frank brachte uns ein zweites Bier. Ich hatte noch keine zwei Fingerbreit von meinem ersten getrunken. «Doch, hab ich. Dieser dürfte dich definitiv interessieren, also hör zu. Ernie hat gesagt, die Mordkommission hätte gestern Nacht um zehn einen Anruf von der RCMP erhalten – das ist die nationale Abteilung für Verbrechensaufklärung hier in der Stadt. Sie hatten einen Tipp von einem ‹vertrauenswürdigen Informanten› erhalten, der sie zu einem Wagen hinter einem Nachtclub in North York führte. Im Kofferraum war eine Leiche. Sah aus, als wäre er verblutet, die Stichwunden, die er hatte, hätten ein ganzes Baseball-Team umbringen können. Es war ganz offenbar ein Auftragsmord – du weißt schon, eine von diesen roten Flaggen, welche die Mafia hochhält, wenn man sie tüchtig bescheißt. Der Typ lag zusammengerollt da, als hätte er den Mutterleib nie verlassen, und war zehnmal blutiger als bei seiner Geburt. Das Einzige, was er noch anhatte, waren Socken. Sie hatten seine Hände und Füße gefesselt und um den Hals war ein irgendein Tuch gewickelt, das mit seinen Knöcheln verbunden war. Verschnürt wie eine Weihnachtsgans.»

«Mach's nicht spannend, Sam! Das ist der sechste Mafiamord in ebenso vielen Wochen – dem letzten hatten sie Arme und Beine mit einer Kettensäge abgetrennt. Wir wissen, dass ein Drogenkrieg im Gange ist. Was ist an diesem Mord so furchtbar interessant?»

«Der hier war der Fahrer des verblichenen Charles Durand», sagte er triumphierend.

«Fuck.» Ich warf tatsächlich mein Bier um, was mir noch nie passiert war. Zumindest nicht, wenn ich nüchtern war.

Frank kam, wischte den Tisch ab und nahm mein Glas, das nicht zerbrochen war. «Wenn ich dich nicht besser kennen würde, würde ich sagen, du bist besoffen. Was ist los? Hat dir der alte Lustmolch einen Antrag gemacht?», fragte er und zeigte mit dem Daumen auf Sam.

«Willst du damit sagen, man hätte Archie Price umgelegt?»

«Dann weißt du ja seinen Namen bereits», meinte Sam. «Du hast deine Hausaufgaben gemacht.»

Ich nickte. «Hat Ernie sonst noch was über Price gesagt – zum Beispiel, weshalb sie denken, dass man ihn ermordet hat?»

Sam schüttelte den Kopf. «Nee, er wollte nichts mehr sagen. Er hat mir aber versprochen, mich so bald wie möglich zu informieren. Er sagte, dass sie das *sehr* vertraulich behandelten, das es womöglich mit dem Durand-Fall zusammenhängt – in dem, wie du weißt, ‹die Ermittlungen noch nicht abgeschlossen sind›. Was weißt du sonst noch über Price?»

«Ich kann dir nur so viel sagen, Sam: Man hat mir erzählt, er hätte gedealt, und zwar in großem Stil. Aber ich hatte bisher noch keine Zeit, das zu überprüfen.»

Er war sehr schnell. «Hat Durand davon gewusst?»

«Das kann ich nicht sagen. Aber wenn, dann hat er es laut meinem Informanten erst kürzlich herausgefunden – so etwa einen Tag, bevor er starb.»

«Deshalb also war Ernie so vorsichtig – vielleicht denken sie, Archie könnte es getan haben. Durand könnte herausgefunden haben, dass er dealte, und gedroht haben, zur Polizei zu gehen, richtig?»

Ich musste ihm Recht geben und kam mir verdammt dumm vor. Bei all meinen schlauen Theorien war ich darauf noch nicht gekommen. Ich hatte angenommen, dass Archie getürmt war, ohne seinen Arbeitgeber wiedergesehen zu haben. Aber Durand hatte ihn vielleicht zur Rede gestellt und wissen wollen, was Price ihm über GODs Verbindungen zur Mafia sagen konnte – im Austausch gegen, sagen wir mal, sein Stillschweigen über die nebenberuflichen Aktivitäten seines Fahrers. Price könnte ihn auf der Stelle umgebracht haben, bevor er Gelegenheit hatte, die Cops zu informierem, denn zu verlieren hatte er sowieso nichts mehr. Er hatte ja ohnehin vor, sich baldmöglichst abzusetzen.

«Richtig – und damit wäre der Durand-Fall zur Zufriedenheit aller Beteiligten erledigt, oder nicht? Die Mafia könnte Price ermordet haben – nur für den Fall, dass er für den Mord an seinem Boss verhaftet wird und beschließt, im Austausch gegen Strafmilderung gegen sie auszusagen. Sam, du kannst schon mal an der Schlagzeile arbeiten. MOGUL VON FAHRER ERMORDET. TÄTER OPFER DER MAFIA!» Mein Bier schmeckte plötzlich sauer.

«Weißt du ein besseres Drehbuch?»

«Ich könnte ganz sicher ein besseres *schreiben*, aber es würde vor Gericht nicht standhalten. Sam, kannst du mich anrufen, sobald Ernie mehr verlauten lässt?»

«Wieso nicht?» Er stürzte den Rest seines Biers hinunter und stand auf. «Im Austausch, natürlich – wir halten uns doch weiter gegenseitig auf dem Laufenden?», grinste er. «Ich muss jetzt gehen.»

Er verließ Delaney's mit dem federnden Schritt eines Teenagers. Erstaunlich, wie manche Leute der Liebe nachrennen.

18

Max verfolgte meine Vorbereitungen für das Dinner mit Michael Diamond von seinem magistralen Podest auf dem Sofa. Er gab sich Mühe, gleichgültig auszusehen, indem er den hektischen Tanz des Regenbogens beobachtete, den der Kristall, der vor einem meiner Fenster hing, ins Studio warf. Dabei verfolgte er meine Fortschritte aus dem Winkel seines vorwurfsvollen linken Auges: Deshalb wusste ich, dass er an meinen Bemühungen, den Anschein ungekünstelter, legerer Eleganz zu erwecken, äußerst interessiert war.

Unter der Dusche rasierte ich Beine und Arme. Das ist etwas, was ich meinem Körper im Winter normalerweise nicht zumute, wenn sowieso niemand außer Max meine Beine zu sehen bekommt – und ich denke, er fühlt sich mir näher, wenn wir dasselbe pelzige Aussehen haben. Nicht dass heute Abend jemand meine Beine zu sehen bekäme. Manchmal tendieren Frau wie ich leicht in eine femininere Richtung, wenn sie sich wegen etwas anderem verunsichert fühlen – zum Beispiel wegen ihrer detektivischen Fähigkeiten. Der Durand-Fall stellte sich langsam als gefährliches Rätsel heraus. Ich war mir nicht sicher, weshalb ich mir ein bisschen weniger wie ein inkompetenter Spürhund vorkam, nur weil ich meine Beine schabte. Ich habe prächtige Beine. Eines Tages könnte ich ja mal darüber nachdenken, weshalb ich sie so selten zeige.

Ich trat gut dreißig Gramm leichter aus der Dusche und trocknete meine Haare. Vor Jahren schon hatte ich die Erfahrung gemacht, dass es sinnlos ist, natürliche Locken frisieren zu wollen. Wie ein Knäuel Winden rankt sich mein Haar, wie es ihm passt. Es ist von einem leuchtenden Mahagonirot, eine Farbe, die einem irischen Setter um einiges besser steht. Im Sommer liefert es sich dann mit meinen Sommersprossen einen Wettstreit um Aufmerksamkeit. Ich würde glatt als eine alternde Anne of Green Gables durchgehen – wenn ich den Mund nicht aufmachen würde.

Ich wählte einen dunkelgrünen Hosenanzug mit weiten Bundfaltenhosen und einem saloppen Jackett, eine beigefarbene Seidenbluse und ein vergleichsweise neues Paar braune Wildlederstiefel. Lange, silberne Ohrringe in der Form eines Fischskeletts, die ich mir eines schönen Morgens gekauft hatte, als ich den ersten Impuls, Diät zu halten, verspürt hatte. Kein Make-up: Da hört es bei mir auf. Nur ein bisschen Lippenglanz, damit ich zwischen Nase und Kinngrübchen nicht ganz so verwittert aussah. An guten Tagen, wenn sich die Depressionen über meinem Gemüt so weit lichten, dass ich eine positivere Haltung bezüglich meines Aussehens anzunehmen imstande bin, könnte ich glatt als Katharine Hepburn in, sagen wir mal, *African Queen* durchgehen. Gott möge mir beistehen, wenn Michael Diamond auch nur annähernd wie Bogart aussah.

Bevor ich ging, öffnete ich eine Tür des Eichentisches, in dem

Pete seine kleine Weinsammlung aufbewahrt hatte, die er ein Jahr vor seinem Tod begonnen hatte. Ich hatte sie aufbewahrt, nicht um sie für einen bestimmten Anlass aufzusparen, sondern weil es eine Verbindung war, die ich nur ungern losließ. Vielleicht war es jetzt Zeit, genau das zu tun. Um für alle kulinarischen Eventualitäten gerüstet zu sein, wählte ich einen deutschen Weiß- und einen französischen Rotwein.

Ich musste von Schuldgefühlen geplagt gewesen sein, dass ich Michaels Gastfreundschaft in Anspruch nahm, da ich doch bloß Informationen von ihm wollte. Vielleicht hoffte ich, ihn hinters Licht führen und ihn von meiner Professionalität überzeugen zu können, wenn ich mich ein bisschen schick machte. *Professionelle was?*, fragte ich mich. Das einzige Mal, dass ich den Weihen einer höheren Auszeichnung nahe gekommen war, war in der siebten Klasse gewesen, als ich in einem stadtweiten Plakatwettbewerb den dritten Platz belegt hatte. Mein Preis war ein Badehandschuh und zwei Stück Lavendelseife gewesen. Dies dämpft meine Motivation erheblich, wenn es darum geht, herausragende Leistungen zu erbringen.

Max rannte nicht zu seinem Fressnapf, als ich ihm einen Kosher-Hot Dog hineinlegte. Zur Tür begleitete er mich auch nicht. Eifersucht verdirbt den Charakter.

Ich sagte dem Taxifahrer, er solle mich einen Block vor meinem Ziel aussteigen lassen. Ich bin eine gute Sozialistin: Ich mag es nicht, wenn die Leute denken, ich hätte genug Geld, um mir ein Taxi leisten zu können, wenn ich doch brav mit den öffentlichen Verkehrsmitteln kommen konnte.

Er wohnte etwa in der Mitte der Holland Avenue. Eine ruhige, von Bäumen überdachte Straße mit spätviktorianischen Backsteinhäusern. Die Fassade von Michaels Haus war umsichtig renoviert anstatt modernisiert worden. Es waren keine dieser trendigen Anflüge von Yuppie-Semiotik zu erkennen, wie man sie bei Renovationen sonst antrifft. Gefiel mir. Ich kündigte meine Ankunft mit dreimaligem Klopfen an der wunderschönen Tür mit Butzenscheiben an. Im Inneren gab sofort ein Hund aufgeregt Laut.

Zusätzlich zu den zwei Flaschen fermentierten Traubensaftes musste ich noch Vorurteile, wie ein Fachmann in Steuerfragen auszusehen hatte, mitgebracht haben, denn ich war überrascht, als die Tür von einem Mann in Blue Jeans, einem T-Shirt mit einem leuchtenden Tukan darauf und Joggingschuhen geöffnet wurde. Keine Socken. Gerade als er den Mund zur Begrüßung aufmachen wollte, schoss eine kleine Rakete an seinen Füßen vorbei auf den Rasen. Er stieß einen Fluch aus und rannte hinterher. Bis ich mich umgedreht hatte, war der kleine Fellknäuel bereits dort, wo ich aus dem Taxi gestiegen war. Dann war er auch schon um die Ecke in die Bloor Street verschwunden.

Ich beschloss, erst mal ins Entree zu gehen. Da es das erste Mal war, dass ich das Haus eines Gastgebers in seiner Abwesenheit betrat, ließ ich die Tür offen. Zum Glück brauchte ich nicht im Flur eingeschlossen stehen zu bleiben und darüber zu spekulieren, wie es im Haus wohl aussah. Alle Innenwände im Erdgeschoss waren entfernt worden, und ein einziger heller Raum erstreckte sich vom Wohnzimmerfenster zu den zwei Glasschiebetüren, die von der Küche auf die Terrasse und den Garten führten. Bei einer Wand war das Sichtmauerwerk belassen.

Eine Frau sang mit kehliger Stimme «Meet Me Where They Play the Blues». Gute Stimme. Interessanter Song. Ich verfolgte die Musik zu zwei Lautsprechern zurück, die zu beiden Seiten des vorderen Fensters auf dem nackten Eichenbohlen-Fußboden standen, die Art von Lautsprechern, die eigentliche Kunstobjekte sind. Ich warf einen Blick auf die leere Hülle neben dem CD-Player. Mary Coughlan, «Tired and Emotional». Bis jetzt gefiel mir sein Geschmack. Er schien in Richtung weiblich, irisch und depressiv zu gehen.

Nur das üppige, laubgrüne Ledersofa und ein Sessel im Wohnzimmer sahen aus als wären sie industriell hergestellt. Der Rest der Möbel – ein langer, einfacher Esstisch mit sechs Shaker-Stühlen, ein Regal mit Büchern und der Stereoanlage, Küchenschränke – war alles erstklassige Handarbeit und aus erlesenen Hölzern.» Ein einzelnes großes Bild hing über dem Sofa, ein Landschaftsbild von Emily Carr. Es war kein Druck. Drei beleuchtete Regale an der

Backsteinwand beherbergten eine Sammlung von Körben des Micmac-Volkes. Ich erkannte sie, weil Silver mir letztes Jahr einen zum Geburtstag geschenkt hatte. Aus lauter Perversität, nahm ich mir vor, ihr ein Geburtstagsgeschenk zu kaufen.

Gerade als ich mich mit der delikaten Frage beschäftigte, ob es wohl schicklich wäre, seine Bücher näher zu inspizieren, kam mein Gastgeber außer Puste hereingerauscht. Er hatte ein mittlerweile friedliches Fellbündel auf dem Arm, das er mit einem gutmütigen Knurren absetzte – nachdem er die Haustür geschlossen hatte. Er grinste verlegen und streckte die Hand aus. «Ich bin Michael. Tut mir Leid, wegen dem Höllenhündchen. Ich habe Aphra erst seit etwa drei Wochen und habe bei ihrer Erziehung noch nicht sehr viel Erfolg gehabt. Darf ich Ihnen das Jackett abnehmen?» Die spontane Jogging-Einlage hatte ihn ins Schwitzen gebracht. Er strich sich eine Locke vollen, schwarzen Haares, das ihm über die hellgrün geränderte Brille hing, aus dem Gesicht, und streckte dann nochmals die Hand aus.

Ich ergriff sie lachend. «Sie brauchen sich nicht zu entschuldigen. Ich dachte schon, Sie müssten bis Mississauga rennen, bis Sie sie einholten.» Ich reichte ihm das Jackett.

Er hängte es an einen Messinghaken an der Wand neben dem Eingang. «Eigentlich fand ich sie vor Honest Ed's. Als ich dort ankam, schaute sie sich im Schaufenster die Windeln an. Angesichts der Tatsache, dass meine Versuche, sie stubenrein zu machen, nicht eben von Erfolg gekrönt sind, wollte sie mir damit vielleicht etwas sagen.»

Ich schüttelte den Kopf. «Es ist viel wahrscheinlicher, dass sie Ihnen zu verstehen gibt, dass *sie* diejenige ist, die hier erzieht. Ich habe einen Hund, der es so weit gebracht hat, dass ich mein ganzes Leben nach seinen Ansprüchen eingerichtet habe.»

Er musste ebenfalls lachen und betrachtete anerkennend die zwei Flaschen, die ich aus meinem Lederrucksack nahm. «Haben Sie was dagegen, wenn wir den Roten öffnen?», fragte er. Ich folgte ihm in den Küchenbereich, wo er mich einlud, an einen kleinen Kieferntisch zu sitzen, der an einem Fenster stand, von dem man einen Ausblick auf die Seite seines Grundstücks hatte. In der Eisenblechdecke war ein großes Dachfenster eingelassen. In einem Tontopf, der von der Decke hing, war eine üppige Farnpflanze. Der Boden und die Anrichte waren in mexikanischen Kacheln gehalten. Er nahm eine große Schüssel von einem offenen Regal, auf dem so viele Pfannen und Kasserolen standen, dass man einen Laden für Küchenutensilien hätte eröffnen können. Offensichtlich meinte es der Mann ernst mit seiner Kocherei. Sah auch gut aus. Groß, schlank, etwa achtzig Kilo und jedes einzelne genau an dem Platz, den Venus dafür vorgesehen hatte. Weltklasse-Po, wie ich Gelegenheit hatte festzustellen, als er sich bückte, um in den Ofen zu sehen. Es konnte ja nicht schaden, wenn ich meinen Augen erlaubte, sich ein bisschen umzusehen.

Ich konnte mich gerade noch zusammenreißen, bevor mich der Gedanke an meinen leeren Kühlschrank, die diversen angeschlagenen Emailtöpfe und der zusammengewürfelte Rest in tiefste Verzweiflung stürzte.

Während er einen Melonensalat zubereitete und das französische Weißbrot in Scheiben schnitt, sprachen wir über unsere Hunde. Als er den Deckel auf der Kasserole hob, die er aus dem Ofen genommen hatte, bestätigte sich der Verdacht, den meine Nase schon gehabt hatte: *coq au vin*. Er versuchte davon, würzte etwas nach und stellte es wieder in den Ofen. Dann schenkte er Wein in unsere Gläser und ging mit der Salatschüssel zum Esstisch, den er vorher schon gedeckt hatte.

Während des Essens sprachen wir über eine weite Palette von Themen, von irischer Musik über Emily Carr, Kajakfahren auf den Queen Chalotte Islands bis zum Tischlern. All die Möbel, die ich bewundert hatte, hatte er selbst gemacht. Erstaunlicherweise schmeckte der *coq au vin* noch besser als er roch. Zum Dessert gab es kaltes Zitronensoufflé garniert mit verführerischen Sahnehäubchen und gehackten Pistazien.

Als wir mit dem Essen fertig waren, schenkte er uns beiden einen Brandy ein und schlug vor, ins Wohnzimmer zu gehen. An diesem Punkt war ich bereit, meiner Dankbarkeit in einer Weise Ausdruck zu verleihen, die einer Keuschheitskönigin nicht gut angestanden wäre. So gut hatte ich selten gegessen und vor allem noch nie gratis. Auf dem Weg zum Sofa musste ich mir in Erinnerung rufen, dass ich Autorin war und keine Kurtisane. So bedankte ich mich bloß überschwänglich für die gute Verköstigung. Er lächelte, als er sich in einem der Sessel zurücklehnte. «Ich nehme an, Sie wollen jetzt zum Grund unseres Treffens kommen.»

Wer braucht nach einem solchen Essen noch einen Grund? «Wie viel hat Lennie Ihnen über den, ähm, Fall, an dem ich arbeite, erzählt?», fragte ich nervös.

«Nur dass Sie mehr oder weniger zufällig an den Auftrag gekommen sind, den Mord an Charles Durand zu untersuchen, und mehr über seine Beziehungen zu Gerald Dawson wissen wollen.»

Es fing gut an. Ich war erleichtert – und neugierig –, weil er nicht gleich damit begonnen hatte, wie unmöglich es war, dass Dawson irgendetwas mit Durands vorzeitigem Verscheiden zu tun haben konnte. Ich konnte niemanden gebrauchen, der meine eigene Verblüffung noch verstärkte. «Ja, ich wäre wirklich sehr froh, wenn Sie mir sagen könnten, was Sie über Dawsons Rolle bei der Blockierung von Durands Übernahmeversuch von Imperial Trust wissen. Lennie sagte mir, Sie hätten damals für ihn gearbeitet.»

Er beugte sich vor und zwang mich, ihm in die Augen zu schauen. Sie waren attraktiv genug, um mit seinem Po um meine Aufmerksamkeit zu buhlen, und das war gut so: Ich konnte schließlich nicht gut verlangen, dass er den Großteil des Abends gebückt vor der Backröhre verbrachte.

«Ich bin bereit, Ihnen alles zu sagen, was ich weiß – auf der Basis Ihrer Freundschaft mit Lennie und Portia und aufgrund meines noch größeren Respekts für Ihre Arbeit. Ich finde, *Unfair Exchange* ist ein großartiges Buch. Eigentlich habe ich nur deshalb eingewilligt, mit Ihnen zu sprechen. Ich wollte die Autorin kennen lernen.» Er stand auf und ging hinüber zum Büchergestell. Zu meiner Überraschung kam er mit einem Exemplar meines Buches über Insidergeschäfte in der Bay Street zurück. Als er mich ganz scheu bat, es zu signieren, fühlte ich mich läppisch stolz und willigte huldvoll ein.

Er ging wieder zu seinem Sessel und legte das Buch auf den Couchtisch. «Was ich unbedingt brauche, ist die Zusicherung, dass Sie nichts von dem veröffentlichen, was ich Ihnen erzähle. Es könnte meine Karriere ruinieren – und bis zu meiner Pensionierung dauert es noch ein paar Jährchen.»

Ich versicherte ihm, dass ich nur an dem vergifteten Verhältnis der beiden Moguln interessiert war. «Sie scheinen mit meiner Arbeit genug vertraut zu sein, um zu wissen, dass ich für einen Außenseiter ziemlich viel über die Finanzwelt weiß. Was ich von Ihnen gerne gehört hätte, ist, was hinter den Kulissen geschah, als Durand Imperial ins Visier nahm.»

Er runzelte etwas die Stirn und strich sich eine widerspenstige Strähne aus der Stirn. Als er zu sprechen begann, wurde er leicht professoral. Er begann ganz am Anfang und gab mir einen historischen Abriss des Übernahmeversuches, wobei er sich an die Fakten, so wie er sie kannte, hielt. Ich lernte eine Menge über dieses unappetitliche Kapitel der kanadischen Wirtschaftsgeschichte, von dem die Presse nie erfahren hatte – und, so schien es, die Ontario Security Commission auch nicht...

»Im April '89 arbeitete ich als Anwalt für Steuerrecht für Imperial Trust. Zu der Zeit stand der Präsident und leitende Vorsitzende von Imperial, Timothy Richardson, wenige Monate vor der Pensionierung. Er war ein verkrusteter alter Kerl und verabscheute Charles Durand ebenso sehr wie der Rest des Establishments – vielleicht sogar noch mehr als die anderen. Sie müssen bedenken, dass Imperial der Monolith unter den kanadischen Finanzinstitutionen ist, die größte Treuhand- und Immobiliengesellschaft des Landes. Das Hauptquartier war ursprünglich in Montreal, aber als es in den späten Siebzigern so aussah, als könnte Quebec sich abspalten, wurde es nach Toronto verlegt – zusammen mit einem Haufen anderer Firmen, die Fracksausen bekamen. Mit ihnen kam ein Großteil der alten Westmount-Gang, die einen regelrechten Hass auf die frankophonen Unternehmer hatten.

Mitte April unterbreitete Durand Timothy Richardson ein 500-Millionen-Dollar-Übernahmeangebot für hundert Prozent der Company. Noch bevor er das erste Mal mit Richardson sprach, hatte er sich zehn Prozent der Imperial-Aktien durch ein Abkommen mit ATM Financial Corporation gesichert. Er bot zwanzig

Dollar für die gewöhnlichen Anteile und dreißig für die Vorzugsaktien, unter der Bedingung, dass er auf einundfünfzig Prozent kam, womit er natürlich die Kontrolle über die Firma gehabt hätte. Es war ein gutes Angebot: Imperial-Aktien wurden zu der Zeit um fünfzehn Dollar gehandelt. Richardson reagierte, als hätte Durand damit gedroht, die Jungfrau Maria zu schänden. Nur schon der Gedanke, der verachtete Außenseiter könnte in den Besitz von Imperial gelangen, machte ihn wahnsinnig. Er sagte, er würde alles tun, was in seiner Macht stünde, um zu verhindern, dass ein Einzelner die Kontrolle über eine große Finanzinstitution erlangt, die der Öffentlichkeit diente. Er mag das selbst geglaubt haben, aber sein späteres Handeln hat zumindest mir gezeigt, dass es seine persönliche Abscheu vor Durand war, die ihn antrieb. Er befahl sogar einem Wachmann, ihn aus dem Gebäude zu werfen.

Richardson war sich bewusst, dass er nicht clever genug war, die Kampagne gegen Durand zu leiten. Also ging er gleich zu seinem alten Freund Dawson, der als Chef von Titan Corporation über die größte Anhäufung von von Macht in Kanadas Wirtschaft verfügt. Titan verfügte über ein großes Paket von Imperial-Aktien, und drei Direktoren von Titan, darunter Dawson, saßen im Aufsichtsrat von Imperial. Abgesehen davon, dass er der einflussreichste Mann in der kanadischen Wirtschaft ist, respektieren ihn sogar seine Feinde wegen seiner taktischen Brillanz.

Nachdem er eine Krisensitzung des Aufsichtsrats von Imperial einberufen hatte, begann Dawson sofort, sich in geheimen Sitzungen mit den Spitzen einiger der größten anglo-kanadischen Banken und Unternehmen zu treffen. Er bat mich, bei allen dabei zu sein und die Beteiligten in den rechtlichen und steuerlichen Fragen der verschiedenen Optionen zu beraten. Nachdem die Idee einer Fusion mit einem anderen Unternehmen oder eine Gegenofferte für die Imperial-Aktien verworfen worden waren, entschied sich Dawson für eine indirekte Strategie. Er besprach sich mit all seinen Kontakten und Freunden, von denen mehrere schließlich eine Allianz schlossen, die sich ‹Die Engel› nannte. In den drei Wochen, in denen sich die Anteilseigner entscheiden mussten, Durands Angebot anzunehmen, gelang es ihnen, zusammen fast vierundsechzig

Prozent des Aktienkapitals unter ihre Kontrolle zu bekommen. Dawson überzeugte die größten Aktionäre, sich zu verpflichten, nicht zu verkaufen; andere kauften auf dem Markt Aktien bis zum Zehn-Prozent-Limit. Obwohl sie wussten, dass der Wert der Imperial-Anteile fallen würde, wenn Durands Übernahmeversuch scheiterte, setzten diese Firmen mutwillig Millionen von Dollar aufs Spiel, indem sie Papiere behielten. Das dürfte Ihnen eine ungefähre Ahnung geben, wie sehr die alte Garde daran interessiert war, dass Durand außen vor blieb.

Als die Frist näher kam, wusste Durand noch immer nichts von der Verschwörung, war sich aber bewusst, dass der Markt in Bewegung war. Er reichte Klage bei der Ontario Securities Commission ein, die –widerwillig zwar – einwilligte zu untersuchen, was da Seltsames vor sich ging. Das machte eine der großen Banken nervös. Sie waren sowieso schon verunsichert darüber, Minderheitsaktionär in einer von Durand geführten Gesellschaft zu werden. Als sie und zwei weitere Großaktionäre drohten zu verkaufen, traf sich Richardson mit den dreien und gab ihnen die Zusicherung, dass vierundsechzig Prozent der Imperial-Trust-Papiere blockiert wären. Er nannte ihnen sogar einige Namen derjenigen, die gekauft hatten.

Wahrscheinlich war es der einzige Weg, die Vorstände der drei Unternehmen bei der Stange zu halten. Aber dass Richardson wichtige Informationen weitergab – ohne dieselben Informationen an *alle Aktionäre* weiterzugeben –, war ein offensichtlicher Fall von Insidergeschäften. Deshalb befand ihn die Ontario Securities Commission später auch schuldig, unlauter gehandelt zu haben.

Aber es funktionierte: Als die Frist abgelaufen war, hatten sich vierundzwanzig Aktionäre bereit erklärt, an Durand zu verkaufen. Da war ihm natürlich bereits klar geworden, was die Gruppe gemacht hatte. Und er wusste auch, dass Dawson die ganze Operation orchestriert hatte. Das Urteil der Kommission konnte ihn nicht groß dafür entschädigt haben. Richardson wurde für sechzig Tage die Lizenz entzogen. Vier Monate später ging er in Pension. Allem Anschein nach, hatte Dawson eine substanzielle Summe in seinen

Pensionsfond gezahlt. Die Geschäfte in der Bay Street liefen wieder wie gehabt.»

Michael lächelte matt. «Und so endet dieses unrühmliche Kapitel im Buch des freien Unternehmertums. Kann ich Ihnen noch etwas Brandy einschenken, oder vielleicht noch etwas Kaffee?»

»Nein, danke. Kann ich Ihnen ein paar Fragen stellen?»

Er nickte. «Schießen Sie los.»

«Haben Sie konkrete Hinweise darauf, dass GOD die Übernahme aus rein persönlichen Gründen hintertrieb?»

Seine Stirn legte sich in Falten, als er einen Augenblick nachdachte, bevor er antwortete. «Ich glaube nicht, dass sein Vorgehen auch nur das geringste mit ethischen Grundsätzen zu tun hatte! Er ist kein moralischer Mensch. Aber ich bin mir nicht sicher, ob man seine Motive als ‹persönlich› bezeichnen kann. Sehen Sie: Niemand mochte Charles Durand. Der Mann hatte keine Freunde – selbst sein Sohn zerrte ihn vor Gericht. Er hatte nicht den geringsten Charme, selbst wenn er sich Mühe gab. Er war ein brillanter Unternehmer, aber er hatte beträchtliche Defizite, wenn es darum ging, die Zuneigung anderer Leute zu gewinnen. Seinem Misstrauen haftete immer etwas beinahe schon Paranoides an, so als dächte er, die ganze Welt hätte sich bei allem, was er tat, gegen ihn verschworen.»

«Aber Sie können doch nicht sagen, er hätte keine wirklichen Feinde gehabt, Michael.»

«Stimmt. Und GOD war der Leitwolf. Schauen Sie, außer beim Übernahmeversuch von Imperial hatten sich ihre Wege nie direkt gekreuzt, aber ihre gegenseitige Abneigung hielt sie zusammen wie Sekundenkleber. Dawson ist der Letzte einer aussterbenden Rasse. Wie die britische Aristokratie sind Wirtschaftsbosse von seinem Schlag vom Aussterben bedroht. In den letzten zehn Jahren hat sich immer mehr gezeigt, dass ihre althergebrachte, inzüchtlerische Art, Geschäfte zu machen, einfach nicht mehr zeitgemäß ist. Langsam entgleiten ihnen die Zügel, und sie wissen es. Durand stand für einen neuen, beinahe schon ketzerischen Stil, den sie vor allem deshalb verachten, weil sie sich dadurch bedroht fühlen. Sie wollten ihn solange es ging, an der Peripherie halten – ihn gesellschaftlich ächten, die Übernahme von Imperial vereiteln, oder was auch immer. Ich glaube, Dawson genoss es, die Muskeln spielen zu lassen, indem er seine Freunde zusammentrommelte, um zu zeigen, was der Geldadel alles zu tun imstande ist. Es war ein einziger gewaltiger Ego-Trip.»

Ich unterbrach ihn. «Es ging sogar noch weiter, glauben Sie nicht? Ich meine, Durand reagierte so wütend auf die Niederlage, dass er selbst den ersten Nagel zu seinem Sarg einschlug. Zum ersten Mal in seiner Karriere machte er größenwahnsinnige Geschäfte – schlechte Geschäfte, die ihn an den Rand des Bankrotts brachten.»

«Sie haben Recht», stimmte mir Michael zu. «Man muss den Mann nicht gern haben, dass er einem ein bisschen Leid tun kann. Es gab ja Gerüchte, er wäre emotional nicht sehr stabil.»

Ich lachte. «Das bin ich auch nicht. Wahrscheinlich ist es gut, dass ich nie mehr als ein paar hundert Mäuse auf meinem Konto habe.»

Er verzog das Gesicht zu einem ironischen Lächeln «Ich weiß nicht, ob das ein zwingendes Argument für die Armut ist, aber wenn es Sie denn tröstet …»

«Mein ganzes Leben besteht aus Dingen, die mich trösten!» Autsch! Solche Enthüllungen so früh in einem Gespräch. Zeit, das Thema zu wechseln. «Also haben sich Dawsons schmutzige Tricks sogar noch mehr gelohnt. Danach brauchte er sich nur noch zurückzulehnen und zuzusehen, wie Durand sich in beide Füße schoss und auf die Nase fiel.»

Michael beugte sich vor. «Ich bin nicht sicher, ob GOD in letzter Zeit viel zu lachen hatte – wenn man den Gerüchten Glauben schenken kann. Insiderspekulationen zufolge könnte Titan tief in der Scheiße stecken.»

Ich sprang vor Aufregung vom Sofa hoch. Wenn Titan in der Krise steckte, dann war es gut möglich, dass Dawson bereit gewesen wäre, mit der Mafia Geschäfte zu machen – wenn sie ihm dafür die so dringend benötigte Finanzspritze verpassten.

«Was? Allein der Gedanke, Typen wie GOD könnten pleite sein, klingt zu abwegig!»

«Eine Menge Leute sagten vor dem Börsencrash von neunundzwanzig dasselbe, und noch mehr sagen es jetzt», bemerkte er trocken.

«Wissen Sie, das Titan-Imperium wurde hauptsächlich auf dem Rohstoffgeschäft aufgebaut. Vor etwa zwölf Jahren diversifizierte Dawson und stieg ins Immobiliengeschäft ein: zuerst in Toronto, dann in New York und in Europa. Vor fünf Jahren begann er mit der drei Milliarden Dollar teuren Pacific-Shore-Überbauung auf Vancouver Island. Damals warfen ihm die Banken das Geld allein seines Namens wegen nur so nach. Jetzt tagen sie hinter verschlossenen Türen, um sich klar zu werden, wie tief sie sich reingeritten haben. Im letzten Jahr hat das Titan-Portfolio pro Tag im Schnitt etwa fünf Millionen verloren.»

«Wie zum Teufel konnte das geschehen?», fragte ich.

«Nun, man braucht nur den Einahmenverlust wegen der geringen Mietauslastung in Pacific Shore, den weltweiten Wertzerfall bei den Immobilien und den Einbruch bei den Rohstoffpreisen zusammenzuzählen, und schon hat man ein tödliches Rezept. Allein die täglichen Schuldzinsen von Titan sind phänomenal. Das ist also die große Neuigkeit: Titan steckt in dem, was man in der Bay Street euphemistisch ‹Liquiditätskrise› nennt. Und das gilt auch für mich», fügte er hinzu und warf einen Blick auf sein leeres Cognacglas. «Wollen Sie auch bestimmt keinen Brandy mehr? Ich kann Sie auch nach Hause fahren, es ist schon spät.»

«Ich warf einen Blick auf die Uhr. Es war zwanzig Minuten nach Geisterstunde. Ich lehnte den liquiden Teil seines Angebots ab, nahm die Fahrt hingegen dankend an – selbtverständlich wegen des Sicherheitsfaktors.

Als ich in mein Jackett schlüpfte, schmiedete ich Pläne, wie ich ein weiteres Treffen mit Michael inszenieren könnte. Ich hatte noch immer eine ganze Reihe von Fragen offen. *Ist es denkbar, dass Dawson mit der Mafia unter einer Decke steckt? Haben Sie eine Freundin? Gibt es eine Möglichkeit herauszufinden, wie ernst die Schwierigkeiten sind, in denen Titan steckt? Sie sind doch nicht schwul, oder?* (Der Gedanke war mir in der Tat gekommen, bei dem ganzen Dekor, dem Kochen und der abwegigen Situation, dass solch ein Mann Jungeselle war.)

Wir plauderten nett, während er mich nach Hause fuhr. Als wir in meiner Gegend waren, wurde mir klar, dass ich seine Einladung zum Essen nicht erwidern konnte, wenn ich nicht als Erstes morgen früh einen Kochkurs belegte.

Er löste das Problem, als wir vor meiner Haustür ankamen. «Ich habe den Abend sehr genossen. Dürfte ich Sie wohl bald wieder anrufen?», fragte er.

«Aber sicher», antwortete ich, schneller als ein junger Hund. «Recht herzlichen Dank für Ihre Hilfe und das ausgezeichnete Essen. Ich habe es auch sehr genossen.» Er lächelte und navigierte seinen Weltklasse-Po zurück zum Wagen.

Kann nichts schaden, meinen Augen freien Lauf zu lassen, solange meine Gefühle an der Leine sind.

19

Als ich am Dienstagmorgen aufwachte, war ich uncharakteristisch guter Laune. Ich warf die Extra-Kalorien von Michaels Essen ab, indem ich anstatt zu kriechen, das doppelte meiner üblichen Distanz durch den Park joggte. Max machte auf sich aufmerksam, indem er intensiv die Knöchel einer älteren Frau beschnüffelte, die in Richtung Grenadier Pond marschierte, als sei sie zu spät für ein Treffen mit Tom Jones. Nachdem sie zweimal erfolglos versucht hatte, ihn verbal zu verscheuchen, verpasste sie ihm mit ihrer übergroßen Handtasche einen Schlag auf die Seite. Ich hasse Gewalt. Er entschied sich, sie nicht zu beißen, und kehrte, den Schwanz allerdings nicht länger in die Höhe gereckt, an meine Seite zurück. Ich tat so, als hätte ich den erniedrigenden Zwischenfall nicht bemerkt.

Überall im Park reckten gelbe und violette Krokusse ihre leuchtenden Köpfe aus dem winterbraunen Gras. Es musste am Frühling liegen, diese plötzliche gute Laune. *Denk auch nicht eine Se-*

kunde, es könnte einen anderen Grund haben, warnte ich mein geschundenes Herz. Trotzdem musste ich Mr Diamond bald wiedersehen, aus geschäftlichen Gründen.

Ich ziehe es vor, mental Inventur zu machen, wenn ich an der frischen Luft bin und beruhige mich damit, dass ich jedem Gedanken, dem ich nicht nachhängen will, davonrennen kann. Trotzdem, wie sehr ich auch rannte, nichts brachte das rote Fähnchen zum Verschwinden, das sich hartnäckig immer wieder zeigte: Ich hatte den Kontakt mit Simone gemieden, die doch immerhin meine verrückten Abenteuer in die Untiefen der Amateurermittlungen sponserte. Das letzte Telefongespräch mit ihr hatte mich unruhig gemacht. Sie war ungeduldig gewesen, fast schon verärgert darüber, dass es so langsam vorwärts ging – vor allem, als ich mich weigerte, ihr zu sagen, wo sich ihr Neffe William aufhielt.

Als ich wieder zurück im Studio war, nahm ich den Hörer ab und legte gleich wieder auf. Wenn ich Pech hatte, dann war Simone diesmal noch madiger, als das letzte Mal. Vielleicht feuerte sie mich ja auch. Solange sie mir meine Ausgaben zurückerstattete, was nicht mehr als ein bisschen Geld fürs Benzin war, wäre ich heilfroh, wenn ich aus diesem Labyrinth rauskäme.

Das waren die Angst und die Unsicherheit, die sich zu Wort meldeten. Eigentlich war ich begierig, den Fall weiter zu verfolgen. Beim Gedanken an die Aussicht, Dawson der Geldwäscherei und des Mordes zu überführen, wurde mir ganz warm um mein rachsüchtiges kleines Herz. Um meinen Verdacht zu erhärten, brauchte ich Zugang zu den Büchern von Titan Corporation, aber wie ich das anstellen konnte, wusste ich nicht. Na ja, das brauchte ich Simone ja nicht unbedingt zu sagen. Wahrscheinlich hatte ich seit unserem letzten Gespräch genug neues Material ausgegraben, um sie vorerst zufrieden zu stellen.

Obwohl ich lange gerannt war, machte mich das Studio kribbelig. Nach monatelanger Überwinterung und klaustrophobischem Denken, lockte draußen die Frühlingssonne. Ich beschloss zu Simone hinauszufahren, anstatt sie anzurufen. Es war besser, ich erklärte ihr die komplexen möglichen Verbindungen zwischen ihrem Bruder, GOD, Archie Price und der Mafia von Angesicht zu Angesicht.

Weil ich erst nach dem morgendlichen Stoßverkehr losgefahren war, brauchte ich nur fünfundfünfzig Minuten bis zum Haus der Goldbergs. Als ich von meinem Motorrad stieg, fühlte ich mich erfrischt: Zen und die Kunst auf einer Harley durch eine erwachende Landschaft zu rasen.

Rebecca öffnete die Tür. Ihr blasses Gesicht war ohne Make-up und völlig ausdruckslos. Blonde Locken fielen auf die Schultern eines T-Shirts mit einem grünen Laubfrosch auf der Brust. Blue Jeans, die an den Knien arg zerrissen waren, umschmiegten ihre Beine.

«Hi, ich bin Jane Yeats. Du musst Rebecca sein», sagte ich.

Mein Lächeln vermochte sie nicht freundlicher zu stimmen. «Ja», sagte sie und musterte Harley hinter mir. «Cool.»

Aus dem Haus ertönte eine Stimme. «Wer ist das an der Tür, Liebes?»

Sie verzog das Gesicht und überhörte Simones Frage. «Nennt Ihre Mutter Sie auch ‹Liebes› – selbst wenn Sie einen Bock fahren?»

«Du willst nicht wissen, wie meine Mutter mich nennt – besonders, wenn es um mein Motorrad geht.»

Hinter ihr erschien Simone. «Hast du denn überhaupt keine Manieren mehr, Rebecca? Bitte kommen Sie doch rein, Jane.»

Rebecca grunzte und trat zur Seite. Manieren waren offensichtlich nicht ihre erste Priorität.

Ich hoffte, Simone würde Rebecca bitten, einen Kaffee mit uns zu trinken. Vielleicht würde ich ihr Verhältnis besser verstehen, wenn ich einen Teenager hätte. Immer wenn ich an meine eigene Reise durch diese turbulenten Jahre denke, bin ich erleichtert, dass ich keine Kreatur hevorgebracht habe, die mir auch nur entfernt ähnlich ist.

Rebecca folgte uns in die Küche, lehnte sich gegen die Anrichte und musterte mich neugiereig.

«Hast du sonst nichts zu tun, Liebes?», fragte Simone

«Nein, du bist diejenige, die immer etwas zu tun haben muss.»

«Dann such dir einen anderen Platz, um nichts zu tun, Rebecca. Ich würde gern alleine mit Jane sprechen.»

Sie brauchte etwa doppelt so lange wie nötig, um aus der Küche zu schlendern und murmelte in meine Richtung: «Gibt Ihre Mutter Ihnen manchmal auch das Gefühl, völlig unwillkommen zu sein?»

Ich lachte. «Nur wenn die Toilette in ihrer Bar funktioniert. Ich habe das Gefühl, die restliche Zeit findet sie mich äußerst nützlich. Vielleicht können wir uns ja ein andermal unterhalten, Rebecca.» Mich mit einem Monolog durch dieses Mutter-Tochter Minenfeld zu tasten, stresste mich total.

Simone schloss die Tür hinter ihr. «Tut mir Leid, wenn ich es eilig hatte, sie so schnell aus der Küche zu kriegen, Jane, aber ich bin mit meiner Geduld am Ende.»

Vielleicht war ihre Verzweiflung echt. Oder vielleicht wollte sie ja nur nicht, dass ich mich mit Rebecca unterhielt. Nun ja, Simone wäre nicht die erste Mutter, die mich als Rollenbild für ihre Tochter ungeeignet fand. Ich weiß, dass Etta auch so denkt.

«Ich habe einige neue Informationen für Sie und beschloss spontan, Sie Ihnen persönlich zu überbringen. Heute ist ein so schöner Tag», sagte ich. Hoffentlich kam sie nicht wieder vom Thema ab und begann, über das Verhalten ihrer Tochter zu jammern.

«Das ist in Ordnung. Sie sind eine willkommene Abwechslung. Bitte erzählen Sie, was Sie herausgefunden haben.»

Bei einer Tasse Kaffee fasste ich meine Resultate zusammen und konzentrierte mich dabei auf die Möglichkeit, dass Durand mit dem Verdacht, GOD könnte Mafiagelder waschen, möglicherweise zu seinem Rivalen gegangen war, in der Hoffnung, Geld für die serbelnde Durand Corporation aus Dawson herauszupressen. Als sie mich danach fragte, wie groß die Wahrscheinlichkeit sei, dass ich Beweise für GODs Verstrickung in den Mord erbringen könnte, sagte ich ihr, dass es viel wahrscheinlicher sei, dass ich die Verdachtsmomente gegen Dawsons Geldwäscherei erhärten könnte, so dass die Polizei gezwungen wäre, eine offizielle Untersuchung gegen Titan Corporation einzuleiten. Dann sähe sich die Polizei gezwungen, zu untersuchen, ob Durand versucht hatte, Dawson zu erpressen – besonders nachdem sie einen anonymen Anruf von mir erhalten hätten. Als ich hinzufügte, ich hätte soeben erfahren, dass Archie Price ermordet worden sei, fragte sie mich, ob ich es für möglich hielt, dass er ihren Bruder umgebracht habe. Gestützt auf das, was William mir erzählt hatte, sagte ich Simone, dass es eher danach aussähe, als hätte Price, nachdem er seine Flucht vorbereitet hatte, sich nicht noch zusätzlich mit einem Mord belasten wollen, so dass ihm dann die Mafia *und* die Polizei auf den Fersen gewesen wären. Und wenn er die Mafia hätte drankriegen wollen, dann hätte er ja bereits William einen Floh ins Ohr gesetzt, der die Mafia teuer zu stehen kommen könnte.

Sie fragte mich, was ich als Nächstes tun wolle.

Ich gab mir Mühe, damit man meiner Stimme die Unsicherheit nicht anmerkte. «Simone, im Moment habe ich keinen einzigen handfesten Beweis, mit dem ich zur Polizei gehen könnte. Alles was ich weiß, beruht nur auf Hörensagen – und von wem ich es gehört habe, würde die Polizei nicht unbedingt vom Wert der Informationen überzeugen: William, der schwule Sohn, der seinen eigenen Vater verklagt hat und ein Hauptverdächtiger ist; Price, der tote Dealer, von dem er die Information hat; und ein Motorradmechaniker mit engen Bindungen zur Biker-Szene. Der einzige Weg, die Verdachtsmomente zu erhärten, führt über die Bücher von Titan Corporation, an die ich unbedingt herankommen muss.»

«Und wie zum Teufel wollen Sie das anstellen?», fragte sie.

«Das weiß ich noch nicht, aber ich glaube, ich weiß schon, wen ich um Hilfe bitten kann. Ich habe soeben einen Mann namens Michael Diamond kennen gelernt. Er war mal Experte für Steuerfragen bei Imperial Trust. Ich denke, ich werde das Thema mal anschneiden, aber ich bin nicht allzu optimistisch, dass er mir dabei hilft. Schließlich wäre der einzige Weg, wie ein Außenseiter an die Bücher rankommen könnte, illegal.»

Simone musste zum ersten Mal grinsen. «Es passt so gar nicht zu Ihnen, zu sagen, ein Anwalt wäre nicht fähig, das Gesetz zu brechen!»

Ich lachte «Da stimme ich Ihnen zu. Fast jedes krumme Ding, das in der Wirtschaft gedreht wird, geschieht mit dem Wissen von einem oder zwei Anwälten – und nicht wenige von ihnen wurden dabei erwischt, wie sie mit dem Geld ihrer Klienten ihre eigenen dunklen Geschäfte machten. Aber Michael scheint mir einer der ehrlichen zu sein.»

«Wenn Sie sich schon mit Vornamen anreden, könnten Sie diesen ehrlichen Mann vielleicht dazu verführen, dass er seine Prinzipien ein bisschen großzügiger interpretiert, besonders wenn es darum geht, einem Gauner das Handwerk zu legen», schlug sie vor.

«Ich würde nie meine bescheidenen Reize benutzen, um jemanden dazu zu bringen, das Gesetz zu brechen», gab ich zurück. Noch während ich es sagte, musste ich mich ob meiner selbstgerechten Empörung beinahe übergeben – vor allem, weil ich auf dem Weg zu Simone alle nur erdenklichen Szenarien durchgespielt hatte, wie ich Michael dazu bringen konnte, meine Nachforschungen zu unterstützen.

Ihr Schweigen ließ die Luft in der Küche vor Spannung flimmern.

«Eigentlich habe ich genau das vor, was Sie vorgeschlagen haben. Ich habe eben Schwierigkeiten, mir einzugestehen, dass ich auch fähig bin, zu solch schäbigen Mitteln zu greifen», gestand ich ihr.

«Und das unterscheidet Sie von uns anderen?», fragte sie.

Ich zuckte die Schultern. «Ich mache mir immer schwere Vorwürfe, wenn ich meine eigenen Vorgaben so krass verfehle. Vielleicht wäre es an der Zeit zuzugeben, was für ein Miststück ich sein kann, wenn ich keine andere Alternative sehe.» Wenn ich so weitermachte, dann konnte ich es, was die Zurschaustellung aufgesetzter Scham anbelangte, bald mit Max aufnehmen.

Sie kam zu mir herüber und legte mir die Hand auf die Schulter. «Aber denken Sie nur nach, welch eine Befriedigung es sein wird, wenn Sie es schaffen, dass GOD vor Gericht gestellt wird. Und denken Sie an das Buch, das Sie dann schreiben können!» Sie war so verführerisch wie Satan während seiner vierzig Tage in der Wüste. Ersteres war sicherlich eine mehr als nur ein bisschen betörende Aussicht.

Ich versprach ihr, sie auf dem Laufenden zu halten. Gerade als ich gehen wollte kam mir ein seltsamer Gedanke. «Simone, Rebecca scheint so stark auf den Tod ihres Onkels zu reagieren. Ich meine, könnte das nicht etwas damit zu tun haben, dass sie nicht mehr zur Schule will?»

Ihre Antwort kam fast im selben Moment wie meine Frage. «O nein. Rebecca hat Charles gar nicht gekannt. Sie hat ihn nie gesehen. Ich bin sicher, dass das, was sie gerade durchmacht, überhaupt nichts damit zu tun hat. Das mit ihren Schulproblemen fing jedenfalls schon Monate vor seinem Tod an.»

Ich wünschte ihr Glück mit ihrer Tochter. Sie dankte mir herzlich für meine Anteilnahme. Als Harley brüllend zum Leben erwachte, fiel mir auf, dass sie gar nicht nach William gefragt hatte. Wahrscheinlich war sie zu sehr durch die Spannungen in ihrer eigenen Familie beansprucht.

Ich schaute zum oberen Stockwerk hoch. Rebecca winkte aus einem Fenster. Ich schlug mir mit der rechten Hand auf den Helm und ballte sie zum Abschied zur Faust. Ein entzücktes Grinsen hellte das herzerweichend verletzliche junge Gesicht auf. Um ihr eine Freude zu machen, spuckte ich eine Kiesfontäne aus, als ich die Einfahrt hinunterbrauste.

Ich hasse es, wie das kleine, wild blinkende Licht an meinem Anrufbeantworter mich zu sich ruft, sobald ich zur Tür hereinkomme. Als ich von Simone kam, blinkte es sechsmal. Wie ein Roboter ging ich zu der Maschine und erlöste sie von ihren Leiden, indem ich PLAY drückte, womit allerdings die meinen begannen. Sie, die mich gesäugt hatte, und der man deshalb keine Bitte abschlagen konnte, überflutete die ersten zwei Stückchen Hörzeit:

Hi, Liebes, hier ist deine Mom. Du hättest gestern Abend hier sein sollen (heiseres Lachen, das in einen trockenen Husten überging, der wiederum vom Klicken ihres Bic abgelöst wurde). Du kennst doch die zwei Mädchen, die mal Typen waren – nennen sich Gypsy Rose und Foxxie und kommen immer hierher? Weshalb, kann ich mir nicht vorstellen, wenn es doch Bars für solche wie sie gibt. Wer weiß, vielleicht stehen sie auf Cowboys. Na, jedenfalls kommt Gypsy Rose letzte Nacht hier reinspaziert – die mit so vielem orangefarbenen

Haar, dass Dolly Parton gegen sie wie Sinéad O'Connor aussieht. Sie protzt mit einem Diamanten so groß wie der SkyDome mit – jetzt pass gut auf – Foxxie neben sich, nur dass Foxxie jetzt wie ein Mann angezogen ist, und sie sagen, sie feiern ihre Verlobung, um Gottes willen. Ich meine, ich dachte, sie hätten sich ihre Dinger abschneiden lassen und sich diese Schaumgummikissen reintun lassen! Wie also denkst du tun sie's? Slim sagt, er weiß es auch nicht. Na jedenfalls schmissen wir eine richtig gute Party für sie, obwohl es irgendwie keinen Sinn ergibt, aber vielleicht muss man ja gar nicht, wenn du weißt was ich meine…

Sweet Dreams Antwort auf Dr. Ruth wurde unter vollen verbalen Segeln durch die Zwei-Minuten-Limite meiner Maschine abrupt gekappt. Die nächste Nachricht ist selbstverständlich von der wiederauferstandenen Etta, obwohl sie aus verbalökonomischen Gründen jetzt etwas gedämpft wirkt.

Na jedenfalls wollte ich nur schauen, wie's dir geht und dich fragen, ob du mir einen wirklich großen Gefallen tun kannst und morgen Abend auf die Bar aufpassen kannst. Das ist Mittwoch, weil mein Bowling-Club unser jährliches Hau-sie-um-Bankett hat, und du weißt ja, dass ich niemandem so vertraue wie dir, wenn es darum geht, ein Auge auf den Laden zu haben. O ja, Slim sagt hallo. Also dann bis sieben, ja?…

Die nächsten drei Anrufer waren etwas ökonomischer. Portia hatte mit der üblichen zuckersüßen Frage angerufen, wie es letzte Nacht gelaufen wäre. Ernie Sivcoski hatte eine barsche Nachricht hinterlassen, ich solle ihn im Präsidium anrufen. David Walker hatte angerufen, um mir zu sagen, William gehe es gut, er wolle aber unbedingt wissen, ob ich etwas herausgefunden hätte. Meine ganze Körperbehaarung, angefangen bei denen im Nacken, ging in Achtungsstellung wie die Grenadier Guards, als ich die fünfte Stimme hörte, die hoffte, «dass Sie am Freitag nichs vorhaben, um sich mit mir ein Stück anzusehen – das heißt natürlich, wenn Sie gerne ins Theater gehen». Himmel, ich war bereit, fünf Stunden auf Holzbänken zu sitzen, wenn es sich um einen Mann handelte, der so gut kochen konnte wie Michael (der Weltklasse-Po war natürlich nebensächlich). Ich fühlte mich plötzlich schuldig wegen meiner sündigen Gedanken. Ich war schließlich noch immer Petes Frau, oder etwa nicht? Sich mit einem anderen Mann einzulassen, stand *nicht* zur Debatte.

Ich rief alle in der Reihenfolge zurück, in der sie elektronisch Schlange standen. Ja zu Etta, da ein Nein keine Option war.

«Michael und ich haben einen wundervollen Abend zusammen verbracht – ich glaube, ich bin schwanger, also fang schon mal an zu stricken», hauchte ich schwülstig auf Portias Beantworter.

Ich kam zu Ernie durch, der mich informierte, dass ich bestimmt glücklich sei zu hören, dass er «verdammt nahe daran» sei, den Durand-Fall zu lösen. Ganz klar, wie die offizielle Version lauten würde: Durand vom mit Drogen handelnden Fahrer ermordet, nachdem er gedroht hatte, ihn anzuzeigen; Price von Mafia ermordet, nachdem er sie bei einem Drogengeschäft hintergangen hatte. Beide Mordfälle hatten nichts miteinander zu tun. Keine große Hoffnung, dass der Mörder gefasst würde, aber in der offiziellen Version würde die Polizei «die Ermittlungen weiter vorantreiben». Der Gerechtigkeit war im weitesten Sinn Genüge getan. Ernie fragte, ob ich mit auf ein Bier käme. Ich wollte dem Kerl nicht noch mehr Gelegenheit geben, sich zu brüsten; und ich wollte auch nicht, dass er die Ungläubigkeit und die Verachtung in meinem Gesicht sah. Ich vertröstete ihn auf eine anderes Mal.

David war hell begeistert, als ich ihm erzählte, dass ich nach den neuesten Erkenntnissen der Mordkommission absolut keinen Grund sah, weshalb William nicht gleich nach Toronto zurückkehren sollte. Er sagte mir, sie würden mich gleich anrufen, wenn William zurück sei. Ich nahm die Einladung zum Dinner an, um mit ihnen zu feiern. Ich war tief bewegt, dass Worte wie «feiern» im instinktiven Vokabular eines jungen Mannes mit Aids überhaupt noch Platz fanden. Der Kontakt mit Leuten von seiner Geisteshaltung machte mir ein schlechtes Gewissen wegen des selbstgerechten Charakters meines Kummers. Ich hatte zwei Jahre meines Lebens unter Alkohol und Depressionen begraben und mir das Recht herausgenommen, langsam Selbstmord zu begehen.

Ich machte eine Pause und investierte eine Unmenge Zeit, um ein Kraft-Dinner für zwei zu präparieren. Max liebt es, wenn ich reifen Cheddar-Käse darüber reibe. Eigentlich schob ich nur den Anruf an Michael hinaus. Er könnte mittlerweile nach Hause gekommen sein. Die nackte Wahrheit war, dass ich Angst hatte, auch nur zu erwähnen, dass ich einen Blick in GODs Bücher werfen musste. Diese nicht unerhebliche Furcht verblasste neben der Erkenntnis, dass am letzten Abend etwas klick gemacht hatte, ein leises Geräusch in der Ferne, das mir sagte, dieser Mann könnte einer von denen werden, die es wert waren. Ich zog es vor, das Geräusch als Warnung zu interpretieren. Vor ein paar Monaten hatte mir meine Therapeutin gesagt, ich müsste eigentlich einen Preis für das Schreiben von Worst-case-Szenarien bekommen.

Ich wählte Michaels Nummer. Seine lockere Art massierte mir gleich den einen oder anderen Knoten aus den Schultern. «Hi Jane. Ich habe Sie heute Nachmittag aus dem Büro mitten in einem Anfall von Langeweile angerufen. Ich musste daran denken, wie sehr ich unsere Unterhaltung gestern Abend genossen habe.»

Von welchem Planeten war der bloß gefallen? Ich werde einfach nicht schlau aus Kreaturen, die mit ihren Gefühlen so frei herausrücken. Was für ein Kokon schützte den bloß vor der Angst, zurückgewiesen zu werden?

«Oh», krächzte ich etwa so deutlich wie eine Kröte zur Antwort.

Er lachte. «Ich fasse das als ein ermutigendes Zeichen auf. Wären Sie interessiert daran, am Freitagabend mit mir etwas zu unternehmen?»

«Eigentlich wäre ich daran interessiert, viel früher etwas mit Ihnen zu unternehmen», brach es aus mir heraus. Gleich nachdem mir klar geworden war, was ich da gesagt hatte, schickte ich ein stilles Gebet gen Himmel, er möge es nicht als anzügliche Andeutung auffassen.

Stille in der Leitung. Er musste darauf gewartet haben, dass ich meine Wünsche etwas präzisierte. «Was ich meine, ist, ich muss Sie bitten, mir bei etwas zu helfen – etwas, das mit der Durand-Sache zusammenhängt und nicht so einfach zu erklären ist. Morgen Abend muss ich die Bar meiner Mutter von sieben Uhr an babysitten. Würde es Ihnen passen, wenn wir uns dort treffen; ich könnte Sie auch abholen?»

«Wenn Sie mich abholen, können wir fossilen Brennstoff sparen und gleichzeitig die Gesellschaft des anderen genießen. Was zieht man denn so ins Sweet Dreams an?»

«Keinen Anzug. Alles andere geht durch – blonde Perücken eingeschlossen, falls Sie eine im Schrank haben sollten.»

«Großartig. Ich bin ab halb sieben bereit. Ich freue mich darauf, Sie wiederzusehen, Jane.»

Ich legte den Hörer äußerst sorgfältig auf. *Lieber Gott, mach, dass er keine blonde Perücke hat. Ich würde es nicht etragen, so schwer zu büßen, nur weil ich ein Klugscheißer bin.*

Bevor ich mit Max für seinen abendlichen Gang zur Toilette und meine umweltfreundlichen Bücken-und-Aufheben-Übungen nach draußen ging, öffnete ich eine Dose Bier und setzte mich hin, um die Zeitung von heute Morgen zu lesen, die ich in meiner Hast, zu Simone zu kommen, vergessen hatte. Mit den üblichen Ausführungen über die Morde, Vergewaltigungen, Entführungen und Spekulationen über einen weiteren Serienkiller an der Heimatfront, verstärkt durch Dürre, Hunger, Terrorismus, Krieg und Pestilenz im Ausland, bot der erste Bund keine aufbauende Nahrung für eine rekonvaleszente Depressive. Außer, man betrachtete den Bericht über den Priester in Buffalo, der an einer Anti-Abtreibungs-Demo verhaftet wurde, weil er eine Plastiktüte mit einem menschlichen Fötus in der Gegend herumgeschwungen hatte, als absurdistische Randnotiz. Der Fashion-Teil attackierte mich mit weiblichen Textilspinnereien, vorgeführt von Models mit Essstörungen, die direkt den bösartigen Fantasien frauenhassender Designer entsprungen zu sein schienen. Der Life-Teil sagte mir, wie ich mit einem sterbenden Elternteil umgehen musste. Die Stellenanzeigen folterten mich mit anspruchsvollen Positionen, die Lichtjahre von meinen Fähigkeiten entfernt waren. Der Food-Teil verriet clevere Tricks, wie man im Nu ein Vier-Gang-Menu für sechs im Mikrowellenofen, den ich nicht habe, zusammenstellt. Der

Motor-Teil informierte mich, dass Harley mit zwei Rädern mehr ein Automobil wäre.

Dann weckten ein paar Absätze im Wirtschaftsteil mein Interesse. Unter der Überschrift «Titan Corporation zieht sich aus dem Papiergeschäft zurück» wurde ein namenloser Sprecher der Firma zitiert, der Gerüchte über deren finanzielle Schwierigkeiten dementierte:

Die Gerüchte, Titan werde ein Gesuch um Nachlassstundung einreichen, entbehren jeder Grundlage. Wie die meisten Firmen gerieten wir durch die Rezession unter Druck. Es wurden Maßnahmen in die Wege geleitet, um unseren finanziellen Verpflichtungen durch den Verkauf der Anteile an ein oder zwei Firmen nachzukommen.

Der Gigant begann also bereits in der Öffentlichkeit zu bluten.

20

Michael trug keine blonde Perücke, als er die Tür öffnete. Noch zuckte er auch nur mit der Wimper, als ich ihm einen Integralhelm reichte und ihn zu Harley eskortierte. Bis jetzt hatte er alle Tests bestanden. Ich fragte mich, wie er wohl reagierte, wenn er meine Mutter in ihrem dem Country-Kitsch geweihten Tempel traf.

Etta gab ihm nicht eine Sekunde, sich zu orientieren. Sobald wir das Sweet Dreams betraten, näherte sie sich ihrem Ziel so zielgerichtet und furchtlos wie ein Cruise-Missile. Ich hatte sie nicht vorgewarnt, dass ich in männlicher Begleitung erscheinen würde, was ohnehin nur zu einem Dutzend unwillkommener Fragen geführt hätte, die ich nicht zu beantworten bereit war, weder wahrheitsgetreu noch sonst wie. Ich hatte es schon vor Jahren aufgegeben, sie dazu zu bewegen, ihr soziales Verhalten zu ändern, sogar ihre beschämend durchsichtigen Bemühungen, mich mit einem passenden Mann zu verkuppeln (Ettas Definition von «passend» ist ziemlich weit gefasst: alles in Hosen, das sein Telegramm zum hundertsten Geburtstag vom Premierminister noch nicht erhalten hat.

Im Gegensatz dazu ist meine Checkliste so lang und pingelig, dass mir die Altjungfernschaft über mehrere Reinkarnationen hinaus sicher ist).

Sie hatte Slim im Schlepptau. Für das Hau-sie-um-Country-Bingo-Bankett waren sie beide identisch kostümiert in schwarzen Stetson-Hüten, scharlachroten Satin-Fransenhemden, schwarzen Stretch-Jeans und roten Bowlingschuhen. Etta schnappte sich mit ihren eisernen Krallen Michaels Hand. In Kürze würde er an eine Säule gekettet dastehen, während sie einen Priester rief. Sie wartete nicht ab, bis ich ihn ihr vorstellte; eigentlich nahm sie kaum Notiz von meiner Anwesenheit.

«Ich bin Etta, Janes Mutter und Besitzerin dieses Juke-Joints. Und das hier ist Slim», sprudelte es aus ihr heraus. Sie fasste Slim mit der freien Hand am Arm und riss ihn nach vorn. Ich betete inständig, dass ihre Möpse nicht die Perlmuttknöpfe absprengten, die alle Mühe hatten, die Dinger in ihrem knalligen Satinbehältnis zurückzuhalten.

«Howdy – ich meine, hallo», stammelte Michael und lief eine Nuance röter an als ihre Hemden. Etta gab seine Finger lange genug frei, dass er sie Slim entgegenstrecken konnte, der sie heftig genug schüttelte, dass es zwei kopulierende Stachelschweine getrennt hätte.

Etta klopfte sich auf die Schenkel. «Scheiße, Honey, da hast du ja 'nen Schüchternen erwischt!»

Sag mir, lieber Gott, was habe ich falsch gemacht? Du hättest mir eine Mutter geben können, die Präsidentin im Elternbeirat war, die Kirchenchor singt, sogar eine religiöse Fanatikerin. Aber stattdessen kriege ich ein geriatrisches Tussi-Cowgirl.

Ich gab mir Mühe, meine Mordgelüste zu unterdrücken. «Michael ist hier, um mir bei etwas Geschäftlichem zur Hand zu gehen, Mom.» Ich versuchte, ihr einen warnenden Blick zuzuwerfen, in der Hoffnung, sie verstand den taktvollen Subtext: *Nur noch eine einziges gottverdammtes provokatives Wort, und ich reiß dir den Kopf ab.*

»Es gibt 'ne Menge Leute auf dieser Welt, die wissen, wie man das Geschäftliche mit ein bisschen *Vergnügen* verbindet, Liebes», antwortete sie. Sie blinzelte Slim zu. «Na, jedenfalls müssen wir jetzt gehen. Ich habe Louella versprochen, ihr mit dem Essen zu helfen. Ich hoffe, es bleibt alles ruhig heute.»

Sie klopfte mir auf die Schulter, und Gott sei davor, drückte Michael einen Kuss auf die Wange, wo ein wächserner, karminroter Abdruck ihres großen Mauls zurückblieb. *Möge es im Himmel keine Jukebox geben, Etta. Und vielleicht gibt es ja auch keine Männer.*

Ich sah ihr nach, wie sie zur Hintertür hinausrauschte, wobei ihr stretch-denim-verhüllter Hintern zum Rhythmus ihres frechen Ganges einen fröhlichen Twosteppp tanzte. Ich drehte mich zu Michael um, der zu meiner Überraschung noch immer da war.

Er grinste. «Sie ist großartig.»

Meine Spannung entlud sich in schallendem Gelächter. «Ja, das ist sie. Aber manchmal wünsche ich mir, sie wäre die Großartige von jemand anderem.»

Ich sagte Michael, er solle uns einen Tisch in der Ecke sichern, während ich zur Bar ging und zwei Bier zapfte.

Ich stellte Michael ein Glas hin, ohne auch nur nachzufragen, ob er überhaupt Bier trinkt. Er hob das Glas, lächelte und sagte: «Cheers.»

«Sieht nach einem ruhigen Abend aus, also habe ich whrscheinlich nicht viel zu tun – außer die Toilette rebelliert. Etta hat einen Sauger im Keller, da steht mein Name drauf», bemerkte ich.

«Weshalb erzählen Sie mir dann nicht einfach, wie ich Ihnen weiterhelfen kann?», meinte er.

Ich erinnerte mich schuldbewusst daran, dass ich auf seine Einladung ins Theater mit der Forderung nach mehr Informationen geantwortet hatte. «Tut mir Leid, dass ich am Telefon so kurz angebunden war. Ich glaube, ich bin richtig besessen, den Job hinter mich zu bringen. Ich wollte ihn zuerst eigentlich gar nicht annehmen, und plötzlich ist die Sache zu groß, als dass ich sie noch alleine bewältigen könnte. Was ich versuche zu sagen ist – ich wollte Sie auch wiedersehen, egal, ob Sie mir helfen können.» Ich hatte meine Rede eher an den Tisch als an den Mann gebracht und konnte fast nicht glauben, was ich soeben gesagt hatte.

Als ich es wagte aufzusehen, sah ich, dass er wieder lächelte.

«Gut, das Verlangen war gegenseitig.» Seine Stimme wurde wieder ganz geschäftsmäßig. «Wir beendeten unser Gespräch am Montag, als ich sagte, der einzige Weg, um mit Sicherheit sagen zu können, ob GOD seine Finger in der schmutzigen Wäsche hat, wäre, einen Blick in die Bücher von Titan zu werfen.»

Ich nickte. «Es gäbe allerdings noch einen anderen Weg. Ich könnte versuchen, diesen Luciano zu finden – der Typ, der angeblich das Geld in die Wäscherei bringt. Aber ich glaube nicht, dass ich große Chancen habe, ihn zu finden, und wenn, dann wäre die wahrscheinlichste Antwort, die ich von ihm zu erwarten hätte, ein Messer zwischen die Rippen. Ich bin keine knallharte Privatdetektivin. Ich bin Autorin. Toronto ist zwar nicht Chicago, aber dunkle Straßen und Psychopathen gibt's auch hier mehr als genug. Einer meiner Informanten sagte mir, dass Lucy definitiv übel ist.»

Michael runzelte die Stirn. «Ich gehe davon aus, dass Sie viel zu intelligent sind, um in dieser Richtung zu suchen! Und ich stimme Ihnen zu, dass es nur in einer Sackgasse enden kann – der Witz ist beabsichtigt. Sehen wir uns also mal an, was wir tun müssen, damit wir GODs Bücher in die Finger kriegen.» Er hielt inne, um einen Schluck von seinem Bier zu nehmen.

Ich starrte ihn ungläubig an. «Sagten Sie eben *wir*?»

«Richtig.»

«War das hypothetisch gemeint?»

«Nein.»

Etwas, das mich während seiner Erzählung über Imperial Trust am Montagabend beschäftigt hatte, kam wieder an die Oberfläche: Vielleicht war er kein ehrlicher Anwalt? Diese Möglichkeit brachte mich in einen Konflikt. In einem abgeschiedenen Winkel meines Herzens wollte ich, dass er integer war. Aber wenn er das war, dann würde er sich sicherlich nicht so bereitwillig einverstanden erklären, mein Komplize bei einem Verbrechen zu werden.

Er unterbrach meinen Kampf um die Formulierung der nächsten Frage. «Lassen Sie mich raten, was Sie denken, Jane. *Dieser Kerl ist einer von den korrupten.* Nein, bin ich nicht. Genau deshalb bin ich nämlich gekommen – um Ihnen zu helfen. Ich sagte Ihnen bereits, dass ich bei den ersten Gesprächen dabei war, die Dawson anberaumt hatte, als Durand das Übernahmeangebot für Imperial gemacht hatte. Ich beriet ‹Die Engel› über die steuerlichen und rechtlichen Konsequenzen der verschiedenen Strategien, die diskutiert wurden. Als mir klar wurde, dass Dawson und seine Kohorten die Übernahme mit Mitteln vereiteln wollten, die ich als völlig unmoralisch wenn nicht illegal erachtete, riet ich ihm davon ab – aus ethischen Gründen. Er sagte mir, er sei nicht mit der Ethik reich geworden, und wenn ich sie predigen wolle, würde ich es an der Bay Street nicht weit bringen. Er hielt Wort. Als die ganze Affäre vorüber war und die Securities Commission ihr lächerliches Urteil gesprochen hatte, riet er mir, meinen Lohn woanders abzuholen. Ich hatte bereits einen anderen Job, ich wartete mit der Kündigung bloß, um zu sehen, ob er mich feuern würde.»

«Hat er seither etwas getan, um Ihrer Karriere zu schaden?», fragte ich.

Er schüttelte den Kopf. «Nicht, dass ich wüsste. Weshalb sollte er auch? Er hatte ja, was er wollte – mein Schweigen», sagte er mit Bitterkeit. Die Falten zwischen seinen krausen Augenbrauen vertieften sich. Die Schultern spannten sich unter dem Manchesterhemd. «Ein Teil von dem Imperial-Dreck ist an mir kleben geblieben, Jane. Ich wäre der Erste, der aufstünde und applaudierte, wenn GOD als der skrupellose Wirtschaftskriminelle hingestellt würde, der er ist.»

«Dann werden Sie sicher auch nicht erschrecken, wenn ich Sie frage, ob Sie es für möglich halten, dass es eine Verbindung zwischen ihm und der Mafia gibt?»

«Teufel, nein! Ich habe fast alles gelesen, was Sie geschrieben haben, also liege ich wahrscheinlich nicht falsch mit der Annahme, dass der Kapitalismus *nicht* Ihre bevorzugte politische Geschmacksrichtung dieses Jahrhunderts ist. Er ist grundsätzlich ungerecht – in der Art, wie der Reichtum ungerecht verteilt wird. Aber er ist nun mal unser System, und es gibt eine Menge ehrlicher Geschäftsleute, die auf ehrliche Weise innerhalb seiner Grenzen arbeiten. Und dann gibt es die Abweichler wie GOD, die jede einzelne Regel des Systems bis zum Anschlag zu ihrem Nutzen ausreizen und sich dann einen Deut um die Spielregeln scheren und

Dinge abziehen, die klar gegen das Gesetz verstoßen. Viele Länder machten mit Südafrika während der Apartheid Geschäfte. Einige unserer größten Konzerne roden Wälder, zerstören die Umwelt, vernichten die Lebensgrundlagen von Eingeborenen. Letzte Woche kam die Meldung, dass eine große kanadische Bergbaugesellschaft den Antrag gestellt hat, in British Columbia die Spitze eines gottverdammten Berges abzuschneiden, damit sie Kupfer abbauen – und den Boden dabei mit Schwefeldioxid vergiften – können. Wenn wir über Geschäftsethik sprechen, Jane, dann geht es um unterschiedliche Nuancen von Dreck. Oft kann ich den Unterschied zwischen den weißen Westen und der Mafia echt nicht erkennen.»

Ich musste einfach lachen. «Sie haben soeben die Art von Schimpfkanonade losgelassen, mit denen ich meine Freunde sonst zu Tode langweile! Wie gehen also zwei Racheengel vor, wenn sie Belastungsmaterial in ihre tugendhaften Finger kriegen wollen?»

Kenny kam mit zwei neuen Pints zu unserem Tisch. Er warf einen enttäuschten Blick auf mein halb volles Glas. «Was ist los, Kleines? Vergessen, wie man schluckt?»

«Nein, Kenny. Es ist nur, dass ich im Moment keine Zeit für AA-Treffen habe. Die können einem den Fahrplan ganz schön durcheinander bringen.»

«Woher soll ich das wissen», murmelte er und wischte die Hände an der Schürze ab. «Würd eher in die Kirche gehen, als zu den Anonymen Alkoholikern. O ja. Da kam eben eine Lady aus dem Keller, sagte, das Klo läuft nicht ab.» Er ging als glücklicher Mann von dannen.

Ich zuckte resigniert die Schultern. «Sorry, wenn wir Glück haben, dauert's nur ein, zwei Minuten.»

Ein halbes Dutzend Versuche später war die Sache erledigt.

Als ich zurückkam, flachste Michael: «Ich hätte Ihnen anbieten sollen, bei der Reparatur zu helfen, aber mehr als eine bestimmte Dosis Romantik am Abend hält kein Mann aus. Bevor wir also wieder unterbrochen werden, erzähle ich Ihnen am besten, womit die Racheengel rechnen müssen.»

Er erzählte mir, dass die Daten auf dem Computer im Büro des

Finanzchefs von Titan Corporation gespeichert wären. Wahrscheinlich war dieser Computer aus Sicherheitsgründen nicht an ein Netzwerk angeschlossen – es war möglich, dass sie wirklich unzugänglich waren. Gewitzte Konzerne speicherten ihre vertraulichen finanziellen Daten auf Wechselplatten, die im Safe aufbewahrt werden. Wenn das bei Titan der Fall war, hatten wir Pech gehabt. Es war jedoch wahrscheinlicher, dass sie ihre Daten mit irgendeiner Software schützten, wahrscheinlich High-end-Ware. Wenn wir in den Computer hineinkämen, am Sicherheitssystem vorbei, und die Daten auf Disketten kopieren könnten – und einen diskreten Abgang machten –, dann könnte sich Michael hinsetzen und eine richtige forensische Buchprüfung durchführen.

Als er fertig geredet hatte, wurde ich von einer Welle der Bestürzung getroffen. «Also brauchen wir nur an den Wachleuten und am elektronischen Überwachungssystem vorbei, das Sicherheitssystem des Computers zu durchbrechen und wieder raus. Michael, wenn ich mich aus meinem Studio ausschließe, muss ich mir bei meiner Freundin oben den Ersatzschlüssel holen, damit ich wieder reinkomme.»

«Du Kleingläubige, warum zweifelst du?», konterte er. «Ich habe einen Plan.»

«Sie haben einen Plan? Ich glaube, Sie haben den falschen Beruf gewählt!»

«Das glaube ich auch, aber das wäre ein Thema für ein anderes Gespräch. Hören Sie zu. Ich kenne einen Typen, Gordon Spender, der eine kleine Firma für Computersysteme besitzt. Er ist auf Datenbanken-Tabellenkalkulationen-Anwender spezialisiert. Er ist der Beste auf dem Gebiet. Unsere Firma beschäftigt ihn seit Jahren – genau wie Titan Corporation Eigentlich haben sie ihn auf meine Empfehlung hin unter Vertrag genommen. Er schuldet mir also einen großen Gefallen.»

Mein sturer Kopf fuhr fort, Hindernisse aufzustellen. «Aber Sie würden einen Gefallen von ihm verlangen, der ihn hinter Gitter bringen könnte. Und selbst wenn er verrückt genug wäre, es zu versuchen, müsste er dann nicht warten, bis Titan ihn anruft, wenn sie ein Problem mit besagtem Computer haben?»

«Nein, in beiden Fällen. Ich glaube wirklich, dass der Risikofaktor nicht groß ist. Da er bereits in ihrem Computer drin wäre und Zugang zu ihren Daten hätte, bräuchte er nicht lange, um das, was wir brauchen, auf Diskette zu kopieren. Selbst wenn er dabei gesehen würde, würde niemand Verdacht schöpfen: Man würde denken, er mache einen Backup. Und er bräuchte nicht zu warten. Jeder in der Computerwelt, der sich kürzlich hat vernetzen lassen, hat Probleme. Sie haben sicher vom Kafka-Virus gehört, der am ersten April überall auf der Welt die Harddisks infizieren soll. Gordon ist fast verrückt – und vor allem reich – geworden, weil er mit Aufträgen überhäuft wird. Heutzutage schützen alle Konzerne ihre Computer mit Virenschutzprogrammen, aber die müssen ständig aktualisiert werden, damit sie die neuesten Viren erkennen. Er versprach mir, sich meinen Computer vor allen anderen vorzunehmen; genauer gesagt, hat er es Ende letzte Woche getan.»

«Aber woher wollen Sie wissen, dass er nicht schon bei Titan war? Die sind sicher seine größten Kunden.»

Er stand plötzlich auf und suchte in seiner Hosentasche nach Kleingeld. «Wo ist das Telefon, Jane?»

Ich führte ihn zu dem knallrosa Telefon, das Etta auf einem Regal hinter der Bar eingerichtet hatte. Er blätterte im Telefonbuch und wählte dann eine Nummer. Ich hielt die Spannung nicht aus und ging zurück zu unserem Tisch. Etwa drei Minuten später legte er den Hörer auf und hob den Arm zum Siegeszeichen. Er rannte beinahe zum Tisch zurück und grinste die ganze Zeit, als hätte er ein Mittel gegen Haarausfall entdeckt.

«Sie werden es nicht glauben. Er muss morgen Nachmittag zu Titan – und er hat mir versprochen, vorher in meine Büro zu kommen, um sich ‹Instruktionen› zu holen!»

Michael blieb bei mir, bis die Bar schloss. Wir verbrachten die restlichen Stunden mit entspanntem Geplauder über Dinge, die nichts mit der Wirtschaft zu tun hatten. Als ich ihn vor seiner Haustür absetzte, versprach er, mich anzurufen, sobald er etwas von Gordon Spender hörte. Er schlug vor, ich solle mir Freitagabend freihalten, dann könnte ich ihm Gesellschaft leisten, während er die erhofften Titanakten sezierte.

Ich fuhr nach Hause, beflügelt durch seinen Optimismus – und die Unbefangenheit der Beziehung zwischen uns. Da es in unserem Gespräch auch um ziemlich persönliche Dinge gegangen war, die uns über die Stufe 1 der Intimität hinausgeführt hatten, hatte ich gedacht, er könnte mich vielleicht zum Abschied küssen. Tat er nicht, was mich mit der Frage zurückließ, ob er: (1) zu sehr Gentleman war, um schon bei der zweiten Begegnung auf sexuellen Kontakt aus zu sein (damit wäre er dieser Tage in einer besonderen Kategorie, wenn Frauen schon mit Kondomen in der Handtasche in eine Bar hineinmarschieren); (2) mich nicht besonders attraktiv fand; oder (3) im Allgemeinen nicht auf Frauen stand. Die erste Möglichkeit faszinierte mich; die zweite deprimierte mich; die dritte ließ mich in ironischem Selbstmitleid schwelgen – ich war bereit, meine Schutzschilde für einen Mann zu senken, der eher einem anderen Satz von Reproduktionsorganen zuneigte.

Eine weitere Möglichkeit ließ mich schneller einschlafen: vielleicht gehörte Michael wie ich zu den Opfern und klammerte sich widerstrebend an das Sicherheitsnetz der Enthaltsamkeit. Sich mit einer Freundschaft mit solch einem angenehmen Mann zu begnügen, konnte man kaum als Trostpreis bezeichen. Bloß als Tragödie von gigantischen Ausmaßen.

Aber ich wusste, ich konnte meine Gefühle an der Leine halten.

21

Am Donnerstagmorgen, kurz vor neun, brachte ich Harley vor dem Pförtnerhaus von Charles Durands Chateau kieselsteinesprühend zum Stehen.

Derselbe Tom-Cruise-geklonte Wachmann, dem Portia am Tag der Leichenfeier seines Herrn und Meisters Manieren beigebracht hatte, sprang so vorhersehbar wie ein Kuckuck aus seiner Uhr und kam auf mein Motorrad zu.

«Lieferung, Sir?», fragte er, bevor ich Zeit hatte, meinen Helm abzunehmen und definitiv (so hoffte ich) mein Geschlecht sichtbar zu machen. *Möge man dich tot mit schwarzen Strapsen auffinden,* fluchte ich in mich hinein.

Ich beschloss, den Helm aufzubehalten und hob meine Stimme eine Oktave an, um das visuelle Manko wettzumachen. «Keine Lieferung, Madam. Mein Name ist Jane Yeats. Ich habe eine Verabredung mit Mrs Durand.»

Er sah mich finster an und fragte dann über die Gegensprechanlage oben nach, ob das mit meiner Audienz bei Päpstin Judith seine Richtigkeit habe. «Fahren Sie mit Ihrem ... ähm ... Fahrzeug zum Haupteingang, Madam. Sie können es selbst parken.»

Er ging zurück in sein Pförtnerhaus und drückte ein paar Tasten auf der Computerkonsole. Als die zwei schmiedeisernen Gitter lautlos auseinander glitten, donnerte ich mit Harley die von Birken gesäumte Allee hoch und vollführte direkt vor dem Haupteingang eine weitere eindrückliche Vollbremsung. Wenn man meinen Klassenhass anstachelt, regrediere ich zu einem Benehmen, das selbst eines rebellierenden Teenagers unwürdig wäre.

Dieses Mal kam kein livrierter Bediensteter, um die Autotür, die ich nicht habe, zu öffnen. Judith Durand höchstpersönlich empfing mich ohne Intervention eines Butlers an der Tür. Hatte die Schlossherrin Personal einsparen müssen, weil ihre Guthaben vorübergehend eingefroren waren, oder war eine Mieze auf einem Motorrad die Dienste des Personals nicht wert?

Mit einem breiten Grinsen auf dem Gesicht führte sie mich ins Foyer. Es war nicht zu übersehen, dass nicht alle ihre Guthaben eingefroren waren. Ihre Version von Trauerkleidung war betörend: ein langes, zweireihiges Jackett mit Leopardenmuster-Knöpfen über Leoparden-Leggins. Sie sah aus, als amüsiere sie sich, als sie mir Jacke und Helm abnahm. Dann folgte ich ihr in das Zimmer, wo sie William hingebracht hatte, nachdem er nach der Beerdigung Daddys Familienglück zerfetzt hatte.

Sie musste die Überraschung und Bewunderung auf meinem Gesicht gesehen haben, als ich mich in dem von der Sonne erhellten Raum umsah. Nach dem, was ich von dem Haus bei meinem ersten Besuch gesehen hatte, hatte ich angenommen, dass das ganze Anwesen in Reproduktionen von Louis mit irgendeiner römischen Ziffer dahinter gehalten wäre. Stattdessen glitt mein Blick über eine helle, lebhafte und kreative Einrichtung, die von Georgia O'Keefe hätte sein können. Und über dem Kamin hing auch tatsächlich ein herrlicher O'Keefe: eine sündhaft üppige tropische Pflanze, deren weiche, nach innen gefaltete Blüten voller unterschwelliger Andeutungen von filigranen labialen Konturen waren.

Meine Gedanken wurden von ihrer sanften Stimme unterbrochen. «Das hier ist *mein* Raum – das einzige Zimmer im ganzen Palast, das mir Charles erlaubt hatte einzurichten. Gefällt es Ihnen?» Ihre Stimme klang ein bisschen unsicher, so als bedeutete es ihr etwas, was ich von ihrem Geschmack hielt.

«Es ist wunderschön. Ich mag es sehr.»

«Und das Bild?», fragte sie.

Ich machte einen Schritt zurück und schaute es noch mal an. Als ich mich umdrehte, um ihr zu antworten, sah sie mir direkt in die Augen – und hielt den Blick. «Wenn ich es nicht besser wüsste, dann würde ich sagen, Georgia hatte etwas anderes im Sinn als Botanik.»

Sie lächelte ausweichend. «Ja. Ich habe kürzlich eine neue Biografie über sie gelesen. Offenbar hat sie verneint, dass ihre Werke erotische Implikationen hätten – aber tun das denn nicht die meisten von uns?» Sie saß im Lotussitz auf einem reich gemusterten, handgewebten Teppich, ihre Arme ruhten elegant auf ihrem Schoß.

Da war also mehr an Durands zweiter Frau dran, als die Gerüchte vermuten ließen. Diese Lady war nicht einfach ein Kleiderständer. Und ihre Frage war nicht rhetorisch gemeint gewesen. Dahinter verspürte ich einen seltsamen Druck, mich zu offenbaren. Keine Chance.

«Ich weiß nicht. Wenn es um erotische Absichten geht, kann ich nur für die meinen sprechen.» Und genau das würde ich nicht tun. Bildete ich mir das nur ein, oder konnte ich den heißen Atem dieser erstaunlichen Frau richtiggehend *spüren*, wie er in Schwaden durch den Raum schwebte und sich in winzigen Dior-parfümierten Wolken auf meinem Nacken festsetzten? Ich war verwirrt. Sie schien mich auf eine fast schon verführerische Weise zu necken. Vielleicht begreife ich einfach die Semiotik von reichen, müßigen Frauen nicht. Welche sexuellen Spannungen hier die Grenzen unserer seltsamen Unterhaltung verwischten oder nicht verwischten, ich konzentrierte meine Gedanken auf den Grund meines Hierseins.

Ihr Lachen perlte so mysteriös wie ein chinesisches Windspiel. «Tut mir Leid. Ich war ungezogen. Wenn Sie mir in die Küche folgen wollen, dann können Sie mit den Interviews beginnen.» Sie stand mühelos auf, fasste in ihr Jackett und zog ein kleines Blatt liniertes Papier hervor. «Ich habe Ihnen hier Namen und Funktionen der Angestellten notiert, in der Reihenfolge, in der Sie mit ihnen sprechen werden.» Sie reichte sie mir.

«Vielen Dank. Sehr aufmerksam von Ihnen, dass Sie alles für mich organisiert haben.»

Sie zuckte die Schultern. «Keine Ursache. Offen gesagt hatte ich diese Woche sonst nicht viel anderes zu tun. Ich lechze förmlich nach Ablenkung.»

Sie würde nicht lange suchen müssen, bis sie welche fand. Ich setzte mich an den langen Klostertisch.

«Ich habe eine Kanne Kaffee und etwas Gebäck auf die Anrichte gestellt», sagte sie. «Bitte bedienen Sie sich. Ich werde als erstes Susan sagen, sie soll hereinkommen. Und, übrigens, zögern Sie nicht, die Angestellten zu fragen, was immer Sie wollen. Es ist mir verdammt egal, was Sie über Charles schreiben.»

Ich dankte ihr für die Erlaubnis (die ich mir auch ohne ihre Zustimmung genommen hätte) und warf einen Blick auf die Liste. Zuoberst stand «Susan Henshaw, Köchin». Danach kamen «Annie Morgan, Verwalterin; Colette Dubois, persönliche Sekretärin; und Archie Price, Fahrer». Der letzte Name war durchgestrichen. Da ich keinen Moment daran glaubte, dass irgendwer von diesen Leuten mir irgendetwas sagen konnte, was meinen Fall weitergebracht hätte, arbeitete ich mich kurz und effizient durch die Belegschaft. Ich stellte allen ein paar Fragen über ihre Pflichten und ihr Verhältnis zu ihren Arbeitgebern und tat so, als sammle ich kleine Juwelen aus erster Hand, die mir helfen sollten, meinem Porträt des Verstorbenen etwas Leben einzuhauchen.

Ein Glück, dass ich das nicht tat, um mir, wie man sagt, «meinen Lebensunterhalt» zu verdienen. Von Susan, der Köchin, erfuhr ich, dass Charles Durand Broccoli, Rind-, Lamm-, Schweinefleisch und Quiche hasste, während Mrs Durand Salat mit kalorienarmer Soße, braunen Reis, Linsen und Erbsen bevorzugte. Die reichen Leute könnten sich leisten, den Mist zu mögen, den die Armen gezwungen waren zu essen, meinte sie. Was wollte man da sagen.

Annie Morgan, so sanftmütig wie ein Frettchen, tat ihre Meinung in einer Lautstärke kund, die eine Heavy Metal Band vor Neid hätte erblassen lassen. Sie sagte mir, die Tätigkeitsbezeichnung sei ein Haufen Scheiße: In Wirklichkeit wäre sie die Putzfrau und machte die ganze Wäsche. Obwohl ihr Boss eigentlich ganz nett gewesen sei, sei sie nicht unglücklich, dass er abgekratzt sei. Wenn man sie fragen würde, dann hätte er seine Hemden, Boxershorts und Socken weit öfter als notwendig gewechselt – selbst für einen Mann in seiner Position.

Colette Dubois, verkniffen, prüde und altmodisch angezogen, erzählte mir absolut nichts – außer dass Susan was mit dem Fahrer gehabt hätte. Es wollte sich einfach kein mentales Bild einstellen, auf dem irgendein Typ seine Knochen auf jene von Susan legt, ohne sie zu zerbrechen. Mrs Dubois warf mir dieses Extra-Häppchen so vor, als gebe sie mir eine Beschreibung der Tapete. Es war jedoch offensichtlich, dass sie einen hässlichen Groll gegen die Köchin hegte. Vielleicht hatte sie ebenfalls ein Auge auf den beklagenswerten Archie geworfen, der erst vor kurzem in himmlische Dienste abberufen worden war.

Nachdem die unpassend benamte Colette aus der Küche gegangen war, rief ich Susan noch mal herein. Ich war vollkommen überrascht von ihrer Reaktion auf meine Frage bezüglich ihrer Beziehung zu Archie. Ich dachte fälschlicherweise, sie wäre zu mager, um so viel Energie auf ihre Wut zu verwenden. Mein Eindruck sollte mich täuschen.

«Dieses verdammte Dreckstück!», kreischte sie und hüpfte auf den Marmorkacheln auf und ab wie die böse West-Hexe in *Der Zauberer von Oz*. «Colette hat Ihnen gesagt, dass Archie und ich ein Verhältnis hatten, nicht? Dieses verdammte Dreckstück. Ich werde ihr Rattengift in die Suppe tun.» Ihre Morddrohung war beeindruckend: während sie sie aussprach, begann sie eine grüne Paprika mit einem chinesischen Hackbeil zu zerkleinern, ein Instrument, das mir für diesen Zweck leicht übertrieben schien. Aber was weiß ich schon von kulinarischen Techniken?

Ich versicherte ihr, dass ich kein Interesse an ihrem Privatleben hätte, aber dass ich gerne mit Archie gesprochen hätte – natürlich vor seinem plötzlichen Exitus. Ich log, als ich ihr sagte, ich hätte ihn am letzten Donnerstag vergeblich zu erreichen versucht. Meine Verlogenheit lohnte sich, denn sie erzählte mir, er wäre am Abend davor ausgeflogen, ohne sich die Mühe zu machen, sich von seinen Arbeitgebern zu verabschieden. Sie wusste, dass er ein Dealer gewesen war. «Das macht ihn nicht schlechter als den Rest von uns», meinte sie. Wer hat da behauptet, Kanadier seien schlechte Philosophen?

Bevor ich Judith davon in Kenntnis setzte, dass ich mit der Befragung ihrer Angestellten fertig war, sah ich meine mageren Notizen durch. Gott hat mich nicht auf diesen Planeten gesetzt, damit ich Biografin werde. Ich denke, ich kann damit leben.

Als mich Judith in das Esszimmer geleitete, entschuldigte sie sich für dessen Größe. «Ich wünschte mir, wir könnten irgendwo essen, wo es gemütlicher ist, aber da gibt es nichts», sagte sie.

»Hey, für eine gute Mahlzeit esse ich auch im Taj Mahal», beruhigte ich sie.

Sie drehte sich zu mir um und warf mir einen Blick, so direkt wie das Sonnenlicht am Mittag, zu. «Das vielleicht schon. Aber würden Sie hier leben wollen?»

Ich schüttelte den Kopf. «Nein. Ich lebe recht bescheiden – und ich bin glücklich, so wie es ist», sagte ich.

Sie sah mich ernst an: «Sie werden es vielleicht nicht glauben, aber ich wäre es auch.»

Auf ein hartes Klopfen an der Tür folgte Susan mit dem Servierwagen. Sie trug Artischocken mit Vinaigrette auf, Filet de Bœeuf Dubarry, Pommes Duchesse und eine Flasche Rotwein. Es gab sogar ein Dessert, Orangen in Karamelll mit Brandy. Angesichts der Giftpfeile, die mich aus ihren Augen trafen, hätte ich mein Essen gerne von einem Sklaven vorkosten lassen. Susan hätte sich hervorragend geeignet.

Judith war nicht kühl genug, um zu warten, bis wir bei den Orangen angelangt waren, bevor sie fortfuhr. «Ich bin hier, weil ich dachte, ihn zu heiraten, wäre der schnellste Weg, um von dort wegzukommen, wo ich war. Ich wuchs mit einer manisch-depressiven Mutter und einem Alkoholiker als Vater auf, der uns beide regelmäßig verprügelte. Als ich dann Zugriff auf Charles' Geld hatte, lernte ich, was jede unglückliche Seele lernt, *nachdem* sie im Land der Lotus-Esser angekommen ist: eine Frau kann überall unglücklich sein.» Sie wirbelte herum. «Wissen Sie, was das erbärmlichste an diesem Haus ist? Charles hatte es gebaut, um das Establishment zu beeindrucken. Der arme Kerl hat nie begriffen, dass sie sich nur gegenseitig beeindrucken – und nicht mit ihren Häusern, ihren Autos oder ihren Clubs. Sie beeindrucken sich allein damit, dass sie in die Oberschicht hineingeboren wurden. Das ist der einzige wirkliche Zugang; man kann ihn sich nicht erkaufen.»

«Wenn ich Sie recht verstehe, dann sagen Sie, Sie hätten keine glückliche Ehe geführt?»

Sie lachte. «Ich habe noch nie eine ‹glückliche› Ehe gesehen – zumindest nicht von nahe. Weder Charles noch ich glaubten, dass uns unsere Ehe in Verzückung versetzen würde. Die unsrige war eine, wie weisere Leute es nennen, Vernunftsehe. Er bekam die attraktive, junge Frau, die ein erfolgreicher Mann braucht, um seine gesellschaftliche Stellung zur Schau zu stellen, und ich bekam ...» Sie hielt inne, und ich fragte mich, ob sie wohl überlegen musste, was ihre Kompensation war.

«Ich bekam Respekt, war alle Geldsorgen los – und hatte eine gute Tarnung.»

«Tarnung wofür?» Ich fragte mich, was sie zu verbergen haben könnte.

«Bleibt dieses Gespräch unter uns? Ich meine, Sie werden nichts von dem, was ich Ihnen jetzt erzähle, veröffentlichen?»

Angesichts der Tatsache, dass ich nie vorhatte, auch nur ein Wort über Charles Durand oder seine Beziehungen, seien sie geschäftlicher oder persönlicher Natur, zu schreiben, konnte ich ihr ehrlich versichern, dass nichts von dem, was sie mir sagte, je eine Textverarbeitung, meine Lippen eingeschlossen, verlassen würde. Ich nickte einfach.

«Sie werden es vielleicht nicht glauben – so wie ich mich gebe», sagte sie und strich sich dabei über die Leopardenoberschenkel. «Aber ich bin lesbisch.» Sie hielt lange genug inne, um mir Zeit zu geben, ihr Geständnis zu verarbeiten, und vielleicht, um sich selbst Zeit zu geben, zu überleben, ob das klug von ihr war.

Ich zuckte die Schultern. «Ich hoffe, Sie erwarten von mir nicht, dass ich jetzt schockiert bin oder so ähnlich. Nach dem ganzen Aufruhr um Ellen DeGeneres' Coming-out in ihrer eigenen TV-Show wünscht Oprah sich jetzt wahrscheinlich, sie wäre auch lesbisch. Hören Sie, Judith, wenn ich nicht gerade hart an meiner Keuschheit arbeite, dann bin ich – was meine eigene Sexualität angeht – irgendwo zwischen Mae West und Gertrude Stein. Vom Geschlecht lasse ich mich nicht einschränken. Wenn ich mit jemandem schlafe, dann mit wem immer ich mich zu dem Zeitpunkt verbunden fühle ...» Ich verstummte, erstaunt über meine eigene Offenheit. In der Art, wie diese Frau sich gab, lag etwas entwaffnend Einfaches, das geradezu zu Intimitäten einlud. Ich war allerdings neugierig, wie ihr Mann auf ihre sexuellen Neigungen reagiert hatte. «Aber ich bin nicht verheiratet. Macht es Ihnen etwas aus, wenn ich frage, ob Ihr Mann wusste, dass Sie lesbisch sind?»

«Nein, überhaupt nicht. Er wusste es – vom ersten Mal an, als wir zusammen ausgegangen sind. Ich mache meine Neigungen nicht öffentlich, aber ich bin auch nicht so heimlichtuerisch, dass ich mein Leben nicht meinen Bedürfnissen entsprechend leben kann. Ich habe seit acht Jahren eine Geliebte ... und ich hatte nicht vor, diese Beziehung aufzugeben, als ich Charles heiratete. Er war damit einverstanden – solange ich mich diskret verhielt, selbstverständlich.»

Ich konnte nicht widerstehen, das nahe Liegende zu fragen. «Aber was hieß das für Ihr gemeinsames Liebesleben? Störte es ihn denn überhaupt nicht, dass Sie mit einer anderen Frau zusammen waren?»

«Nicht im Geringsten. Es passte ihm sogar ganz ausgezeichnet. Charles hatte kein Interesse an Sex. Sexualität existierte für ihn gar nicht. Dass ich lesbisch bin, hat den Druck zu funktionieren von ihm genommen, unter dem er sich bei anderen Frauen fühlte.»

Ihre Antwort befriedigte mich nicht wirklich. Der menschliche Sexualtrieb ist so komplex, so pervers und unerbittlich, dass ich einfach nicht glauben kann, dass ihm nicht gehorchen auch heißt, dass er eines Tages plötzlich verschwunden ist. Der Himmel weiß, selbst Nonnen und Priester sind nicht davor gefeit, nur weil sie ein Gelübde abgelegt haben, enthaltsam zu leben.

«Judith, ich habe kein Problem damit, Ihre Seite des Abkommens zu verstehen. Charles stellte keine Ansprüche, Sie befriedigten Ihre Bedürfnisse bei Ihrer Geliebten. Aber ich habe Schwierigkeiten, mir vorzustellen, was *er* mit seinen Bedürfnissen gemacht hat.»

«Das wäre ein Problem gewesen, wenn er irgendwelche Bedürfnisse dieser Art gehabt hätte», sagte sie. «Hören Sie, er war von etwas getrieben, dass viel stärker war, als körperliche Lust, viel dringender, als unser Bedürfnis, Sex zu haben. Was Charles brauchte, war, dass andere Leute sein *Leben* bestätigten. Er konnte nicht mal glauben, dass er überhaupt auf der Welt war, solange das Establishment ihm nicht bewies, dass er existierte. Die Tatsache, dass ich im Bett keine Ansprüche an ihn stellte, bedeutete eine enorme Erleichterung für ihn. Deshalb waren diese dummen Anschuldigungen ja auch so lächerlich!», fügte sie noch hinzu, quasi als Fußnote.

Ich mag ja vielleicht keine Biografin sein, aber ich war mit dem Instinkt einer Reporterin geboren worden. «Welche Anschuldigungen?», fragte ich sanft nach.

«Vor ein paar Jahren kaufte Charles einige Pferde und trat einem schicken Reitclub bei – Grasmere Stables. Er hatte immer eine Liste im Kopf, was die richtigen Leute tun, um wer zu sein. Eines der Dinge, fand er heraus, war Reiten. Allerdings mochte er seine Pferde wirklich. Jedenfalls beschwerte sich letzten Herbst ein Mädchen beim Besitzer des Clubs, dass Charles sie im Stall belästigt hätte. Offensichtlich wirbelte die Sache etwas Staub auf – selbstverständlich drang kein Wort nach draußen –, dann legte sich die Aufregung wieder. So ein Witz! Ich meine, nur schon der Gedanke, er könnte sich an einen Teenager rangemacht haben, wo er etwa so viel an Sex dachte wie ein kastrierter Bulle. Charles trat augenblicklich aus, nur um einen Skandal zu vermeiden.»

Ich tat so, als teilte ich ihre Meinung über die Absurdität der Anschuldigungen des Mädchens. Aber sie hatte meinem Fall ganz unbeabsichtigt eine neue Spur hinzugefügt – das heißt, wenn Durands Geschlechtsleben an diesem Punkt meinen Ermittlungen eine neue Stoßrichtung geben konnte. Ich weiß, ich hatte einfach Schwierigkeiten, so einfach darüber hinwegzugehen, wie sie es getan hatte – vielleicht, weil ich als Kind selbst sexuell missbraucht worden war: Wenn es einem selbst widerfährt, ist es schwer, so zu tun, als ob ein Missbrauch nicht so schlimm ist. Wahrscheinlich war es für diesen Fall nicht von Bedeutung, aber das soll mal jemand meinem Kopf sagen.

Den Rest des Mittagessens verbrachten wir mit angenehmem Geplauder über Dinge, die nichts mit dem Tod ihres Mannes zu tun hatten. Ich fühlte mich sehr wohl in ihrer Gesellschaft. Als sie vorschlug, wir sollten uns wieder mal sehen, stimmte ich ihr nur zu gerne zu.

Harley und ich brausten am Checkpoint Cruise vorbei. Mein Kopf drehte sich wie ein Kaleidoskop vor Erstaunen über die schiere Unvorhersehbarkeit der menschlichen Natur, die überraschenden Wendungen, die sich immer wieder ergeben.

22

Ich war etwa fünf Minuten in Richtung Norden gefahren, als ich Harley vor einer Telefonzelle zum Stehen brachte. Irgendein Nachwuchsterrorist hatte das Hörerkabel herausgerissen, aber das Branchenverzeichnis war noch da, so dass meine Finger den Weg suchen konnten.

Unter «Reitschulen und -ställe» fand ich ein Inserat für die Grasmere Riding Acadamy *Dressur- und Jagdschule – Mietställe – Große Reithalle und Lounge – Reitshop – Ecke Major Mackenzie und Mc Cowan.* Ich beschloss, mich nicht telefonisch anzukündigen. Die Eigentümer waren sicher nicht darauf erpicht, mit jemand Fremdem über angebliche Verfehlungen eines ihrer Mit-Glieder (um es mal so zu sagen) zu sprechen.

Eine knappe halbe Stunde später bog ich in die Naturstraße ein, die zur Grasmere Riding Academy führte. Da ich die Pferde nicht erschrecken wollte, parkte ich mein Motorrad gleich am Eingang hinter einem elganten Schild. Als ich betont feminin den Kiesweg hinaufging, fiel mein Blick auf sanft gewellte, grasbewachsene Hügel, weiß gestrichene Zäune, drei eingeschossige Stallungen aus rotem Backstein, einen Bungalow im Ranch-Stil, so proper, dass er als Film-Kulisse hätte herhalten können, und mampfende, auf Hochglanz gestriegelte Pferde.

Ich ging an einer Reihe geparkter Autos – BMWs, Mercedes, ein Audi, ein Rolls – und drei Pferdetransportern vorbei zum ersten der Ställe. Als ich eintrat, kräuselten sich meine Nüstern vom Ammoniakgeruch der Pferdepisse, die nicht von frischem Stroh aufgesaugt worden war. Das Innere war sauber, elegant und geräumig genug, um einen ansehnlichen Haufen Obdachloser zu beherbergen. Ein Schwarm pubertierender Mädchen kümmerte sich um die Insassen, putzte und striegelte sie, legte den glänzenden Leibern Sattel und Zaumzeug an und schnatterte unentwegt, während sie arbeiteten. Ich fragte das erstbeste Mädchen nach dem Besitzer. Sie schüttelte ihr blondes Haar in Richtung des Bungalows, ohne auch nur einen Moment vom hingebungsvollen Bearbeiten von Pferdefleisch abzulassen.

Die Tür öffnete sich, noch bevor ich mein drittes Klopfen hatte anbringen können. Eine Frau von wagnerschen Proportionen und gebieterischem Auftreten stand vor mir. Ich kam mir vor, als sei ich auf ein Domina-Inserat auf der Rückseite eines einschlägigen Magazins hin gekommen. Ich gab mir alle Mühe, als brave Mutter durchzugehen und hoffte bloß, dass sie mich nicht auf meiner Harley-Davidson hatte vorfahren sehen.

«Ja», fragte die Frau herrisch in ihren braunen Reithosen und hohen, schwarzen Stiefeln.

«Mein Name ist Joan van der Feld», sagte ich und streckte die Hand aus. «Ich wollte mich nach Reitstunden für meine Tochter Tiffany erkundigen.»

Offensichtlich verwechselte Brunhilde Verlogenheit mit dem Geruch von Geld. Ihr Gesicht, eben noch so herzlich wie das eines Wasserspeiers, nahm fast so etwas wie einen höflichen Ausdruck an. «Ah ja», antwortete sie und umklammerte meine Hand wie ein Schraubstock. «Ich bin Ilsa Vonnegut. Treten Sie doch bitte ein», sagte sie näselnd. Ich folgte ihr ins Wohnzimmer, dass so voll gestopft war mit Pferdekrimskrams, dass ich auf der Stelle eine Allergie entwickelte.

Sie setzte sich in einen geräumigen Sessel. «Kann ich Ihnen eine Tasse Tee anbieten, Mrs Van der Feld?» Das kam unerwartet: Ich hatte Hafer erwartet.

«Nein, vielen Dank. Ich kann nicht lange bleiben», antwortete ich und sah Respekt gebietend auf die Stelle an meinem Handgelenk, wo normalerweise meine Swatch gewesen wäre, wenn ich daran gedacht hätte, sie heute Morgen nach dem Duschen anzuziehen. «Ich muss in Kürze wieder in der Stadt sein.» Ich versuchte ihren Trick nachzuahmen und die Wörter durch die Nase hochzuziehen, aber der einzige Effekt war, dass ich niesen musste. «Entschuldigen Sie», murmelte ich über meinen Ärmel hinweg, «ich muss allergisch auf Pferde sein.»

Wir unterhielten uns ganz prächtig, und sie beschrieb voller Enthusiasmus all die Pferde-relevanten Dienste, die Grasmere meiner imaginären Tochter zu bieten hatte. Dann warf ich etwas so Unappetitliches wie einen frisch dampfenden Pferdeapfel in ihre Verkaufseloge, als ich erwähnte, dass ich keine Bedenken hätte, ihr auf der Stelle einen Scheck für Tiffanys Mitgliedschaft auszustellen – wenn mir nicht eine gute Freundin von dem Gerücht erzählt hätte, kürzlich hätte sich ein männliches Clubmitglied einigen von Grasmeres Reitschülerinnen «unziemlich genähert». Es wurde so still im Zimmer, dass man ein Pferdehaar auf den Teppich hätte fallen hören.

«Wer hat Ihnen denn so etwas erzählt?», fragte sie mit hochgezogener rechter Braue.

«Oh, Evelyn Eaton warnte mich, als ich ihr erzählte, dass Tiffany sich für Pferde interessiere und ich von Ihrer Einrichtung gehört hätte. Wir trafen uns ganz zufällig an einem Wohltätigkeitsball im Casa Loma.»

Sie nickte bei der Erwähnung einer nicht-existenten Frau an einem nicht-existenten gesellschaftlichen Ereignis. Ich nehme an, sie hatte Mühe, mit allem mitzuhalten, neben all den Ställen, die sie auszumisten hatte und dem Gras, das es zu mähen galt.

Wie sie die Kontrolle wieder an sich riss, verriet die Expertin. «Ich kann Ihnen versichern, Mrs Van der Feld, dass Sie sich keine Sorgen um die Sicherheit Ihrer Tochter zu machen brauchen. Selbst wenn der betreffende Gentleman das getan hätte, dessen ihn diese Mädchen beschuldigt haben, ist er nicht mehr Mitglied dieses Clubs.»

«Wie ich gehört habe, ist er nicht mehr Mitglied der menschlichen Rasse», bemerkte ich düster.

Sie strich sich mit den Händen über die Schenkel, wahrscheinlich, um sich den Schweiß abzuwischen. «Ah ja. Wie wahr. Er verstarb kürzlich – kurz nachdem er aus Grasmere ausgetreten war.» Sie ließ es wie Ursache und Wirkung klingen; offensichtlich war Grasmere das Zentrum ihrer mentalen Kartographie.

«Ja», sagte ich, «und es war ein vorzeitiger und in der Tat sehr gewaltsamer Tod, wie ich gehört habe.»

Offenbar hatte ich mein Ross auf einen Seitenpfad gelenkt, den sie nicht weiterverfolgen wollte. «Nun, dann macht es ja keinen Sinn, sich weiter darüber Gedanken zu machen», meinte sie wegwerfend.

Aber so leicht war ich von meinem Weg nicht abzubringen. «Wissen Sie, ob die Eltern dieser Mädchen vorhatten, ihn anzuzeigen?»

Sie rutschte mit ihrem ausladenden Hintern unbehaglich auf dem Sessel herum wie die Märchenprinzessin, die eine Erbse unter ihrer Matratze spürt. «Meines Wissens nicht. Man muss sehr vorsichtig sein, wenn der Ruf eines Mannes aufgund der Fantastereien von ein paar törichten Mädchen auf dem Spiel steht. Die Adoleszenz scheint eine sehr seltsame Phase zu sein.»

Anstatt sie auf der Stelle für die unentschuldbare Bemerkung zu erwürgen, schaltete ich auf stur. «Meiner Erfahrung nach erscheint den Männern ihre Sexualität als seltsame Phase.»

Das brachte sie in Rage. Ich war erleichtert, als sie nur ihre Stimme erhob. Ich hatte mit einer Reitpeitsche gerechnet. «Mrs Van der Feld, was immer auf meinem Grund und Boden geschah oder nicht geschah, ist für niemanden von uns mehr von Belang. Kann ich davon ausgehen, dass Sie noch immer daran interessiert sind, Tiffany bei uns einzuschreiben?»

«O ja», antwortete ich so eifrig wie eine Mutter, deren Kind man soeben eine Hauptrolle in *Annie* angeboten hatte. Als ich mein Scheckbuch hervorzog, stand sie auf und ging zu einem Aktenschrank an der Wand, der clever als Sideboard getarnt war. Sie reichte mir ein Anmeldungsformular. «Wären Sie so nett und füllen das aus? Wir verlangen das von allen unseren zukünftigen Mitgliedern. Man muss vorsichtig sein, wen man aufnimmt, wie Sie sich sicher vorstellen können.»

Ich füllte die entsprechenden Leerstellen auf dem Formular mit dichterischer Freiheit aus und erfand alle Antworten – mit Ausnahme der Referenzen. Ich schrieb «Portia Sherman» und «Mrs. E. Yeats» hinein.

Ilsa entschuldigte sich und ging zur Haustür, an der es soeben geklopft hatte. Ich benutzte die Gelegenheit und huschte zum Sideboard und sah mir die Akten auf dem Regal an, von dem sie das Anmeldeformular genommen hatte. Gleich neben jenem Stapel lagen eine Fotokopie der Mitgliederliste und ein Plan der Reitstunden. Ich lieh sie mir aus.

Als sie wieder zurückkam, hatte ich mich bereits wieder gesetzt und die entwendeten Papiere in meinen Rucksack gesteckt. Sie überflog kurz mein ausgefülltes Formular und stand dann auf. «Reiten Sie auch, Mrs van der Feld?», fragte sie, als sie mich zur Tür begleitete.

«O ja», lächelte ich. «Eine Harley-Davidson. Sie frisst nicht viel und sie furzt nie.»

Sichtlich unbeeindruckt schüttelte mir die gute Lady die Hand, als wäre diese ein toter Fisch.

Begierig, die Grasmere-Papiere durchzusehen, fuhr ich weit über der zulässigen Höchstgeschwindigkeit zurück in die Stadt. Ich musste wissen, ob Durand wirklich eines oder mehrere der Mädchen belästigt hatte. Ein kurzer Blick auf die Mitgliederliste, die vom Januar stammte, bestätigte, dass Durand nicht mehr Mitglied war. Dann schaute ich mir den Stundenplan für die Reitklassen im Winter an und fand heraus, dass die jungen Mitglieder am Mittwochnachmittag und am Samstagmorgen Unterricht hatten. Der Name des Reitlehrers war Miles Cahill. Sieben Mädchen waren am Mittwoch eingetragen; zwei davon und weitere sechs waren für Samstag eingetragen. Ich nahm mir wieder die Mitgliederliste vor, die praktischerweise in jugendliche und erwachsene Mitglieder unterteilt war. Ich fand die Adressen und Telefonnummern von allen dreizehn Mädchen.

Das Telefon klingelte, als ich mir überlegte, was ich als Nächstes tun sollte. Ich nahm den Hörer ab und warf schuldbewusst einen Blick auf die Anzeige auf der Maschine. Drei Anrufe.

«Hi, Jane. Michael hier.» Er klang aufgeregt und ungeduldig. «Ich bin froh, dass Sie zu Hause sind. Ich habe in der letzten Stunde dreimal angerufen.» Ich wollte mein neues, selbstauferlegtes Kontingent an Witzen nicht überschreiten und fragte ihn deshalb nicht, ob die Toilette verstopft sei.

«Tut mir Leid, Michael. Ich bin eben erst zurückgekommen und bin etwas geistesabwesend.»

«Warten Sie, bis Sie die Neuigkeiten hören, die ich habe – das wird Sie mit Garantie auf Trab bringen! Gordon Spender rief mich kurz nach fünf im Büro an. Mission erfüllt: Es ist ihm gelungen, das zu besorgen, worum wir ihn gebeten hatten, und er kommt heute Abend vorbei, um mir die Disketten zu geben.»

Ich war hocherfreut. «Das ist ja großartig. Wann denken Sie, kommen Sie dazu, Sie sich anzusehen?»

«Gleich morgen früh. Sobald ich es erfahren hatte, bat ich meine Sekretärin, alle Termine für morgen abzusagen. Ich nehme mir den Tag frei, um mich der forensischen Buchprüfung zu widmen», sagte er. «Können Sie vorbeikommen?»

«Wahrscheinlich erst etwas später. Bei meinem Gespräch mit Judith Durand hat sich etwas ergeben, das mich auf eine neue Spur gebracht hat. Deshalb kam ich erst so spät zurück. Ich denke, ich sollte dem morgen nachgehen.» Irgendwie wollte ich ihm nicht erzählen, was genau mich beschäftigte.

«Wollen Sie mir davon erzählen?», fragte er.

«Nicht wirklich – zumindest nicht jetzt, Michael. Es ist wirklich nur ein Detail, eine Möglichkeit, die mir keine Ruhe lässt. Ich hatte noch keine Zeit, darüber nachzudenken, was es für eine Bedeutung haben könnte, wenn überhaupt. Ich mag einfach keine unerledigten Sachen, wenn ich etwas recherchiere.»

«Kein Problem, solange Sie mir versichern können, dass das, wo Sie Ihre Nase reinstecken, Sie nicht in Gefahr bringt. Vergessen Sie nicht, Recherchen für ein Buch sind nicht dasselbe, wie einen Mord aufzuklären. Ich habe jedenfalls noch nie gehört, dass jemand zwischen den Regalen der Metro Library erschossen worden wäre.»

«Vielleicht nicht. Aber ich bin dort verschiedene Male schon vor Langeweile gestorben», scherzte ich.

Stille in der Leitung. «Sind Sie noch da?», fragte ich.

«Selbstverstämdlich bin ich noch da», kam es barsch zurück. «Ich habe nur gewartet, wie viele schlechte Scherze Sie zu einem derart ernsten Thema wohl noch anbringen, bevor Sie wieder auf den Boden zurückkommen.»

«Tut mir Leid, ist eine besonders schlechte Angewohnheit von mir, besonders wenn ich nervös bin. Ich schätze es sehr, dass Sie sich um meine Sicherheit Gedanken machen, aber ich glaube ehrlich nicht, dass ich überhaupt in Gefahr bin.» Ich war froh, dass ich ihm nicht erzählt hatte, dass erst letzte Woche jemand Harleys Bremskabel durchgetrennt hatte, und dass ich am Sonntag ein paar beunruhigende Sekunden damit verbracht hatte, Kugeln auszuweichen. Seine Sorge rührte mich, aber ich hatte mich zu solch einem Ausbund an Selbstständigkeit entwickelt, dass ich nicht wusste, was ich mit einem Beschützer anfangen sollte.

«Entschuldigung angenommen. Ich war nicht beleidigt. Es hat mich nur irritiert, dass Sie mit Ihrer Sicherheit so leichtfertig umgehen. Wieso rufen Sie mich nicht an, wenn Sie morgen Zeit haben?»

«Das werde ich. Ich schätze es wirklich sehr, dass Sie sich Zeit nehmen, das für mich zu tun.»

«Danken Sie mir, wenn ich es geschafft habe, Ihnen nützliche Informationen über Titan zu geben. Ich bin nicht so sicher, ob es mir gelingt, das Sicherheitssystem, das sie garantiert installiert haben, zu knacken. Ich freue mich auf Ihren Anruf.»

Unzufrieden mit mir selbst, legte ich auf. Meine Art, Problemen aus dem Weg zu gehen, hatte mich zu meiner Klugscheißer-Art getrieben. Ich wollte die Anrufe nicht machen, obwohl ich mir im Klaren war, dass ich sie machen musste – und ich kämpfte gegen die galoppierende Anziehungskraft, die Michael auf mich ausübte. Zum Teufel, ich war in meiner Therapie eben erst am Punkt angelangt, wo ich mir einzugestehen begann, dass Pete mich mit seinem Tod nicht betrügen wollte. Es machte einfach keinen Sinn, mich neuem Schmerz zu öffnen, indem ich einen anderen Mann an mich ranließ. Ich musste mich daran erinnern, dass Schnecken es fertig gebracht hatten, sich auszubreiten, indem sie beschlossen hatten, ohne ihr Haus in die Welt hinauszugehen. Wahrscheinlich, weil sie nicht zu viel über die Evolution nachgedacht hatten.

Ich habe Lust noch nie mit Liebe verwechselt. Die Lust lässt einem sein Schneckenhaus.

Kurz bevor ich endgültig betrunken war, was mir langsam als eine meiner weniger kreativen Therapien erschien, wusste ich nicht mehr, wie ich mein unglückliches Hirn ausschalten sollte. Ich ging früh zu Bett.

23

Etwas Dunkles, Formloses waberte am Rande meiner Träume und störte meinen Schlaf. Als ich bei Tagesanbruch im Park die Energie nicht aufbringen konnte, Hol-das-Stöckchen zu spielen, wurde Max quengelig. Auf dem Nachhauseweg kaufte ich mir in der Kneipe um die Ecke Frühstück und einen Karton Orangensaft, entschlossen, ein bisschen besser zu mir Sorge zu tragen.

Ich beschloss, bei den dreizehn Mädchen, die an der Grasmere Riding Academy Reitstunden gehabt hatten, anzurufen. Ich übte kurz meinen Text. Ich hatte vor, mich als Amanda Marsh auszugeben, eine besorgte Mutter, deren Tochter sich in den Kopf gesetzt hatte, sich in der Reitschule anzumelden. Ich würde sagen, dass mir Ilsa Vonnegut freundlicherweise die Namen einiger Eltern als Referenzen gegeben hatte. Ich würde mit den Müttern der Mädchen sprechen wollen, schlicht und einfach, weil ich wusste, dass mir wohler war, über ein solch geschlechtsspezifisches Thema mit einer anderen Frau zu sprechen. Ich würde sagen, dass mir ein übles Gerücht zu Ohren gekommen sei, das ich gerne widerlegt hätte, bevor ich meine Tochter einschrieb, und fragen, ob sie etwas darüber wüssten.

Ich wusste, dass ich mit meinen Anrufen Miss Vonneguts Unternehmen schaden konnte. Es war mir scheißegal: Um ihren Ruf und ihr Bankkonto zu schützen, hatte die Frau es unterlassen, sehr ernsten Anschuldigungen nachzugehen. Manche Leute setzen so verquere Prioritäten, dass sie das Recht auf Mitgefühl verwirkt haben. Ich hatte keine Bedenken, Ilsa von der Liste jener Leute zu streichen, deren Wohlergehen mir am Herzen lag.

Zwei Stunden später war ich bereit, aufzugeben. Ich hatte Nachrichten auf vier Anrufbeantwortern und bei vier Haushälterinnen hinterlassen. Die Töchter zweier Frauen, die ich erreichte, waren noch nicht bei Grasmere gewesen, als Charles Durand Mitglied war. Eine der Frauen, denen ich eine Nachricht hinterlassen hatte, rief mich zwischen zwei Anrufen zurück. Sie stellte entschieden in Abrede, von solchen Gerüchten gehört zu haben und legte auf, bevor ich ihr danken konnte. Ihr Tonfall sagte mir, dass sie nur schon den Gedanken, ein Mitglied könnte sich eines sexuellen Fehlverhaltens schuldig gemacht haben, für eine Zumutung hielt.

Beim zehnten Anruf hatte ich Glück. Nancy Hawkes nahm ab und bestätigte, dass ihre Tochter Katherin letztes Jahr gesagt hätte, dass an einem Mann, der in Grasmere reite, «etwas komisch» sei. Sie sagte, es sei nicht die Art von Thema, über das sie gerne am Telefon rede, und außerdem sei sie schon etwas spät dran, sie fahre nämlich für das Wochenende zum Skifahren in ihr Chalet. Ich wusste, dass ich wahrscheinlich mehr aus ihr herausbringen würde, wenn wir uns persönlich trafen. Bevor wir das Gespräch beendeten, erklärte sie sich einverstanden, sich mit mir am Montag zum Mittagessen zu treffen. Sie schlug den für Mitglieder reservierten Speisesaal des Royal Ontario Museums vor.

Ich setzte meine Anrufe fort, bis ich unten an der Liste angelangt war. Eine Mutter, die sich sehr aufregte, als ich ihr von dem Gerücht erzählte, blieb lange genug höflich, dass ich erfuhr, die Mutter einer anderen Reitschülerin hätte solchen «Klatsch» verbreitet, aber sie hätte die Sache wieder vergessen, nachdem sie sich versichert hatte, dass ihre Tochter von niemandem «belästigt» worden wäre. Als ich sie nach dem Namen der Klatschbase fragte, beendete sie das Gespräch. Langsam bekam ich das Gefühl, dass ich es hier mir einer Verschwörung des Schweigens zu tun hatte. Vielleicht war es auch nur ein Fall von übersteigertem Oberschicht-Dünkel. Was immer der Grund für ihre Zurückhaltung war, es war äußerst verantwortungslos. Aber es hilft einem zu verstehen, weshalb so viele Perverse ihre sexuellen Praktiken so lange ausüben können.

Bei meinem letzten Anruf erreichte ich einen Mann, der, wie sich heraustellte, ein allein erziehender Vater war. Er konnte mir nichts über die Anschuldigungen sagen, aber versicherte mir, dass er jedem Dreckskerl, der versuchte, etwas mit seiner Tochter anzustellen, den Schwanz abschneiden würde.

Weshalb war ich so überrascht, wenn ein Bankdirektor sich so unverblümt ausdrückte? Väter, die ihre Kinder nicht misshandeln, können in sexueller Hinsicht einen extremen Beschützerinstinkt an den Tag legen, wenn es um ihre Töchter geht. Manche Frauen verbergen vor ihren Männern, dass ihre Kinder missbraucht wurden, aus Angst, das Wissen um das dunkle Geheimnis könnte sie zum Mord treiben. Ich musste an den Fall jenes vor Kummer halb wahnsinnigen Vaters denken, der den Vergewaltiger und Mörder seiner Tochter mitten im Gerichtssaal erschossen hatte, *nachdem* dieser schuldig gesprochen worden war. Später wurde er von einer Jury freigesprochen.

Ich brauchte etwas Zeit, um mich zu entspannen und einen klaren Kopf zu bekommen, bevor ich zu Michael ging. Ich ging rauf zu Silver und überredete sie, mit mir etwas essen zu gehen. Als ich kam, stand sie gerade vor einer leeren Leinwand, wo sie, wie sie mir sagte, schon eine geschlagene Stunde mit einer kreativen Blockade gestanden hätte. Sie hatte absolut nichts dagegen, eine Pause zu machen, vor allem wenn es ums Essen ging.

Eine Viertelstunde später saßen wir in einem indischen Restaurant gleich in der Nähe. Wir hatten uns schon abgesprochen, was wir bestellen wollten, bevor wir einen Fuß in das Lokal gesetzt hatten, aber Silver bestand darauf, die Speisekarte zu studieren. Als der Kellner an unseren Tisch zurückkam, schaute sie unschuldig zu ihm auf und bestellte Biberschwanz mit Bohnen.

«Könnten Sie das bitte wiederholen, Madam?», fragte er.

Ich warf ihr einen warnenden Blick zu. «Untersteh dich, das zu wiederholen.»

Sie lächelte zuckersüß und bestellte Chicken Tikka, Lamm Masala, einen trockenen Gemüsecurry, Biriani-Reis und zwei gefüllte Parathas.

«Du kannst dich eigentlich ganz normal benehmen, wenn du willst», schimpfte ich mit ihr, nachdem der Kellner mit unserer Bestellung in die Küche gegangen war. «Weißt du, wenn ich dächte, es gäber hier in der Gegend einen Biber, dann würde ich ihn fangen und dich zwingen, ihn zu essen.»

Sie grinste. «Wahrscheinlich schmecken sie grässlich, aber wenn man sie vielleicht mit Koriander, Kreuzkümmel ...»

«Und vergiss nicht einen Hauch Bockmist», fügte ich hinzu.

«Seit wann regst gerade du dich über anderer Leute verqueren Sinn für Humor auf?»

Als ich versuchte, mit den Schultern zu zucken, merkte ich, dass sie komplett verspannt waren. «Tut mir Leid, Silver, aber ich bin irgendwie gestresst.»

«Nun, an deinem Liebesleben kann es nicht liegen, weil du, wie wir beide wissen, keines hast – obwohl einige unter uns Süchtigen schon beim Gedanken ans Alleinsein Schweißausbrüche bekommen. Ich dürfte Recht haben mit der Annahme, dass es dein Detektivspielen ist. Richtig?»

«Richtig.» Ich zündete eine Rothmans an. «Du hast nichts zu trinken bestellt, oder? Ich brauche ein Bier.»

«Nein, habe ich nicht. Die Tatsache, dass du ein Bier brauchst, ist ein guter Grund, keines zu trinken. Ich bestelle uns zwei dieser Joghurt-Shakes, wenn er mit dem Essen kommt. Sag mir, weshalb du so angespannt bist.»

Ich erzählte ihr alles der Reihe nach. Als ich zur Episode in Jackson Point kam, explodierte sie. «Willst du etwa sagen, irgendein Arschloch mit einem Gewehr hat dich als Zielscheibe benutzt, und du hast mir nichts davon erzählt? Lady, du setzt diese Freundschaft einer großen Belastung aus.»

«Ich glaube, ich wollte es dir erzählen, als ich die Schlüssel zurückbrachte. Aber wenn ich mich recht erinnere, warst du mit etwas anderem beschäftigt.» Wenn man in der Defensive ist, schmeißt man am besten ein bisschen Schuldgefühle in die Runde.

«Der Ruf meiner Hormone hat nicht so große Priorität, dass ich mir nicht Zeit genommen hätte, mit dir zu reden, um Gottes willen! Wag es ja nicht, noch mal wegzugehen, ohne zu sagen, dass du mir was sagen musst. Ich meine, der Schütze ist wahrscheinlich noch da draußen und spürt dir nach.»

Ich versuchte ihr klar zu machen, dass wahrscheinlich William das Ziel gewesen war. Ich erklärte ihr, dass es gut möglich sei, dass der Mörder seines Vaters den Sohn ebenfalls töten wollte. Wenn William mit dem Gerücht über GODs Verbindungen zur Mafia zur Polizei ging – und der Tatsache, dass er die Information an seinen Vater weitergegeben hatte, der damit Dawson erpressen wollte –, wäre die Polizei verpflichtet, gegen Titan Corporation zu ermitteln.

Sie erinnerte mich an die durchgetrennten Bremskabel. «Vielleicht hättest du das alleine einem Arschloch zuschreiben können, der seine Freude daran hat, wenn er sich vorstellt, wie die Biker gegen eine Betonwand knallen, nachdem er sein schmutziges Ding abgezogen hat. Aber wenn man das, was im Ferienhaus passiert ist, dazunimmt, dann begreife ich nicht, weshalb jemand, der fürs Detektivspielen bezahlt wird, denken kann, es gäbe keinen Zusammenhang.» Sie war äußerst sauer.

Ich nickte. «Okay, ich habe ein bisschen darüber nachgedacht. Aber selbst wenn Dawson gehört hat, dass ich ein Buch über Durand schreibe, hätte er noch lange keinen Grund zu befürchten, dass ich bei meinen Recherchen auf seine schmutzigen Geschäfte stoße. Nachdem er den Übernahmeversuch von Imperial Trust verhindert hatte, gab es keine weiteren geschäftlichen Verbindungen zwischen ihm und Durand – zumindest keine, die mir irgendjemand bestätigen konnte.»

«Abgesehen von der Tatsache, dass dieselbe Person, die deine Bremskabel durchgetrennt hat, oder irgendein gedungener Schütze, dir nach Jackson Point gefolgt sein könnte! Er brauchte nur ein Fernglas – oder ein Zielfernrohr auf dem Gewehr –, um zu sehen, mit wem du dich in dem Ferienhaus getroffen hast. GOD oder die Mafia hätten gleich zwei Fliegen mit einem Killer beseitigen können», schloss sie mit vor Ironie triefender Stimme.

«Richtig, das ist eine Möglichkeit. Aber ich neige noch immer dazu zu glauben, dass wer immer hinter den beiden Anschlägen steckt – wem immer sie auch gegolten haben mögen –, mich und William nur einschüchtern wollte, damit wir uns still verhalten. Ein professioneller Killer hätte mir problemlos auf dem Parkplatz hinter dem Leather Boys das Licht ausblasen und sich dann aus dem Staub machen können. Kannst du dich daran erinnern, wie dunkel es da war? Das Gleiche gilt für das Ferienhaus. Der Schütze wäre vom Ufer bis hinauf zum Haus gekommen, ohne dass er gesehen worden wäre. An diesem Morgen war das ganze Seeufer menschenleer.»

Silver musste zugeben, dass ich Recht hatte, aber sie nahm mir das Versprechen ab, dass ich von jetzt an mein Studio nicht mehr verlassen würde, ohne sie über meine Pläne zu informieren, und dass ich mich bei ihr melden würde, sobald ich zurück war. Während wir aßen und an unseren alkoholfreien Getränken nippten, erzählte ich ihr, wie Michael die Bücher von Titan, oder sagen wir lieber, die Disketten, auf denen sie gespeichert waren, in die Hände bekommen hatte.

«Und wie ist er, dieser Typ?», fragte sie und lud sich eine Portion Gemüsecurry auf ihr Paratha.

«Oh, er ist sehr clever. Ich bin sicher, er ist gut in seinem Job.»

Sie starrte mich einfach an, bis ich damit herausrückte, dass er auch ganz nett war.

»*Nett?* Ich dachte nicht, dass du das Wort in deinem Vokabular führst! Mit *nett* beschreibt man Pat Boone, oder Anne Murray oder Michael Landon oder die Tante von jemandem. Jetzt weiß ich, dass du auf den Kerl stehst.» Sie sah sehr zufrieden mit sich aus.

«Michael Landon ist tot.»

«Ich zähle nur die Indianer.»

Ich brachte es nicht fertig, mein Pokerface aufrecht zu halten. «Unsere Beziehung ist rein geschäftlicher Natur – aber ich gebe zu, dass ich den einen oder anderen lasziven Gedanken gehabt habe. Aber unkeusche Gedanken allein bringen ein Mädchen noch lange nicht ins Bett.»

«Nein, aber du kannst immer noch beten, Honey», lachte sie.

Bevor wir uns trennten, schlug sie mir vor, dass ich bei ihr schlafen sollte, bis ich außer Gefahr war. Ich hasse es, irgendwo anders als in meinem eigenen Bett zu schlafen, aber ich willigte ein, nur um mich nicht mit ihr streiten zu müssen. Ich hatte etwas Schuldgefühle, weil ich ihr eine bereinigte Version der Ereignisse gegeben hatte. Ich hatte das Grasmere-Kapitel weggelassen – hauptsächlich aus Selbstschutz. Ich hatte schon so genug Angst. Wenn ich mich zwang, über ein Thema zu reden, über das ich noch immer Schwierigkeiten hatte, nachzudenken, würde ich gleich in Panik ausbrechen.

24

Als Michael die Tür öffnete, sah er aus, als sei er am Morgen direkt vom Bett an seinen Computer gegangen. Sein Gesicht war gerötet, sein Haar zerzaust, er war barfuß und trug einen Jogginganzug. Die Aufregung war offenbar stärker als die Verlegenheit, weil ich unangemeldet gekommen war.

Ich trat schnell ein, für den Fall, dass der teuflische Wollknäuel schon in den Startlöchern stand. Michael nahm mir Helm und Jacke ab und begann wie ein Wasserfall loszureden.

«Jane, Sie werden es nicht glauben, aber es ist alles viel einfacher, als ich mir hätte träumen lassen. In ein oder zwei Stunden werde ich so weit sein, dass ich Ihnen einen groben Überblick über die momentane finanzielle Situation von Titan geben kann. Wissen Sie, wie viel Glück wir gehabt haben? Ich meine, was wissen Sie über Datenschutz? O Gott, tut mir Leid. Ich habe Ihnen noch nicht einmal etwas zu essen oder zu trinken angeboten. Hätten Sie gerne was?»

Ich musste lachen. «Michael, Ihr Hirn geht mit Ihnen durch, und zwar schneller als Ihr Hund. Sie sind es, die aussehen, als würde Ihnen etwas zu essen ganz gut tun. Jede Wette, Sie haben heute noch nichts gegessen.

«Sie haben Recht. Nur einen Apfel und Kaffee heute Morgen. Ich konnte mich nicht vom Computer losreißen. Kommen Sie, wir gehen in die Küche.»

Er willigte ein, dass er mir alles erzählen würde, während ich ihm etwas zu essen machte. Ich war erleichtert, dass es mir gelang, ihm aus dem Inhalt seines gut gefüllten Kühlschranks einen kalten Teller zuzubereiten.

«Das mit dem Datenschutzprogramm war überhaupt kein Problem. Der Chef des betrieblichen Rechnungswesens von Titan – sein Name ist Ronald Jordan – hat die wahrscheinlich einfachste und effektivste Methode gewählt, um zu verhindern, dass jemand in seinen vertraulichen Dateien herumschnüffelt oder Daten stiehlt. Erstens ist sein Computer nicht am Netz angeschlossen, also kann niemand von einem anderen Computer aus auf seinen

Rechner zugreifen. Zweitens speichert er alle Daten auf einer Wechselplatte, die er nur herausziehen und in den Tresor zu schließen braucht, wenn er sie nicht benötigt. Es gibt nur eine einzige Sicherheitstufe, und ich nehme an, er hat sie für den Fall installiert, dass er mal kurz aus dem Büro muss und den Computer nicht abstellen und abschließen muss – oder für den Fall, dass jemand die Hard Disk stiehlt, von der er immer mindestens eine Kopie im Safe aufbewahrte. Also hat er ein Verschlüsselungsprogramm benutzt, um die vertraulichen Daten zu schützen.»

Ich unterbrach ihn. «Bitte etwas langsamer Michael. Computerisch ist nicht gerade meine Muttersprache. Was ist ein Verschlüsselungsprogramm?»

Er fuchtelte mit einem schon leicht angelaufenen Sellerie in der Luft herum. «Oh, tut mir Leid, die Pferde sind wohl etwas mit mir durchgegangen. Das ist eine clevere, kleine Software, die es einem ermöglicht, eine Datei zu zerhacken, so dass sie sich niemand ansehen kann, ohne das Passwort einzugeben. Hat der User das Passwort nicht, kann er mit verschlüsselten Dokument nichts anfangen. Es ist eigentlich genau dasselbe, wie wenn man eine Nachricht verschlüsselt. Das Programm fragt automatisch nach dem Passwort und verschlüsselt die geschützten Dateien wieder, wenn man sie abspeichert, öffnet und schließt. Man muss sich nie Sorgen machen, dass mal rein zufällig eine Datei nicht geschützt ist.»

«Aber dieser Jordan würde sich doch sicher sein Passwort merken oder im Safe aufbewahren», warf ich ein.

Er nickte. «Sie haben Recht. Aber Gordon – Gott schütze seine verbrecherische Seele – dachte sich, ich würde es brauchen. Also hat er etwas wirklich Cleveres gemacht. Wissen Sie, was PRAM ist?»

Ich schüttelte den Kopf. «Ich weiß, was SPAM ist – Frühstücksfleisch. Immer wenn sie in Feierstimmung ist, brät sich Etta ein paar Scheiben. Wenn dieses PRAM nur im entferntesten etwas damit zu tun hat, will ich nichts davon wissen.»

«Ihr Witz könnte das Mittel gegen meine Ernsthaftigkeit sein», lachte er. Ich war erleichtert, zu hören, dass er mindestens zwei verschiedene Einstellungen zu meinem Sinn für Humor hatte. «PRAM ist bloß ein kleiner, batterieunterstützter Speicher, der die persönlichen Einstellungen des Users speichert, wenn man den Computer ausgeschaltet hat. Gordon hatte vorübergehend ein kleines Programm installiert, das heimlich die Passwörter im PRAM speichert. Nachdem er das Update des Virenschutzprogrammes installiert hatte – weswegen er ja ursprünglich hingehen musste –, sagte er Jordan, er solle sein Passwort eingeben, den verschlüsselten Ordner öffnen und überprüfen, ob das Programm auch funktioniert. Er sagte, bei der Installation des Virenschutzprogrammes könnten manchmal ein oder zwei Dateien beschädigt werden. Er verließ natürlich den Raum, als Jordan das tat, worum er ihn gebeten hatte. Als er zurückkam, tat er so, als überprüfe er den Computer noch mal, während er in Wirklichkeit das Passwort abrief und seine eigene Banditensoftware löschte.»

Ich klatschte in die Hände. «Fantastisch! Nur so aus Neugier – wie lautet das Passwort?»

Michael grinste. «Sogar GODs Finanzchef geht vor seinem Meister in die Knie. Das Passwort ist JEHOVA.»

«Gratulation. Hoffen wir, dass wir es in NEMESIS umändern können. Was tun wir als nächstes?»

«Gerade bevor Sie kamen, hatte ich die Buchhaltung ausgedruckt. Wir müssen sie uns also jetzt ganz genau ansehen. Wir suchen nach ein einem klaren Muster von Betrügereien, die wahrscheinlich gut in einer Reihe von Transaktionen eingebettet sind. Wenn über Titan schmutzige Gelder gewaschen werden, müssen wir ihre Spur verfolgen», sagte er viel optimistischer, als ich es für angebracht hielt.

«Haben Sie schon etwas entdeckt, das darauf schließen lässt, dass Titan nebenbei als Waschmaschine arbeitet?», fragte ich.

«Ich habe mir die Bücher noch nicht genau angesehen – das ist etwas, wobei Sie mir helfen können –, aber ich kann Ihnen jetzt schon sagen, dass wir wahrscheinlich auf der richtigen Spur sind: Ronald Jordan hat *zwei* Bücher geführt. Wir werden also eine offizielle Version finden, die er für die Steuerbehörde und die Aktionäre bereit hält, und ich vermute, wir werden auch das Original finden, die richtigen Zahlen – bevor er seine kreativen Änderungen für die offizielle Version angebracht hatte. Sehen Sie, es gibt keinen legitimen Grund, zwei Bücher zu führen.»

Seine Aufregung war ansteckend. «Aber womit kann ich Ihnen dabei helfen?», fragte ich. «Ich bin weiß Gott keine Buchhalterin.»

Er lächelte. «Macht nichts. Im Gegenteil, ich bin froh, dass Sie es nicht sind! Was wir zuerst tun müssen, ist, die Ausdrucke, die ich gemacht habe, hier runter ins Esszimmer bringen, wo wir genügend Platz haben. Ich nehme die Originalauszüge und Sie haben die offizielle Version vor sich. Dann lesen Sie mir die Zahlen aus den Spalten vor, die ich Ihnen nenne. Damit sparen wir eine Menge Zeit.»

Wir arbeiteten geschlagene vier Stunden und unterbrachen jeweils nur kurz, um Perrier nachzuschenken. Die Arbeitsweise erinnerte mich an die Zeit, als ich einer Freundin geholfen hatte, die an ihrer Dissertation arbeitete. Sie musste das Manuskript eines Romans mit der Erstausgabe vergleichen. Sie las aus dem Manuskript vor, während ich die gedruckte Ausgabe vor mir hatte und sie jedes Mal unterbrach, wenn ich eine Abweichung entdeckte. Wenn Michael aus seiner Bilanz vorlas, dann verglich ich es mit demselben Zeitabschnitt in meiner Version und strich sorgfältig alle Abweichungen an. Dann sah sich Michael einige Schlüsseldokumente und markierte Stellen genauer an. Er schien vor allem an den Einnahmen, die Titan in den letzten seches Monaten verbucht hatte, interessiert zu sein.

Ein paar Minuten nach sieben schlug er plötzlich mit der Faust auf den Tisch, der mittlerweile aussah wie der Wühltisch einer Papeterie im Sommerschlussverkauf. «Ich hab's! Ich glaub, ich hab's!» Er sprang auf und umarmte mich enthusiastisch. Er ließ mich zu früh wieder los – oder gerade noch rechtzeitig, je nachdem, wie man sich den Ausgang der Sache wünschte. Ich war mir nicht ganz sicher.

«Hören Sie, ich komme um vor Hunger und brauche dringend die Dusche, die ich heute Morgen ausgelassen habe. Können wir eine kurze Pause machen? Ich würde gern etwas essen gehen. Gleich um die Ecke an der Bloor Street gibt es ein ausgezeichnetes ungarisches Restaurant. Ich habe Lust auf etwas Handfestes und eine Flasche Rotwein zum Spülen. Ich erkläre Ihnen beim Essen, was meiner Meinung nach bei Titan vor sich geht. Sind Sie mit von der Partie?», fragte er.

Fünf Sekunden länger umarmen und ich wäre auch bei einer Dusche mit von der Partie gewesen. «Sehr gerne. Soll ich mit Aphra einen kleinen Spaziergang machen, während Sie unter der Dusche sind. Sie sitzt mit zusammengepressten Hinterbeinen bei der Tür.»

Er warf mir die Leine zu, bevor er die Treppe hochging. Während ich den Staubmopp an die Leine nahm, gab ich mir Mühe, nicht daran zu denken, wie er seinen Jogginganzug auszog.

Ich gab mir Mühe.

Als wir beim Apfelstrudel angelangt waren, wusste ich, dass bis vor sechs Monaten – bevor Jordan seinen zweiten Satz Bücher zu führen begann – Titan gemäß den Bilanzen kaum mehr über flüssige Mittel verfügt hatte. Mehr noch, Michael schätzte, dass Jordan gezwungen gewesen wäre, sich ein paar ausgefallene Refinanzierungsstrategien auszudenken und wahrscheinlich Ballast abzuwerfen, wenn der Konzern noch ein Vierteljahr länger im selben Umfang Geld verloren hätte. Aber auch diese Maßnahmen hätten das Unvermeidliche nur ein paar Monate hinauszuzögern vermocht.

Die Aufzeichnungen der letzten sechs Monate gaben dem öffentlichen Antlitz von Titan ein neues – und deutlich rosigeres – Aussehen. Die Monatsbilanzen wiesen mehrere beträchtliche Kapitalspritzen aus. Mit einem Mal floss Cash durch die Venen des Konzerns wie Wasser über den Niagara. Die Einnahmen aus dem Einzelhandel waren angestiegen; ein paar großzügige Kredite waren vermerkt; Barzahlungen für beträchtliche Immobilien-Geschäfte waren in zunehmender Häufigkeit aufgeführt. Unter dem Strich hieß das, Titan war jetzt in einer viel besseren Lage, Kredite aufzunehmen und Investoren anzuziehen.

Aber ich sah keine Möglichkeit, aufgrund unserer entwendeten Papiere zu beweisen, dass die neuen Einnahmen, die Michael auf gut vierhundert Millionen schätzte, nicht legitim waren.

«Nach allem, was Sie mir erzählt haben, ist es so gut wie unmöglich, dass das ganze mysteriöse Bargeld aus koscheren Quellen stammt. Wie aber finden wir heraus, woher es stammt?», fragte ich.

«Für das geübte Auge werfen die Bilanzen der letzten sechs Monate genug Fragen auf, um die Experten für Wirtschaftsdelikte zu interessieren. Sie können Fragen stellen und überprüfen, wer am anderen Ende dieser Verkäufe und Geschäfte ist. Ist es nicht das, was Sie wollten – sie zwingen, eine Untersuchung einzuleiten?»

Ich nippte an meinem Kaffee. «Nein. Ich bezweifle ernsthaft, dass sie sich ohne sehr deutliche Beweise für ernsthafte Vergehen auf GODs Territorium wagen werden – und selbst dann könnten sie noch in die andere Richtung schauen. Und ich brauche konkrete Beweise, dass Dawson mit der Mafia zusammenarbeitet. Ohne das kann ich ihn nicht mit Durands Mord in Verbindung bringen. Ich meine, wenn ich mit dem, was wir bis jetzt haben, zu Ernie Sivcoski ginge, würde er mich glatt auslachen! Michael, wir gehen davon aus, dass Dawson riesige Summen schmutziges Geld wäscht. Es wird an Titan geliefert, die Buchhaltung verbucht es als legitime Transaktion, aber man muss es immer noch zur Bank bringen. Wie kann ein Konzern ungehindert Millionen von Dollar einzahlen – wahrscheinlich noch in relativ kleinen Scheinen –, ohne dass es die Aufmerksamkeit der Bank erregt? Diese Leute müssten eigentlich nach ungewöhnlichen Geldbewegungen Ausschau halten – wie zum Beispiel hohe Bareinzahlungen.»

«Sie haben Recht, das sollten sie, obwohl die Banken in Kanada weniger strengen Auflagen unterworfen sind als jene in den USA. Sie sind noch nicht einmal verpflichtet, hohe Bareinlagen zu melden. Es ist allgemein bekannt, dass das organisierte Verbrechen ein Standbein in der Finanzwelt hat; in Kanada ist eine Heirat zwischen der Mafia und der Wirtschaft nichts Ungewöhnliches. Im Gegenteil, die meisten Geldwasch-Operationen werden über bestehende Kanäle abgewickelt und voll besteuert. Auf der Wirtschaftsseite benötigt man dazu einen kreativen Buchhalter wie Jordan, um die Bücher zu frisieren, einen korrupten Anwalt, der die entsprechenden Dokumente fabriziert – und einen Banker, der sich bestechen lässt. Ich kann die Immobilienverkäufe nachprüfen und sehen, auf welche Namen sie registriert sind ...»

Ich schnitt ihm das Wort ab. «Und mein Freund Lennie Sherman kann sich einige der Aktiengeschäfte ansehen. Er ist ein Genie, wenn es darum geht, die Aktivitäten des Marktes zu analysieren.» Ich schüttelte den Kopf. «Aber wissen Sie, ich bin nicht überzeugt, dass uns das viel weiterbringen wird. Denken Sie doch mal nach, Michael: Titan kontrolliert sogar eine eigene kleine Treuhandgesellschaft, folglich müsste Dawson noch nicht mal einen Banker bestechen. Und brauchen Geldwäscher heutzutage nicht all diese ausgeklügelten Tricks, um ihre Spuren zu verwischen?»

Michael sah bedrückt aus. «Ja, das tun sie – und die Anti-Drogen-Abteilung der Mounted Police schätzt, dass sie in achtzig Prozent der Fälle damit durchkommen. Sie schätzen, dass jährlich etwa zehn Milliarden Dollar an Drogengeldern durch die Maschen fallen.»

Ich zermarterte mein Hirn. Wir waren so weit gekommen, dass ich an diesem Punkt unmöglich aufgeben wollte, nur weil wir nichts mehr als eine hässliche Hypothese hatten. «Würde GOD nicht Buch darüber führen, wem was gehört? Die Mafia schenkt ihm das Geld schließlich nicht. Klar kriegt er einen fetten Brocken dafür, dass er das schmutzige Geld wäscht – und das Einkommen verbessert sicher auch seinen Cashflow, aber nur vorübergehend. Irgendwo muss es eine Aufzeichnung der Daten und Summen jeder einzelnen Transaktion geben und wohin das Geld dann schließlich fließt. Haben Sie alles ausgedruckt, das auf den Disketten war, die Gordon Ihnen gegeben hat?»

«Ich habe die Tabellenkalkulationen und die Bilanzen ausgedruckt, alles, das in Lotus geschrieben ist.» Er dachte nach. «Da war noch was – ein Ordner, der ein paar Textdateien enthält. Ich dachte, es wäre bloß Korrespondenz. Ich habe sie noch nicht mal geöffnet; Jordan wird sich wohl kaum mit einem Brief einen Strick drehen. Das ist nicht die Art, wie diese Kerle kommunizieren.»

Ich stand auf. «Kommen Sie, wir bezahlen und gehen wieder zurück. Wenn Jordan so fanatisch auf Sicherheit bedacht war, dann ist es gut möglich, dass er seine Notizen im Computer abgelegt und alle belastenden Papiere vernichtet hat. Sie sagten ja, dass ohne Passwort niemand was mit den Daten anfangen könnte, selbst wenn es jemandem gelänge, eine der Wechselplatten zu stehlen.»

Sobald wir zur Tür raus waren, begannen wir beide zu rennen. Als wir zusammen die Bloor Street entlangrannten, sagte Michael zu mir. «Ich hoffe, Sie können gleichzeitig rennen und beten.»

«So gut wie Sie eben bewiesen haben, dass Sie gleichzeitig essen und denken können.»

Als wir uns eine Stunde später aufs Sofa setzten, waren wir unserem Ziel einen verführerisch großen Schritt näher gekommen. Ich war besonders glücklich, weil ich dieses Mal den Anstoß gegeben hatte. Als Michael und ich uns den Inhalt der Textdateien ansahen, fanden wir nichts, das über die gewöhnlichen Notizen eines Buchhalters hinausging – außer einem dreiseitigen Dokument namens «Good News», das aus Daten und Zahlenreihen bestand, die in zwei Spalten aufgereiht waren.

Wenn ich den ersten Entwurf eines Manuskripts schreibe, erlaubt mir meine Textverarbeitung, mündliche Anmerkungen aufzunehmen, eine schnelle und einfache Methode, kurze Kommentare zu Fakten, die nachgeprüft, und längere Passagen, die dringend überarbeitet werden müssen, anzubringen. Zu einem späteren Zeitpunkt kann ich diese Anmerkungen über die Lautsprechersymbole wieder finden und meine Kommentare abspielen. Diese Symbole lassen sich verstecken.

Ohne mir viel dabei zu denken, rief ich in der Menü-Leiste «Extras» auf, klickte «Optionen» an und dann die Kategorie «Ansicht». Unter «Anzeigen» wählte ich «Verborgener Text», um alle Anmerkungssymbole aufzurufen. Sofort erschien hinter einer ganzen Anzahl von Eintragungen ein kleines Lautsprechersymbol.

«Sie sind ein Genie», rief Michael.

Wir hörten uns Jordans Anmerkungen an, welche uns ermöglichten herauszufinden, wo genau das Geld ins System kam und wo es ohne Schmutzränder am weißen Kragen schließlich hinfloss. Michael machte einen Quervergleich und fand heraus, dass die Zahlen mit den verdächtigen Bareinzahlungen übereinstimmten. Was bisher nur ein Gerüst war, nahm langsam Form an. Aber wen zeigte es? Wer war GODs anonymer Wohltäter?

Wir saßen schweigend da, erschöpft, aber nicht bereit, so kurz vor dem Ziel aufzugeben. «*Good News* – wer bringt gute Nachrichten?», fragte ich und sah Michael an, dessen Kopf auf meiner rechten Schulter lag. Er schlief tief.

Bemüht, ihn nicht zu wecken, ging ich nach oben, um ihm eine Decke zu holen, bevor ich ging. Als ich ihn vorsichtig auf den Rücken drehte, öffnete er die Augen. «Jane, Sie sehen so müde aus wie ich. Bitte, fahren Sie nicht mehr nach Hause. Wollen Sie im Gästezimmer schlafen?»

Ich war zerstört – und hatte Angst, so spät noch nach Hause zu fahren. Etwas von Silvers Angst um meine Sicherheit hatte abgefärbt. Ich rief sie an und sagte ihr, ich würde heute nicht mehr nach Hause kommen. Sie kicherte.

Wie zwei müde Camper machten wir uns auf den Weg zu unseren getrennten Kojen.

Ich wurde kurz nach sechs aufgeweckt. Jemand leckte mein Gesicht ab. Als ich mein rechtes Auge öffnete, musste ich leider feststellen, dass es Aphra war.

»Michael», rief ich. «Michael!»

Wie der Blitz stand er im Zimmer, ein Bettlaken vor der Brust. Er trat ans Bett, wo ich kerzengerade aufgerichtet saß.

«Jane, was ist los? Ist alles in Ordnung?»

Ich starrte ihn an. «*Good News* – wer bringt die guten Nachrichten für Dawsons finanziell ausgehungerte Firma? Ich hätte es gleich sehen sollen: GOOD NEWS – GN – es sind seine Initialen – Giuseppe Nicaso. Der Mafia-Boss!»

Michael riss triumphierend die Arme in die Höhe. Das Laken, das seine Lenden bedeckte, wanderte in die entgegengesetzte Richtung. Er schaute hinab. Ich schaute geradeaus. Dann trafen sich unsere Blicke.

«Tut mir Leid», sagte er.

«Mir nicht.» Ich streckte die Hand aus. Als er sie ergriff, zog ich ihn hinunter aufs Bett.

Aphra hatte die Geistesgegenwart, aus dem Zimmer zu trippeln. Niemand schenkte ihr Beachtung.

25

Als wir kurz nach Mittag aus der Dusche traten, sagte Michael, er hätte eine gute Idee. Ich hörte ihm sehr aufmerksam zu. In den letzten Stunden hatte es sich gezeigt, dass sich köstliche Nebeneffekte einstellten, wenn man ihn seine Kreativität ausüben ließ. Kochen war nur eine seiner Begabungen.

Er schlug vor, nach Muskoka zu fahren und den Rest des Wochenendes in einem kleinen Hotel auf dem Lande zu verbringen, das er kannte. Dort konnten wir uns am Kamin entspannen, uns lieben, langlaufen gehen, ein Bad nehmen, uns lieben, gut essen, uns lieben …

Ich hätte fast abgelehnt. Meine innerliche Puritanerin schimpfte mit mir, dass es nicht professionell sei, sich Zeit für ein romantisches Intermezzo auf dem Lande zu nehmen, während ich mitten in den Ermittlungen in einer Mordsache steckte. Und außerdem litt ich immer noch unter den Nachwirkungen des Schocks, dass ich Michael verführt hatte. Eigentlich konnte man nicht behaupten, er hätte sich unkooperativ gezeigt, nachdem ich seinen nackten Körper erst mal in meine Richtung gezogen hatte. Es war nicht wirklich mein Fehler: Zwei Jahre Keuschheit hatten meine Hormone weiter über den Bereich der Richterskala hinausgetrieben. Ich konnte nicht anders, als ihnen zu gehorchen.

Lust, rief ich mir in Erinnerung, war eine, Intimität eine ganz andere Sache. Ich hatte es fertig gebracht, meinen Körper loszulassen, aber bei meinem Herz durfte ich die Zügel nicht schleifen lassen. Obwohl zwei Jahre vergangen waren, seit ich zugesehen hatte, wie Petes Sarg in seine Grab hinabgelassen wurde, hatte mich ein

Teil von ihm noch immer nicht losgelassen. Und ein großer Teil klammerte sich noch immer so stark an ihn wie eh und je.

Benutzte ich meine wiederauferstandene Sexualität, um mich weiter der Realität zu verweigern, wie ich es mit Alkohol und Arbeit getan hatte?

Eine halbe Minute später waren wir in meinem Studio. Michael anerbot sich, mit Max Gassi zu gehen, während ich ein paar Sachen packte. Ich war erstaunt, dass mein Hund keine Einwände hatte. So viel zum territorialen Imperativ.

Während sie weg waren, rannte ich schnell hoch und bat Silver, bis nächsten Abend zu Max zu schauen. Entzückt darüber, einen kleinen Beitrag bei meiner Rückkehr zum Sex leisten zu können, willigte sie ein. Dann rief ich Etta an und sagte ihr, dass ich diesen Abend im Sweet Dreams nicht für sie einspringen könnte.

«Ich habe auf dich gezählt», bellte sie. «Was ist so gottverdammt wichtig, dass du an einem Abend wie diesem deine Mutter im Stich lässt?»

Ich wich ihrer Frage geschickt aus. «Was ist so außergewöhnlich an einem Abend wie diesem?»

«Ich habe heute Abend einen Privatanlass gebucht, um Gottes willen! Slims Band hatte eine neue CD, und die Plattenfirma stellt sie hier vor. Ich brauche deine Hilfe an der Bar.»

«Etta, du hast eine Liste von Typen, die du hinter die Bar stellen kannst, die ist länger als deine Zunge. Verschon mich nur dieses eine Mal. Es hat sich etwas ergeben, das ich nicht absagen kann. Okay?» Ich fing bereits an, zu quengeln. Wie kommt es, dass Mütter es schaffen, ihre Kinder, die an der Schwelle zum mittleren Lebensabschnitt stehen, wieder in Achtjährige zu verwandeln?

«Meine Stammkunden zählen auf dich. Außerdem bist du die Einzige, der ich traue, wenn der Laden voll ist, oder nicht? Ich meine, was ist, wenn das Klo verstopft ist, oder so?»

Langsam wurde ich wütend. Ich wollte nicht, dass Michael zurückkam und meinen Teil der Diskussion mithörte. «Du hast eine Autorin geboren und keinen Klempner. Ich weiß, dass das eine bittere Enttäuschung ist, aber vielleicht ist es an der Zeit, dass du lernst, damit zu leben. Hör mal, Mom, ich muss jetzt Schluss machen. Ich bin sicher, du kommst auch ohne mich fabelhaft zurecht.»

«Und ich hoffe, du kommst fabelhaft ohne deine Mutter zurecht, wenn sie mal nicht mehr ist: Ich könnte mein Testament ändern, weißt du. Slim würde das Sweet Dreams nur zu gerne erben.»

Ich explodierte. «Wenn er auch noch den ganzen Haufen Schuldgefühle erbt, die zu dem Loch gehören, dann ist es mir scheißegal.»

Gerade, als ich den Hörer auf die Gabel knallen wollte, sagte Etta: «Ist schon gut. Vielleicht bin ich diesmal zu weit gegangen, aber ich hätte viel mehr Verständnis gehabt, wenn du meine Frage gleich beantwortet hättest. Was ist so gottverdammt wichtig, dass du an einem Abend wie diesem deine Mutter im Stich lässt?»

Ich war nicht zu besänftigen. «Sex, Etta, Sex. S-E-X. Ich gehe für eine Sex-Orgie nach Muskoka. SEX, SEX und noch mehr SEX. Hast du das begriffen?»

Sie brach in Gelächter aus. «Wieso sagst du das nicht gleich? Hey, ich finde problemlos jemanden für die Bar. Amüsier dich gut, Liebes.»

«Danke Mom. Ich ruf dich am Montag an.» Als ich auflegte, hatte ich das Gefühl, einen Triathlon absolviert zu haben.

Zweiunddreißig Stunden später brachte Michael den Wagen vor meinem Gebäude zum Stehen. Wir hatten ein so sensationelles Wochenende miteinander verbracht, dass ich es eilig hatte, mich von ihm zu verabschieden. Ich brauchte etwas Zeit, um nachzudenken. Trotzdem konnte ich nicht widerstehen und lud ihn noch auf einen Kaffee zu mir ein.

Als wir auf meine Tür zugingen, suchte ich in der Tasche nach meinem Schlüssel.

«Jane, vergiss den Schlüssel», sagte Michael so abrupt, dass ich mich zu ihm umdrehte. Er zeigte auf den Zettel, der mit Klebeband an der Tür angebracht war.

Ich erkannte Silvers Handschrift sogleich. Sie hatte mit einem dicken, schwarzen Filzstift geschrieben: «JANE, GEH NICHT REIN! KOMM GLEICH ZU MIR. ES IST DRINGEND!»

«Tun wir einfach, was sie sagt», schlug Michael vor und nahm mich beim Ellbogen. Ich ignorierte ihn und klopfte an die Tür. «Scheiße. Max ist etwas zugestoßen. Er müsste wie verrückt bellen.»

Ich nahm immer zwei Stufen auf einmal und hämmerte gegen Silvers Tür. «Silver, ich bin's – Jane.» Ich hörte Max aufgeregt bellen, noch bevor sie an der Tür war.

Meine Freundin lächelte nicht. Ich stürmte an ihr vorbei und umarmte meinen Hund. Ich hörte, wie sie und Michael sich vorstellten. Ich schaute auf. Silver, die normalerweise keine Probleme hat, mit fremden Leuten Kontakt zu schließen, stand etwas unwohl neben meinem neuen Lover und beobachtete mein Wiedersehen mit Max.

Ich drückte Max noch mal und stand dann auf. «Was soll der Zettel Silver? War etwas mit Max?»

Sie sah mich traurig an. «Würdet Ihr zwei euch bitte setzen? Ich hole uns eine Cola.»

Wir setzten uns nebeneinander auf das Sofa. Sie stellte drei Dosen Cola auf den Couchtisch und setzte sich auf den abgewetzten Sessel gegenüber. «Wie du siehst, ist deinem Hund nichts geschehen. Aber wahrscheinlich nur, weil ich ihn gestern Abend zu mir genommen hatte. Nachdem ich mit ihm spazieren gegangen war, strich er in deiner Wohnung umher, als hätte man ihn ausgesetzt.» Sie rutschte unruhig auf dem Sessel herum. «Aber etwas ist mit deinem Studio geschehen, Jane.»

«Was willst du damit sagen?», fragte ich in einem mittleren Anfall von Panik.

Sie stellte ihre Cola ab und sah mir direkt in die Augen. «Heute Morgen, nachdem Max mit mir spazieren war, ging ich in dein Studio, um Futter für ihn zu holen. Die Tür war abgeschlossen, also erwartete ich nicht, etwas Außergewöhnliches zu sehen. Aber in der Nacht war jemand eingebrochen. Kam die Feuertreppe hoch und schmiss ein Fenster neben der Tür ein. Die ganze Wohnung ist verwüstet. Tut mir Leid. Ich wollte etwas aufräumen, bevor du zurückkommst, aber dann dachte ich, du würdest es so sehen wollen, wie es war – du könntest vielleicht eine Idee haben, wonach das Arschloch gesucht hat, oder so ähnlich», sagte sie entschuldigend. «Und die Bullen habe ich nicht gerufen, weil ich dachte, du wolltest das vielleicht nicht.»

Ich saß einfach da, starrte auf meine Füße und bemühte mich, nicht zu heulen. Schließlich waren Silver und Max unversehrt: Der Rest, so sagte ich mir, war nur von materiellem Wert. Alles, was mir wirklich wichtig war, war Petes Krempel und meine Akten.

Michael hatte den Arm um meine Schultern gelegt, als wir die Treppe hinuntergingen, um uns den Schaden anzusehen. Obwohl Silver mich auf das Schlimmste vorbereitet hatte, rechnete ich nicht mit dem Bild der Zerstörung, das sich uns bot, als ich die Tür aufschloss. Das Studio sah aus, als hätte eine Bombe eingeschlagen. Der Raum, den ich mir nach Petes Tod so liebevoll als sicheren Hafen eingerichtet hatte, war dermaßen malträtiert worden, dass ich ihn kaum wieder erkannte. Es war, als gehörte er nicht mehr mir. Vielleicht wohnte Pete nicht mehr hier. Konnten wir jetzt vielleicht noch in der Erinnerung zusammen sein?

Der Impuls, in Tränen auszubrechen verwandelte sich in Wut, als ich mein geliebtes Bild von Pete und mir auf einem Segelboot in Kuba in seinem zerbrochenen Rahmen auf dem Boden liegen sah. Glasscherben hatten weiße Narben in das Antlitz unseres gemeinsamen Glücks geschnitten. Da verlor ich die Nerven. Ich hob einen schweren Kristall-Briefbeschwerer auf und warf ihn gegen ein Fenster. Dann fiel ich auf die Knie und schrie: «Fuck, fuck, fuck»

Silver kam zu mir gerannt und hielt mich fest umklammert, bis das Zittern aufhörte. Sie tätschelte mir den Hinterkopf und sagte Michael, er solle Wasser für einen Tee aufsetzen. Er kam aus der Küche zurück und sagte, der Kochherd wäre zerstört und alles, was in den Schränken gewesen wäre, läge auf dem Boden. Er könne keine Teebeutel finden.

Ich saß auf dem Boden, Max zu Rechten und Silver zur Linken. Michael saß im Schneidersitz vor mir und sah besorgt und verwirrt aus. Als ich meine Gedanken zu ordnen versuchte und mir überlegte, was ich als Nächstes tun sollte, kam mir nichts in den Sinn. Mein Kopf war in einem chaotischen Zustand. Ich war sprachlos vor Wut und Kummer. Es war mir noch nicht in den Sinn gekommen, mich zu fürchten.

Michael schlug vor, zu ihm zu gehen und darüber zu schlafen. Ich warf Silver einen Blick zu. Sie spürte intuitiv meine Angst: Ich war bereits besorgt darüber, wie schnell dieser sanfte Mann und ich uns näher gekommen waren. Wenn ich sein Angebot, mich in einer Krise zu beschützen annahm, würde unsere Verbindung zu stark, als dass ich damit umgehen könnte.

«Vielleicht wäre es besser, wenn Jane die Nacht bei mir oben verbringt, Michael», sagte sie sanft. «Wir rufen dich gleich morgen früh an.»

Michael war sensibel genug, um meine Nervosität zu spüren. «Das klingt nach einer guten Idee. Seid ihr aber auch sicher, dass euch nichts geschehen kann?»

Silver erhob sich und stellte sich stolz wie eine Amazone vor ihn hin. «Nicht mal ein gottverdammter Tank kommt an mir vorbei, Mann. Und wenn es dich beruhigt, ich hab eine Waffe oben – ein kleines Souvenir vom Scharmützel mit den Cops oben im Reservat», fügte sie noch hinzu. «Heute Nacht schlafen wir sicherer als der Präsident der Vereinigten Staaten – und mit einem besseren Gewissen.»

Michael konnte sich ein Grinsen nicht verkneifen. «Mir tut jetzt schon jeder Leid, der auch nur daran denkt, euch zu nahe zu kommen. Ruf mich bitte im Büro an. Ich habe am Morgen eine Sitzung, aber ich sage der Sekretärin, sie soll dich durchstellen.»

Bevor er ging, küsste er mich noch auf die Wange. Ich starrte noch immer auf das zerstörte Bild.

26

Am Montagmorgen war ich wach, noch ehe die Sonne aufgegangen war. Ich legte mich auf die rechte Seite und schaute zum westlichen Teil von Silvers Studio. Meine Freundin lag zusammengerollt da, als wäre sie noch gar nicht geboren, und schnarchte. Max, der treulose, lag auf ihr. Auch er schlief den tiefen Schlaf der Unschuldigen.

Als ich die Waffe neben Silvers Kopf sah, fühlte ich mich schmutzig. Klumpen von GODs Verbrechen hafteten so hartnäckig an mir wie Hundescheiße an den Sohlen meiner Reeboks.

Wut ist eine komplexe Emotion. Klammert man sich zu lange daran, wird sie zerstörerisch. Aber kurzfristig hilft sie einem, erstaunlich klar zu sehen. Als ich so dalag und darüber haderte, wie meine Verstrickung in das Durand-Miasma sich auf das Leben von Silver und Michael auszuwirken begonnen hatte, wurde mir zweierlei klar: Ich war einer Sache auf der Spur, die schlimmer stank als eine gegrillte Sardine, und irgendein gefährlicher Irrer befürchtete, dass meine Schnüffeleien einigen Maßanzügen ziemlichen Schaden zufügen konnten. Harleys durchtrennte Bremskabel, der Kerl, der oben in Jackson Point auf William und mich geschossen hatte, mein verwüstetes Studio, das alles erinnerte mich an ein Leitmotiv, das sich durch eine Wagner-Oper schlängelte, sich in Variationen wiederholte und all die einzelnen Stränge zu einer letztlich bedeutsamen Orchestrierung des urprünglichen Themas verband. Das Problem war nur, dass ich es nicht schnallte.

Sicher, es hatte einiges an Denkarbeit gebraucht, um den Weg durch das Labyrinth zu finden, das mit Charles Durands zu Brei geschlagenem, auf einem Mahagonitisch liegenden Kopf begann und dann in einer Schleimspur bis zur Dekonstruktion meiner geliebten Fotografie führte. Aber jetzt musste eine Strategie her, irgendein cleverer Trick, mit dem ich sie – GOD und seine Kumpel von der Mafia – drankriegen konnte, bevor mehr als meine bescheidene Bleibe daran glauben musste.

All die Schnelldenkerei hatte einen tröstlichen Nebeneffekt. Seit Petes Tod hatte ich eine Menge Zeit damit verbracht, meine Depressionen in Bier zu ertränken und dabei unbewusst meinen Übertritt an den Ort, wo er rumhing, beschleunigt. Mit diesem schleichenden Selbstmord war jetzt Schluss. Ich wollte schlicht und einfach nicht mehr sterben – ganz sicher nicht nach GODs Fahrplan. Punkt.

Ich lag also da und starrte Silvers neuestes im Entstehen begriffene Bild an. Es war eine krude Kombination von in Primärfarben gehaltenen, dick aufgetragenen Pinselstrichen, die irgendwo zwischen Abstraktion und Therapie lag. Ich richtete all meine Konzentration auf einen gelb umrandeten Streifen Karminrot, der zur rechten oberen Ecke der Leinwand hin zulief. Ich konnte keinen Weg sehen, GODs Geldwäscherei mit dem Mord an Charles Durand in Verbindung zu bringen. Price, der Fahrer, war eines der Bindeglieder, aber Ernie Sivcoski war bereits zum Schluss gekommen, dass die Mafia ihn umgebracht hatte, weil er sie bei einem Drogendeal hintergangen hatte – und William hatte bestätigt, dass Price die Mafia wirklich beschissen hatte. Obwohl Michael und ich die zwei Versionen von GODs Büchern entschlüsselt hatten, war ich noch immer gleich weit davon entfernt, mein Abkommen mit Simone zu erfüllen.

Am Samstagabend hatte mich Michael bei einem Brandy vor dem versprochenen Kaminfeuer zu überzeugen versucht, alle Dokumente, die wir über Titan hatten, Ernie zu übergeben. Ich weigerte mich mit der Begründung, dass GOD damit gewarnt würde und Zeit hätte, die Pfotenabdrücke, die zu Durands Leiche führten, zu verwischen. Sicher, es bliebe immer noch die Scheiße wegen der Geldwäscherei an ihm kleben, die seinen Ruf ruinieren und ihn ins Gefängnis bringen würde – aber der Mord an Durand bliebe ungelöst.

Bevor ich aus den Federn kroch, beschloss ich, mich mit Sam Brewer zu treffen und ihm die Titan-Bücher zu zeigen und ihm Michaels und meine Interpretation darzulegen – im Gegenzug für das Versprechen, alles an Ernie zu übergeben, wenn er die Story für die *Post* geschrieben hatte. Um zu verbergen, dass Michael und ich die Titan-Akten gestohlen hatten, konnte Sam behaupten, er hätte sie anonym zugeschickt erhalten. Ob Ernie ihm glaubte oder nicht, als Reporter war er nicht verpflichtet, seinen Informanten preiszugeben. Für den Fall, dass die Polizeioberen versuchten, eine Untersuchung gegen Titan Corporation zu verhindern, konnte Sam sein beträchtliches journalistisches Gewicht in die Waagschale werfen, um sie dazu zu zwingen. Ich selbst würde als mysteriöser Katalysator an der Seitenlinie stehen.

Was ich nicht wusste, war, wie ich GOD aus seiner Mördergrube herauslocken konnte. Gut möglich, dass ich ihn mit dem, was ich wusste, konfrontieren musste, nachdem ich Sam die Titan-Dokumente übergeben hatte und so abgesichert war.

Bis dahin hatte ich noch eine Verabredung zum Mittagessen mit Nancy Hawkes. Nach alldem, was Michael und ich über Titan herausgefunden hatten, war ich nicht mehr sicher, weshalb ich mir überhaupt die Mühe machte, der vagen Möglichkeit nachzugehen, dass Charles Durand ein Kinderschänder war.

Trotzdem, wenn es einen juckte, dann musste man eben kratzen.

Ich bahnte mir einen Weg durch die Massen von Schulkindern, die vor dem Royal Ontario Museum anstanden, um die Dinosaurier zu sehen. Ich nahm den Fahrstuhl ins vierte Stockwerk und wurde zu einem Tisch an dem langen Fenster zur Bloor Street hinaus geführt. Eine in geblümte Seide gekleidete Frau erhob sich anmutig und reichte mir die Hand.

»Ich bin Nancy Hawkes. Ich bin froh, dass Sie kommen konnten.» Sie schwieg einen Augenblick. «Zum Teufel, ich bin froh, dass ich gekommen bin!»

Meine Anspannung wich und ich setzte mich. Nachdem wir eine Karaffe Weißwein und den pochierten Lachs bestellt hatten, erzählte ich ihr ein bisschen, weshalb ich sie um das Treffen gebeten hatte. Wir kamen von Beginn weg gut miteinander aus. Sie berichtete mir, dass ihre Tochter ihr eines Tages auf der Nachhausefahrt von der Grasmere Riding Academy in der beiläufigen Art, die Teenager so an sich haben, erzählt hätte, dass ein Mann sich an eines der Mädchen herangemacht habe, als diese ihr Pferd nach der Reitstunde zurück in den Stall führte. Nancy hatte ihrer Tochter gesagt, sie solle das Mädchen überreden, den Vorfall zu melden – zuerst Mrs Vonnegut und dann ihrer Mutter, dann der Polizei, falls niemand Anstalten mache, der Sache nachzugehen. Eine Woche später erzählte Katherine ihrer Mutter, dass das Mädchen nicht mehr belästigt worden sei. Offenbar hatte der Mann sein Augenmerk auf ein anderes Mädchen gerichtet.

«Haben Sie Katherine gefragt, wer dieses andere Mädchen war?», fragte ich sie.

«Ja. Sie erzählte mir, sie wüsste es nicht: das Mädchen, das es ihr gesagt hatte, hatte ihr den Namen nicht genannt.»

«Und der Mann? Fanden Sie heraus, wer er war?» Ich hielt den Atem an.

Mrs Hawkes spießte ein saftiges Stück Lachs auf. «O ja. Katherine sagte, es wäre Charles Durand. Sie kannte ihn von einem Bild in der Zeitung.»

So sehr ich die Frau auch mochte, langsam verlor ich die Geduld. «Haben Sie etwas mit den Informationen Ihrer Tochter gemacht?»

Sie legte die Gabel ab und starrte mich an. «Aber natürlich habe ich das! Ich rief Ilsa Vonnegut an und sagte ihr, ich würde ihren Laden auffliegen lassen, wenn sie nicht sofort etwas dagegen unternehme. Ein paar Wochen später war Charles Durand tot.» Sie zuckte die Schultern und aß weiter. «Wer weiß, vielleicht gibt es doch einen Gott.»

Obwohl er erst halb leer war, schob ich meinen Teller beiseite. Das Gespräch hatte mir den Appetit auf alles rosa Fleisch verdorben, außer vielleicht auf einen kräftigen Bissen aus jemandes Hintern.

«Aber Nancy, ist es Ihnen nicht in den Sinn gekommen, dass es einen Zusammenhang zwischen dem Mord an Durand und der Tatsache, dass er junge Frauen belästigte, geben könnte? Ich meine, weshalb sind Sie zu diesem Zeitpunkt nicht zur Polizei gegangen?»

Sie machte ganz große Augen. «Als ich von seinem Tod las, dachte ich mir, er hätte seine gerechte Strafe erhalten, irgendwie zufällig, wahrscheinlich aus einem ganz anderen Grund. Glauben Sie mir: Männer in hohen Positionen haben eine Menge Feinde, sich selbst gegenseitig eingeschlossen – ganz zu schweigen von ihren Frauen! Ich bin selbst unglücklich mit so einem Mistkerl verheiratet, also weiß ich Bescheid. Und hören Sie, Jane, ich muss zugeben: Selbst wenn ich den Mord an ihm mit den Belästigungen in Verbindung gebracht hätte, wäre ich wahrscheinlich trotzdem nicht zur Polizei gegangen. Zum ersten bin ich nicht besonders daran interessiert, dass sie sich auf die betroffenen Eltern stürzen – schon gar nicht auf ein kleines Mädchen! Meine Vorstellung, was man mit Kinderschändern machen sollte, würde selbst Amnesty International schockieren. Und zweitens, was hätte es für einen Sinn, das Opfer all den unangenehmen Verhören auszusetzen?» Sie zuckte die Schultern so elegant wie der Premierminister, der die Geste zu einer rhetorischen Skulptur verfeinert hatte. «Aber Sie glauben doch nicht wirklich, dass jemand einen Mord begehen würde, um einen Kindsmissbrauch zu rächen, oder?»

Vielleicht nicht in ihren Augen; wahrscheinlich hatte über ihrer Kindheit nicht der Schatten eines Pädophilen gehangen. Ich hatte da ein ganz anderes Skript. Motive für einen Mord muss es so viele verschiedene geben wie Leute, die ihn provozieren oder begehen. Aber in meiner beschädigten Vorstellung war sexueller Missbrauch ein legitimer Grund.

Ich dankte ihr, dass sie sich Zeit für mich genommen hatte, und verabschiedete mich schnell. Mein Magen war so nervös, dass ich dachte, ich hätte den Lachs lebend geschluckt.

Als ich wieder ins Sonnenlicht trat, das den Queen's Park vor dem Museum wärmte, lag mir etwas Unverdauliches auf dem Magen. Es war nicht die Sauce Béarnaise. Ich beschloss, zu Fuß Richtung Süden zu gehen und darüber nachzudenken.

Große, nasse Schneeflocken schmolzen, als sie mir auf Kopf und Schultern fielen, während ich am McLaughlin-Planetarium vorbeiging, und über das nachdachte, was Nancy mir erzählt hatte. Die Bereitwilligkeit, mit der sie mir alles erzählt hatte, musste ihr Gewissen beruhigt haben: Sie hatte den moralischen Stab an mich übergeben. In einem hatte sie Recht. Hatte Durand einen ungesunden Appetit auf Mädchen gehabt, so hatte sein Tod weiteren Misshandlungen ein Ende gesetzt. Aber ich schluckte es nicht so glatt herunter wie sie, dass die Sache damit erledigt war.

Ich checkte anhand meines Flussdiagramms nochmals mein Hirn ab. Michael und ich hatten nachgewiesen, dass Dawson bis zu seinen noblen Achselhöhlen in Mafiageldern stand – und wir hatten die Dokumente, um es zu beweisen. Ich glaubte William, dass er mit den Gerüchten zu seinem Vater gegangen war. Ich vermutete weiter, dass Durand keine Zeit verschwendet hatte, sich auf die Gelegenheit zu stürzen, um seinen Erzfeind zu erpressen. Aber ich hatte nichts Substanzielles, das auf eine Verbindung zwischen GODs Geldwäscherei und dem Mord an Durand hinwies – und folglich auch keinen Haken, an dem man GOD für den Mord hätte aufhängen können. Und das war es, wozu man mich engagiert hatte.

Zum Dank für meine fruchtlosen Anstrengungen hatte man meine Harley sabotiert, auf mich geschossen und mein Heim in Trümmer der Art gelegt, wie sie sie in Kalifornien vom nächsten großen Beben zu befürchten hatten. Um nicht meinen fragilen Verstand zu verlieren, hatte mein Hirn sich eifrig um mich gekümmert und das nahe Liegende ausgeblendet. Jemand nahm an, dass ich etwas auf der Spur war, das ihm bedrohlich genug werden könnte, dass es ihm auf ein, zwei Leichen mehr nicht ankam.

Entschlossen, aus der ganzen Schweinerei auszusteigen, indem ich alles auf Sam Brewers Schreibtisch legte und den nächsten Flug nach Barbados nahm, trat ich auf die Straße hinaus. Quietschende Bremsen brachten einen Honda Civic nur Zentimeter vor mir zum Stehen. Zitternd vor Schreck entschuldigte ich mich bei der Lenkerin. Wäre sie genauso in Gedanken versunken gewesen wie ich, wäre ich jetzt bloß noch ein breiter Fleck auf der Straße.

Der irritierende Gedanke an Durands angebliche abartige sexuelle Neigungen trat wieder in mein Bewusstsein. Hier stand ich vor einem echten ethischen Dilemma: Was sollte ich mit dem tun, was ich in Erfahrung gebracht hatte … genauer gesagt, wie sollte ich Simone beibringen, dass ihr Bruder eine Vorliebe für kleine Mädchen gehabt hatte?

Ich ging auf dem Gehsteig der Biegung der Hoskin Avenue nach Westen entlang. Plötzlich füllte sich mein Mund mit Säure. Ich drehte mich schnell zur abgasgeschwärzten Fassade des Trinity College um und übergab mich in den grauen Matsch. Mit dem Fuß schob ich etwas nassen Schnee über die Bescherung und ging weiter. Mein Magen zwang mein Gehirn, den Tatsachen ins Auge zu sehen.

Ich war verärgert. Genauer gesagt, ich war rasend wütend. Eine Überdosis an flotten Sprüchen, Alkohol und Zynismus konnten den Drang nicht dämpfen, dem Grund für meine Stinkwut den

Krieg zu erklären. Die Angstzustände und Depressionen, die mich jede wache und, wenn man meinen Albträumen glauben kann, auch jede schlafende Stunde verfolgten, seit Pete gestorben war, schienen eine seltsame Metamorphose durchzumachen. Ich fühlte ein unwiderstehliches Bedürfnis, all diese blockierte Energie und Sehnsucht darauf zu konzentrieren, diejenigen zu zerstören, die sich in letzter Zeit verpflichtet gesehen hatten, mich schneller ins Jenseits zu befördern, als ich das mit meiner selbstzerstörerischen Art jemals hätte zustande bringen können.

Ich ließ mich vom Autopilot leiten, und meine Füße trugen mich westwärts in Richtung meines verwüsteten Studios. Aber ich wusste, dass ich noch nicht in der Lage war, mein physisches Umfeld wieder instand zu setzen; das musste warten, bis ich mich wieder im Griff hatte. Mir kam nur ein Weg zurück zum emotionalen Gleichgewicht in den Sinn. Ich übernahm die Kontrolle über meine Füße, machte auf dem Absatz kehrt, überquerte bei der Bathurst Street die Straße und nahm ein Taxi in die entgegengesetzte Richtung. Ich war bereit, mich dem zu stellen, was mich wirklich plagte, und ich brauchte meine Mutter. GOD war ein Eitergeschwür – nein, schlimmer als das – er war ein Tumor, und ich würde ihn aus dem Gemeinwesen entfernen. Ohne dass es die Öffentlichkeit etwas kostete. Nicht, dass ich Etta etwa in meine Mission einweihen würde. Ich brauchte einfach ihre bizarre, beruhigende Persönlichkeit, bevor ich meine Lenden gürtete.

27

Ich drückte dem Taxifahrer einen Zehn-Dollarschein in die Hand und stieg aus, ohne auf das Wechselgeld zu warten.

Als ich das Sweet Dreams betrat, hatte die Happy Hour eben begonnen. Das Lokal war halb leer und die Leute waren nicht unglücklich, zwischen der Arbeit und dem Abendessen mit Frau und Kindern hängen geblieben zu sein – hauptsächlich weil sie weder einen Job noch die entsprechende Kleinfamilie hatten.

Hinter der Bar stand Happy Hooker, meine Mutter Etta Yeats, und bedachte die Kundschaft mit Flüssigem und ihrer ureigensten Version von «don't worry, be happy». Sie trug ein violettes T-Shirt und weiße Jeans.

Bis ich bei der Bar angelangt war, hatte sie mir schon ein Pint Rebellion gezapft und auf den Tresen gestellt. «Was ist los, Kleines?», fragte sie. «Ich bin's gar nicht gewohnt, wenn du hier aufkreuzt, und ich hab dich noch nicht mal angerufen.»

Ich nahm einen kräftigen Schluck Bier. «Nichts ist los, Etta. Absolut nichts, und mit mir schon gar nicht.»

Ohne auf meine Antwort einzugehen, mixte sich Etta eines dieser alkoholfreien, rosarot schäumenden Dinger, die aussehen, als sollte man sie zwecks toxischer Analyse schleunigst an das Gesundheitsministerium schicken. Sie nahm ihr Glas und deutete mit dem Kinn zum hinteren Teil des Raums. «Ich hab nur etwa zwanzig Minuten Zeit, Mädchen. Nachher kommen vier Miezen für einen Samstagabend-Gig vorspielen. Nennen sich die Meno-Paws. Slim hat sie als Vorgruppe von k. d. lang gesehen.»

Ich würde das Grinsen, das ihr nach diesem Geständnis übers Gesicht huschte, als verlegen beschreiben, wenn man mit gutem Gewissen etwas als verlegen bezeichnen könnte, das einem Hai über das Gesicht huscht. «Du weißt ja, ich bin kein Fan von k. d. lang», fuhr sie fort, «aber seit sie sich als Lesbe zu erkennen gegeben hat, hab ich mir ihre Musik etwas genauer angehört. Klar?»

Und ich hatte meine Zeit damit verschwendet zu denken, sie verachte k. d. lang, weil ihr Vegetarismus den Cowboys schade. Ich war einfach zu sehr mit meinem Elend beschäftigt, als dass ich mehr Energie dazu aufwenden konnte, über das eklektische Gedankengut meiner Mutter nachzudenken. Ich nickte einfach, als sei es vollkommen logisch.

«Jedenfalls sagt Slim, diese Meno-Paws seien es wert, dass man sie sich anhört. Aber das bist du auch, Mädchen. Also, was ist in deinem Leben los?» Vier fuchsia-violette Fingernägel trommelten ungeduldig gegen ihr Glas.

Aus Gründen, die zu kompliziert und undurchsichtig waren, als dass man sie verstehen könnte, und die irgendwo weit zurück in einer Zeit begraben lagen, als ich noch dachte, ein blaues Eis am Stiel sei das höchste der Gefühle, war ich heute zu diesem Loch gepilgert, als wäre es mein Zuhause. Nach meiner Verabredung zum Lunch und dem langen Marsch durch die Schneeflocken fühlte ich mich schmutzig, verwirrt, inkompetent und acht Jahre alt. Ich brauchte meine Mutter.

Nach fünf tränenreichen Minuten, in denen ich ihr von meiner neuesten Eskapade erzählte, fixierte mich Etta scharf wie ein Adler. «Das unheimlichste daran, deine Mutter zu sein, ist, dass du immer an Orte gehst, wohin ich dir nicht folgen kann. Und dieses Mal bin ich wirklich kurz vor dem Ausflippen. Diese nette indianische Freundin von dir hat vorhin angerufen und erzählt, was mit deinem Studio passiert ist. Schau», sagte sie inständig und sog gute fünf Zentimeter von ihrem flamingofarbenen Drink ein, «für mich klingt das, als hättest du dich in eine Scheiße hineinmanövriert, die wirklich gefährlich ist. Gefällt mir ganz und gar nicht. Was mir am meisten Angst macht, ist, dass du ertrinken könntest und so tust, als plantscht du nur ein bisschen herum, wenn dich jemand sieht. Manche Leute sind einfach nicht schlau genug, um Hilfe zu rufen, wenn sie wirklich welche brauchen.»

Etta schwieg einen Moment und betrachtete den Lippenstiftring an ihrem Trinkhalm. «Ich habe dir sicher die Geschichte erzählt, als du erst zwei Jahre alt warst und ich dich zu einem Ferienhaus am Lake Scugog mitgenommen habe, und du vom Landungssteg gesprungen bist, als würde Gott dir beibringen, wie man schwimmt, bevor du im Wasser bist?»

Man musste ihr zugute halten, dass sie an dieser Stelle kurz innehielt, um zu sehen, ob ich die Geschichte schon gehört hatte. Die Wahrheit ist, ich bin damit aufgewachsen. In der Fortsetzung sprang mir ihre Schwester hinterher, um mich zu retten, und wir wären beinahe beide ertrunken, wenn Tante Kath und ich nicht von einem Labrador-Retriever gerettet worden wären, der mehr Köpfchen hatte, als Gott uns beiden zusammen gegeben hatte. Etta erzählte die Geschichte immer, als wäre sie eine Art Moralität über mich und den Leichtsinn, den ich seit dem Tag meiner Zeugung beging. Zum Glück war sie nicht lange genug zur Schule gegangen, dass sie die Geschichte vom ungehorsamen Sohn kannte, der sich ein Paar Flügel baute und der Sonne zu nahe kam. Ich würde mir heute noch das Wachs aus den Zähnen kratzen.

Sie stand auf. «Entschuldige, ich muss mal eben einen geschäftlichen Anruf machen.» Bevor sie davonstolzierte, nahm sie mein leeres Glas. «Bin in zwei Minuten mit einem neuen zurück, Kid.»

Ich sah meiner Mutter nach, wie sie zum Telefon hinter der Bar ging. Wenn es so was wie einen mutigen Hintern gibt, dann hat Etta einen. Die Jahre haben sie nicht müde gemacht und auch nicht milder. Ich nahm mir vor, nicht so viel über das alte Mädchen zu schimpfen. Während wir noch immer nicht gelernt hatten, den Graben, der unsrere Kommunikation behinderte, zu verkleinern, so findet sie doch immer einen Weg, die Verbindung aufrechtzuerhalten, wenn es darauf ankommt.

Eine halbe Stunde später war ich noch immer an meinem zweiten Bier und schaute mit Etta den Meno-Paws zu, wie sie ihre freche Show abzogen. Die vier jungen Frauen trugen Stirnbänder aus Slip-Einlagen auf ihren rasierten Schädeln und rockten und schmetterten ihre Songs über diese Phase, die man im mittleren Lebensabschnitt unausweichlich durchmacht.

Michael tauchte an unserem Tisch auf und nahm sich einen Stuhl, derweil Etta den ihren in einem seltenen Akt von diplomatischer Rücksichtnahme frei machte.

«Die Miezen sind eine Wucht. Ich geh gleich einen Vertrag mit ihnen machen. Entschuldigt mich bitte.» Meine Mutter trat von der Szene ab, die sie arrangiert hatte.

Michael warf einen Blick auf die Meno-Paws und verzog das Gesicht. Ich sah ihn mit der nahe liegendsten Frage in den Augen an. Und wer hat dich eingeladen?

Er grinste nervös. Tat er das, weil ich ihn zum ersten Mal mit Anzug sah? «Deine Mutter hat mich angerufen, als ich gerade von der Arbeit nach Hause gekommen bin.»

«Was wollte sie – ein Rendezvous?» Ich war mehr als nur ein bisschen sauer. Ich meine, wenn ich den Mann hätte sehen wollen, hätte ich ihn auch selbst angerufen. Jedenfalls hatte ich wie gewöhnlich mein Problem mit Anzügen. Seine Krawatte gefiel mir hingegen: äußerst sexy Blumen auf feinster Seide.

Michael griff nach meiner Hand. Ich zog sie schneller zurück als eine streunende Katze die Pfote.

Seine sich verfinsternde Miene verstärkte meine Aversion gegenüber männlicher Autorität nur noch (die sich am besten durch Anzüge auszeichnete). «Hör mal, deine Mutter hat nur gesagt, dass du wirklich jemanden brauchst, mit dem du sprechen kannst, und dass sie das Gefühl hat, nicht die richtige Person dafür zu sein. Wenn sie nicht Recht hatte, dann sag es – und ich bin gleich wieder weg.»

Sein Angebot hatte etwas Feindseliges. Wer konnte es ihm verübeln? Seit ich zum ersten Mal mit ihm am Telefon gesprochen hatte, hatte ich ihm sich widersprechende Signale gesendet, die selbst einen Fluglotsen derangiert hätten.

Zu meiner Schande brachte ich es sogar fertig, jegliche Anzeichen von Schamgefühlen zu unterdrücken. «Ich bin etwas gereizt, Michael.» Ich wollte ihm sagen, dass er nicht Leidtragender meines Kummers zu sein brauchte, wenn er nicht unaufgefordert auf der Szene erschienen wäre – zumindest nicht durch mich. Dann beging ich einen gravierenden Fehler: Ich sah ihm in die Augen. Ich hätte es besser wissen müssen. Die Augen dieses Mannes waren faszinierender als die von Max.

Ich widerstand der Versuchung, mir noch ein Pint zu holen. «Nach dem Mittagessen mit Nancy Hawkes – das ist die Frau, von der ich dir am Samstag erzählt habe – bin ich gleich hierher gekommen. Sie hat mir bestätigt, was ich bereits vermutet habe: Unser Held der Arbeiterklasse scheint ein großes Interesse an kleinen Mädchen gehabt zu haben.» Ich schob das leere Glas beiseite und spielte mit dem Bierdeckel.

Michael machte eine leere Geste, so etwa, wie sich das Haar aus der Stirn zu streichen. Er schüttelte den Kopf, als wollte er einen freien Kopf zum Nachdenken haben. «Ich weiß nicht, was ich daraus schließen soll, Jane. Jemand hat Durand vorzeitig in jene Immobilie spediert, wo er auch hingehört.» Er blinzelte. «Du denkst doch wohl nicht, GOD steckt hinter dem Mord?»

Der nächste Blickkontakt gab mir den Rest. «Ich denke nicht; dieses Mal fühle ich. Und was ich fühle, hat mich so fertig gemacht, dass mir auf dem Rasen vor dem Trinity College das Essen aus dem Gesicht gefallen ist.» Als ich die Sorge in seinem Gesicht sah, sagte ich noch: «Und sag mir jetzt nur nicht, was ich zu tun habe.»

«Seit wir uns kennen, ist mir nicht einmal der Gedanke gekommen, dir zu sagen, was du zu tun hast, Jane.» Und da stoppte er, gerade, als ich dachte, jetzt schlüpft er in sein Superman-Dress, nimmt mich in die Arme, hebt ab und zeigt mir, wie vernünftig die Welt aus zweitausend Meter Höhe aussieht.

Die Beziehung zu ihm wurde langsam zu einem einzigen Schachspiel.

«Ich glaube, es ist langsam in meinen sturen Schädel vorgedrungen, dass ich am besten die Segel streiche und die Beweise Sam Brewer übergebe», sagte ich. «Ich hasse es, diesen Fall aufzugeben, bevor ich Simone Resultate präsentieren kann, aber meine Haut ist mir zu wichtig, als dass ich sie noch mal riskiere.» Ich dachte mir, ich halte besser den Mund, bevor Michael merkte, dass ich wie gedruckt log.

Er blieb eine volle Minute still, bevor mir dämmerte, dass er gar nicht die Absicht hatte, etwas zu sagen.

«Ich würde eine ruhigere Nacht verbringen, wenn ich die ganzen Titan-Akten Sam übergeben könnte, bevor ich schlafen gehe», erklärte ich ihm, «zusammen mit Kopien der Disketten. Wäre das zu viel von dir verlangt, Michael? Ich meine, ich könnte mit zu dir gehen, und für später ein Treffen mit Sam vereinbaren.»

Er griff unter den Tisch nach seinem Aktenkoffer. «Ich habe schon alles mitgebracht. Und im Safe in meinem Büro sind Kopien von allem. Wenn du willst, bleibe ich, bis du es Sam übergibst. Er könnte vielleicht Hilfe mit den Büchern oder Notizen brauchen, bevor er seinen Artikel schreibt. Ich hätte allerdings gerne gewusst, ob du dein ‹Geschenk› an irgendwelche Bedingungen knüpfst – schließlich lieferst du ihm die Story des Jahres. Vielleicht solltest du dich im Gegenzug absichern.»

Seine süße Logik zwang mich, meine Geanken zu ordnen. Er

hatte nicht erwähnt, dass er seine Karriere aufs Spiel gesetzt hatte, als er Gordon dazu überredet hatte, die Bücher zu stehlen. «Vielen Dank, Michael, für die weise Voraussicht, alles mitzubringen, und dein Angebot, dich mit Sam und mir zusammenzusetzen. Ich hätte gern, wenn du bleiben würdest.»

Er lächelte zustimmend. «Also, hör mir zu», fuhr ich fort. «Im Austausch für mein ‹Geschenk› werde ich von Sam zweierlei verlangen. Erstens, er darf nie verraten, woher er die Informationen hat, nicht einmal, wenn die Cops ihm mit Elektroschocks an die *Eier* gehen. Und ich versichere dir, er wird sehr beleidigt sein, wenn ich ihm diese Bedingung nenne: Seine Integrität als Journalist ist unübertroffen. Zweitens, er muss mir versprechen, dass er seinen Artikel erst nach vierundzwanzig Stunden einreicht.» Ich warf einen Blick auf meine Swatch. «Damit sollte die *Post* genug Zeit haben, um ihn in die Mittwochmorgen-Ausgabe zu bringen.»

Als ich aufstand, um zum Telefon zu gehen, sah Michael zu mir auf. «Darf ich fragen, weshalb erst in vierundzwanzig Stunden? Es macht mich etwas nervös, wenn ich daran denke, was du in der Zwischenzeit vorhast. Nicht», fügte er schnell hinzu, «dass ich vorhätte, dich zu überzeugen, in die nächste Maschine nach Bridgetown zu steigen. Aber du würdest meiner chauvinistischen Seele etwas Frieden geben, wenn ich wüsste, dass du nicht vorhast, dich in irgendwelche Gefahr zu begeben. Falls du es nicht bemerkt hast, *es liegt mir am Herzen.*» Er errötete.

Wie lange würde es ihm wohl noch am Herzen liegen, wenn er herausfand, dass ich ihn angelogen hatte? Es war ein Risiko, das ich auf mich nehmen musste. Ich hatte ein, zwei Dinge zu erledigen, die dringender waren als mein Verlangen nach einem festen Lover, vor allem, wenn er von der fürsorglichen Sorte war.

«Michael, nachdem das mit Sam erledigt ist, habe ich vor, nach oben zu gehen und für mindestens zehn Stunden auf Ettas Sofa zu pennen. Danach fahre ich zu Simone und informiere sie darüber, was wir über Dawsons schmutzige Geschäfte mit der Mafia herausgefunden haben – und wie das mit dem Tod ihres Bruders zusammenhängen könnte. Sie kann dann damit machen, was sie will. Danach werde ich downtown ein Hotelzimmer buchen, mir irgendeinen hirnlosen Film anschauen, zurück ins Hotel gehen und die ganze Nacht durchschlafen. Am nächsten Morgen früh jogge ich zum nächsten Zeitungsstand und kaufe mir ein paar Ausgaben der *Post* als Souvenir.»

Ich war nicht überrascht, dass er verletzt aussah: Er war nirgendwo in meinem Plan vorgesehen und ich hatte auf sein *es liegt mir am Herzen* nicht reagiert. Später würde er dann wissen weshalb.

«Klingt gut», sagt er durch zusammengekniffene Lippen. «Wieso rufst du jetzt nicht gleich an?»

Zwei Stunden später war die Sache unter Dach und Fach und Sam hatte den wahrscheinlich größten Coup in seiner Karriere. Ich hatte den Mann noch nie so aufgeregt oder dankbar gesehen. Er konnte sich einfach nicht vorstellen, weshalb ich die Story nicht selber schreiben und verkaufen wollte, auch dann nicht, als ich ihm sagte, wie schmutzig ich mich bei dieser Titan-Geschichte fühlte. Aber schließlich erzählte ich ihm ja nur die Hälfte dessen, weshalb ich mich fühlte, als klebe Schmutz an meiner Seele. Ich war erleichtert, dass weder er noch Michael Verdacht schöpften, dass meine Bereitwilligkeit ganz andere Gründe hatte: Ich kam billig zu einer wertvollen Lebensversicherung.

Ich betete zum Schutzpatron der verlogenen Seelen, dass ich lange genug am Leben blieb, um die Dividende kassieren zu können.

28

Um zwei Uhr wurde ich jäh aus einem tiefen Schlaf gerissen, der voller erotischer Bilder war, die selbst Madonna nicht hätte überbieten – oder unterbieten – können. Ich wusste, dass sie sexueller Natur waren waren, weil eine winzige Etta mit Flügeln und Heiligenschein engelsgleich am oberen Bildrand schwebte und zur Melodie von «Stand By Your Man» einen Vortrag über Safer Sex hielt. Die genaue Zeit wusste ich, weil meine Swatch in der Dunkelheit gangränös leuchtete, wie meine Augen, wenn ich aus einem Nickerchen gerissen werde.

Neben meinem Bett lag der Grund für mein Erwachen. Ich konnte nicht genau sehen, was es war, aber irgendein Flegel hatte es durch Ettas Wohnzimmerfenster geworfen. Ich schnupperte, als übel riechende Dämpfe meine Nase erreichten, die nur von einer auf der Welt einmaligen Flüssigkeit stammen konnten: Nikos' hausgemachtem Ouzo. War es möglich, dass der Besitzer des Last Temptation nebenan meine Mutter zu einem frühmorgendlichen Schäferstündchen auffordern wollte? Ich konnte ihn unten auf dem Gehsteig schreien hören wie das griechische Äquivalent einer Todesfee. Als ich mich auf einem Ellbogen aufrichtete und ernsthaft mit Mordgedanken spielte, stieg mir ein zweiter Geruch in die Nase. Dann in meine Lunge. Es war Rauch. Als ich blinzelte, fühlten sich meine Augen an, als hätte man sie mit Javel-Wasser gespült.

Ich rollte mich aus dem Bett und sprintete ins Badezimmer, wo ich ein Handtuch nass machte, es mir vor Mund und Nase hielt und den Weg zum Schlafzimmer meiner Mutter suchte, während ich die ganze Zeit schrie «MOM, ETTA, SCHEISSE, FEUER.»

Ettas Schlafzimmer war bereits voller Rauch. Ich konnte das Bett nur mit Mühe sehen, hatte aber keine Schwierigkeiten zu hören, wie sie mit lallender, verlangsamter Stimme, so als stünde sie unter Drogen, fragte: «Ist es jetzt Scheiße oder Feuer?»

«FEUER, Etta, es ist FEUER», konnte ich gerade noch rufen, bevor mich eine Schwade schwarze Luft einhüllte. Ich legte ihr das nasse Handtuch auf das Gesicht und nahm sie und ihre Decke auf wie ein warm eingemummtes Baby. Ich stolperte wie sonst noch nicht einmal nach neun Bier durch die Küche zur Hintertür, die zu einer Feuerleiter führte. Noch immer das heiß geliebte, unsäglich nervende Cowgirl in den Armen haltend, gelang es mir, die zwei Schlösser aufzuschließen und Etta auf dem oberen Treppenabsatz abzusetzen.

Als sie schwerfällig wieder auf die Füße kam, sah ich, dass sie nur mit einem Fetzen aus schwarzen Spitzen bekleidet war, der noch als Kopfbedeckung zur Messe zu diskret gewesen wäre. «Halt dich einfach am Geländer fest und geh hinunter in den Hinterhof, Mom.»

Sie packte mich beim Nacken am T-Shirt und schrie: «Ich gehe nirgendwohin ohne dich! Wo hast du deinen verdammten Verstand gelassen, Mädchen?»

Ein paar Sekunden lang versuchte ich ihn zu orten. Alles, was mir mein adrenalingetränktes Hirn sagte, war, zurück ins Wohnzimmer zu gehen und meine Jeans und meinen Rucksack zu holen. In Wirklichkeit ging es mir um meine American Express Gold Card. Um die zu erhalten waren wirkliche Kreativität und beträchtliche kriminelle Energie beim Ausfüllen der Formulare erforderlich gewesen.

Etta verpasste mir eine solche Ohrfeige, dass es alle grauen Zellen wieder an ihren angestammten Platz schleuderte.

Als wir unten ankamen, wartete Nikos bereits auf uns. Er wedelte mit den Armen wie eine wild gewordene Vogelscheuche und schrie irgendetwas auf Griechisch. Über seine Wangen strömten Tränen der, wie ich annahm, Dankbarkeit gegenüber allen Göttern des Pantheons für Ettas Rettung.

Sie umarmte ihn stürmisch und schrie ihm ins Gesicht – auf Griechisch! Und ich hatte immer das Gefühl gehabt, sie hätte schon mit ihrer Muttersprache genug Schwierigkeiten. Er schaltete auf Englisch um. «O Ladys, Gott sei Dank, Sie sind in Sicherheit. Ich komme eben zurück von einem Treffen mit meinem Bruder Cypriots, als ich sehe, wie ein Kerl etwas durch das Vorderfenster im Erdgeschoss wirft. Als Nächstes sehe ich Feuer. Ich renne also in mein Lokal, nehme eine Flasche meines kostbaren Ouzos und werfe sie durch das Fenster oben, das ich morgen ersetzen werde. So sehr liegen Sie mir am Herzen, Mrs Etta. Das war die zweitletzte Flasche vom letztjährigen – und es war mein bester Jahrgang.»

«Ich werde später einen Weg finden, mich zu bedanken, Nikos», versprach sie ihm. Die Art, wie er auf ihr Spitzenfummelchen starrte, ließ die Zahlungsart, die er favorisierte, erahnen. «Aber jetzt sagen Sie mir, haben Sie die Feuerwehr schon angerufen?»

Seine schwarzen Augen weiteten sich. Er streckte die Arme gen Himmel. «Mrs, denken Sie, ich sei ein Esel oder ein Narr? Gleich nachdem ich meine kostbare Flasche geworfen habe, bin ich zurück in mein Restaurant gerannt und habe sie angerufen. Ich wählte 911 – richtig? Mrs, Sie beleidigen Ihren Nachbarn.»

Ich konnte Sirenen hören. Und keine Sekunde zu früh. Durch die dicke Milchglasscheibe in der Rückwand konnte man zwar nicht in die Bar sehen, aber die Einrichtung brannte, als wüte im Inneren ein Waldbrand. Ich musste an all die alten Bretter, mit denen die Wände ausgekleidet waren, denken.

Ich ging schnell zwischen den Häusern hindurch auf die Straße, wo das erste Löschfahrzeug vorfuhr. Vier weitere folgten und dahinter kam ein Krankenwagen. Die Sirenen und die roten Blinklichter verliehen der Straße eine beinahe schon feierliche Atmosphäre. Ich informierte den ersten Mann, der aus dem Auto sprang, dass niemand mehr drin sei. In ein paar Sekunden hatten sie die Tür eingeschlagen und schleppten einen Schlauch ins Sweet Dreams. Erst dann trat ich ein paar Schritte zurück und sah das eingeschlagene Fenster, durch das Nikos den Brandstifter das zerstörerische Geschoss hatte werfen sehen.

Nikos hatte seinen stämmigen, weiß behaarten Arm schützend um Etta gelegt und eskortierte sie ins Last Temptation. Als ich sah, wie der Brandinspektor die Augenbrauen hochzog, als er die schwarzen Spitzen bemerkte, beschloss ich zu leugnen, die Eigentümerin dieser Frau zu sein.

Erst viel später, als der Brandinspektor mir versichert hatte, dass das Feuer vollständig gelöscht sei, ging ich nach nebenan, um nach meiner Mutter zu sehen. Ich hätte mir nicht so viele Sorgen zu machen brauchen. Sie und Nikos feierten eine Party, tanzten wie Alexis Zorbas auf LSD zu den ohrenbetäubenden Klängen von «Never on a Sunday», die von einem Rekorder hinter der Bar kamen, und tranken aus einem gemeinsamen Glas, was nach den Resten seiner einzigen noch existierenden Flasche Ouzo aussah. Es war vier Uhr in der Früh, ich war müde, erschöpft und stank wie ein erloschenes Lagerfeuer. Eine Liebesszene, klebriger als türkischer Honig, war zu viel für mich.

Wenn sie vielleicht die Größe gehabt hätte, mir zu danken, oder nur so getan hätte, als sei es ihr wenigstens ein bisschen peinlich, hätte ich mir vielleicht verkniffen zu sagen: «Wäre es nicht passender, du würdest zu ‹Ring of Fire› tanzen, Etta? Dein Geschäft – das auch noch dein Heim ist – ist soeben ausgebrannt. Und du feierst? Hast du jemanden bezahlt, damit er die Bude abfackelt und du die Versicherung kassieren und mit Nikos nach Athen fliegen kannst?»

Tragisch wie Phädra umklammerte sie ihren Busen. «Was hätte ich denn tun sollen? Halb nackt im Winter draußen auf der Danforth stehen und flennen, während der Schuppen brennt? Da gab es nichts, was ich hätte tun können, Jane.»

Mit dem Ouzo-Glas in der Hand kam sie streitlustig auf mich zu. Nikos hielt sich im Hintergrund, wie es schnell alle von Ettas Männern lernen. Die alte Lady war in Hochform. Es geht nichts über einen Scheiterhaufen, um die Spinnweben loszuwerden. «Ich habe es satt, dass du dich immer aufführst, als wärst du meine Mutter. Der Laden war versichert – das weißt du ganz genau. Und die alte Einrichtung ging mir sowieso auf die Nerven. Jetzt kann ich alles auf Kosten der Allstate renovieren und gleich noch ein bisschen Urlaub machen, bis es fertig ist. Ich habe mit dem Feuer nichts zu tun. Du und ich, wir wissen beide, dass das wahrscheinlich viel mehr mit der Art von Leuten zu tun hat, mit denen du verkehrst als mit irgendjemandem, den ich kenne. Weshalb sollte ich also Tränen vergießen?»

Sie hielt mir einen ihrer potthässlichen Acrylfingernägel so nahe vors Gesicht, dass ich ihn abgebissen hätte, wenn der Zahnarzt in meiner Krankenkasse inbegriffen gewesen wäre. Jetzt wurde ich richtig gemein. «Hank Williams' berühmter Hut, du weißt schon, der, für den du einen Schrein gebaut hast; wegen dem so ausgeflippte Leute wie du sogar aus Oklahoma herkommen? Deshalb solltest du Tränen vergießen, Etta. Er ist den Weg aller einsamen Cowboys gegangen.»

Sie verschränkte die Arme vor ihren Titten, so gut das ging, und grinste hämisch. «Und was mich angeht, so wünsche ich ihm einen guten Ritt. Wenn du nur halb so viele Hirnzellen hättest, wie Gott einem durchschnittlichen Wellensittich gibt, hättest du dir schon lange denken können, dass ich das Stück Filzscheiße vor zehn Jahren am Hadassah-Basar gekauft habe. Ich habe eine Zusatzklausel in meiner Versicherungspolice, für den Fall, dass ihm etwas geschieht, die mir eine Extrawoche Urlaub mit Slim, Nikos oder wem auch immer einbringen sollte ...» Ihre Stimme erstarb.

Ich belog mich selbst und sagte mir, dass meine Mutter sich auf solch unziemliche Weise verhielt, weil sie ihren Kummer und ihre Angst verdrängte. Vielleicht verweigerte sie sich auch, wie es die Selbsthilfe-Bewegung ausdrückt. Tief in mir drin kannte ich die Wahrheit: Etta war so weit davon entfernt, das Gefühl zu haben, sie müsste sich irgendwelchen Dingen verweigern, dass die ganze Bewegung mit einem Schlag aus dem Geschäft wäre, wenn man sie klonen würde. Ich entschloss mich spontan, die Segel zu streichen und meine Wunden woanders zu lecken.

«Ich geh jetzt, Mom. Ich wollte nur sichergehen, dass du keine Rückenkrämpfe oder vielleicht einen Herzanfall hast. Jetzt bin ich erleichtert.» Ich machte auf dem Absatz kehrt. «Ich hoffe, ich bekomme eine Postkarte von dir und dem glücklichen Gewinner. Und vergiss nicht, Etta. Nie ohne Kondom.»

Als ich zur Tür hinausstürmte, folgte mir ihre ruhige Stimme. «Ich ruf dich später am Morgen an, Liebes.»

Ich fuhr mit meinem Motorrad auf einem Weg zum See hinunter, den Harley gekannt haben musste, denn mein Kopf war nicht klar genug, als dass ich nur einen sicheren Schritt über meine Nasenspitze hinaus hätte machen können. Eine Viertelstunde lang kauerte ich gegen einen alten Ahorn gelehnt und starrte auf die tödlich kalten Wellen die gegen das Ufer schwappten. Ich stand auf, streckte mich, suchte ein paar flache Steine und ließ sie über die Wasseroberfläche hüpfen. Dann joggte ich im Sand dem Ufer entlang, bis sich meine Lunge beinahe nach außen stülpte. Als die Sonne über dem Horizont aufging, fuhr ich zurück in mein verwüstetes Appartement.

Max war noch immer oben bei Silver einquartiert. Ich sammelte mich zuerst, bevor ich den Schlüssel ins Schloss steckte und mein Gehirn auf Handtuchsuche programmierte, sobald die Tür offen war. Ich stand gute zehn Minuten unter der Dusche, fünf davon unter heißem, fünf unter kaltem Wasser. In Petes dicken Bademantel gehüllt, saß ich mit gekreuzten Beinen und dem Gesicht zum Fenster auf dem Boden vor einer Schale brennenden, heiligen Grases. Ich fächerte mir den reinigenden Rauch zu und meditierte über meine nächsten Schritte. Ruhig, so unabänderlich auf meine Mission fixiert, wie die in einen Grabstein gemeißelten Buchstaben, stand ich auf und zog mich an.

Frische, gut sitzende Jeans – keine schicken Falten, Cowboy-Schnitt und an den Knien zu einem milchigen Blau abgewetzt. Geflochtener Ledergurt. Enges, schwarzes T-Shirt. Wollene Hockey-Socken. Motorradstiefel. Kein BH. Eine verführerische Nuance Musk hinter den Ohren. Ein einzelner Ohrring (rechtes Ohrläppchen): silbernes Fischskelett. Schwarze Leder-Bikerjacke.

Bevor ich ging, spielte ich kurz mit dem Gedanken, ein paar Briefe zu schreiben – an Etta, Silver, Portia, Max, Michael und Petes Geist –, entschied mich aber dagegen. Wenn mein Schutzengel heute Dienst hatte, dann waren sie sowieso überflüssig – und ich käme mir dann ziemlich dumm vor, all diese Liebe und Verzweiflung zu Papier gebracht zu haben, nur damit meine ganze kleine Welt es sieht.

29

Eine Viertelstunde später, steuerte ich Harley in eine Parklücke auf der Nordseite der King Street, gleich östlich der Jarvis Street. Wenn eine Frau weiß, dass sie ein paar hundert Pfund Metall zwischen ihren starken Schenkeln manövrieren kann, gibt ihr das ein neues Gefühl der Stärke. Ich warf einen Vierteldollar in die Parkuhr.

Der Direktionssitz der Titan Corporation befand sich sinnigerweise in einer entkernte anglikanischen Kirche. Das ehemalige Pfarrhaus neben der Kirche diente jetzt als Bürogebäude, während sich Dawsons Gedankenkontrollzentrum in der Kirche selbst befand. Ich fragte mich, was er wohl mit dem Bischof von Toronto ausgehandelt hatte, damit ihm dieser das Gebäude abtrat. Christus selbst hätte seinen Augenzahn hergegeben, um diesen renovierten Tempel zu Ehren von Mammons Geldwechslern zu entweihen. Ich sah mich als seine selbst ernannte Stellvertreterin.

Ich hatte über das Innere nur in schmeichelnden Zeitungs- und Illustriertenartikeln über den Hohepriester des alten kanadischen Establishments gelesen. Ich zog die schwere Eichentür auf. Aus Glasfenstern in den seitlichen Wänden starrten Typen, dümmlich ob ihrer eigenen Heiligkeit staunend, auf mich herab. Obwohl alle Attribute der Verehrung entfernt worden waren, war ich doch nicht auf den Hightech-Empfangsbereich vorbereitet gewesen, der mich erwartete. Eine Rezeptionistin saß hinter einem riesigen, geschwungenen Empfangstisch aus Eiche, der leicht frömmlerisch an restaurierte Kirchenbänke erinnerte. Etwas an ihrer Retro-Hochfrisur flüsterte mir zu, dass sie keine Vestalin war. Ihre Lider ächzten unter der dicken Schicht kohlgrüner Mascara, als sie zu mir aufsah. Ich sah, wie sich die Konturen ihrer linken, roten Wange änderten, als sie den Kaugummi weiter nach hinten in den Mund schob. Ihr Stil überraschte mich: Ich glaube, ich hatte jemanden mit etwas Klasse erwartet, zum Beispiel Merryl Streep, wenn sie gerade keinen Film dreht. Vielleicht hatte das, was in Soft-Pornos als Sexappeal galt, ja einen Einfluss auf GODs Vorstellung von Nobilität gehabt.

Sie schaffte es nicht, die entsprechenden Muskeln zu einem Willkommenslächeln zu verzerren. «Kann ich Ihnen helfen?» Sie wartete, als ich meinen Helm abnahm und fünfundzwanzig Zentimeter Haar herausschüttelte.

«Ja, das können Sie», knurrte ich. «Ich bin hier, um Gerald Dawson zu sprechen.»

Sie schüttelte den künstlich geschwärzten, leeren Kopf. Nicht eine einzige gespritzte Strähne reagierte. «Tut mir Leid, aber Mr Dawson ist nur auf vorherige Vereinbarung zu sprechen.» Business-Jargon. Sie sah besonders auffällig auf den in Leder gebundenen Terminkalender, den sie vor sich liegen hatte. «Und ich sehe hier gerade, dass für heute Morgen keine Termine eingetragen sind.» Sie sah mich an, ohne auch nur den Anschein zu erwecken, es tue ihr Leid.

Ich fasste über die Konsole und schnappte mir ihr Buch. «Ich bin froh, Ihnen bestätigen zu können, dass Sie mindestens damit Recht haben», sagte ich, nachdem ich die leeren Zeilen gesehen hatte. «Umso besser. Ich bin überzeugt, Ihr Boss wird Zeit für mich haben.» Ich verzog mein Gesicht zu einem Haifischgrinsen.

Sie sah aus, als wüsste sie nicht, ob sie scheißen, tippen oder ihre Zunge auf die Suche nach dem Kaugummi schicken sollte. «Und wen darf ich anmelden ... äh, Madam?»

«Wie Sie vielleicht schon bemerkt haben, bin ich nicht die Kosmetikberaterin. Sagen Sie ihm, sein Gewissen melde sich. Wir haben eine längst überfällige Abmachung, zusammen über die Bücher zu gehen, könnte man sagen. Sagen Sie ihm also nur, es wäre Medusa aus Sweet Dreams.»

Nach den griechischen Fabeldichtern war Medusa ein richtiges Miststück von einer Frau gewesen – mit Schlangen, wo andere Girls Haare haben. Der Sage nach war ihr Gesicht so fies, dass nur schon ihr Anblick einen Kerl zu Stein verwandelte. GOD konnte von Glück reden, wenn ihn unser überraschendes Treffen nicht gleich in den Steinbruch zurückversetzte.

Wenn ich genau gewusst hätte, wo der Mann sein Büro hatte, hätte ich nicht so viel Energie aufgewendet, um ihn sprechen zu können: Ich wollte nicht das Risiko eingehen, von einem übereifrigen Sicherheitsbeamten rausgeworfen zu werden, wenn ich mich durch den Laden kämpfte.

Super-Sekretärin hievte ihren Körper auf ein Paar handbreit-hohe Absätze und ging in den hinteren Teil des Gebäudes. Sie war in weniger als zwei Minuten zurück. «Mr Dawson empfängt Sie jetzt. Bitte folgen Sie mir.»

Gerald Oliver Dawsons Direktions-Suite sah aus wie ein Lagerraum bei Sotheby's. Ich konnte nichts entdecken, das für ein Nullachtfünfzehn-Büro gedacht gewesen wäre. Gedämpfte Nuancen von Braun an den Wänden, üppige, orientalische Teppiche, ein Adams-Sideboard, ein Ledersofa und -stuhl auf der einen Seite, ein Kristallleuchter, Chinoiserie allenthalben, eingebaute Regale voller ledergebundener Bücher, eine Ansammlung von Segeltrophäen, einige Entenköder, die tatsächlich besser als ihre natürlichen Gegenstücke aussahen. Ein Squash-Racket, das in einer Ecke lehnte und nicht die geringsten Anzeichen von Gebrauch zeigte. Eine kleine Kunstsammlung, die (im Uhrzeigersinn über seinem erhabenen Haupt) mit einer Jagdszene begann und harmlos die ganze ästhetische Skala abdeckte, von einer gemütlichen, mit achtbaren Bürgern bevölkerten Winterlandschaft, über eine Group-of-Seven-inspirierte Kiefer auf einem vom Wind gepeitschten Fels, die härter um ihr Überleben kämpfte als ein Bonsai, zu einem Morris-Aquarell von einem Segelschiff, das auf einem Gewässer weit südlich von hier dümpelte. Das einzige zeitgenössische Bild war ein großes Ding mit Blumen, das farblich so gut auf die Tapete abgestimmt war, dass ich keine Mühe hatte, herauszufinden, welches das Huhn und welches das Ei war. Die Art von harmlosem Zeug, das einen förmlich nach einer Gipsbüste von Elvis lechzen lässt.

Eine Inuit-Skulptur war nirgends zu sehen.

Etwa einen halben Häuserblock westlich der Eingangstür saß GOD in seiner ganzen Pracht auf einem violetten lederbezogenen Bürostuhl hinter einem riesigen Chippendale-Schreibtisch. Er lächelte zu mir hinauf, als wäre er der Generalgouverneur, der am Neujahrstag den Plebejern eine Audienz gewährt. Die mit Leberflecken übersäten, makellos manikürten, weißen Hände, die auf dem Schreibtisch ruhten, straften sein jugendliches Gesicht Lügen. Aus dem Knopfloch spross eine Orchidee. Er nickte mit seinem silbergrauen Haupt und bedeutete mir, mich auf einen Stuhl rechts vom Schreibtisch zu setzen, der etwas weniger prächtig als der seine war. Er stand nicht auf.

Ich hätte es eigentlich vorgezogen, den strategischen Vorteil zu nutzen, sein Kommando zu missachten und den Größenunterschied beizubehalten, aber meine Knochen waren zu müde, als dass ich gleichzeitig stehen und denken konnte. Und wieso zum Henker sollte ich nicht den Anschein erwecken, zu kooperieren? Ich musste Tacheles reden mit diesem Herzblatt, der seinen Konzern der Mafia geöffnet, mein Leben in Gefahr gebracht, in meinem Studio schwersten Schaden angerichtet, die Bar meiner Mutter abgebrannt – und wahrscheinlich Charles Durand ermordet hatte. Ich rechnete mir aus, dass ich genug Patronen im Gürtel hatte, um jeden Versuch von ihm, das Machtgefälle zu ändern, kontern zu können. Aber auch so konnte es nichts schaden, wenn ich für einmal meine Aversion gegen männliche Autorität unterdrückte.

Vielleicht konnte ich diese spontane Gelegenheit zu einer Lernerfahrung für ihn gestalten. Vielleicht würde ich auch so lange leben, dass ich die Früchte meiner Lehrtätigkeit ernten konnte. Etta sagt immer, ich hätte Friseuse lernen sollen. Zum ersten Mal in meinem Leben als Erwachsene, sah ich, was sie meinte. Wer ist schon wegen einer versauten Dauerwelle ermordet worden?

Ich setzte eine steinerne Miene auf und bedachte Gerald Oliver Dawson damit. Er lächelte durch perfekte Kronen. Seine graublauen Augen waren etwa so kalt wie die Wellen heute Morgen unten am See und tasteten mich ab, als wären sie auf den Kopf eines Krokodils montiert, wanderten über meine Kleidung, kalkulierten jede Nuance in der Körpersprache, suchten Anzeichen die auf einen wunden Punkt hindeuten könnten – oder auf mein Motiv, mich in die Höhle des Wirtschaftslöwen zu wagen. Er sagte nichts.

Er musste vor etwa einem halben Jahrhundert in der Theatergruppe des Upper Canada College gewesen sein. Meine Schauspielkunst verblasste neben der seinen. «Darf ich Ihnen einen Drink anbieten, Miss Yeats?», fragte er schließlich.

«Nur wenn Sie ein Bier haben», gab ich überheblich zur Antwort. Weshalb bot er mir so früh am Morgen Alkohol an? Wollte er auf meine Trinkerei anspielen, sie als Entschuldigung für seine eigene benutzen, oder versuchte, er mich unschädlich zu machen?

Er öffnete einen kleinen Bar-Kühlschrank und nahm ein Newcastle Brown Ale heraus. Er goss den Inhalt der Dose langsam in ein Pilsnerglas. Aus einer Kristallkaraffe schenkte er sich eine Flüssigkeit von der Farbe von Single Malt ein und verdünnte sie mit Wasser. Als er mir mein Bier reichte, spielte ich kurz mit dem Gedanken, es ihm über seinen Anzug zu schütten. Mein Respekt vor feinen Stoffen hielt mich davon ab. Seine Hand hatte gezittert. Parkinson oder die Nerven?

Ich starrte auf mein Lieblingsbier. Hey, das musste man ihm lassen. Er hatte seine Hausaufgaben gemacht.

Er öffnete die Lippen zu einem blendenden Lächeln, das mir sagte, dass ein Zahnarzt mit den Einnahmen daraus, frühzeitig in Pension gegangen war. «Ich war schon immer dafür, dass man aus glücklichen Zufällen Kapital schlagen soll. Was führt Sie zu mir?»

«Welcher glückliche Zufall hat Sie dazu gebracht, sich mit Giuseppe Nicaso unter dieselbe Decke zu begeben?» Ja, ich bin vulgär.

Das Lächeln verschwand. «Meine Berater hatten Recht: Sie haben die Angewohnheit, gleich zum Punkt zu kommen. Ich mag das – selbst bei einer Frau.» Er hatte nur vier Sekunden gebraucht, seinen Charme wieder zu finden.

«Verzeihen Sie mir, wenn ich das hier nicht mit einem Rendezvous verwechsle ... und nur, um es klarzustellen, Ihre Vorlieben bezüglich Frauen interessieren mich einen Dreck.» Ich lehnte mich zurück und legte meine Motorradstiefel auf den Chippendale. «Ich denke, wir sind uns beide einig, dass wir den Smalltalk beiseite lassen. Sie vermuten zweifellos, dass ich im Besitz von Informationen bin, für die Sie den Körper Ihrer Frau verkaufen würden – falls er nicht schon beliehen ist.»

Er fasste sich mit der linken Hand ans Hosenbein und zupfte kurz daran, bevor er die Beine übereinander schlug. Ich musste einen wunden Punkt getroffen haben. Er schützte seine Eier.

«Wir sind absolut gleicher Meinung, Miss Yeats. Kommen wir also zum Geschäft.» Sein Tonfall gab mir zu verstehen, dass ich seine Geduld strapazierte.

Ich verschwendete keine Worte, als ich ihm sagte, was Sache war. Er hörte höflich und aufmerksam zu, als läse ich ihm die Morgenandacht aus dem Gebetbuch vor, und unterbrach mich nicht. Als ich fertig war, hatten sein Gesichtsausdruck und seine Körpersprache in einen charakteristischeren Modus umgeschaltet: Deal machen. So wie ich ihn einschätzte, hatte dieser Mann sein ganzes Leben lang nicht einen einzigen Tag ehrliche Arbeit geleistet. Er machte Deals. Berge von Papier – sehr teures Papier – wurden auf sein Wort hin umgeschichtet. Er konnte den Hörer abnehmen und zusehen, wie seine Worte Kurven in den Märkten von Toronto,

New York, London und Tokio beschrieben. Seine finanziellen Launen diktierten den Verlauf der Leben von Menschen, zahlreich genug, ein kleineres Land zu bevölkern. In einer post-christlichen Welt war dieser Mann wirklich ein Gott.

Ich rief mir in Erinnerung, dass ich nicht hier sitzen und ein Gratisbier schlürfen würde, wenn ich nicht etwas hätte, das er wollte. Und zwar unbedingt. Das war meine beste Karte, meine einzige Karte, und ich musste den richtigen Moment, sie auszuspielen, mit tödlicher Präzision abwarten.

«Miss Yeats, ich war schon immer daran interessiert, wertvolle... nennen wir sie... Güter zu erwerben. Selbstverständlich hat man mich bereits vor Ihrem Besuch davon in Kenntnis gesetzt, dass Sie im Besitz von wertvollen Informationen und... ähm, *schriftlichen Beweisen* sind, so dass ich bereit bin, Ihnen dafür eine stattliche Summe anzubieten.» Die Worte flutschten wie nichts aus seinem Mund. Die Drohung machte sich sehr subtil bemerkbar, quasi im Subtext.

Er sah mich abwartend an. Dachte er, ich wäre dumm genug oder hätte so große Angst, dass ich sofort zugriff und meinen Preis nannte? Hey, er spekulierte, ich spekulierte. Ich starrte ihn über den Rand meines Glases an, als spräche er Suaheli.

«Vielleicht habe ich gar nicht die Absicht, mich davon zu trennen», sagte ich. «Sie sind sich doch sicher im Klaren darüber, dass mit dem, was ich in den Händen halte, der Verkäufer den Preis bestimmt. Sie wären ein Narr, wenn Sie meinten, Sie hätten in diesen Verhandlungen die Oberhand – und das muss eine wirklich neue Erfahrung für Sie sein. Hier bin ich in der stärkeren Position, Mr Dawson. Und lassen Sie mich etwas klarstellen: Jemanden wie mich haben Sie wahrscheinlich noch nie kennen gelernt. Ich würde eher einen langsamen und schmerzhaften Tod sterben, als dass ich zuließe, dass ich mich von Ihnen noch mehr erniedrigen lasse, als es Ihnen bisher schon gelungen ist. Also denken Sie nicht einmal daran, irgendwelche Knöpfe zu drücken und Ihre Rausschmeißer zu rufen. Tun Sie mir einen Gefallen: Machen Sie mir ein Angebot, das ich nicht ausschlagen kann. Und zwar schnell!»

Er sah mich mit reptilartigen Augen an. «Ich habe Ihnen erzählt, dass ich Grund zu der Annahme habe, dass Sie im Besitz von Informationen sind, von denen ich nicht will, dass sie an die Öffentlichkeit gelangen. Hören Sie, ich werde ehrlich mit Ihnen sein: Ich kann nicht mit Sicherheit sagen, wie viel Sie über gewisse meiner Operationen wissen, aber ich habe Grund anzunehmen, dass Ihre Nachforschungen mir eine Menge Schaden zufügen könnten. Seit Charles Durands vorzeitigem Ableben haben Sie sich als seine offizielle Biografin ausgegeben. Wenn Sie einwilligen, alles zurückzuhalten, was Sie im Zug Ihrer Recherchen aufgedeckt haben – kurz, wenn Sie einwilligen, das ganze Durand-Projekt fallen zu lassen –, dann bin ich bereit, Sie weit besser zu entschädigen, als Sie mit dem Durand-Projekt je verdient hätten.»

Ich kreuzte die Füße auf dem Schreibtisch und verschränkte die Arme. «Ich will nicht gleich sagen, ich sei nicht interessiert. In einem guten Jahr verdiene ich wahrscheinlich einiges weniger als Ihr Fahrer. Aber machen Sie mir ein Angebot. Das ist es, was Sie kriegen: Ich weiß, dass Durand beabsichtigte, Sie wegen des Gerüchtes, Titan Corporation wasche Geld für die Mafia, zu kontaktieren. Ich weiß auch, dass er Sie mit diesem Gerücht erpressen wollte, ihn vor dem Bankrott zu retten. Und ich habe erstklassige Beweise für diese Information – Ihre eigenen Bücher. Beide Versionen. Ich denke, sie könnten ein ernsthafter Anreiz für die Polizei sein, Ihre Geschäfte zu durchleuchten, vor allem wenn die Presse gleichzeitig einen Knüller in den Händen hat. Über was für eine Art von Deal reden wir also?»

«Wir reden über, sagen wir mal, fünfundsiebzigtausend Dollar pro Jahr bei einem Vierjahres-Vertrag. Sie verpflichten sich, als Ghostwriter meine Biografie zu verfassen – die Sie nach meinem Diktat oder aber überhaupt nicht zu schreiben brauchen – und erhalten jeden Monat einen Scheck zusammen mit den Tantiemen, wenn Sie sich entschließen sollten, das Buch zu schreiben.»

Ich ließ sein Angebot in der Luft stehen. Ich wollte nicht, dass er glaubte, ich verkaufe mich ohne auch nur die kleinsten Gewissenskonflikte. «Nur um mein Gemüt zu beruhigen, Mr Dawson, es gibt da einige Dinge, dir wir besprechen müssen, bevor wir weiter verhandeln. Ich meine, wenn ich Ihr Angebot annehme, wie könnte ich meinen neuen Reichtum genießen, wenn ich nicht gemütlich, sagen wir mal, mit meiner Harley fahren kann, ohne dass die Bremsen versagen, einen Freund in seinem Ferienhaus besuchen kann, ohne dass auf mich geschossen wird, in mein Appartement zurückgehen kann, im Wissen dass es noch an einem Stück ist, in der Bar meiner Mutter übernachten kann, ohne dass mir die Zehen gegrillt werden? Wenn ich jetzt so daran denke, sollten Sie mir eigentlich auch noch eine Wiedergutmachung zukommen lassen.»

Er grinste. «Sie sind eine zähe Verhandlungspartnerin. Okay, ich will Sie nicht verarschen. Ich war es, der hinter all diesen unglücklichen Vorkommnissen steckte. Aber Sie müssen sehen, dass keine dieser Aktionen Sie *töten* sollte. Sie sollten Ihnen nur als Warnung dienen. Aber offenbar waren sie wirkungslos. Wenn Sie mein Angebot annehmen, dann gibt es überhaupt keinen Grund mehr, Sie in irgendeiner Weise zu bedrohen.»

Ich nickte. «Richtig, und damit das auch so bleibt, kann ich meinen liebsten Kriminalreporter einen verschlossenen Umschlag geben, in dem genug Informationen enthalten sind, um Sie für den Rest Ihres schäbigen Lebens nach Kingston zu schicken, sowie die Anweisung, alles an die Presse weiterzugeben, falls mir etwas Unvorhergesehenes zustoßen sollte. Was ich bereits getan habe.» Fügte ich hinzu und warf einen Blick auf meine Swatch. «Und wenn wir nicht bald zu einer Einigung kommen, wird Ihr Gesicht und Ihr ruinierter Ruf die Titelseite der Morgenausgabe der *Post* zieren.»

«Also gut», meinte er barsch. «Wir sind uns also einig?»

«Wir sind uns einig. Mein Schweigen im Austausch für hunderttausend Dollar pro Jahr über einen Zeitraum von fünf Jahren – unter einer Bedingung», antwortete ich.

«Ich weiß nicht, ob Sie in der Position sind, zusätzliche Bedingungen zu stellen, aber, nur so zum Spaß, nennen Sie sie mir?»

Ich spielte meinen Joker aus. «Können Sie mir beweisen, dass Sie Charles Durand nicht umgebracht haben – und dass Sie auch niemandem den Auftrag gegeben haben, es zu tun? Mein vom rechten Glauben abgefallenes katholisches Gewissen lässt sich vielleicht so weit strapazieren, dass ich Sie mein Schweigen über Ihren schmierigen finanziellen Dreck erkaufen lasse, aber es lässt sich nicht so stark strapazieren, dass ich einen Mord decke.»

Er hob die Hände zu den Göttern. «Sie müssen *irisch*-katholischer Herkunft sein. Ihr habt nie gelernt, Frömmigkeit und Politik zu trennen. Da mache ich noch lieber mit Juden Geschäfte.»

«Und ich sehe lieber Alfred Hitchcock beim Ausziehen zu, als dass ich mir Ihre rassistischen Sprüche anhören.»

Das überhörte er. «Hören Sie, ich weiß, dass Sie denken, ich sei zu allem fähig, wenn es darum geht, ein Geschäft voranzutreiben oder meine Haut zu retten. Und Sie haben Recht – mit einer Ausnahme. Das müssen Sie mir glauben: Ich bin weder ein Mörder noch befürworte ich, dass man Menschen tötet. Ich hatte nichts mit Charles Durands Tod zu tun – obwohl ich sein frühzeitiges Ableben nicht bedauere, wie Sie sich sicher denken können.»

Ich schaute wieder auf die Uhr. «Wenn wir nicht bald zu einem Abschluss kommen, werde ich nicht rechtzeitig für meine Lieblingssendung zu Hause sein. Überzeugen Sie mich also davon, dass Sie nichts mit seinem Tod zu tun haben.»

«Außer Ihnen den Mörder zu überreichen – und ich kann das nicht tun, weil ich nicht weiß, wer Durand umgebracht hat –, gibt es keine Möglichkeit, Ihnen zu beweisen, dass ich nichts mit dem Mord zu tun habe. Aber ich kann Ihnen so viel sagen: Am Tag, bevor Durand starb, rief er mich an. Ich ließ den Anruf sogar durchstellen – es war ein langweiliger Nachmittag. Er machte keinerlei Andeutungen, dass er etwas über mich wüsste. Als ich ihm sagte, er und ich hätten nichts zu bereden und dass ich noch nicht einmal Geschäfte mit ihm machen würde, wenn Titan untergehen würde wie die *Titanic*, sagte er, er sähe das anders und wolle mir ein Angebot machen, dass ich unmöglich ausschlagen könne. Ich schnitt ihm das Wort ab und sagte ihm, er solle mir ein Fax senden. Und dann war er tot.»

«Haben Sie ein Fax von ihm erhalten?», fragte ich.

«Himmel, nein! Und selbst wenn, dann gäbe es an seinem Ende Belege dafür. Die Polizei wäre dann sicher schon hier gewesen.»

Das stimmte wahrscheinlich, aber ich wusste ja nicht, ob die Polizei nicht tatsächlich schon hier gewesen war – oder ob sie es überhaupt getan hätten, wenn sie gewusst hätten, dass er und Durand kürzlich in Verbindung gestanden hatten. «Und wieso ist Archie Price ebenfalls tot?», dachte ich laut vor mich hin.

«Archie Price ist tot, weil er die Mafia hintergangen hat», antwortete er.

«Woher wissen Sie das?»

«Ich weiß es, weil ich es in der Zeitung gelesen habe», grinste er.

«Und wie sind Sie auf mich gekommen?», fragte ich.

«Bevor er ihn umbrachte, überzeugte der Killer, den die Mafia angeheuert hatte, um Archie Price zum Schweigen zu bringen, den armen Kerl zuzugeben, dass er William Durand von meiner Geldwäscherei erzählt hatte. Also beschatteten sie Durands schwulen Sohn. Das führte sie zu Ihnen, wie Sie in einer Leder-Bar mit seinem Freund sprachen, zu seiner Tante fuhren, die Schwuchtel persönlich in einem Ferienhaus trafen, mit einem ehrlichen Schmierfinken von der *Post* und einem ebensolchen Polizisten Bier trinken gingen und sich mit einem Anwalt zusammentaten, der früher für Imperial Trust gearbeitet hatte. Eines führte zum anderen. Alles in allem entstand der Eindruck, dass Sie meinem Abkommen mit Mr Nicaso gefährlich nahe kamen. Wir waren uns nicht sicher, wie viel Sie wussten, aber wir gingen davon aus, dass Sie uns nahe genug gekommen waren, um uns schaden zu können. Also ließen wir Ihnen ein paar Warnungen zukommen.» Er lächelte und leerte sein Glas. «Offensichtlich haben Sie die Botschaft nicht verstanden. Aber ich kann Ihnen versichern, dass weder ich noch meine Kollegen etwas mit dem Mord an Durand zu tun hatten.»

Ich zuckte die Schultern. «Ich gehe davon aus, dass unser Abkommen gilt. Ich nehme an, Sie wissen, wohin Sie die Schecks schicken müssen – an den gleichen Ort, an den Sie den Dreckskerl schickten, der das Appartement verwüstet hat. Und wenn wir schon dabei sind, Sie könnten vielleicht daran denken, mir das Abkommen etwas zu versüßen, indem sie ein paar Leute vorbeischicken, die den Schaden in meinem Studio reparieren und die Bar meiner Mutter wieder aufbauen.»

«Miss Yeats, ich denke, es ist wichtig, dass Sie die Geschichte meines Lebens in einer ansprechenden Ambiance schreiben können. Bitte lassen Sie beides auf meine Kosten renovieren und möblieren.»

Er nahm die Hand vom Whisky-Glas und streckte sie mir entgegen.

Ich blickte säuerlich auf seine lilienweiße Hand und schüttelte den Kopf. «Tut mir Leid, bei all den Geschlechtskrankheiten heutzutage muss man vorsichtig sein.»

Ich nahm gemächlich die Stiefel vom Tisch, stellte mein Pilsner-Glas auf den Teppich und stand auf.

Als ich noch drei Schritte von der Tür entfernt war, reaktivierte seine Stimme den Mikrokassettenrekorder in meiner Jackentasche. Der Mann konnte einfach nicht widerstehen, zu hoch zu pokern.

«Sollten Sie jemals Ihrem hübschen Köpfchen den Luxus gönnen, einen einzigen Gedanken daran zu verschwenden, unseren Vertrag zu brechen, Miss Yeats, dann denken Sie daran, dass alte Frauen sehr zerbrechliche Knochen haben. Sie haben Ihrer guten Mutter doch schon genug Kummer gemacht.»

Der Mann hatte einen großen Fehler gemacht. Ich verlor die Beherrschung schneller als der Hüftknochen eines Achtzigjährigen brach. Ich machte auf der Stelle kehrt.

«Ich?», kreischte ich und klopfte mit dem rechten Daumen auf die Brust, ich – mir den Luxus erlauben zu *denken*? Hör zu, du stinkendes Stück Elchscheiße, du verschrumpelter Schwanz, du arroganter Mistkerl: Noch bevor die Börse auch nur einen Mucks machen kann, wirst du so viel freie Zeit haben, dass du nach Strickmustern und einem Scrabble-Brett verlangst!» Während ich schimpfte, ging ich zum Adam-Sideboard, wo ich vorhin eine Doppelmagnumflasche Château Mouton-Rothschild ausgestellt gesehen hatte. Ich schnappte sie am Hals und warf einen Blick aufs Etikett.

«Neunzehnneunundzwanzig. Ein gutes Jahr für die Trauben, wenn auch nicht für die Wirtschaft.» Ich hob sie über meine Schulter und schlug sie heftig gegen die Tischkante. Er stand auf und sah zu, wie gut drei Liter antiquarischer Traubensaft vom Teppich aufgesaugt wurden.

Ich dachte mir, die grüne Scherbe in meiner Hand würde ihren

Zweck ebenso gut erfüllen wie der Hals einer Flasche billigen Fusels aus Bright's. Ich ging um den Schreibtisch herum. Die glasigen Augen des Deppen sagten mir, dass meine Verletzung der Anstandsregeln ihn vollkommen paralysiert hatte. Ich packte mit der linken Hand die teure Haut an der Seite seines Kinns und hielt ihm mit der rechten den Flaschenhals an einen Punkt gleich unterhalb des Ohrs.

«Die Haut an deinem schwabbligen Hals ist um einiges dünner als die Knochen meiner Mutter, du billige Kopie eines menschlichen Wesens. Und im Moment ist mir dein Leben scheißegal.» Ich drückte ihm die Flasche gegen den Hals, gerade so fest, dass ein bisschen Blut austrat, das ganz und gar nicht blau war. «Und wenn du meiner Mutter auch nur noch eine Sekunde Kummer bereitest …», sagte ich ruhig und zog eine feine Linie von der urprünglichen Einstichstelle bis zur Mitte des Kinns, «… dann werde ich dich eigenhändig von deinem unternehmerischen Skalp bis zu deinen weißen Füßen aufschlitzen – langsam und mit größtem Vergnügen.»

Ich hielt inne, um mein Werk zu betrachten. Eine dünne, rote Linie zierte seinen weißen Hals. Itzak Perlman hätte es nicht mit mehr Finesse machen können. Ich blickte hinab. Sein Körper hatte keinen Wank gemacht. Seine Blase hingegen schon. Ein großer, nasser Fleck färbte den Schritt seiner Savile-Row-Hose. Eine Urinspur führte hinab bis in seine Gucci.

«Du hast die Kontrolle verloren, Mann – über deine Blase, über deinen Konzern, über dein ganzes beschissenes Leben. Du bist ruiniert. Es ist alles vorbei, Mister Gerald Oliver Dawson, wie mit Madonnas Jungfräulichkeit. Die alte Ordnung ist tot. Ihr Establishment gibt es nicht mehr. Und in der Hölle gibt es keine Jagdclubs.»

Als ich mich neben meinem Motorrad auf den Boden setzte, war mir schlecht.

Was mir viel mehr übel aufstieß als mein eigenes mordgieriges Verhalten, war die Tatsache, dass ich GOD geglaubt hatte, als er gesagt hatte, er hätte nichts mit dem Mord an Charles Durand zu tun.

Ich hatte noch einen weiten Weg vor mir, bis ich mich endlich ausruhen konnte. Und ich sah besser zu, dass ich es schaffte, bevor die Cops mich wegen tätlichen Angriffs auf einen der weniger gütigen Götter auf diesem Planeten zur Kasse baten – oder bevor mein Herz explodierte, was immer zuerst kam.

Dawsons abscheuliches Blut an meinen Händen war bereits eingetrocknet, als ich den Lenker umfasste. Ich startete meine Maschine mit einem wütenden Kick.

30

Unterwegs hielt ich einmal an, um Harleys Tank aufzufüllen, verzichtete aber darauf, am Sandwich-Stand der Tankstelle einen Burger zu kaufen. Ich hatte keine Ruhe, bis mich mein mit Adrenalin voll gepumptes Gehirn an mein Ziel geschossen hatte.

In dem Augenblick, als ich GOD heute Morgen ein rubinrotes Halsband in die Kehle graviert hatte, hatte sich mein Gehirn an etwas Üblem festgekrallt. Nichts so Klares wie eine Tatsache, auch nichts so Kompliziertes wie eine Theorie. Ein Gefühl, düster und instinktiv, schlängelte sich unter dem flachen Fels meines Unterbewusstseins hervor, und fuhr mit meinem Verstand Schlitten. Ich musste in Bewegung bleiben, bis es sich zeigte.

Harley fraß die Meilen nur so auf, die mich von meinem Ziel trennten. Ich nehme an, der Wind, der gegen meinen Körper peitschte, war leichenkalt, der Himmel über mir von jenem verwaschenen Blau, das soeben beschlossen hat, dass es einfacher ist, grau zu werden, der schmelzende Schnee auf den umliegenden Feldern schmutziger als mein Gewissen. Mein Verstand machte eifrigst barocke Notizen, die kritischer waren als das Wetter. Ich war überrascht, durch das dumpfe Grollen meiner Maschine meine Swatch ticken zu hören, bis ich realisierte, dass es mein Puls war, der meine Trommelfelle blutig schlug.

Vielleicht hatte ich es ja auch so eilig, weil meine Seele dringend einer Reinigung bedurfte. Ich wollte diesen Fall einfach zurück in

Simones Schoß legen. Meine Erkenntnisse über GODs Geldwaschaktivitäten und Durands Erpressungsversuch zusammenfassen. Dann, nachdem ich mich dafür entschuldigt hatte, den Mörder ihres Bruders nicht gefunden zu haben – und mich geweigert hatte, Geld für meine inkompetente Detektivarbeit anzunehmen –, würde ich gehen. Vielleicht würde ich mich eines Tages königlich amüsieren, dass ich beim Nicht-Lösen eines Falls so ganz nebenbei die Karriere eines größeren Wirtschaftskriminellen zerstört hatte. Simone könnte mich drängen, der Sache weiter nachzugehen, aber mein Gefühl sagte mir, dass das keine gute Idee war. Ich hatte nicht die emotionale Stabilität, weitere flache Steine umzudrehen, um nachzuschauen, was darunter lag. Dass ihr Bruder zusätzlich zu all seinen anderen Sünden pervers gewesen war, würde ich ihr sagen müssen, aber nur schon der Gedanke, diese Implikationen weiterzuverfolgen, bereitete mir Kopfschmerzen.

Es war meine Schreibblockade, die mich dazu gebracht hatte, mich in dieses üble Abenteuer zu stürzen. Vielleicht sollte ich, um die Miete bezahlen zu können, einen dieser Telefonsex-Dienste eröffnen, die man immer nachts am Fernsehen sieht. Ich könnte Portia im Bikini an einem exotischen Strand für die konservativen Typen filmen, Silver im Tauchanzug am Ufer des Lake Ontario für die mit etwas exotischeren Vorlieben, Etta in ihrer ganzen Pracht auf Satin in schwarzen Strapsen für die reiferen Kunden. Ich selbst würde als Telefon-Spiritualistin allen meinen Anrufern versichern, dass ihre lieben Verblichenen Champagener trinkend in Limousinen im Himmel herumchauffiert würden und gütig über die Lottozahlen ihrer Zurückgebliebenen wachten.

Ein böser Geist flüsterte mir ins Ohr, dass ich langsam den Verstand verlor.

Ich war noch immer auf Autopilot, als ich mein Bike vor Simones Haus zum Stehen brachte. Ohne die geringste Ahnung, was ich sagen oder tun wollte, klopfte ich mit meiner ganzen dreisten Autorität an die Tür. Niemand öffnete. Ich ging zu der umgebauten Scheune, wo ihr Mann seine Werkstatt hatte. Das riesige Tor war verrammelt. Keine Spur von einem Wagen. Wieder an der Haustür überprüfte ich, ob man das Schloss knacken konnte. Die Tür ließ sich ganz einfach per Türklinke öffnen, was mir die Erniedrigung ersparte, mich an etwas zu versuchen, das ich nicht konnte.

Ich trat ins Foyer und blieb einen Moment stehen, um zu sehen, ob mein Eintreten vielleicht den Alarm ausgelöst hatte. Hatte es komischerweise nicht. Mit höflich ernster Stimme, die mehr nach einer Greenpeace-Aktivistin klang, die Spenden für gefährdete große Dinger, die schwimmen, sammelte, fragte ich, ob jemand zu Hause sei.

Ich war nicht überrascht, als niemand antwortete. Nur ein Toter hätte mein unablässiges Klopfen an der Tür überhören können. Himmel – *nur ein Toter...*

Anstatt meinem Instinkt zu fliehen zu folgen, suchte ich wie wild ein Zimmer nach dem anderen ab: nicht gründlich, bloß ein Blick in jedes Zimmer, um sicherzugehen, dass nicht eine Leiche auf dem Bett oder Teppich lag. Mit Leichen, die gegen geschlossene Schranktüren lehnten, wollte ich mich gar nicht erst abgeben.

Meine Suche bestätigte mir, was ich bereits wusste – *andere Leute machen tatsächlich ihren Haushalt.* Ich ging wieder ins Erdgeschoss und hinterließ eine Nachricht für Simone auf dem Küchentisch, die besagte, dass ich vorbeigekommen sei und das Haus überprüft hätte (nachdem ich «gesehen» hätte, dass die Haustür nicht verschlossen gewesen wäre), und bat sie, mich anzurufen, sobald sie nach Hause kam.

Als ich durchs Wohnzimmer zur Haustür gehen wollte, erregte etwas in einem Bücherschrank rechts vom Kamin meine Aufmerksamkeit: eine ganze Reihe Bücher mit dem Wort «Pferd» auf dem Rücken. Auf einigen von ihnen lag zusammengefaltet ein Stapel Blätter. Ich öffnete die Glastür und nahm ihn heraus.

Gerade, als ich die Blätter auseinander faltete und das Logo oben auf der ersten Seite erkannte, fragte eine Stimme hinter mir: « Und wann haben Sie es herausgefunden?» Vollkommen verblüfft über meine Entdeckung und die potenziellen Implikationen, hatte ich weder einen Wagen kommen hören noch bemerkt, dass jemand ins Haus gekommen war.

Ich drehte mich schuldbewusst um wie ein Teenie, den man beim Masturbieren erwischt hatte. Simone stand in der Tür. Dies war nicht die vernünftige und sanfte Frau, die kurz nach dem Tod ihres Bruders in mein Studio gekommen war. Sie vernachlässigte nicht nur ihre Kleidung, ihre Augen besagten auch, dass sie nahe daran war, die Selbstkontrolle zu verlieren. Die heutige Version von Simone sah verrückt genug aus, den Abzug der Pistole zu betätigen, die sie auf meine Brust gerichtet hielt, ohne dass ich sie provoziert hätte.

So viel dazu, dass man seine Worte mit Bedacht wählen musste. Cops, die mit Geiselnehmern verhandeln müssen, werden speziell geschult, um sie auf strapaziöse Unterhaltungen vorzubereiten. Ich beschloss, auf die Wahrheit zu setzen. «Sie werden es nicht glauben, Simone, aber ich habe überhaupt nichts herausgefunden – zumindest habe ich nicht herausgefunden, wer Ihren Bruder umgebracht hat.»

Sie sah mich aus eisigen Augen voller Misstrauen an. «Weshalb durchwühlen Sie dann meinen Bücherschrank?»

Wenn sie nicht bald die Waffe runternahm, musste ich mir einen trockenen Slip borgen. «Ich sagte, ich hätte nicht herausgefunden, wer Ihren Bruder umgebracht hat – aber im Zuge der Ermittlungen bin ich auf eine Geldwasch-Affäre gestoßen, die eine Menge fauler Äpfel vom Baum der Hochfinanz schütteln wird, eingeschlossen GOD. Und ich bin ziemlich sicher, dass Ihr Bruder davon gewusst hat, und dass er vorhatte, Dawson zu erpressen. Reicht das nicht als Motiv für einen Mord?»

Ihre grün-gelblichen Augen fixierten die meinen, die immer versucht sind, in der Gegend herumzuwandern, wenn ich ausgefallene Riffs um die Wahrheit herum spiele. «Die Notwendigkeit, Charles zum Schweigen zu bringen ist ein gutes Motiv, aber war es auch das Motiv des Mörders?»

Ich wusste keine sichere Antwort, also stand ich einfach da, paralysiert, stumm und nervös, und klammerte mich an den Stapel Blätter. Sie fuchtelte mit der Waffe, als wäre ich eine scheue Schülerin, die es zu ermutigen galt. «Aber war es auch das Motiv des Mörders? Antworten Sie mir!» Ihre Stimme war ins Hysterische hinübergekippt.

Ich hatte keine Chance, die Situation unter Kontrolle zu bringen, egal, wie vorsichtig ich meine Worte wählte. «Nein, Simone, es war nicht das Motiv des Mörders. Ich glaube nicht, dass der Mann, der Millionen von Dollar für die Mafia gewaschen hat, Ihren Bruder umgebracht hat. Ich glaube, Ihr Bruder war noch nicht einmal dazu gekommen, ihn zu erpressen oder ihn zu verpfeifen oder was immer er sonst vorhatte. Man könnte sagen, das Schicksal hat interveniert und GODs Drecksarbeit für ihn gemacht. Charles wurde von jemand anderem umgebracht.»

«Und Sie wissen, dass ich es war», kreischte sie. In der kurzen Zeit, bevor sie handelte, rechnete ich mir meine Chancen aus, sie abzulenken und zu entwaffnen. Der dünne Faden, an dem ihr Verstand noch hing, musste etwa so gespannt sein wie eine Violinsaite. Plötzlich riss sie den rechten Arm hinter den Kopf und warf die Pistole mit großer Wucht pfeilgerade durch die Fensterscheibe. Simones Beine schmolzen, und sie sackte auf dem Teppich zusammen.

Meine emotionale Reise von panischer Angst zu Erleichterung verlief nicht glatt. Die Briefkasten-Tante hatte dieses Thema noch nicht behandelt.

ICH: *Ich stehe vor einer unbewaffneten, geständigen Mörderin, die offenbar einen Nervenzusammenbruch hat. Wie soll ich mich verhalten? P.S. O ja, wir sind beide Frauen.*
BRIEFKASTEN-TANTE: *In Anbetracht Ihres seltsamen Postskripts würde ich Tee und Mitgefühl empfehlen.*

Ich faltete hastig die Blätter zusammen, steckte sie in die Gesäßtasche meiner Jeans und half Simone dann auf die Beine. Ich griff ihr unter den Arm und führte sie in die Küche, wo ich sie auf einen Stuhl setzte. Sie saß zusammengesunken da und sagte nichts, bis ich ihr einen Schluck Tee mit Brandy vorsetzte. Dann suchte sie verzweifelt Augenkontakt, so als hätte sie sich entschlossen, sich zusammenzunehmen und ein volles Geständnis abzulegen.

«Bevor Sie etwas sagen, Simone, denken Sie bitte daran, dass ich nicht die Polizei bin. Sie brauchen mir nichts zu erzählen; wenn Sie es tun, könnte mich die Anklage sogar in den Zeugenstand rufen. Und das ist eine Rolle, die ich nicht spielen will.»

Meine Warnung streifte kaum ihr Ohr. «Dann betrachten Sie das, was ich Ihnen jetzt erzähle als Probe und nicht als Geständnis. Ich rufe später die Polizei an. Wenn Sie Zeit hatten, die Papiere durchzusehen, dann haben Sie bestimmt erraten, weshalb ich Charles umgebracht habe. Aber ich erzähle es Ihnen lieber selbst. Ich war die ganze Zeit über nicht ehrlich mit Ihnen gewesen. Schon seltsam. Wegen des Mordes an meinem Bruder habe ich kein schlechtes Gewissen, aber ich fühle mich wirklich schuldig, weil ich Sie getäuscht habe.» Sie hielt einen Moment inne, um einen Schluck Tee zu trinken. «Vielleicht verstehen Sie, weshalb ich so berechnend war, wenn ich Ihnen erzähle, weshalb ich es getan habe.»

Was sie mir in der nächsten Viertelstunde über ihr Verhältnis zu ihrem Bruder erzählte, erklärte mir jedenfalls ihren Gemütszustand in jenem Moment, als sie sagte, sie hätte die Inuit-Skulptur auf dem Schreibtisch genommen und die Seite seines Kopfs zu Brei verarbeitet. Ihre Geschichte war eine oft erzählte Frauengeschichte, aber eine, die nichts von ihrer Tragik verlor, wenn man sie wiedererzählte. Als sie zehn Jahre alt war, hatte Charles begonnen, sie zu missbrauchen. «Ich war seine erste Ware.» Da er schon damals ein cleverer kleiner Unternehmer war, vermietete er ihre Dienste auch an seine Freunde. Er verlangte von jedem fünfundzwanzig Cents. Er brauchte sich ihr Schweigen nicht zu erkaufen oder musste ihr gar damit drohen, was er tun würde, wenn sie ihn verriet: Sie wusste, dass ihr ihre Mutter nicht glauben würde, und es war ja sowieso ihre Schuld. Solche schmutzigen Dinge passierten anderen kleinen Mädchen nicht, da war sie sich sicher. Ein paar Jahre später, zur selben Zeit, als ihr älterer Bruder bei dem Minenunglück ums Leben kam, verlor er jegliches Interesse an ihr.

All die Jahre hatte sie das Geheimnis für sich behalten und ihren Bruder nicht einmal unter vier Augen mit seinen Übergriffen konfrontiert. Dann, im Februar, nachdem Rebecca nicht mehr zur Schule gehen wollte und anfing, in Schwierigkeiten zu geraten, durchsuchte Simone ihr Zimmer nach Hinweisen, die das uncharakteristische Fehlverhalten ihrer Tochter erklären könnten. Sie hatte erwartet, Alkohol oder Drogen zu finden, stieß aber stattdessen auf ihr Tagebuch. Als sie die Stelle las, in der ihr Bruder seine eigene Nichte vergewaltigte, begann sie auf Vergeltung zu sinnen. Sie sagte ihrem Mann oder Rebecca nichts von ihren Plänen. An jenem Freitagabend besuchte sie Charles im Büro, nicht mit der Absicht, ihn zu töten, aber im Bewusstsein, dass ihre Wut nicht verrauchen würde, bis er zumindest zugeben würde, was er getan hatte. Sie ging unbewaffnet.

«Charles besiegelte sein Schicksal selbst, als er mich verhöhnte. Er verspottete mich, fragte mich, ob ich auf meine junge, hübschere Tochter eifersüchtig sei. Er sagte, es würde mir sowieso niemand glauben. Wieso hatte ich so lange gewartet? Und hatte nicht diese erinnerten Traumata, die nie geschehen waren, bewiesen, dass neurotische Frauen die Existenz vieler unschuldiger Männer vernichtet hatten? Er sagte mir, ich würde mit meinen Anschuldigungen nicht einmal bis vors Gericht kommen: Ich würde meine Tochter sicherlich nicht einem hässlichen Prozess aussetzen wollen. Ob ich überhaupt daran gedacht hätte, welche Art von Verteidigung er sich kaufen könnte – wie zum Beispiel *Geldgierige Mutter in den Wechseljahren klagt in Millionenprozess wegen sexuellen Missbrauchs?*»

Simone verstummte und trank ihren Tee aus. Sie sah aus, als sei sie in den ersten zehn Minuten einer vierundzwanzigstündigen Hitzewallung.

«Die jahrelange Arbeit mit schwierigen Jugendlichen hat mich gelehrt, nicht allzu viel Vertrauen zu unserer Justiz zu haben. Also schnappte ich mir die Speckstein-Skulptur und schlug ihm damit auf den Kopf, bis ich sicher war, dass er nicht mehr lebte. Und auch wenn es Sie schockiert, Jane, ich fühlte mich mehr als Instrument der göttlichen Vergeltung, denn als Mörderin.» Sie sah mich mit festem Blick an und wartete auf meine Antwort.

Ihre düstere Geschichte war große emotionale Authentizität, der Dialog war gut, die Action sicherlich mitreißend, und ich zweifelte nicht daran, dass Durand sowohl Mutter wie Tochter missbraucht hatte. Aber in der ganzen Geschichte fand sich nicht ein einziges konkretes Detail, wie sie das Gebäude hatte betreten und wieder verlassen können, ohne dabei gesehen zu werden – besonders verlassen, da sie über und über mit Blut bespritzt gewesen sein musste. Vielleicht fand sie den Aspekt der «Mittel und der Gelegenheit» weniger zwingend als ihre Motivation, aber die Polizei würde sich allerdings sehr dafür interessieren.

Die Brust wurde mir eng. «Simone, zu Beginn sagten Sie, dies sei mehr eine Probe als ein Geständnis. Wenn Sie wollen, dass Ihnen die Cops glauben, müssen Sie Ihre Geschichte noch mit ein paar überzeugenden Details ausschmücken, wie zum Beispiel–»

Sie schnitt mir abrupt das Wort ab. «Was meinen Sie mit *wenn* ich will, dass die Cops mir glauben? Wieso sollten sie das nicht?» Sie sah verwirrt aus, als ob ihr eine Fehlüberlegung entgangen wäre.

Beruhigt, dass die Pistole irgendwo draußen außer Reichweite auf dem Rasen lag, hatte ich nicht länger das Gefühl, ich müsste mich durch meine Worte schlängeln, als wären sie Landminen. «Weil sie dann immer noch nach einem Verdächtigen suchen würden ... und Sie hätten versehentlich mit dem Finger direkt auf die Person gezeigt, die zu schützen Sie Ihr Leben hergeben würden.»

Ihr Gesicht zerfiel. Mit der rechten Hand beschrieb sie Kreise in der Luft, als wollte sie ihre Muse um frische Inspiration bitten, nachdem die erste Fassung ihres Plots nicht zu überzeugen vermocht hatte.

«An Ihrer Stelle würde ich noch nicht mal versuchen, Ihre Geschichte zu verbessern, Simone. Bei der Befragung wären Sie niemals in der Lage, all die Löcher in Ihrem Skript zu füllen.»

Eine bedrohliche Stimme ertönte hinter mir. «Vielleicht kann ja ich die Löcher füllen.»

Rebecca mit dem Boticelli-Gesicht kam ins Zimmer. Mit der rechten Hand umklammerte sie die lästige Pistole.

31

Ich war mit meinen physischen Kräften beinahe am Ende. Gerade als ich beschlossen hatte, die mir verbleibende Energie dafür aufzuwenden, auf den Kacheln hier in Würde zu verbluten, sah ich, dass Rebecca mit der Pistole auf gar niemanden zielte.

Sie starrte ihre Mutter an. «Was zum Henker hat das Ding auf dem Rasen zu suchen? Wer hat sie zum Fenster hinausgeworfen? Sie legte die Pistole vorsichtig auf ein Tischchen.

Simone ging auf sie zu, hielt sich dann aber zurück. «Das war ich. Ich habe vor ein paar Augenblicken durchgedreht – als mir klar wurde, dass Jane herausgefunden hatte, dass ich deinen Onkel getötet habe.» Ihre Augen sandten ihrer Tochter ein *spiel einfach mit*.

Rebecca antwortete in dem Ton der Verzweiflung, den sich Teenager für ihre unendlich begriffsstutzigen Eltern vorbehalten. «Spar dir den Quatsch, Mom. Ich habe draußen an der Tür gelauscht, als sie dir gesagt hat, die Cops würden merken, dass dein Geständnis kompletter Mist ist. Du kannst mich nicht länger decken.»

«Rebecca, halt auf der Stelle den Mund und geh auf dein Zimmer.» Simone zeigte hilflos auf die Tür.

«Weißt du, wenn du als Sozialarbeiterin mit irgendeinem anderen Kid sprechen würdest, dann würdest du ihm raten, die Verantwortung für seine Taten auf sich zu nehmen, und ihm helfen, die Folgen zu tragen.» Obwohl Rebecca am ganzen Körper zitterte, hatte ihre Stimme an Kraft gewonnen.

«Du bist nicht *irgendein anderes Kid*, Liebling», rief Simone. «Du bist meine Tochter – und ich liebe dich über alles.»

Rebecca rannte zu ihrer Mutter, die mehrere Meter entfernt auf einer Insel mütterlichen Kummers stand und umarmte sie. «In den letzten paar Monaten, als ich mich so seltsam benommen habe, gab es Zeiten, da dachte ich, du müsstest mich hassen, Mom. Ich werde deine Liebe nie mehr anzweifeln: du wolltest für mich einen Mord auf dich nehmen. Du hättest den Rest deines Lebens im Gefängnis sitzen können – das heißt, wenn Jane deine Geschichte noch überarbeitet hätte, bevor du damit zu den Cops gegangen wärst.» Sie sah mich über die Schulter ihrer Mutter an. Es gelang ihr, mir durch die Tränen hindurch zuzublinzeln.

Ich fasste in die Gesäßtasche und zog die Papiere, die ich aus dem Bücherschrank genommen hatte, hervor: die Mitgliederliste der Grasmere Riding Academy und den Stundenplan vom September. Simone drehte sich zu mir um und sah so verzweifelt aus, dass ich das Wenige, was in meiner Macht stand, tun wollte, um ihnen den nächsten Schritt in ihrem verpfuschten Leben zu erleichtern. «Ich will, dass Sie sich beide setzen und mir genau zuhören. Simone, Sie müssen im Rahmen Ihrer Arbeit mit dem *Jugendgesetz* zu tun gehabt haben, aber es könnte hilfreich sein, wenn ich es Ihnen nochmals erkläre. Die Schwester einer Freundin von mir wurde vor ein paar Jahren festgenommen, also kenne ich ihn fast auswendig.»

Sie setzten sich Seite an Seite. Als Simone die Hand ihrer Tochter ergriff, begann ich mit meinem Vortrag in der Hoffnung, ich gäbe Ihnen damit Zeit, ihre Gedanken zu ordnen und sich eine neue Strategie auszudenken. «Jeder, der in diesem Land zwischen dem zwölften und dem achtzehnten Lebensjahr eine Straftat begeht, erhält eine Maximalstrafe von drei Jahren. Die Prozesse vor dem Jugendgericht sind für Presse und Öffentlichkeit zugänglich, aber die Presse darf weder Namen, Bild oder Adresse des Angeklagten veröffentlichen. Fünf Jahre nach Verbüßung der Strafe, werden die Akten vernichtet, falls sich der Betreffende in der Zwischenzeit nichts hat zuschulden kommen lassen. Bei außergewöhnlichen Umständen – zum Beispiel bei Mord –, kann der Anwalt der Krone velangen, dass der Fall an ein ordentliches Gericht verwiesen wird. Aber unter den gegebenen Umständen nehme ich an, dass Rebecca vor ein Jugendgericht kommt und in eine psychiatrische Anstalt eingewiesen wird, wo sie entsprechende Behandlung bekommt.

Simone sagte zuerst etwas. «Ich verstehe, was Sie meinen, und ich bin Ihnen dankbar, dass Sie mich daran erinnert haben, aber ich habe nicht die geringste Ahnung, was ich als Nächstes tun soll – und, ehrlich gesagt, wage ich nicht, Sie nochmals um Hilfe zu bitten.» Sie schüttelte völlig perplex den Kopf. «Aber ich will, dass Sie eines wissen: Als ich diese blöde Pistole auf Sie richtete, hätte ich auf keinen Fall geschossen. Ich hab mir das verdammte Ding einfach geschnappt – mein Mann hat das Ding rumliegen, um die Murmeltiere zu verscheuchen –, weil ich etwas Zeit gewinnen musste. Verstehen Sie, was ich sagen will?»

Sie hätte wahrscheinlich ihrem Bruder das Leben nehmen können, einem Kandidaten zur Ausrottung, wie es keinen besseren geben konnte. Ich griff über den Tisch und umfasste ihre zitternden Hände. «Simone, heute Morgen hat mich meine Wut auf Dawson – meine Wut auf die ganze Welt – beinahe zum Äußersten getrieben. Ich war nahe daran, einen Mann zu töten, der ebenso verabscheuenswürdig ist wie Ihr Bruder. Die meisten von uns würden fast alles tun, um jemanden zu schützen, den sie lieben. Ich verstehe also, weshalb Sie eine Pistole auf mich richteten. Und ob Sie jetzt das Gefühl haben, Sie hätten das Recht dazu oder nicht, Sie können auf meine Hilfe zählen. Aber zuerst muss ich wissen, was sich in der Mordnacht wirklich abgespielt hat. Dann können wir uns überlegen, welche Optionen wir haben.»

Mein Ersuchen, alles offen zu legen, ließ sie verzweifelt kreischen: «Optionen – welche Optionen? Es läuft doch in Wirklichkeit nur darauf hinaus, die Polizei anzurufen und meine eigene Tochter auszuliefern, oder nicht?»

«Wenn Sie die Initiative ergreifen, mit einem Anwalt sprechen und dann die Polizei kontaktieren, *bevor* diese selbst diese traurige Geschichte aufklärt – nun, dann kann es bestimmt nichts schaden. Und Sie würden Rebecca damit nicht verraten. Ich bin mir sicher, seit dem Mord ist sie beinahe gelähmt vor Angst und Schuldgefühlen. Also muss es für sie einen Weg aus der Sache geben. Und sie hat ja bereits klar gemacht, dass sie nicht einfach zusehen wird, wie Sie für das Verbrechen, das sie selbst begangen hat, angeklagt würden.» Rebecca nickte zustimmend. «Nachdem sie uns ihre Version der Geschichte erzählt hat, gebe ich Ihnen die Nummer eines guten Anwalts, der Sie aufs Revier begleiten wird. Wenn Sie wollen, kann ich auch den Cop anrufen, dem der Fall unterstellt ist, bevor Sie gehen. Er ist ein alter Freund von mir und ein sehr anständiger Mann.»

Ich sah Rebecca an und hoffte, ihre Mutter würde ihr nicht wieder sagen, sie solle schweigen. Ihre Optionen waren limitiert und bei allen konnte sie nur verlieren. Ich wollte ihr die Möglichkeit geben, die kläglichen Alternativen selbst auszusprechen. Wenn es dermaßen eng wird, dann muss man der Eigenständigkeit Raum zum Atmen lassen. Sie wischte sich die Augen und sah Simone an, die nur müde nickte.

Rebecca sah mich Hilfe suchend an. Locken von blondem Haar fielen ihr auf die Schultern. In ihren Augen spiegelte sich viel mehr Erfahrung, als sie mit ihren sechzehn Jahren haben sollte. In meinem Kopf schrie es: *Wie konnte er nur?,* während meine Stimme sie aufforderte, mir so gut wie möglich zu erzählen, wie es zu dem Mord kam.

An einem Samstagnachmittag letzten November hatte sie ihren Onkel zum ersten Mal getroffen, kurz nachdem sie an einer Reitprüfung an der Grasmere Riding Academy teilgenommen hatte. Als Rebeccas Namen angekündigt wurde, bevor sie in das Dressurviereck einritt, wurde Durand bewusst, dass diese schöne, junge Frau seine Nichte sein musste. Zuerst hatte sie versucht, sich einem Gespräch zu entziehen, von dem sie wusste, dass es ihre Mutter nicht gutgeheißen hätte, aber er drängte sie, mit ihm beim Abendessen in einem guten Restaurant zu sprechen.

Ich unterbrach sie und fragte, ob die anderen Mädchen, an die er sich herangemacht hatte, sie denn nicht vor ihm gewarnt hätten. Nein, antwortete sie, ihr seien keine Gerüchte zu Ohren gekommen. Sie habe nicht einmal gewusst, dass er Mitglied war. Aus dem «billigen» Wagen, den ihre Eltern fuhren, der Schule, die sie besuchte, und der Tatsache, dass das Pferd, das sie ritt, nicht ihr gehörte, schlossen die anderen Mädchen ziemlich schnell darauf, dass sie nicht aus ihrer privilegierten Schicht stammte. Sie waren auch neidisch auf ihre Reitkünste und grenzten sie aus, weshalb sie auch nie am Klatsch teilnahm, der ihren Gesprächen Zündstoff verlieh.

Durand erschlich sich ihr Vertrauen, indem er sie um Rat bat, wie er den Bruch mit ihrer Mutter heilen könne. Sie erklärte sich schließlich einverstanden, mit ihm in ein Restaurant zu gehen, und rief ihre Mutter an und sagte ihr, sie sei eingeladen worden bei einer Freundin zu Abend zu essen und sich *Pulp Fiction* anzusehen.

Beim Essen in Giancarlo's, einem noblen Restaurant in Little Italy, schwelgte er in Erinnerungen über seine Kindheit. Er erzählte ihr, wie sehr er seine kleine Schwester geliebt habe, wie das

«Missverständnis,» das zu ihrem Bruch geführt habe, ihn jahrelang gequält habe, wie er sich jetzt, wo er in den mittleren Jahren sei, danach sehne, sich mit ihr zu versöhnen, wie dankbar er für jede Hilfe sei, die ihm seine Nichte geben könne. Rebbecca, deren Urteilsvermögen durch die zwei Gläser teuren Weins, die er ihr aufgedrängt hatte, etwas getrübt war, war von seiner Geschichte gerührt gewesen. Sie hatte sich sogar gefragt, ob ihre Mutter mit ihrem Bruder nicht etwas gar streng gewesen war. Und sie fühlte sich geschmeichelt, dass Onkel Charles sie wie eine Erwachsene behandelte, ihr aufmerksam zuhörte, und ihre «reifen» Ansichten über den Zwist der Geschwister zu schätzen wusste. Nach dem Dessert bat er sie, ihn in sein Büro zu begleiten, wo er das Familienfotoalbum aufbewahrte. Sie war neugierig: Ihre Mutter hatte ihr nie Bilder aus ihrer Jugendzeit gezeigt.

Trotz ihrer Erziehung durch ihre Eltern, die Materialismus verabscheuten, war Rebecca durch den sichtbaren Reichtum, den das Monument verkörperte, das er sich erbaut hatte, beeindruckt. Nachdem er seinen Mercedes in einer speziellen, abgeschirmten Parkbucht in der Tiefgarage unter dem Enterprise Tower abgestellt hatte, fuhren sie mit seinem Privatlift in sein Penthouse-Büro. Er benutzte eine Plastikkarte, um in den Fahrstuhl zu gelangen, und sagte ihr, dass er sich weigerte, sich in seinem eigenen Haus von Überwachungskameras verfolgen zu lassen. Besondere Gäste wie Rebecca, meinte er, könne er von seinem Schreibtisch aus per Knopfdruck hochkommen lassen. Sie hatte sich zu dem Zeitpunkt gefragt, weshalb er sich wie ein Geheimagent benahm, dann aber gedacht, dass prominente Wirtschaftsgrößen sich vielleicht ebenso verstecken mussten wie Hollywoodstars.

Rebecca fasste kurz zusammen, was dann geschehen war. Mit geradezu unheimlich unbeteiligter Stimme, so als wäre das alles jemand anderem zugestoßen, gab sie uns einen Abriss des blanken Skeletts ihres Albtraums. Sie akzeptierte ein Glas Wein, das er ihr aufdrängte. Alkohol zu trinken war ein Zeichen für ihre neue Kultiviertheit geworden. Nachdem sie benebelt seinem Gequassel zugehört hatte, wie er den einzigen Mann in Kanada, der blöd genug gewesen sei, sich ihm in den Weg zu stellen, in der Luft zerreißen würde, fragte sie ihn nach dem Fotoalbum. Sie musste feststellen, dass es gar keines gab: es war eine Finte gewesen, um sie in seine Höhle zu locken. Als sie abrupt aufstand und gehen wollte und dabei das Gleichgewicht verlor, stieß er sie zu Boden. Er riss ihr den Pullover über die Arme hoch, ließ ihn um ihren Hals hängen, öffnete ihre Jeans und riss sie ihr herunter. Benommen und geschwächt vom Wein, durch ein Knie im Magen auf den Teppich gedrückt, sah sie mit Entsetzen, wie er seine Hose öffnete und sein erigiertes Glied entblößte.

«Dann hat er mich vergewaltigt. Es tat so weh.» Ihre Worte waren kaum zu hören.

In der kurzen Pause, die entstand, bevor sie mit ihrer Geschichte fortfuhr, schluchzte ihre Mutter, als müsse sie mit ansehen, wie ihre Tochter langsam zu Tode gefoltert wurde. Das Echo des eigenen Missbrauchs in ihrer Kindheit durch denselben Mann verlieh der entsetzlichen Geschichte tragische Resonanz.

An diesem Punkt beschloss ich, Rebeccas Enthüllungen ein Ende zu setzen. Ich brauchte die Fakten in diesem Mord gar nicht zu kennen. Ich konnte dem verzweifelten Paar auch so helfen, indem ich ihnen einen Anwalt besorgte und die Polizei benachrichtigte.

Rebecca wandte den Kopf ab und starrte auf einen Punkt in der Ferne irgendwo hinter meiner linken Schulter. Als sie mir schließlich wieder in die Augen schaute, sah ich in ihrem Blick eine Entschlossenheit, die mir sagte, dass sie das zu Ende bringen musste. «Am nächsten Morgen, nachdem ich Mom und Dad gesagt hatte, welch einen schönen Abend ich bei meiner Freundin gehabt hatte, wurde mir bewusst, dass ich nichts hätte tun können, um ihn davon abzuhalten, mich zu vergewaltigen. Aber ich wusste auch, dass ich etwas tun konnte, dass er es nicht mehr tat. Am folgenden Samstag nach der Reitstunde sah ich, wie er seinen Wagen unten an der Einfahrt zur Reitschule parkte. Ich ging zu ihm hin und sagte ihm, dass ich zur Polizei gehen und ihn anzeigen würde, wenn er mich noch mal belästigte. Ich sagte, dass ich eine Therapie begonnen hätte, und die Psychologin mir geraten hätte, ihn damit zu konfrontieren. In Wirklichkeit hatte ich viel zu viel Angst und

Schuldgefühle, als dass ich mit jemandem darüber hätte sprechen können, aber ich hoffte, er wusste das nicht. Nachdem ich ihn beschimpft hatte, sah er aus, als hätte er mehr Angst als ich. Er fuhr einfach davon und ich sah ihn nie wieder.» Ihre Hände begannen unkontrollierbar zu zittern. «Das heißt, bis zu jener Nacht, als ich ihn umbrachte.»

Ich legte meine Hände auf die ihren, bis das Zittern aufhörte.

«Rebecca, du musst nicht weitersprechen, wenn du nicht willst.»

Sie sah ihre Mutter an, die sich durch das Leiden in eine neue Version der *pietà* verwandelt hatte. «Ich weiß, dass es schlimmer für Mom ist zuzuhören, als für mich zu erzählen.»

Simone flüsterte bloß: «Wenn es dir hilft, dann sprich einfach weiter, Liebes.»

Rebecca hielt sich die Hände vors Gesicht. «Ich versuchte danach wirklich, mich zusammenzureißen, aber nichts ging mehr. Ich konnte meine Arbeit in der Schule nicht mehr machen, ans Reiten konnte ich nicht mal mehr denken, ich fühlte mich so schmutzig, dass ich dachte, die Leute wüssten es, wenn sie mich nur ansähen, ich wusste nicht einmal mehr, wie ich mit Leuten sprechen musste. Es war, als hätte ich meine Persönlichkeit verloren oder so. Ich konnte nicht mehr mit Mom und Dad zusammen sein, ohne daran zu denken, wie sie sich schämen würden, wenn sie wüssten, was für eine Schlampe ich bin. Ich war irgendwie froh, als sie mich aufs Internat schickten. Keiner der Schüler oder Lehrer kannte mich von früher, also würde auch niemand bemerken, wie ich mich verändert hatte. Aber dann begann ich, Veränderungen an meinem Körper festzustellen, zum Beispiel, dass mein Bauch härter und die Brüste empfindlicher wurden. Ich sagte mir, das käme vom Stress, aber als meine Periode zum zweiten Mal ausblieb, wusste ich, dass ich schwanger war.»

Sie wandte sich eiligst ab und starrte zum Fenster hinaus, wo sie nur noch im Kontakt mit ihren eigenen marternden Erinnerungen war. «Das Schrecklichste war aber, dass ich nicht wusste, *wer* der Vater war. Nur ein paar Monate bevor ich vergewaltigt wurde, hatte ich begonnen, mit meinem Freund Mark zu schlafen. Wir benutzten meistens Kondome, aber wir machten uns keine Gedanken über Geschlechtskrankheiten, weil keiner von uns vorher schon mal mit jemand anderem zusammen gewesen war. Aber manchmal passten wir nicht auf. Vielleicht wollte ich tief in meinem Inneren ein Kind von ihm, ich weiß es nicht. Es war das erste Mal, dass ich wirklich verliebt war, und ich konnte keinen klaren Gedanken fassen. Ich musste die ganze Zeit an ihn denken – und fühlte mich so schuldig, weil ich Mom und Dad hintergangen hatte –, dass ich mich nicht auf die Schule oder sonst was konzentrieren konnte. Dinge, die mir früher wichtig gewesen waren, waren mir plötzlich egal, und eine ganze Menge anderer Dinge trat an ihre Stelle.

Jedenfalls, als ich es wegen der Schwangerschaft so richtig mit der Angst zu tun bekam, war ich schließlich so verzweifelt, dass ich es einem der älteren Mädchen an der Schule erzählte. Man hatte sie dorthin geschickt, weil sie immer Schwierigkeiten machte. Caroline sagte mir, dass ich so bald wie möglich abtreiben sollte – und zwar vor der zwölften Woche. Wenn ich sicher gewesen wäre, dass es Marks Baby war, dann hätte ich es vielleicht Mom erzählt. Aber beim Gedanken, es könnte von meinem Onkel sein, hatte ich das Gefühl, ich hätte irgendeinen schrecklichen Tumor im Bauch. Also rief ich Onkel Charles an und sagte ihm, ich müsse ihn dringend sehen. Ich wusste nicht, wo ich das Geld sonst hätte hernehmen können und sowieso, für das, was er mir angetan hatte, konnte er auch etwas bezahlen. So, wie er lachte, als ich mit ihm sprach, klang es, als dächte er, ich würde ihn mich nochmals vergewaltigen lassen. Er sagte mir, ich soll am Freitag um sechs in sein Büro kommen.»

Sie war früher aus der Schule weggegangen und war in Carolines Wagen hingefahren. Sie hatte mehr Angst vor der Fahrt allein mit ihrem neuen Führerschein gehabt, als vor dem Gedanken, ihrem Onkel zu begegnen.

Durand war nicht zu dem Vergnügen gekommen, das er sich vorgestellt hatte. Rebecca sagte ihm, sie sei schwanger, und ließ durchblicken, dass sie vor der Vergewaltigung Jungfrau gewesen sei; die Vaterschaft sei klar. Sie verlangte Geld für die Abtreibung. Er nahm fünf Hundert-Dollarscheine aus der Brieftasche und legte sie auf den Schreibtisch. Als sie sie nehmen wollte, versuchte er, sie zu umarmen. Sie konnte ihn wegstoßen und erntete dafür einen ganzen Wasserfall von Schmutz. «Du bist wie deine Mutter. Eine kleine, dumme Schlampe, kein bisschen besser beim Sex als sie.» Er fuhr fort und sagte, «ein letzter Fick» könne auch nichts schaden, da sie ja ohnehin schon angebumst sei. Da packte sie die Inuit-Skulptur und zermalmte ihm damit den Kopf.

Danach verhielt sie sich wie ein Roboter, der darauf programmiert war, seine Spuren zu verwischen. Zog ihre blutigen Kleider aus, stopfte sie – zusammen mir der Tatwaffe – in eine Plastiktüte in ihrer Sportstasche, duschte in dem kleinen Waschraum, schlüpfte in frische Jeans und ein sauberes Sweatshirt, die sie in ihrer Tasche gehabt hatte, und verließ das Gebäude auf dem Weg, den sie in der Nacht ihrer Vergewaltigung gegangen war. Sie hatte sicher Fingerabdrücke und Spuren hinterlassen, aber man konnte den Cops von der Mordkommission keine Vorwürfe machen, dass sie nicht an sie gedacht hatten. Sie hielt mehrere Blocks nördlich des Empire Tower an und warf die Plastiktüte in einen öffentlichen Abfalleimer.

«Ich hatte schreckliche Angst. Zweimal hatte ich beinahe einen Unfall. Aber irgendwie fühlte ich mich weniger schmutzig, als in der Nacht in der er mich vergewaltigt hatte.

Eine Woche später hatte Simone Rebecca im Badezimmer schreien gehört. Sie fand ihre Tochter neben der Toilette sitzend, in der die blutige Fehlgeburt lag; das Produkt von Durands Missbrauch – oder von Rebeccas erster Liebe.

Simone befreite ihre Hand aus Rebeccas Umklammerung. «Jane, jener Donnerstagmorgen, als Sie hierher kamen, um mir über die Fortschritte, die Sie gemacht hatten, zu berichten – ich war in einem solch schrecklichen Zustand, weil ich erst gerade herausgefunden hatte, dass Rebecca schwanger war. Wir hatten einen schrecklichen Streit. Sie sagte mir, sie hätte hinter unserem Rücken etwas mit einem Jungen gehabt, den wir nicht kannten. Als ich in jener Nacht dann ihr Tagebuch fand und las, dass sie von Charles vergewaltigt worden war, wusste ich, dass ich mir nie verzeihen konnte, ihr so wehgetan zu haben.»

Dann fiel der Groschen. «Als Sie mich engagierten, wussten Sie also noch gar nicht, dass Rebecca ihn umgebracht hatte», bemerkte ich.

Sie schüttelte den Kopf. «Nein. Die Vergewaltigung war der letzte Eintrag im Tagebuch. Als wir uns wegen der Schwangerschaft stritten, sagte sie mir immer noch nichts. Aber gleich nach der Fehlgeburt bin ich mit ihr ins Krankenhaus gefahren, um sicherzugehen, dass sie einen vollständigen Abort hatte. Auf dem Weg nach Hause war sie benommen und erschöpft, fast im Schockzustand. Da erzählte sie mir alles – über die Vergewaltigung, und dass sie Charles umgebracht hätte. Als wir das nächste Mal miteinander sprachen, waren Sie gerade einem anderen Verdächtigen auf den Fersen. Ich wusste, dass es zu viele Fragen aufwerfen würde, wenn ich Ihnen den Fall zu diesem Zeitpunkt entzog. Also ließ ich Sie weitermachen, ja ich hoffte sogar, jemand anderer würde fälschlicherweise verurteilt.»

Ich zuckte die Schultern. «Mein Hauptverdächtiger hat so viel andere schwere Verbrechen begangen, dass er sowieso den Rest seines Lebens hinter Gittern verbringen wird. Eine Verurteilung wegen Mordes hätte an seinen Zukunftsaussichten nichts geändert. Wir hängen niemanden mehr; das System rehabilitiert sie alle! Lassen Sie sich also keine grauen Haare wachsen, was Ihre Schuld anbetrifft, wenn man Dawson des Mordes an Ihrem Bruder für schuldig befunden hätte. Ich glaube, Sie sollten sich viel eher mit den wichtigen Dingen beschäftigen.»

Durch ihre Tränen hindurch zwang sie sich zu einem grimmigen Lächeln. Als sie sich erhob, nahm ihr Körper eine neue, bestimmtere Haltung an. «Darf ich Sie anrufen, wenn wir einen Entschluss gefasst haben? Danach wollen wir ganz bestimmt mit dem Anwalt und Ihrem Freund bei der Polizei sprechen.»

Meine Knie waren weich, als ich aufstand. «Ja ... ich warte auf Ihren Anruf. Und wenn ich jetzt nicht schnell in mein Bett komme, werde ich mich wohl selbst in die Rehabilitation einliefern müssen.»

Sie umarmte mich heftig. «Ich weiß nicht, wie ich mich bei Ihnen bedanken soll, besonders, wo ich Sie doch hintergangen habe ...»

Ich fiel ihr ins Wort. «Sagen Sie nichts mehr. Verwenden Sie all Ihre Kraft, für sich und Ihre Familie zu sorgen … und möge Gott Sie schützen.»

Rebecca lächelte mir schwach zu. Woher nahm sie nach all den Qualen bloß den Mut?

Ich hoffte, er würde sie über die langen Jahre, die vor ihr lagen, tragen.

32

Als ich zurück in meinem Studio war, wusste ich, dass wenn Simone die Cops nicht informierte, ich es ebenfalls nicht tun würde. Ich war zu müde und zu verwirrt, um Gott zu spielen. Mein Kopf würde nie klar genug sein, um solche Gewissensentscheidungen zu treffen – weshalb, so denke ich mir, Gott mehr als nur gelegentlich ein Nickerchen macht. Wenn all die Ereignisse, die zum Tod von Charles Durand geführt hatten, so gedacht waren, dass sie die Form einer Moralität annahmen, dann hatte jemand vergessen, mir das passende Drehbuch zu geben.

Max sabberte einen guten Eimer über mich, als ich ihm ein T-Bone-Steak gab. Während er es verschlang, stolperte ich durch die Trümmer und ließ mich auf die Bettdecke fallen. Meine anderen Beziehungen waren weit komplizierter, als die Affäre mit meinem Hund. Die mussten noch warten.

Am nächsten Morgen kurz nach sieben wurde ich durch hartnäckiges Klopfen an die Wohnungstür geweckt. Max rannte hin, um zu sehen, was los war, und machte einen Heidenlärm. Er stand da und knurrte Furcht einflößend, bereit, sich auf den unverschämten Störenfried zu stürzen. Er sah nicht mal mehr aus wie ein Hund; durch irgendeinen atavistischen Trick erinnerte er an seine wölfischen Vorfahren.

Als ich die Tür öffnete, verwandelte er sich augenblicklich wieder in die domestizierte Variante. Ernie Sivcoski stand eingerahmt von zwei von Torontos Besten in Uniform auf der Schwelle. Ihre

Augen weiteten sich, als sie meine hoch aufragende Bierkarton-Skulptur sahen. Sie weiteten sich noch mehr, als sie ihre Blicke über mein verwüstetes Zuhause schweifen ließen.

Ich versuchte, mir mit den Fingern durchs Haar zu fahren, stoppte aber als sie fünf Zentimeter von meiner Kopfhaut in einem Knoten hängen blieben. Ich zog den Gürtel meines Bademantels etwas enger, in der Hoffnung, die Illusion einer Taille könnte etwas ablenken. Ernie stand bloß da und sah finster und unerbittlich wie Granit drein.

«Ich nehme an, ich sollte die Gentlemen hereinbitten», sagte ich. «Schließlich habe ich hier in der Nachbarschaft einen Ruf zu verlieren.»

«Du musst dir um ganz andere Dinge Sorgen machen, als um deinen Ruf», bellte Ernie, als er und sein Trupp das Studio betraten. Ich hätte ihnen gerne mein Sofa angeboten, aber es lag verkehrt herum da. Ich hatte sowieso den Eindruck, dass dies kein Höflichkeitsbesuch war.

«Würdest du dich bitte anziehen und mit aufs Revier kommen?», fragte mein alter Saufkumpan.

Ich werde sauer, wenn Leute Befehle als Anfragen zu tarnen versuchen. «Wieso sagst du mir nicht, weshalb ich deine Einladung annehmen soll, Ernie? Bin ich verhaftet?», fragte ich, in der Hoffnung, die Absurdität der Bemerkung würde ihn daran erinnern, dass wir Freunde waren.

«Noch nicht, aber an deiner Stelle würde ich die Telefonnummer deines Anwalts mitbringen.»

«Um Himmels willen, Ernie, sag mir, worum's geht.»

«Gerald Dawson wurde tot in seinem Büro aufgefunden. Seine Empfangsdame hat uns erzählt, eine Frau sei zu ihm vorgedrungen und habe einen heftigen Streit provoziert. Sie gab uns die Beschreibung einer Frau, die nur auf dich zutrifft. Los, gehen wir.»

Er schaute mir nicht einmal in die Augen. Er drängte mich irgendwie zur Tür hinaus. «Ich will gar nicht fragen, was mit deinem Studio passiert ist. Ich weiß ja, dass du ein Schwein bist, aber das hier schlägt alles.»

Zwanzig Minuten später begann im Revier das Verhör. Der erste

Schock über den Tod von GOD verwandelte sich in Panik, als ich hörte, dass Dawson nicht einfach an einem Kratzer an der Kehle verblutet war. Er hatte die Überholspur in die Ewigkeit genommen und sich einen ansehnlichen Teil seines Schädels mit einer Waffe weggepustet, wie man sie nicht in der Hand eines Geschäftsmannes zu finden erwartete. Das Bleistiftabsatz-Flittchen von Empfangsdame hatte das Büro um fünf verlassen, nachdem sie nochmals bei ihrem Boss hereingeschaut hatte, bevor sie die Happy-Hour-Tour durch die Single-Bars angetreten hatte. Sie erinnerte sich, dass er mitgenommen ausgesehen, aber definitiv noch geatmet habe und noch so warm war, wie es ein Reptil eben nur sein konnte.

Er wurde etwa drei Stunden später gefunden, als ein Streifenpolizist, der das Portal an der Ostseite überprüfte, im Inneren einen Schuss hörte. Dawson selbst war in einem uncharakteristisch unordentlichen Zustand, hatte aber offensichtlich die dringendsten Dinge in Ordnung gebracht, bevor er abgedrückt hatte. Auf dem Monitor fanden sie einen knappen, sachlichen Abschiedsbrief. Ein Ausdruck davon lag auf der Schreibunterlage. Das unterzeichnete Schriftstück enthielt ein Geständnis seiner Komplizenschaft in der Geldwaschaffäre – und verwies auf mich als Quelle für Beweise, die sein Geständnis untermauerten. Und es endete mit: «Ich habe keinen Grund, die Wahrheit über irgendetwas zu verbergen. Ich habe vieles auf dem Gewissen, aber ich will nicht unter dem Verdacht sterben, einen Mord begangen zu haben. Ich habe Charles Durand nicht ermordet.» Neben dem Schriftstück lag ein weißer Umschlag, auf dem mit Schreibmaschine mein Name geschrieben stand. Als Ernie sich erlaubte den Umschlag zu öffnen, fand er darin einen Scheck über fünfundsiebzigtausend Dollar, ausgestellt auf «Jane Yeats».

Er rückte erst mit der Geschichte vom Abschiedsbrief und dem Scheck heraus, als ich ihm erzählt hatte, wie ich der Geldwasch-Affäre auf die Spur gekommen war (ohne Michael zu erwähnen), und wie ich GOD in seinem Büro damit konfrontiert hatte. Er zählte auch genug von den unüberwindlichen Problemen auf, denen sich GOD – schon vor meinem ungebetenen Besuch – gegenübersah, um mich zu beruhigen, dass ich nicht die Schuld an seinem Selbstmord trug. Seine Frau hatte ihn zwei Wochen zuvor verlassen, nachdem sie herausgefunden hatte, dass unter den Perserteppichen einiges faul war. In Kürze wäre eine ganze Welle von offiziellen Untersuchungen, Zivilprozessen und Gerichtsverhandlungen auf ihn zugekommen. Er stand kurz davor, aus seiner eigenen Firma geschmissen zu werden. *Jawohl,* dachte ich, *und aus dem Golfclub.* Wenn man an der Spitze steht, ist der Fall umso tiefer. GOD hatte seinen Sturz vom Everest selbst gewählt – die einzige Entscheidung, die noch in seiner Macht lag.

Im Austausch dafür, dass Ernie mein Gewissen beruhigte, sagte ich ihm, dass der Gerichtsmediziner sicher froh sei, wenn er wüsste, dass GOD nicht versuchte hatte, sich mit einem abgebrochenen Flaschenhals die Kehle durchzuschneiden, bevor er sich das Gehirn herausgepustet hatte. Ernie war so sauer, dass ich ein plötzliches Hochgefühl hatte beim Gedanken, dass er jetzt vielleicht aufhören könnte, mich um ein Rendezvous zu bitten. Obwohl er erleichtert war, dass er Dawsons Selbstmord so schnell hatte aufklären können, hatte er nicht vergessen, das der Durand-Fall noch immer nicht abgeschlossen war.

Als er mich ansah, als würde er lieber den Serienkiller Paul Bernardo befragen, wusste ich, dass er jegliches romantisches Interesse an mir verloren hatte. «Um gleich dabeizubleiben, Kinsey Millhone», knurrte er, «was kannst du mir darüber sagen, wer Charles Durand umgebracht hat?»

Ich bedachte ihn mit einem schelmischen Lächeln. «Wo du's schon ansprichst, wenn du mich ein paar Anrufe machen lässt, könnte ich dir da vielleicht auch weiterhelfen», sagte ich dreist. Er warf mir einen Blick zu, den ich vor etwa drei Jahrzehnten bei Etta gesehen hatte, als ich darum gefeilscht hatte, weit länger als gewöhnlich aufbleiben zu dürfen, damit ich «The Alfred Hitchcock Show» im Fernsehen sehen konnte.

Etwa eine Stunde später war ich wieder draußen, nachdem ich versprochen hatte, dass Ernie innerhalb der nächsten Stunde alle belastenden Dokumente aus dem Dawson-Fall auf dem Schreibtisch liegen haben würde, damit er sie zur Überprüfung an die Bücherexperten weitergeben konnte. Er bestand auch darauf, dass ich mich die nächsten zweiundsiebzig Stunden zur Verfügung hielt. Ich willigte gern ein. Ich bot ihm sogar an, als Zugabe noch ein paar Disketten draufzulegen – und das Tonband mit der schicksalhaften Unterhaltung mit GOD.

Ich rannte aus dem Gebäude. Polizeireviere stehen noch vor Beerdigungsinstituten an der Spitze meiner Liste der «meistgehassten Orte». Ich nahm nicht gleich ein Taxi, um zu Michael zu fahren, obwohl GODs Tod schon vor Stunden Schlagzeilen gemacht haben musste.

33

Ich lag im Bett und hörte Big Mama Thornton zu, wie sie «Just Like a Dog, Barking Up the Wrong Tree» von ihrer «Hound Dog»-CD schmetterte. Ich hatte mir gedacht, die alte Blues-Queen würde mir helfen, meine Gedanken zu ordnen, bevor ich Michael anrief.

Das Telefon klingelte. Ich nahm beim dritten dringlichen Appell ab: Ich bin mitten in einem Zwölf-Stufenprogramm gegen Telefonphobie.

Es war Etta, die wieder den Duft von Rosen verströmte, nachdem sie in die Scheiße getreten war. Da meine innere Therapeutin mir sagte, dass meine Mutter der Grund für meine Anrufbeantworter-, Fax- und E-Mail-Sucht war, beschloss ich, es als nützliche Erfahrung zu betrachten.

«Honey, ich habe soeben die *Post* gelesen. Und zu sagen, ich bin stolz auf dich, wäre das Gleiche, wie wenn ich sagen würde, ich *mag* Männer – eine der größeren Untertreibungen, nicht? Jedenfalls weißt du ja, wie seltsam ich mich fühle, wenn ich so total sentimental werde ...»

Ich musste sie unterbrechen, bevor sie im selben Stil weitermachte. «*Du* fühlst dich seltsam, wenn du total sentimental wirst? Spreche ich mit derselben Frau, die am Begräbnis ihres Mannes ‹Will the Circle Be Unbroken› spielte?»

«Nur, weil mich dieser verdammte Priester nicht ‹Your Cheatin' Heart› oder ‹Don't Come Home A Drinkin› spielen ließ», gab sie barsch zurück. «Und nur für den Fall, dass ich es dir noch nicht gesagt habe, ich hasse es, wenn du mich zurechtweist. Das beweist nur, dass Gott dir die Manieren einer Elster gegeben hat. Jedenfalls rufe ich an, weil ich dich zu einem Remmidemmi einladen wollte, aber wenn du nicht bald etwas mehr Anstand zeigst, könnte ich es mir vielleicht noch anders überlegen.»

Ich hasse diese abrupten Wendungen in ihren Monologen, die Momente, in denen sie im Hintergrund «Ich will, dass man mich verführt» summt. Meine innere Therapeutin riet mir zu einer neuen Antwort.

«Bitte, Mom, du weißt ja, wie sehr ich deine Partys mag.»

Die Verlogenheit bewirkte den üblichen Sinneswandel. «Wenn das so ist, Liebes, dann lade ich dich und deinen neuen Freund zu der Party ein, die Nikos und ich am Samstag schmeißen.»

Ich fragte nicht: «Und was ist mit Slim? Ist Nikos' Frau auch eingeladen?» Etta hat kein Verständnis für kleinliche Details. Bevor ich mich vom Telefon losriss, gelang es mir noch, ihr, der man nicht das Gehör verweigern darf, Zeit und Ort zu entlocken.

Bevor ich zehn Minuten später meinen «neuen Freund» anrief, meditierte ich noch kurz. Als ich in der Nacht zuvor vom Revier gekommen war, war ich gleich zu Bett gegangen, nachdem ich Michael eine kurze Nachricht hinterlassen hatte, dass es mir gut gehe, aber dass ich zuerst einmal zwölf Stunden Schlaf bräuchte. Ich hatte einfach nicht die Kraft für ein weiteres Verhör.

Ich lud ihn zu Ettas Party ein, weigerte mich hingegen, über die gestrigen Vorkommnisse zu sprechen, bevor er die Einladung annahm. Er bestand darauf, dass ich mich sofort mit ihm traf – bei ihm zu Hause. Ich willigte ein. Rühr-mich-nicht-an spielen, funktioniert nur, wenn man es auch wirklich nicht will. War er jetzt spitz auf mich oder auf Informationen?

Vierundzwanzig Stunden später stieg ich aus seinem Bett, um mir ein Kleid für das Remmidemmi zu kaufen. Ich hatte ihm alles gegeben.

Etta zitiert gerne den alten Spruch, «I never fell in love, but I think I steppped into it a few times.»

Als Michael und ich Nikos' Taverne betraten, wusste ich gleich, dass sie wieder voll reingetreten war. Gleich nachdem er sich versichert hatte, dass auch wirklich jeder ihrer Gäste ein Tumbler seines hausgemachten, höllischen Ouzos in der Hand hielt, brachte der ergraute Besitzer einen Toast auf meine Mutter, seine «neue Helena von Troja,» aus. *Genau. Das Schlachtschiff der tausend Gesichter.* Dann kündigte er an, dass sie am nächsten Abend für eine zweiwöchige Kreuzfahrt in der Ägäis verreisen würden. Nennen wir es *Liebe zwischen Ruinen.*

Als es mir schließlich gelang, mich durch ihre fidelen Kreise von Freunden, Nachbarn und Stammgästen zu boxen, plauderte sie fröhlich über ihr Gratis-Mobiltelefon drauflos, das sie vom Reisebüro als Präsent bekommen hatte. Gott, steh mir bei: Der Gedanke, dass die Nabelschnur nie weiter, als das Telefonkabel reichen würde, hatte mir immer ein Gefühl von Sicherheit gegeben. Ich wünschte ihr trotzdem eine schöne Reise. In ihrer rastlosen Vorstellung ist es von Tennessee zu den Thermopylen bloß ein Katzensprung.

Simone hatte mich am Vortag angerufen, um mir zu sagen, dass die Polizei ihre Familie äußerst fürsorglich behandelte; Rebeccas Anwalt war zuversichtlich, dass die Geschichte gut enden würde. Ihr Optimismus änderte nichts an meiner Niedergeschlagenheit.

Ich war dankbar, dass mir die Party einige komische Momente verschaffte. Sam Brewer kam mit seiner neuen Lady. Er versicherte mir immer wieder, wie dankbar er mir war, dass ich ihm den größten Coup seiner Karriere verschafft hatte. Silver verstand sich prächtig mit William Durand und David Walker, machte aber um ein Haar einen rauschenden Abgang, als ich ihr sagte, dass ich sie umbrächte, wenn sie sich an Portia ranmachte. David arbeitete noch immer an seiner Dissertation. William, der auf einer neuen Drogentherapie war, gab sich alle Mühe, um seinen Partner bei guter Laune und Gesundheit zu halten.

Die Neuverliebten hatten den kulturellen Graben überbrückt, indem sie eine Countryband angestellt hatten und griechische Lieder von der Jukebox spielten, wenn die Band eine Pause machte. Ich traute kaum meinen Augen, als ich Portia und Lenny beim Line Dance sah. Als dann ein Tush Push angesagt wurde, verließen sie allerdings die Tanzfläche. Silver sprang auf und ging mit Judith Durand tanzen.

Ernie Sivcoski, von dem ich nicht gedacht hätte, dass er kommen würde, tauchte kurz nach zwei Uhr morgens auf. Als er ein Glas Ouzo in die Hand gedrückt bekam, fragte er Nikos halbherzig, ob er nicht wisse, dass es verboten sei, so spät noch Alkohol auszuschenken. Etta rächte sich, indem sie ihn zum Tanz aufforderte.

Nach dem perplexen Ausdruck in Michaels Gesicht zu urteilen, hatte er ein stinknormales Leben geführt, bis er mich kennen lernte. Wie lange würden wir wohl zusammenbleiben? Ich hatte Angst, dass bald auch er aus meinem Leben verschwinden würde. Wenn ich Glück hatte, würde er mich früher davon in Kenntnis setzen, als Pete es getan hatte.

Ich schnappte mir eine Flasche Labatt Blue aus Nikos erbärmlichem Biersortiment und ging damit nach hinten auf eine deprimierende, zusammengebastelte Veranda, die im Mondlicht noch deprimierender aussah. Vielleicht sah sie im Juni besser aus – vielleicht sah im Juni alles besser aus.

Auf einem verwitterten weißen Plastikstuhl sitzend, setzte ich mein Gehirn jener Art von Checkliste aus, die keine Frau bei vollem Verstand nach der Geisterstunde zusammenstellen würde.

Das Leben imitiert das Fernsehen nur, wenn man zu viel Zeit damit verbringt.

Nichts konnte ein Verbrechen ungeschehen machen, das begann, als Simone noch ein Kind war, und dazu führte, dass ihre eigene Tochter sich für sie beide rächte. Vielleicht sollte ich besser von den griechischen Tragödien anstatt vom Fernsehen sprechen, darüber, wie sich das Böse langsam über Generationen fortpflanzt, bis sich die Grenzen zwischen Opfer und Täter oder Familie und Feind fast bis zur Unkenntlichkeit verwischten.

Das Land hatte zwei seiner legendären Götter des Kommerzes verloren, aber ich hatte keine Hoffnung, dass ihr vorzeitiger Abgang der nächsten Rattenbrut eine Lehre sein würde. GODs Bösartigkeit hatte in allen Organen der Gesellschaft ihre Metastasen hinterlassen. Sein Selbstmord hatte nur einen einzigen Tumor zerstört.

Durands Perversionen waren so alt wie der Mammon. Inzest und sexueller Missbrauch sind fest in unserer Kultur verankert. Sein Tod bedeutete keine Heilung.

Obwohl Simone einen Bruder verloren hatte und Judith Durand ihren Ehemann, sagte mir mein Kleinmädchen-Instinkt, dass ihre Tränen zusammen nicht einmal ein Kleeblatt benetzen würden. Man brauchte keine Hellseherin zu sein, um vorauszusagen, dass Rebecca vor ein Jugendgericht gestellt werden und mit einem sehr verständnisvollen Strafmaß davonkommen würde: Trotzdem, nichts konnte die Narben zum Verschwinden bringen. Das Vertrauen ihrer Mutter in die Sozialarbeit war fehl am Platz.

Und ex. Ich stand fröstelnd im kalten Wind, der um die Mauern wehte, welche die verkohlten Überreste des Sweet Dreams bargen. Ich holte tief Luft und warf die Bierflasche dagegen.

Gerechtigkeit ist keine Frau, die mit ihrer Waage einen Balance-Akt vollführt. Gerechtigkeit ist ein Glücksspiel.

Gute Nacht, Pete, wo immer du bist.